地 大 地 大 地 大 地 大 地 大 地 大 地 大 地 大 地

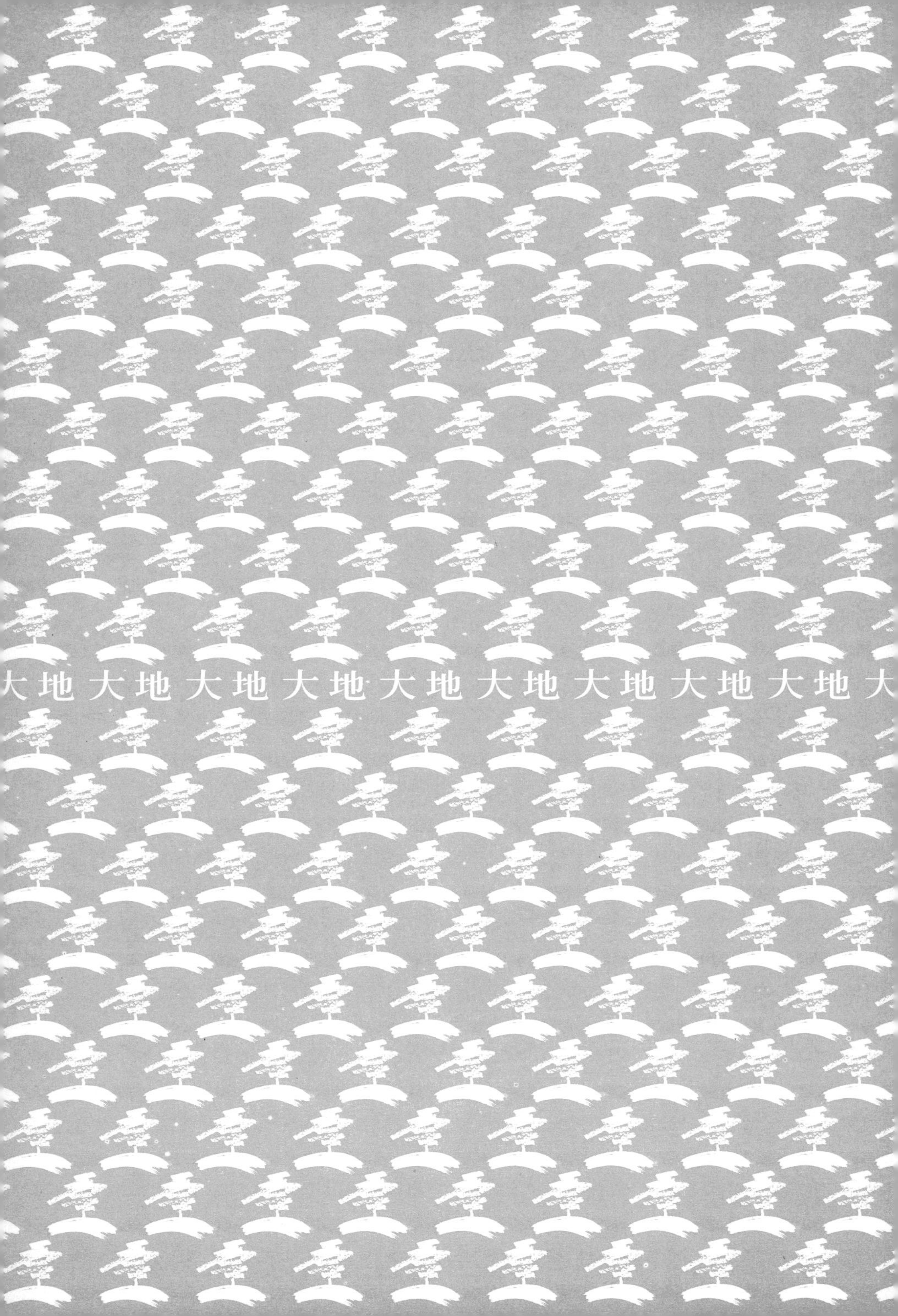
大 地 大 地 大 地 大 地 大 地 大 地 大 地 大 地 大

歷史小說005

中國后妃公主傳奇之五

秦宮花后——趙姣娥

張雲風 著

二十四番花信風

馬瑞芳

新時期以來，隨著改革開放事業的前進，外國文學思潮對中國文學有了五四以來最強烈的衝擊，帶來多方面影響。女性主義批評勃興，女作家空前活躍。基於女性體驗做特殊描寫的創作模式，如所謂「小女人散文」和私人化寫作，一度風行。塑造新的女性形象，批判男權主義或試圖（僅僅是試圖）張揚女權主義，成爲多元化文壇風景的一道特殊景觀。倘若注目在群眾中有廣泛影響的影視劇，則可以發現，中國古代女性人物如武則天、楊玉環等，簡直成了電視台保持收視率的拿手好戲。沒有多少歷史根據的歷史人物，也能編成幾十集令人蕩氣迴腸的連續劇如《珍珠傳奇》，這是一個值得深思的文學現象。

女性，是文學的永恒話題，是文學最引人注目的話題，是隨著時代發展常寫常新的話題，任何一個時代文學的大繁榮無不伴隨著女性文學的新局面、新課題。

女性爲中華民族的發展付出了艱苦勞動，在許多領域創造了不亞於男性的輝煌，但在幾千年的男權社會中女性不僅在政治、經濟生活中成爲男性的附庸，在人生角色和道德宣傳上處於「第二性」地位，而且在歷史記載和文學創作上也處於被忽略、被歪曲、被篡改的狀態。例如：驕奢淫逸的皇帝及聽命於這些皇帝的文人墨客，不但不思考男性統治者對歷史和黎民犯下的罪行，反而用「女色亡國」輕輕地爲其開脫罪名，就是最有代表性的歷史現象。古代文學中對宮廷女性的眞實的、同情性描寫是遠遠不夠的。如：幾千年的宮廷中，幾百乃至幾千女性爭寵一個男性，是絕對非人道的現象，最傑出的詩人白居易和最出色的劇作家洪升卻共同創造出「七月七日長生殿，夜半無人私語時」幾乎烏托邦式的愛情神話。深入描寫宮廷女性痛苦內心世界的藝術作品更是寥寥無幾。《長信宮詞》寫道：「奉帚平明金殿開，且將團扇共徘徊。玉顏不及寒鴉色，猶帶昭陽日影來。」寫出了一種淡淡的哀愁，且是帶有明顯同性相嫉特點的哀愁。白居易寫的《上陽白髮人》，「入時十六今六十」、「紅顏暗老白髮新」，對白髮宮人的深刻同情，可算這類作品中最傑出的。當然，《浣紗記》創造的傾國傾城、憂國憂民、復國和愛情不能兩全的動人的西施形象，唐傳奇中爲宮女的愛情付出生命代價的王仙客……都可以算古代文學描寫宮廷女性生活的鳳毛麟角之作。

中國后妃公主傳奇，是系列長篇歷史小說，這套書的寫作是在汲取某些歷史記載和傳說基礎上，張開想像的翅膀，以現代人的觀點，描寫古代歷代后妃公主的人生軌跡，以現代人的觀點闡釋她們不平凡的人生。她們的人生，是歷史的參照，是道德的啓迪，是對眞善美的謳歌，是對假惡醜的鞭撻；她們，有的有花一樣美麗的人生，有的又完全可以稱之爲「惡之花」。這套書的作者，多經過大學文史專業系統學習，有深厚的學術素養和多年寫作訓練，所寫小說構思新穎，情節曲折，人物生動，文字簡練，眾擎群舉，演義中國古代宮廷女性的人生，可以說，這套書塡補了歷史小說寫作的一項空白。

我的好友朱淡文教授是卓有成就的著名紅學家，她描寫中國古代才女的書名曰《二十四番花信風》，出版社邀我爲這套書做序，特借淡文書名爲序，希望中國后妃公主傳奇能滿足讀者的閱讀期待。

一九九九年五月二十日

目錄

邯鄲名妓

富商嬌妾

妊娠再嫁

母子歸秦

王后太后

宮闈污穢

32 呂不韋和秦太后重溫舊情。舊情不算甜蜜，卻有幾分危險，呂不韋決意找個替身。／二三一
33 嬴政和宮女們鬼混，未婚先生出個兒子扶蘇來。秦太后教訓嬴政。嬴政的后妃嬪妾，史籍不載。／二三八
34 大陰人嫪毐詐腐入宮，秦太后心花怒放，如獲至寶，從此視他爲最親最親的男人。／二四五
35 楚國也有宮闈穢事，李園步呂不韋後塵，設計出一個妊娠再嫁的太后，堪稱「呂不韋第二」。／二五一

屯留兵變

36 秦太后養尊處優，穢亂宮闈，進而產生了新的欲望，奢想效法歷史上的宣太后，擁有政治權力。／二六一
37 秦太后偏愛小兒子成蟜，要嬴政日後傳位於弟弟，呂不韋並不幫忙説話，情人反目。／二六七
38 秦太后懷著負罪於秦國的心理，站在呂氏父子的對立面，支持成蟜，釀成屯留兵變。／二七四
39 嬴政和呂不韋堅決鎮壓屯留兵變，成蟜兵敗投降，樊於期和霍達生逃亡。／二八〇
40 嬴政梟斬成蟜，秦太后求情不准。參加屯留兵變的五萬秦軍身首分離，並殃及成千上萬的無辜生靈。／二八七
41 霍達生逃回咸陽，嫪毐深夜告密，換得長信侯爵號。甘羅十二歲使趙，奇才短命。／二九四

水火之勢

嫪毐叛亂

魂歸陽陵

邯鄲名妓

1

趙國都城邯鄲，太史趙群風雪之夜撿到一個女嬰。女嬰長大，取名姣娥，絕頂美貌，絕頂聰明，焉知禍福？

春秋戰國包括「春秋」和「戰國」兩個時期。經過無數次大魚吃小魚式的兼併戰爭，戰國時期，只剩下七個國家折騰了，史稱「戰國七雄」。哪七雄？一曰秦，二曰楚，三曰齊，四曰燕，五曰趙，六曰韓，七曰魏。它們的大致方位是：秦在西，楚在南，齊在東，燕在東北，趙在北，韓、魏居中。

這裡單說趙國和秦國。因爲本書的主人公秦太后原是趙國人，後來當了秦國的太后。圍繞這個女人，歷史上發生過許多稀奇、穠艷而又污穢的故事。

趙國的前身是晉國。西元前四五三年，晉國的大夫趙籍、韓虔、魏斯擁兵自重，瓜分晉國的土地，分別建立割據政權，這便是著名的「三家分晉」。西元前四〇三年，東周天子威烈王姬午迫不得已承認三個政權爲諸侯國，這才有了趙國、韓國和魏國。趙國最早建都晉陽（山西太原東南），西元前三八六年遷都邯鄲（河北邯鄲），疆域有今山西中部，陝西東北角，河北西南部。武武靈王趙雍實行軍事改革，胡服騎射，國力增強，又佔領了今河北西部山西北部和河套地區。武靈王死後，其子趙何繼位，是爲惠文王。惠文王承襲父王的基業，任用廉頗、趙奢、李牧、藺相如等一批文臣武將，使趙國雄踞中原，很是威風。

趙國都城邯鄲，東臨滏陽河，西望石鼓山，一馬平川地，山水相映城。戰國時期，中原各國的都城採用西「城」東「郭」的連結布局，邯鄲城也是如此。西面偏北，三座小城形成不規則的「品」字形，宮殿巍峨，金碧輝煌，那是宮城，俗稱「趙王城」。三座小城中，以西城爲主體，趙國的王宮就在這裡。西城呈正方形，城牆周長一千四百米。東城呈長方形，爲趙王後宮所在地。西城和東城的北面爲北城，北城裡遍布各種官署，來來往往都是高冠華服、簪纓鮮麗的官員。

宮城的東北方向，矗立著高大、雄偉的郭城。郭城近似長方形，城牆東西寬三千九百米，南北長四千八百米，西北方向內曲，向外形成一條弧線。郭城裡縱橫分布著筆直的大街，大街之間爲整齊的居民坊里，並有南市和北市，市井繁華，人煙稠密。

趙國的邯鄲，秦國的咸陽（陝西咸陽東），魏國的大梁（河南開封），齊國的臨淄（山東淄博），合稱戰國時的「四大都會」，其中，邯鄲的冶鐵業天下馳名。當時有個叫郭縱的人，「以鐵冶成業，與王者埒富」，他的事蹟被司馬遷老先生寫進了《史記·貨殖列傳》。作爲一國之都和商業中心，咸陽、大梁和臨淄都在黃河以南，唯獨邯鄲位於黃河以北，說明趙國人聰明勤勞、善於經營，在遼闊的大平原上建起了美好的家園。

趙國姓趙的人特別多，邯鄲也是一樣。就在邯鄲郭城的東南隅，住著一戶趙姓人家，主人叫趙群，官任太史，掌管起草文書，策命諸侯、卿、大夫，記載史事，編寫史書，兼管國家典籍、天文曆法、祭祀等，爲惠文王駕前大臣。夫人李氏，出生豪門，精明幹練，管家理財是把好手。

趙群夫婦年將半百，家境優裕，吃香的，喝辣的，金銀財寶花不完，綾羅綢緞穿不完。怎奈李氏一生不育，沒有生下兒女，偌大的家產無人繼承，這不能不說是一大遺憾。

他們倒是有個女兒，年近十六歲，名叫姣娥。不過她並非親生，而是抱養的。

那是十五年前的冬天，北風呼嘯，大雪紛飛，邯鄲城在風雪中顫抖著，大街小巷幾乎沒有行人。趙群在太史署處理公務，繼被友人邀去飲酒，掌燈時分方才回家。他踩著積雪，高一腳低一腳地走路，突然，腳下被一個圓圓的軟軟的什麼東西絆了一下。他覺得奇怪，彎腰看那東西，好像是個包裹，伸手一摸一捏，覺得包裹裡好像有個嬰兒。他抬眼看看四周，風正狂，雪正猛，沒有人影，心想這嬰兒肯定是個私生子，父母狠心，將之丟棄了。他隱約感到包裹裡尚有餘溫，表明嬰兒還沒有凍死，於是便撿起包裹，揣在懷裡，匆忙回家。

李氏正在燈下等候丈夫歸來。趙群進門，將包裹往桌上一放，急切地說：「快！快！打開看還活著沒有？」

李氏疑惑地看著丈夫，迅速打開包裹，嚇得倒退幾步，吸了一口涼氣：原來包裹裡竟是一個嬰兒！

嬰兒赤裸著身子，長約一尺，不滿周歲，是個女孩。風雪和寒冷並未扼殺她的小命。

趙群取了自家的一條厚實棉被，重新將嬰兒包起，放到熱烘烘的土炕上。然後坐下來告訴妻子，剛才在回家的路上撿到了這個小傢伙。

李氏說：「她是誰家的呢？她的父母怎麼這樣狠心，偏在風雪天丟棄了她？」

趙群說：「她肯定是私生女，母親嫌丟人現眼，將她扔了。」

李氏說：「未必，若是私生女，母親扔她早扔了，何必要等到這時？」

趙群說：「倒也是，孩子快一歲了，爲什麼要扔掉呢？對！她肯定是窮人家的孩子，父母養活不起，將她扔了。」

李氏走至桌邊，仔細看了看包裹嬰兒的小被子，搖頭說：「不對，你看這小被子，裡、面全新，棉花軟和，不像是窮人家的東西。」

趙群起身看那小被子，同意妻子的分析判斷，那確實不像是窮人家的東西。那麼，這個女嬰的父母到底是誰呢？趙群夫婦不知道，也不可能有人知道，它只是一個謎，一個永遠無法解開的謎。

女嬰睡在厚實的棉被裡，睡在暖和的土炕上，原先凍僵的身子、四肢舒展開來，「哇」地一聲哭了。趙群、李氏快步走到炕前，見女嬰睜開眼，四處張望，小臉紅潤，臉上還有一滴淚珠，很是可愛。李氏解開棉被，伸手一摸，叫道：「呀，她尿了一大泡！」趙群笑道：「好！這是她送給我們的見面禮呢！」

女嬰見了生人，伸胳膊踢腿，哭得更凶了。李氏坐到炕上，將她抱在懷裡，催丈夫用開水泡一塊米糕，哄她餵她。女嬰像是餓了，邊哭邊吃米糕，很快止住了哭聲。她吃完米糕，瞪著黑亮黑亮的眼睛，看看趙群，又看看李氏，發現他們並無惡意，嘴角一咧，笑了起來。這一笑，小臉綻成一朵花，紅臉蛋，長睫毛，好看極了。李氏不由得在她的臉蛋上親了一口，心疼地說：「我可憐的孩子！」

從此，趙群夫婦家中增添了一個小人，一個不滿周歲的女嬰。反正李氏沒有生育，他們便將女嬰看作是親生的女兒，倍加疼愛，取名姣娥。開始的時候，他們總有點提心吊膽，害怕姣娥的父母突然冒出來，尋上門來認女。好在這種情況並沒有出現，姣娥姓趙，是誰也不能改變的事實了。

春去秋來，花開花落。轉眼過去十五年，趙姣娥長成一個大姑娘了。

姣娥天生麗質，又精於梳妝，巧於打扮，那模樣天上仙女似的，要多嫵媚有多嫵媚。身材修長，皮膚白皙，彎彎的眉毛，大大的眼睛，面頰兩個淺淺的酒窩，笑起來眞有如花之容，似月之貌，讓人賞心悅目，怡然陶醉。四季衣裙得體，脂粉使用相宜，即便一朵小花，她總能插在頭上或胸前最佳的位置，恰到好處。

姣娥不僅容貌美艷，而且天資聰穎，愛讀詩書，知古曉今。趙群是朝中太史，家中藏書很多。姣娥自識字以後，幾乎將所有藏書通讀了一遍。書讀多了，固然是好事，但一個女孩兒家，缺少人生閱歷，死讀書，讀死書，也容易走火入魔，惹事生非。

姣娥還愛琴棋書畫和歌舞音律。趙群鍾愛女兒，專門從朝廷樂署中請來一位名師，予以教導指點。姣娥生性靈巧，一學便會，尤其彈得好琴，唱得好歌，跳得好舞。那位名師十分驚訝，讚嘆說：「眞是一個奇女子，一個奇女子！」

一日，趙群下朝回家，見姣娥正在焚香彈琴。他有意考考女兒，便問：「姣娥，你經常彈琴，可知琴的出處？它是何人所造？彈它有何好處？」

姣娥抿嘴一笑，答道：「爹，你難不倒我。琴乃遠古伏羲氏所琢，見五星之精，飛墜梧桐，鳳凰來儀。鳳凰爲百鳥之王，非竹實不食，非梧桐不栖，非醴泉不飲。伏羲氏知梧桐爲樹中之良材，奪天地之精氣，堪爲雅樂，令人伐之。其樹高三丈三尺，按三十三天之數，截爲三段，分天、地、人三才。取上一段叩擊，聲音太清，取下一段叩擊，聲音太濁，皆棄而不用。唯有中間一段，聲音清濁相濟，輕重適宜。取來在長流水中浸泡七十二日，按七十二候之數。陰乾，選良辰吉日，由高手匠人劉子奇製成樂器。此乃瑤池之樂，故名瑤琴。長三尺六寸，按周天三百六十度。前闊八寸，按八節；後闊四寸，按四時；厚二寸，按兩儀。有金童頭，玉女腰，龍池，鳳沼，玉軫，金徽。那徽有十二條，按十二月；又有一中徽，按閏月。最早琴爲五根弦，外按五行金木水火土，內按五音宮商角徵羽。堯舜時操五弦琴，歌《南風》詩，天下大治。後因周文王被囚於羑里，憑弔長子伯邑考，添弦一根，清幽哀怨，稱爲『文弦』。周武王伐紂，前歌後舞，添弦一根，激烈奮揚，稱爲『武弦』。五弦加二弦，所以就叫做文武七弦琴了。」

趙群聽女兒說得有板有眼，頭頭是道，心中大喜，又問：「人常說琴有六忌、七不彈、八絕，你可知曉？」

姣娥隨口答道：「六忌，一忌大寒，二忌大暑，三忌大風，四忌大雨，五忌驚雷，六忌飛雪；七不彈，聞喪不彈，奏樂不彈，事冗不彈，不淨身不彈，不整衣不彈，不焚香不彈，不遇知音不彈；八絕，清，奇，幽，雅，悲，壯，悠，長。總之，這琴彈到盡善盡美處，應該是嘯虎不吼，哀猿不啼，高山流水，天默地靜的。」

姣娥說到這裡，撲閃著美麗的大眼睛，調皮地反問道：「爹！女兒的回答怎樣？」

趙群聽了姣娥的這番「琴論」，欣喜中含著驚奇，微笑點頭，稱讚道：「很好！很好！噯！爹且問你，你是怎麼知道這麼多的呢？」

「讀書呀！爹的藏書中寫的有呀！」

趙群愕然。他知道姣娥讀書很多，可萬沒想到她讀書全能記住，說起書中內容，竟如此滾瓜爛熟。他不由想到，這個丫頭太聰明太機靈，足不出戶，滿腹錦繡，焉知是禍是福？眼下正值亂世，相對而言，無才無德的庸人倒更容易相安無事啊！

2

故相國之子肥厚垂涎如花似玉、多才多藝的趙姣娥，指派媒婆提親，遭到拒絕，惱羞成怒，起了殺機。

太史趙群家有個如花似玉、多才多藝的女兒，名叫姣娥。這在邯鄲城裡不是秘密，幾乎家喻戶曉。一時間，牽紅線、拉皮條的媒婆紛至沓來，說媒提親，無非是張家公子如何如何英俊，李家少爺怎樣怎樣富有之類。趙府的門檻快被踏破了。

趙群熟知這些媒婆的把戲，憑著她們的三寸不爛之舌，能把野雞說成鳳凰，沙土吹成黃金，靠不住的。他嘻嘻笑著，放出話來，說：「承蒙各位抬愛，熱心小女婚事。感謝感謝！這裡不妨把話挑明，要娶小女，必須具備三個條件：一要將相之子，二要才貌相當，三要品行端正。三條若缺一條，最好免開尊口。」媒婆們權衡著自己的主兒，三條中總缺那麼一條或兩條，難合趙群的心意，一個個瞪眼咋舌，興沖沖而來，氣惱惱而去。

這時，趙惠文王已經病死，太子趙丹繼位已經四年，是爲孝成王。孝成王駕前有個小臣叫肥厚，乃故相國肥義之子，官任都尉，職掌武事，負責徵兵事宜。此人是邯鄲城中一霸，依仗宦門子弟和朝中都尉的雙重身分，恣意橫行，欺壓百姓，誰也奈何他不得。他的差事，名義上是徵兵，實際上是抓兵，帶領一幫爪牙，挨門挨戶，見了青壯年就抓走，有時連四五十歲的男人也難逃厄運。他抓了兵，自會撂下一句話：「三日內見分曉。」懂得此話底蘊的人明白，這是暗示必須破費，三日內若給他送去金錢，被抓的兵就會被放回來，不然被抓的兵就名副其實地成為兵了，去打仗，去送死。因此人們偷偷給他起了個綽號，叫做「分曉都尉」。

「分曉都尉」肥厚，長相恰如其名，又肥又厚。矮墩墩的身材，圓鼓鼓的肚皮，腦袋忒大，眼睛忒小，還是短脖子，遠看近瞧簡直是一堆肉。別看此人其貌不揚，生性卻很風流，慣會尋花問柳。他已娶了妻子，還想要個小妾，聽說趙群的女兒才貌雙全，便打定主意，派了能說會道的王婆前去說媒。

王婆遲疑地說：「公子可知趙群擇婿的三個條件？」

肥厚哈哈大笑說：「知道知道！不就是將相之子、才貌相當、品行端正嗎？我肥某乃故相國肥義的兒子，這第一條沒說的。第二條，『才』有餘，『貌』湊合，沒有才還能當都尉？第三條，品行也差不到哪裡去，本分正派，敢作敢為。」

王婆聽肥厚自我吹噓才貌和品行，撇嘴暗笑，討好地說：「那是！那是！不過嘛，想來公子也曾聽說，那個趙姣娥年方二八，鮮花一朵，人稱是鮮活的靈芝、飛翔的天鵝。你要娶她為妾，這貨頭得……」

「貨頭」指財禮，包括付給媒婆的報酬。肥厚家產豐盈，完全不在乎這個，闊綽地說：「只要事情辦成，貨頭要多少給多少。明天你去趙府，先送上五十兩黃金和十匹錦緞，另外給你五兩黃金作為鞋襪費，行不？」

「謝謝公子！謝謝公子！」王婆彎腰作揖，歡天喜地，告辭退去。

第二天，王婆用紅布帕包了黃金，讓人扛著錦緞，大搖大擺地進了趙府。趙群和李氏正坐在廳中說話，王婆向前施禮，笑嘻嘻地說：「恭喜老爺！恭喜夫人！」

趙群夫婦莫名其妙，疑惑地望著不速之客。王婆大模大樣，將亮閃閃的黃金和紅艷艷的錦緞放在桌上，輕輕抖動著手帕，笑瞇瞇地說：「我是給老爺、夫人家的千金說媒來了。」

李氏起身讓座。王婆謝過，坐下，嘴裡炒豆似的，大聲說：「貴府的千金，花容月貌，才藝超群，邯鄲城裡第一號麗姝，這是無人不知、無人不曉的。太史老爺擇婿的條件，響噹噹，硬梆梆，想得遠，全城傳爲佳話，也是無人不知、無人不曉的。我今日來，牽紅線，搭鵲橋，專給貴府千金物色了好婆家。」

趙群夫婦四目對視，沒有言語，聽那王婆繼續說下去：「這男方嘛，完全符合老爺的三個條件，相國之子，宦門子弟，現在朝中任職，很受國王寵信。家中高房華宅，奴僕成群，若論家產，金銀珠寶秤稱斗量，綾羅綢緞車載船裝……」

王婆倒也狡猾，絕口不提男方的才貌和品行。李氏性急，忙問：「你倒是說明白點，這男方到底是誰家呀？」

王婆煞住話頭，看看趙群，又看看李氏，似乎極不情願地說：「男方……男方姓肥名厚，官任都尉。」

趙群睜大眼睛，問道：「你是說肥義的兒子，綽號叫『分曉都尉』的肥厚？」

王婆點頭，答道：「正是！正是！」

「他不是早娶了妻子嗎?」

「不錯,他的意思還想娶個妾。」

趙群臉色鐵青,怒氣塡胸,一拍桌子,指著王婆,厲聲喝道:「你快給我滾出去!肥厚算什麼東西?貌醜像豬,性狠似虎,就是天下男人死絕了,我女兒也不會嫁給他!」

王婆儘管能說會道,此刻卻理屈詞窮了。她知道肥厚要娶姣娥,那是癩蛤蟆想吃天鵝肉,根本不可能的。她來說媒,實是不得已而爲之。一來,肥厚心毒手狠,她不敢得罪他;二來,五兩黃金的貨頭頗具誘惑力,萬一事情成了,貨頭豈不是白落?趙群發怒拒婚,這是意料之中的事,對她說來並不重要。她只是嘆息,說媒不成,黃金泡湯,可惜可惜。

王婆抬腳要走。趙群指著桌上的黃金和錦緞說:「把這些東西帶走,免得滿屋臭氣!」王婆不敢吭聲,依舊用紅布包了黃金,讓人扛了錦緞,搭訕著離去。

王婆走了,李氏陪著小心輕聲問丈夫道:「你幹什麼發那麼大的火?」

趙群氣猶未消,大聲說:「那肥厚是個頭頂長瘡腳底流膿——壞透了的角色,要長相沒長相,要才能沒才能,坑矇拐騙,吃喝嫖賭,無異於地痞無賴。朝廷瞎了眼,讓他當個都尉,他借徵兵敲詐勒索,弄得多少人家家破人亡,妻離子散。哼!我們家的姣娥怎能嫁這號人?還說是當妾,眞他娘的渾蛋透頂!」

趙群是個斯文人,平時是不罵人的,今日氣急了,不由得罵出一句粗話來。李氏理解丈夫的心情,安慰說:「算啦!媒婆的話,這個耳朵進,那個耳朵出,不必計較。」

「媒婆的話？」趙群依然氣惱地說：「那王婆顯然是受肥厚指使，奉命行事的。」

李氏驚慌了，急切地說：「那可怎麼好？惹了肥厚，我們還能安生嗎？」

趙群說：「別怕，我和肥厚同朝為臣，太史官位遠在都尉之上，諒他不敢對我怎麼樣。」

李氏合十作揖，口中念念有詞地說：「但願上天保佑，平安無事就好，平安無事就好。」

王婆挨了趙群的呵斥，離開趙府，腳下抹了油似的，飛快地跑回肥厚府第。她說了多半輩子媒，碰壁不少，但被人喝令「滾出去」，今日還是頭一回，心中又愧又恨。肥厚正在家中坐等佳音，見王婆歸來，急不可待地迎上去，瞇起小眼發問：「怎麼樣？」

王婆一屁股坐在杌子上，撲打著鞋襪，沒好氣地說：「吹啦！吹啦！」

肥厚臉色頓時陰沉下來，冷冷地問：「趙府怎麼說？」

王婆裝出十分委屈的樣子，添油加醋，將說媒的遭遇敘說了一遍。

肥厚聽著，額上暴起青筋，眼裡冒出怒火，問道：「趙群罵我不是東西，還說我貌醜像豬，性狠似虎？」

王婆手拍大腿，賭咒發誓地說：「我的爺！這些話關乎到爺的聲譽，我豈敢胡編騙你？剛才所言，若有半句不實，必遭天打雷劈！」

肥厚氣急敗壞，咬牙切齒，惡狠狠地說：「好個趙群，真不識抬舉！我肥某要娶你女兒，是看得起你，你拒婚倒也罷了，又何必出言不遜，罵我咒我？看來，你是敬酒不吃吃罰酒，活得不耐煩，要嘗嘗老子的厲害了！」

肥厚轉身對王婆說：「今日辛苦你了，媒未說成，但五兩黃金鞋襪費，我照付不誤。你去吧！」

王婆滿臉堆笑，千恩萬謝說：「公子且放寬心，邯鄲城裡名家閨秀多得是，待我細細打聽，包給公子說個稱心如意的妞。」

肥厚不領王婆的情，揮手說：「什麼稱心如意的妞？老子玩的女人多了，現在只要她趙姣娥！」

王婆偷看一眼肥厚的神情，覺得還是少說話爲妙，點頭哈腰，謝恩而去。

肥厚坐到桌旁，抓起酒壺，咕嚕嚕喝了半壺酒。他打了一個酒嗝，耳中似乎聽到趙群在呵斥王婆：「肥厚算什麼東西？貌醜像豬，性狠似虎，就是天下男人死絕了，我女兒也不會嫁給他！」他滿臉通紅，將酒壺朝地上一摔，向著門外喊道：「來人！」

門外一下子進來七八個壯漢，個個膀大腰圓，凶神惡煞。他們都是肥厚的爪牙，每日酒足飯飽，隨時聽從調遣。肥厚乾咳一聲，命令說：「你們聽著，現在好好睡覺，養足精神，晚上隨本都尉去做一件買賣，不准出半點紕漏！」

「是！」爪牙們知道，所謂「做買賣」，不是殺人，就是放火，事後必能得到很大的好處，所以樂於從命。眾人答應一聲，隨即退去。肥厚伸了一個懶腰，也走進內室休息，腦子裡卻在盤算著晚上所要做的「買賣」。

3

肥厚夜入趙府，殺了趙群夫婦和家人，放火焚屍，搶了趙姣娥，少女的美夢破滅。

太陽落山，夜幕降臨，喧囂了一天的邯鄲城漸漸平靜下來。大街小巷一片漆黑，伸手不見五指，只有皇宮裡和一些達官權貴家燈火輝煌，鼓樂鏗鏘，隱約可以聽到靡靡的歌聲和狂蕩的笑聲。

趙府的兩個房間裡也亮著燈。一是趙群和李氏的臥室，一是趙姣娥的閨房。多少年來，趙群養成了就寢前讀書的習慣，不讀書一夜睡不安穩。這時，他捧著一束竹簡，正讀得津津有味，時而微笑，時而沉思，間或發出「啊」、「唉」之類的感嘆，如醉如癡。趙群讀書，李氏必陪，坐在一旁繡花，繡龍鳳呈祥，繡桃李鬥艷，繡碧水鴛鴦，繡白雪紅梅，自有一番樂趣。

李氏還牽掛著白天王婆說媒的事，抬頭問丈夫：「你說那個肥厚會不會無理取鬧，故意找麻煩？」

趙群放下竹簡，揉揉眼角說：「堂堂天子腳下，赫赫都城之中，他故意找麻煩又能怎樣？」

李氏說：「不知為什麼，我今日眼皮老是跳，怕不會出事吧？」

趙群笑著說：「我趙群為官多年，清正廉潔，奉公守法，一沒有冤家，二沒有仇人，能出什麼事？好啦好啦！你就放心睡大覺吧！」

李氏說：「我是擔心姣娥會給我們家帶來不幸，女孩兒家姿色太美，終久是禍殃啊！」

趙群心頭一震，注視著妻子，許久沒有說話。

姣娥的閨房在樓上。夜深人靜，燈花搖曳，她正坐在房裡想入非非呢！

白天王婆說媒的事，她在樓上聽到了。她感激父親轟走了王婆，因爲自己貌美藝精，怎能去當貌醜像豬、性狠似虎的肥厚的小妾呢？她雖未見過肥厚，但從這姓名可想知其人，肥頭肥耳，一身厚肉，齜牙咧嘴，粗俗不堪，不用說和他同床共枕，即便看一眼也夠噁心了。

姣娥已經到了少女們特有的敏感的年齡，生理上和心理上常有一種難以抑制的渴求和衝動。她讀的書很多，歷史上青年男女的風流韻事，屢屢使她動心。《詩三百》裡有篇《綢繆》，描寫新郎、新娘在新婚之夜相見的喜悅之情：「今夕何夕，見此良人？」「今夕何夕，見此邂逅？」「今夕何夕，見此粲者？」姣娥讀後，情不自禁地會嚮往，什麼時候也有那麼一個夜晚，自己和心愛的男人在洞房見面，然後擁抱著上床，歡度良宵？還有一則吹簫引鳳的故事，寫的是春秋時候，秦國有位美男子叫蕭史，人稱蕭郎，善於吹簫，簫聲猶如鸞啼鳳鳴。秦穆公的女兒弄玉，也愛吹簫，遂與蕭史結爲夫妻。二人相親相愛，心心相印，終日以吹簫共樂，引得無數鳳凰飛來，隨著簫聲翩翩起舞。秦穆公因此專門爲他們建了一座鳳台。後來，蕭史乘龍，弄玉御鳳，雙雙升天成仙，享受永恆的愛情。姣娥讀後，激動不已，想像自己就是弄玉，可惜缺個蕭史。她不由得輕聲喚道：「英俊的蕭郎，多情的蕭郎，你在哪裡？你在哪裡？」

這天晚上，姣娥和父親一樣，在燈下讀書，約莫二更時分，準備就寢。正當她卸頭飾、解衣扣的時候，猛然聽到院牆外有響聲。她趕緊將燈吹滅，走至窗前，輕撩珠簾，向外窺視，但見幾條黑影躥上牆頭，縱身一躍，便躍進自家院中。她嚇得心驚肉跳，以爲是盜賊行竊，正要喊叫，沒料想「咣」地一聲，房門被踢開，進來兩個黑衣蒙面人，手執明晃晃的長劍，劍尖直指她的喉嚨，喝道：「不許聲張！聲張就要你的命！」姣娥何曾遇過這種場面？當下兩腿一軟，跌坐到地上，渾身篩糠似的，抖個不停。

夜入趙府的正是肥厚和他的爪牙，共計九人，黑衣蒙面，有的持刀，有的執劍。肥厚對這次「買賣」專門作了部署：九人分爲三組，一組對付趙群夫婦，一組對付男傭女僕，一組對付趙姣娥。「買賣」必須做得乾淨利索，見人齊殺，唯獨要留下趙姣娥，不許傷著她一根毫毛。

肥厚帶領三個爪牙，撲向樓下燈亮的房間，他料定那裡必是趙群夫婦的臥室。爪牙向前，一腳便踢開房門。李氏已經睡下，趙群披著衣服，正坐在床上想著什麼。趙群陡見四個黑衣蒙面人破門而入，驚出一身冷汗，瞪大眼，張大嘴，懵了！李氏鑽在被窩裡，嚇得縮作一團。好久，趙群才回過神來，指著蒙面人說：「你們……你們是誰？要……要幹什麼？」

肥厚猙獰地一笑，狠狠地說：「幹什麼？送你去見閻王！」

趙群哆嗦著說：「我和你往日無冤，近日無仇，爲何……」

「哼！無冤無仇？好！我要你死個明白！你睜眼看看我是誰？」肥厚一把扯下面罩，露出一個大腦袋、一雙小眼睛，得意地說：「你不是罵我貌醜像豬、性狠似虎嗎？罵得對！我就是醜豬狠虎！怎麼著？醜豬狠虎可要吃人哩！」

趙群見是肥厚，反倒不害怕了，大聲說：「好個肥厚，你欲娶小女不成，便來故意尋釁，夜闖朝廷命官私宅，行凶報復！走！我和你到朝廷說理去！」說著撩起被子，意欲下床穿鞋，和肥厚理論。

肥厚舉刀止住趙群，說：「少來那一套！實話告訴你，你家的小女我是娶定了！你呢？也永遠到不了朝廷啦！」他一努嘴，示意爪牙下手。兩個爪牙向前，一個用刀砍，一個用劍刺，趙群慘叫一聲，倒在床上，鮮血濺上帷幔，片片點點，鮮紅鮮紅。

李氏聽得丈夫慘叫，顧不得羞恥，揭掉被子，單衣短褲，撲到趙群身上，淒厲地喊道：「老爺！」另一個爪牙向前，挺刀一捅，李氏也是一聲慘叫，再沒有動彈。

姣娥聽到樓下爹和娘的慘叫，猛地站起，發了瘋似的喊道：「你們殺死我爹，殺死我娘，不是人！不是人！」她要衝出房門，下樓看個究竟。怎奈蒙面人以劍相逼，不准她挪動半步。她頓足捶胸，向著樓下大喊：「爹！娘！」

夜色沉沉，她的爹娘永遠不會答應她了。

肥厚一搖一擺地走上樓來。他對姣娥是只聞其名，未見其人，現在要一睹她的芳容，看看當夜的「買賣」值不值得。

他命爪牙點燈，房裡立時亮了起來。他就著燈光，來回走動，左瞧右看，仔細打量著姣娥，但見她身材苗條，衣著合體，面龐豐潤，眼如秋水，眉似遠山，頭髮略有散亂，兩腮珠淚數點，一片弱不勝嬌的情態，實在惹人疼愛。肥厚大喜，連連點頭，說：「嗯！果然名不虛傳，名不虛傳！」

姣娥瞪圓眼睛，盯著肥厚，大聲問：「你是誰？你要幹什麼？」

肥厚瞇著小眼，說：「我是誰？我是你的夫君呀！幹什麼？接你回家成就好事呀！」

姣娥朝他唾了一口，說：「呸！不要臉！流氓！無賴！」

肥厚並不著惱，笑著說：「呵！我的姣娥生起氣來，那神情那姿態更可愛呢！」

看長相，聽口氣，姣娥明白眼前這個人必是那個肥厚了，他是衝她而來，自己恐怕難逃他的魔掌了。這時，她還牽掛著樓下的父親和母親，便怒氣沖沖地問：「你們把我的爹娘怎樣了？」

肥厚得意地一笑說：「他們手拉著手上天啦！」

姣娥頓時心如刀絞，淚如泉湧，跪地喊叫：「爹呀！娘呀！」回過頭來痛罵肥厚：「你們不是人！是強盜！是畜牲！」

樓下又上來三個蒙面人。肥厚問：「完了？」三人答：「完了，一個喘氣的也沒有了。」這三人的任務是殺害趙府的男傭女僕，看門的，餵馬的，趕車的，做飯的，男女八口，都死在他們的刀劍之下。

姣娥從肥厚和三人的對話中，知道趙府的人被他們殺光了，悲痛欲絕，舉手向天，喊道：「天哪！作孽啊！」她也不想活了，一頭向梳妝檯撞去。左右兩側的蒙面人眼疾手快，伸手將她拉住。

姣娥掙扎著，還要尋死，肥厚獰笑著說：「你可不能死，你我還有一段姻緣呢！」說罷，命令爪牙：「快！用手帕堵住她的嘴，裝進布袋，送到滏陽府。這裡，你們看中的東西，自取，然後放一把火，燒個乾淨！」

兩個爪牙手腳麻利，取了手帕塞到姣娥嘴裡，又取了帶來的黑布袋套在姣娥身上，繩子一縛，扛到肩上，下樓飛奔而去。其他爪牙在樓上樓下房裡翻箱倒櫃，專撿金銀珠寶首飾，裝滿口袋。隨後，點燃火把，裡裡外外放火，頃刻間，濃煙四起，烈焰騰空，大火吞沒了整個趙府。

左右街坊和四鄰八舍的人從睡夢中驚醒，齊聲發喊：「失火啦！失火啦！」急忙穿衣穿鞋，取桶取盆，趕來救火。可是，這火來得突然，來得凶猛，半夜三更，水源難覓，人們吵嚷著，擁擠著，乾瞪眼沒辦法，只能聽任大火焚燒。

有人焦急地發問：「太史趙群夫婦和他們的女兒呢？趙府的男傭女僕呢？怎麼不見出來呀？」

「出來？出得來嗎？」有人回答：「火勢這麼大，他們怕是早燒成灰了！」

「唉！眞是天有不測風雲，人有旦夕禍福，如今這個世道，好人沒好報啊！」

約莫半個時辰，趙府便從邯鄲城裡消失了，剩下的只是幾堵黑糊糊的牆壁和一片閃爍著火星、散發著焦味的灰燼。

天亮以後，邯鄲令帶領一幫衙役到現場察看，知道失火是太史趙群家。爲何失火？死了幾人？還有沒有人活著？他搞不清楚，乃命衙役從灰燼中扒出尚未燒成灰的屍骨，拉到城外埋了，然後去相國府，向相國趙勝報告：「夜間，太史趙群家中失火，全家人大概都燒死了。」趙勝轉告孝成王，孝成王嘆息一番，重新任命了一位太史，好像什麼事也沒發生過。

4

趙姣娥被關進肥厚藏嬌縱淫的密室，險些受辱，正在走投無路之時，錯把肥厚妻子蔡氏當「救星」。

肥厚和兩個爪牙扛了趙姣娥，一路小跑，快步流星。當趙府被熊熊烈火吞沒的時候，姣娥已被扛到肥厚藏嬌縱淫的密室裡。

肥厚的父親肥義，在趙惠文王當政時期，官任相國，封滏陽公。肥義恃權仗勢，巧取豪奪，爲自家建造了一座豪華府第，按理應叫肥府，但因此名不雅，便以爵名作爲府名，稱滏陽府。肥義死後，肥厚繼承家產，滏陽府自然歸他所有。

滏陽府佔地十畝，高牆深院，華廳錦屋，非常氣派。府中右側，是他妻子蔡氏及侍女居住的地方；左側，則是他和爪牙們活動的場所。左側一角，有一間小房，那是他的私人密室，他在外面搶了女人，就在密室過夜，窮凶極惡地施展淫威。

爪牙放下姣娥，知趣地退去。肥厚關上房門，解了繩子，揭去布袋，取出姣娥嘴裡的手帕，笑嘻嘻地說：「我的寶貝，讓你受苦了。」

姣娥經過一路顛簸，暈頭轉向，直想嘔吐。她睜開眼睛，略一環視，只見這是一間小房，陳設華麗，沒有窗戶，密不透風，肥厚一雙小眼貪婪地望著自己，眼裡分明燃燒著淫火。她打了一個寒顫，本能地退後一步，大聲問：「這是什麼地方？這是什麼地方？」

肥厚歪著頭答：「這是你的家呀！是你和我共有的家呀！」

姣娥說：「胡說！你殺了我爹我娘，又將我搶到這裡，到底要幹什麼？」

肥厚說：「很簡單，就是要娶你爲妾。」

姣娥腦海裡迅速閃過念頭：自己現在是被關在牢籠裡，面對的是一個死皮賴臉、厚顏無恥的魔鬼，跟這個魔鬼來硬的，無疑是雞蛋碰石頭，吃虧受辱的只能是自己。不行！得想辦法和他周旋，軟硬兼施，或許尙有生機……

肥厚見姣娥猶豫遲疑，欲火難耐，嬉笑著向前，伸手要來拉她。姣娥又退後一步，迅速從頭上拔下金簪，緊緊地攥在手裡說：「別過來！你再前來一步，我就用金簪戳瞎我的雙眼，毀了我的容貌，那時任割任剮，由你！」

肥厚貪戀的正是姣娥的姿色，姣娥果眞戳瞎雙眼，豈不大煞風景？他即刻站定，連連搖手說：「別！別！有話好說！有話好說！」

姣娥嘴角露出一絲冷笑，說：「你給我聽著！我既然被你搶來這裡，好說歹說，反正就是你的人了。不過，我畢竟是名門閨秀，不甘心不明不白、糊里糊塗地就成了你的小妾。你若強行逼我，我自毀容貌不說，還要想方設法殺死你！我一個孤女子，和你堂堂都尉同歸於盡，也算值得。你若果眞對我有情，容我爲爹娘守喪半年，半年後你須明媒正娶，即便當你的妾，我也心甘情願。本姑娘心高氣傲，性格剛烈，一是一，二是二，說得出，辦得到，你就掂量掂量吧！」

姣娥這番又軟又硬的話，一下子將肥厚震住了。他原以爲姣娥跟那些搶來的女子一樣，不過是個軟柿子，一嚇二哄，便會乖乖地躺到床上，自己想怎麼著就怎麼著，不料這個小妞有血性，有稜角，軟裡帶硬，硬裡帶軟，竟是塊難啃的骨頭。他想撲上去，將她按倒，扒了她的衣褲，痛痛快快樂一回。這樣並不難，只像狐狸捉小雞一般容易。可是她眞的毀了容貌，甚或記恨在心，伺機報復，怎麼辦？他實在捨不得圖一回快活就永遠失去她，因爲她太美了，今生今世還沒見過這樣的美人。她說守喪半年，讓自己明媒正娶，倒也符合情理。人家是大家閨秀，講究臉面，哪能隨隨便便就跟男人上床呢？

肥厚想到這裡，收住心猿意馬，尷尬地笑著說：「好！好！我不碰你，我不碰你。不過，你說守喪半年，可是當眞？」

姣娥定定心神，說：「本姑娘絕不食言。」

肥厚說：「那就一言爲定！」他突然變得溫和起來，指著房裡的陳設，又打開一個木櫃，裡面裝滿耀眼的金銀珠寶和鮮艷的衣服首飾，說：「這些東西，全都歸你了。」

姣娥故意裝出歡喜的樣子，說：「歸我？那謝謝……謝謝相公想得周全。」顯然，「相公」二字，她是作了斟酌的。

肥厚聽姣娥稱呼自己「相公」，樂得心花怒放，兩眼笑成一條線，不由想到：女人哪女人，人人愛虛榮，個個圖金錢，只要給她一點甜頭，她就會順順從從，服服貼貼的。

姣娥略停片刻，又說：「我爲爹娘守喪，那些衣服首飾暫時用不著，還煩相公給我購兩身孝服和一些香燭來。」

肥厚樂意照辦，說：「這個自然，這個自然。」

天快亮了，肥厚去赴朝會。兩個時辰以後回轉來，遞給姣娥一個包裹。姣娥打開包裹，原來是三套白色絲裙和三雙白幫黑花繡鞋，還有好些香燭。跟隨肥厚同來的還有四個十五六歲的侍女，爲首的兩個，一個叫棋兒，一個叫翠兒。肥厚指著姣娥，吩咐四個侍女說：「你們聽著，她很快就是你們的少奶奶，你們四人分作兩班，小心給我侍候著！第一，任何閒雜人員不准靠近密室；第二，少奶奶要什麼，你們給什麼，飲食茶水，不得有半點馬虎，少奶奶若掉了一兩肉，我拿你們是問！」

四個侍女齊聲回答：「是！」

「還有，」肥厚又吩咐說，「大奶奶那邊，不許走漏風聲。」

四個侍女又齊聲回答：「是！」

從此，姣娥便在這間密不透風的密室裡住下了。四個侍女很是殷勤，一日三餐，早茶晚水，洗衣服，倒馬桶，她們侍候得十分精心，無可挑剔。白天，她穿著肥厚購來的白裙和白鞋，點燭焚香，跪地禱告，祈求爹娘亡靈安息，莫要責怪她這個不孝的女兒給二老招來殺身之禍，因爲這實在不是她的罪過。夜裡，她躺在床上胡思亂想，回憶童年時代無憂無慮的生活，回憶讀書彈琴悠然自得的快樂，那一切是多麼多麼美好啊！可是，人生偏是這樣光怪陸離，莫不可測，她，一個太史家的千金，一個多才多藝的奇女，如今卻被囚禁在人不知、鬼不覺的密室裡！她想到死，金簪扎破喉嚨，或吞食一塊碎金，眨眼間便可命喪黃泉。然而，自己才十六歲，猶如一株花，剛剛現蓓含苞，還沒開放，就平平淡淡地凋謝，多可惜呀！她還想到乾脆屈從肥厚算了，脫光衣服，由他擺弄，這樣便可做肥家的少奶奶，恰也逍遙自在。啊！不行不行！肥厚的相貌和德性，醜陋，猥瑣，凶狠，自己雪膚花顏，怎能和那樣的怪物睡在一起？況且，他殺害了爹和娘，雙手沾滿鮮血，是自己不共戴天的仇人哪！

姣娥就是這樣在悼念爹娘和胡思亂想中生活著。不知不覺五個月過去，離守喪半年的約言只有一個月了。那一天，她作出守喪半年的約言，完全是緩兵之計，避免當時受辱；現在，時間所剩無多，她開始寢食不安，如坐針氈，惶惶不可終日了。肥厚前日到過密室，嬉皮笑臉地說：「寶貝！你我快成好事了，你該放高興點。」姣娥故意說：「我若不願意呢？」肥厚拍拍腰間懸著的利刀，說：「諒你不敢！」是的，肥厚是個殺人不眨眼的傢伙，斷不會饒過出爾反爾、自食其言的女人。

姣娥近乎絕望了，自嘆命中注定要做肥厚的小妾了。

突然有一天，棋兒、翠兒陪著一個中年婦人，到密室看望姣娥。二人介紹說：「這是滏陽府的大奶奶！」

姣娥聽棋兒、翠兒說過，肥厚的妻子蔡氏，全府中稱爲大奶奶，挺厲害的。肥厚在外邊偷雞摸狗，爲非作歹，橫得很，可在大奶奶跟前，他是響屁也不敢放的。據說蔡氏和肥厚爲姑表姐弟，蔡氏的母親是肥厚的姑母，肥義早年喪妻，肥厚年幼，是姑母將肥厚拉扯大的。蔡氏比肥厚年長三歲，肥義做主，讓二人結爲夫妻。肥義臨死的時候，遺囑肥厚說：「你可以幹這樣和那樣的壞事，唯獨不能虧待你姑母母女，不然，我在陰間不會放過你！」正因爲如此，肥厚在蔡氏跟前總是唯唯諾諾，不敢放肆的，這也叫「虎狼狗貓鼠，一物降一物」了。

蔡氏操持滏陽府的內政，調遣四五十個男傭女僕，大權獨攬，小權分散，枝微末節的事情不太愛管，以致棋兒、翠兒等四侍女數月不見，她也沒有發現。一日，她偶爾詢問棋兒、翠兒在幹什麼，丫環婆子支支吾吾，搪塞了過去。她覺得蹊蹺，撇開丫環婆子，叫來棋兒、翠兒，厲聲詢問。棋兒、翠兒不敢隱瞞，將在密室侍候少奶奶的情節和盤托出。二人跪地，戰戰兢兢地說：「老爺吩咐，不讓走露風聲，否則，要拿我等是問的。」

蔡氏聽了棋兒、翠兒的話，不由吸了一口涼氣，心想丈夫將其心愛的女人弄到家中來了，自己全然不知，眞他娘的蠢透了！丈夫密室藏嬌，而且已稱少奶奶，必然是個狐媚角色，她一旦得勢，自己在滏陽府中的地位還能保住嗎？

蔡氏心煩意亂，卻又不動聲色，命棋兒、翠兒引路，前往密室看望被稱爲少奶奶的女人，看望以後再作定奪。肥厚到城外鄉下徵兵去了，三五日內是不會回來的。

姣娥瞧那蔡氏，身材不高，衣裙華美，長相還算端正，只是眼皮有點脹，嘴唇略顯厚。她不清楚蔡氏的來意，站起身來點點頭，靜等對方說話。

蔡氏打量姣娥，一身素服，淺淺淡妝，麗髮俏面，明眸朱唇，亭亭玉立，容光煥發，端的是「窈窕淑女，君子好逑」。她心中自然地生出酸酸的妒意，想到莫怪肥厚好色，自己若是男人，面對這個狐狸精，也會動心的。

蔡氏尖聲尖氣地發出讚嘆：「喲！好個標致的少奶奶呀！」

姣娥冷冷地說：「夫人請尊重！我不是什麼少奶奶，只是你丈夫搶來的一個民女。」

「搶來？這是怎麼說？」

「夫人別裝糊塗，你丈夫搶我的事情沒跟你說？」

「沒有。實話告訴你，我丈夫將你藏在這個密室，我是剛剛知道的。」

姣娥迅即想到，眼前這個婦人或許可以利用，利用她來幫助自己走出密室。她故作驚訝的神情，看看蔡氏，又看看蔡氏身後的侍女，欲言又止。

蔡氏命棋兒、翠兒退出密室等候，然後對姣娥說：「姑娘，有話你就說吧！」她不稱姣娥爲「少奶奶」，而改稱「姑娘」了。

姣娥「撲通」一聲跪在地上，說：「夫人救我！」接著，嗚嗚咽咽講述了自己的身世及五個月來蒙受的屈辱。

5

蔡氏一哄二騙，將趙姣娥賣到艷香院當妓女。趙姣娥不願接客，巧施計謀，成爲邯鄲名妓，聲名大振。

趙姣娥告訴蔡氏，自己姓趙，名姣娥，十七歲，是朝中太史趙群的女兒。肥厚曾派王婆說媒，趙群一口回絕，肥厚惱羞成怒，帶人夜入趙府，殺了爹娘和奴僕共十人，將趙府房舍焚之一炬，自己被搶了來，肥厚威逼利誘，尚未沾到便宜，不過，半年時間快到，自己恐怕難逃厄運了，到時候只有以死相爭。姣娥說到痛處，淚流滿面，泣不成聲，嫩臉粉腮像是雨後海棠，帶有一種淒苦式的俏麗。

蔡氏喃喃自語：「原來是這樣！那夜大火全城人都知道，沒想到竟是肥厚那死鬼幹的！」

姣娥偷看蔡氏一眼，故意編造說：「肥厚哄我，先當少奶奶，而後當大奶奶。我只想逃得性命，不稀罕什麼少奶奶和大奶奶的。」

蔡氏聽了這話，身上像被針刺錐扎，心裡暗罵道：「好啊你個肥厚！少奶奶尚未過門，你就算計我老娘了。好沒良心！既然你無情，莫怪我無義，我老娘要叫你竹籃打水一場空！」她雙手扶起姣娥，和顏悅色地說：「姑娘是名家閨秀，肥厚殺人放火，搶你爲妾，全是他的不是。俗話說女人向著女人，我豈能看你掉在火坑裡不管？待我想一想，看有什麼法子可以幫你。」

姣娥趕忙跪地叩頭說：「夫人若能救我，便是再生父母，日後定當報答！」

蔡氏皺著眉頭，尋思半晌，突然說：「有啦！」

姣娥猶疑地問：「夫人有什麼了？」

蔡氏說：「有法子了！哪！是不是這樣：我有一個姨娘，住在柳花巷，家裡有好多姐妹，你不妨到那裡避一避。肥厚回來，我自會跟他說，勸他打消娶你為妾的念頭，你便可以自由嫁人，豈不很好！」

姣娥說：「夫人的姨娘會不會收留我？」

蔡氏說：「姨娘特別疼我，只要我說話，她會答應的。」

姣娥恰也歡喜，感激地說：「那就多謝夫人了。」

蔡氏說：「此事宜快不宜遲，就後天吧，我叫姨娘來接你。」

姣娥點頭說：「實在讓夫人費心了。」

蔡氏說：「救人嘛！應該的，應該的。」

蔡氏走了。姣娥心情激動，點燃兩支燭，焚起三炷香，合手禱告道：「爹呀娘呀！願二老保佑女兒，走出牢籠，另覓生路！」

第二天平靜地度過。第三天早飯過後，蔡氏領了一個五十歲開外的婦人，來到密室說：「這就是我的姨娘。」姣娥趕忙施禮，說：「民女給姨娘請安。」那個婦人仔仔細細打量著姣娥，笑嘻嘻地說：「果真標致，跟畫中人一般！」

姣娥早已收拾停當，脫了孝服孝鞋，穿了原先的衣裙，淡淡梳妝，清純中透出幾分雅麗。蔡氏向著姣娥一笑說：「走吧！」姣娥不由得又跪地叩頭，說：「謝謝夫人救命之恩。」

蔡氏在前，姣娥居中，婦人殿後，穿過長廊和畫閣，步入後花園。花園一側有個小門，門外停著一輛牛車。三人出了小門，蔡氏站定，看著姣娥和婦人登車。車簾放下，趕車的漢子一拍牛背，吆喝道：「駕！」牛車啓動，緩緩行進在高低不平的沙石路上。姣娥的心隨著搖晃著的牛車而七上八下，她不知道要去的蔡氏姨娘家到底在什麼地方。

牛車穿大街，過小巷，七拐八拐，終於停了下來。婦人先下車，說：「到了。」伸手扶姣娥下車。婦人付了車錢，牛車馳去。婦人拉著姣娥，走進一道掛著大紅燈籠，繪著彩色圖案的大門，門楣上籀書三個大字：「艷香院」。

艷香院？姣娥心中一格登：這是什麼地方？爲何叫這麼個名字？

艷香院裡天井寬敞，房舍整齊。正面五間大房呈「凹」字形，雕樑畫柱，窗明几淨，爲客廳。兩側廂房均爲二層小樓，樓上又有好多小房，紅色欄杆，五彩珠簾。當姣娥和婦人走過天井進入客廳的時候，十幾個塗脂抹粉、披紅掛綠的妖艷女子，俯在欄杆上嘰嘰喳喳，指指點點，不時發出毫無節制的笑聲。婦人領了姣娥在客廳坐下，朝著樓上大喊一聲：「女兒們，快下來見過你們的妹妹！」

那些妖艷女子蜂擁下樓，嘻嘻哈哈，有的哼著小曲兒，有的嗑著瓜子兒，全都漫不經心。婦人指著姣娥介紹說：「這是新來的妹妹，以後你們得多關照點。」又指著妖艷女子逐一介紹說：「她叫紅芙蕖，她叫白玉蘭，她叫金菊花，她叫紫芍藥，她叫……」

姣娥聽了這些名字，像是兜頭澆了一盆冷水，整個身子都涼了。她知道，艷香院其實是妓院，紅芙蕖、白玉蘭、金菊花、紫芍藥等都是妓女的藝名。肥厚的妻子蔡氏假裝好心救她，其實是將她賣到妓院了，眼前這個婦人根本不是蔡氏的什麼姨娘，而是妓院的鴇母，俗稱老鴇兒的。

姣娥又氣又恨，「嚄」地站起，怒問道：「這是什麼鬼地方？你們要幹什麼？」

那個婦人即鴇母哈哈大笑說：「這是艷香院呀！靠賣色情賺錢呀！」

姣娥粉臉憋得通紅，抬腳要走說：「我不幹，放我出去！」

鴇母伸手攔住，冷笑著說：「只怕你進得來，出不去！怎麼？肥家大奶奶沒跟你說？是她將你賣到這兒的，她還收了我一千個甘丹呢！」甘丹是趙國貨幣的名稱，銅鑄，一千個甘丹約合十兩黃金。

姣娥懵了，怔了，絕望了。她萬沒想到蔡氏人面獸心，如此狠毒，如此奸猾！轉而一想，自己出了這個艷香院，又能到哪裡去？爹娘死了，趙府沒了，舉目無親，孤苦一人，難道流落街頭或重返肥厚的那間密室不成？她欲哭無淚，欲喊無聲，垂頭喪氣，茫然四顧，腦子裡一片空白。

鴇母變換了語氣，復又笑著說：「你就安心住下吧！我看你年輕貌美，聰明靈醒，來日接客，準討客人喜歡，大把大把的金銀有你賺的！女人嘛，靠什麼賺錢？不就是妙齡時候的花姿俏色？在這兒，你可以天天摟男人，夜夜當新娘，快活得很呢！你要明白，錯過這個村，可就沒有這個店啦！」

紅芙蕖、白玉蘭等扭動著腰肢，暗暗發笑。姣娥羞得低下頭，俏眼裡「巴答巴答」滾下幾滴淚來。

鴇母見姣娥再無其他的表示，揚揚手說：「好啦好啦！新來的妹妹也該有個藝名，我看就叫花牡丹吧！牡丹花國色天香，人見人愛，花隨人意，大吉大利。對了！花牡丹住東樓第四個房間，將息兩日，準備接客。」

就這樣，艷香院裡又多了一個妹妹，她已不是名門閨秀趙姣娥，而是妖艷妓女花牡丹了。花牡丹就花牡丹唄，人生不過就是那麼回事！當夜，花牡丹躺在床上，久久不能入睡，思前想後，默默流淚。她覺得世道不公，人心太壞，專門欺侮像自己這樣無辜的弱女子。肥厚、蔡氏、鴇母，一個個人模人樣的，卻都有蛇蠍一般的心腸，只求滿足他們的私欲，哪顧別人的死活？當今這個世界，做壞人易，當好人難，自己應該多長個心眼了，巧於應變和周旋，自己的命運只能由自己掌握！

兩日後，鴇母來到花牡丹房間說：「你趕緊收拾打扮一下，今晚就要接客的。」

花牡丹粉臉一紅說：「何必這樣匆忙？」

鴇母說：「我的寶貝女兒，不匆忙不行啊！我養活你們十幾個姐妹，吃飯、穿衣、脂粉錢，花銷大著哪！」

花牡丹眼珠子轉了轉，說：「媽媽要我接客圖的什麼？」妓院裡的妓女，都是用「媽媽」來稱呼鴇母的，花牡丹也不例外。

「自然是錢呀！」鴇母不假思索地說：「有錢走遍天下，無錢寸步難行。」

「請問媽媽，姐妹們每次接客，應當繳納多少錢？」

「這就要看你們做女兒的良心了。按規定，每次接客，應交一百個甘丹。若遇上闊少爺、富公子，給的錢多，你們繳納二三百甘丹，我是歡喜不盡的。」

「那好，這裡有一隻金餅，媽媽拿去使用，權當我交的接客錢。我眼下還不想接客！」花牡丹說著，從懷裡掏出一隻閃閃發光的金餅來，遞給鴇母。金餅也是趙國的貨幣，銅鑄金鍍，餅形，很好看的。

鴇母掂量掂量，金餅足有五兩重，能兌換五百個甘丹，頓時笑逐顏開，說：「有了這玩藝兒，諸事便好商量，便好商量。」她笑瞇瞇地出門，邊走邊想：「這鬼妞哪來的金餅呢？」

花牡丹哪來的金餅呢？原來，她離開肥厚家密室的頭天晚上，打開那個木櫃看了看，裡面有好多金餅珠寶，便隨手取了五隻金餅，揣在懷裡，以備後用，沒料想今日果眞派上用場了。花牡丹覺得好笑，自言自語地說：「這興許是賊錢賊用吧！」

每日晚上光顧艷香院的嫖客很是不少，他們當中，有朝廷的命官，有衙門的小吏，有富家的公子，有豪門的少爺，有異國的客商，還有當地的地痞、流氓、無賴。妓女的藝名寫在一塊木板上，掛在客廳的牆上，嫖客隨意指點，指點了誰，便由誰侍候陪伴，喝茶、飲酒、睡覺，直至天明。花牡丹有意留心這些嫖客，有的大腹便便，有的骨瘦如柴，有的故作斯文，有的粗俗不堪，甚至有滿頭癩瘡、斷胳膊斷腿的。她想到自己即將和這些人脫光衣服睡覺，不禁一陣噁心，渾身起了一層雞皮疙瘩。花牡丹的名字也是寫了木牌掛在牆上的，每次嫖客指點要她侍候陪伴，鴇母總是陪著笑臉，推說她身體不適，婉言辭絕了。一次兩次可以，三次四次難免招來麻煩。鴇母又找花牡丹商量，勸她還是接客爲好，反正遲早要走這一步的。花牡丹想了想，說：「煩請媽媽取來筆墨一用。」鴇母取來筆墨，花牡丹略一思索，在一塊白絲帕上寫了幾行字，說：「媽媽可將此帕掛在我的名牌下面，包你發不盡的大財。」鴇母大惑不解，持帕下樓而去。

當晚，嫖客絡繹而至，瞧那牆上絲帕，但見寫著：「花牡丹：陪坐，黃金五兩；陪酒，黃金十兩；陪歌，黃金二十兩；陪睡，黃金五十兩。先付黃金後陪客，否則恕不奉陪。」衆人看了，無不瞠目咋舌，繼而紛紛說：「天價！天價！就是傾家蕩產，也難得她陪坐一回的，更不用說陪歌、陪睡了！」

花牡丹明碼標價，而後陪客，一傳十，十傳百，在邯鄲城引起轟動效應。嫖客們抱著好奇的心理，爭相來到艷香院，艷香院的生意紅紅火火，鴇母和紅芙蕖、白玉蘭姐妹忙得團團轉。眞有幾個嫖客付了黃金，讓花牡丹陪坐陪酒的。他們見花牡丹花容月貌，談吐不凡，傾慕得了不得，出去大加讚嘆和渲染，頓時無人不知艷香院，無人不曉花牡丹。只是陪睡的要價太高，一個月過去，還沒有人願意花五十兩黃金，享受一下懷抱花牡丹睡覺的艷福哩！

6

韓國富商呂不韋慕名而來，趙姣娥幸遇風流公子。呂不韋幫她贖身，使之跳出煙花風塵的火坑。

花牡丹聲名鵲起，三炒作兩炒作，竟被視爲邯鄲城裡的頭號名妓。因此而帶來的直接效果是艷香院門庭若市，鴇母和她的女兒們收入倍增，皆大歡喜。

花牡丹開始接待嫖客了，不過只限於陪坐、陪酒、陪歌，尚未陪睡過。因爲要她陪睡須花五十兩黃金，普通嫖客誰花得起這筆錢呢？

說到陪睡，花牡丹是又興奮又害怕。妓女嘛，就是供男人受用的，陪伴男人睡覺天經地義，順理成章，不然還叫什麼妓女？況且，自己已滿十七歲，熟透的櫻桃綻苞的花，也該嘗嘗被人採摘的樂趣了。她房間的左側住著紅芙蕖，右側住著紫芍藥，二人每天晚上接客，夜間男擁女抱，竊竊私語，打情罵俏，哼哼呀呀的聲響透過不隔音的頂篷傳過來，總使人心神蕩漾，難以自制。她嚮往那個時刻，想將自己的貞操獻給一個相貌堂堂、多情多意、知冷知熱的男人。然而，嫖客中這樣的男人能有幾個？嫖客花錢逛妓院，無非是圖一時的痛快，天黑上床，天亮走人，露水霧氣一般，事後就誰也不認識誰了。多麼可悲呀！

花牡丹忐忑不安地期待著，她不知道自己陪睡的第一個嫖客會是什麼樣的男人。

這天晚飯過後，艷香院門前大紅燈籠點著，院內也是大燈小盞，明明亮亮。三三兩兩的嫖客，噴著酒氣，打著飽嗝，徐徐而來。鴇兒帶領夥計忙著招呼，笑臉相迎。

這時，一輛裝飾華美的馬車停在艷香院門前，車簾撩起，跳下一個人來。他向左右看了看，淡淡一笑，便大搖大擺地走進艷香院，走進客廳。鴇母見了來人的衣著和氣概，知是一位貴客，趕忙讓坐，並命夥計進茶。那人坐下，隨手掏出一百個甘丹和五十兩黃金，放在桌上說：「這甘丹是孝敬媽媽的，黃金送給花牡丹。今夜，我要花牡丹陪睡。」

鴇母見錢，眉開眼笑，說：「請公子少坐片刻，我這就去通知花牡丹。」說著，收起甘丹，捧了黃金，就要上樓。剛抬腳時，又回過頭來問：「敢問公子名諱？」

那人答：「呂不韋！」

呂不韋？鴇母和客廳裡的其他嫖客都吃了一驚。因爲這個大名如雷貫耳，在邯鄲城裡，上起王侯將相，下至平民百姓，都知道他是一個掙大錢、花大錢的大商人。據說他愛用彈弓擊鳥，擊鳥的彈丸都是用黃金鑄的。因此很多人都稱他爲「金丸公子」。他每次外出擊鳥，後面總有一群衣不遮體、食不果腹的窮苦孩子跟著，希望能撿到一粒擊鳥的金丸。當時流行兩句歌謠說：「金丸公子擊鳥，混蕩小兒飯飽。」「混蕩小兒」即指窮苦孩子，萬一有幸撿到一粒金丸，他乃至他的家人肯定是能吃幾天飽飯的。

呂不韋，韓國陽翟（河南禹縣）人，世代經商。他的父親呂穎精通經商之道，善於販賤賣貴，積累了巨額家產。呂不韋從小就受到呂穎的薰陶，通曉經商的學問，長大後便繼承父業，往來於韓國、魏國、趙國、秦國之間，繼續賤買貴賣，生意做得更大。他的家產到底價值多少，誰也說不清楚，從金丸擊鳥這一簡單的事實，便可想知他的闊綽和富有。

呂不韋在韓、魏、趙、秦四國的京城都建有豪華的貨棧，手下夥計四五百人，一面幫他經商，一面幫他打探各種資訊。還有貼身保鏢二十餘人，都是高大、健壯、剽悍的勇士，打架毆鬥，一個能敵三五個。

時值初夏，呂不韋和父親呂潁從韓國收購了一批珍珠、玳瑁、蘇木、沉香之類，運到趙國的邯鄲出售。呂潁在貨棧住下，呂不韋四處訪友。他每到一處，幾乎都聽到友人談論艷香院，談論花牡丹，說這個妓女如何如何美貌動人，如何如何明碼標價等等。他以商人獨有的眼光，深知一分錢一分貨的道理，心想這個花牡丹既然敢出高價，必是上等貨色，自己倒要見識見識。於是，他來到了艷香院，指名道姓要花牡丹陪睡。

鴇母問了呂不韋的名諱，興沖沖上樓，推開花牡丹的房門，滿心歡喜地說：「我的寶貝女兒，你的緣分到了！」

花牡丹不解其意，說：「什麼緣分到了？」

鴇母眉飛色舞，說：「你的客人呀！他眞的付了五十兩黃金要你陪睡哩！」說著，把那黃金塞到花牡丹手裡。

花牡丹心頭一震，忙問：「他是個什麼樣的人？光臉？麻臉？瞎子？跛子？」

鴇母說：「哪裡！人家儀表堂堂，風流倜儻。你可曾聽說過呂不韋？正是此人呢！」

花牡丹孤陋寡聞，沒有聽說過呂不韋，但「儀表堂堂，風流倜儻」八字評語倒使她放下心來。她定了定神，從容地說：「那好！媽媽請客人上來吧！」鴇母出門下樓，不一時領了呂不韋走進房間，笑嘻嘻地說：「你們先溫存著，我去取些酒菜來。」說著關了房門退去。

花牡丹和呂不韋四目相對，許久沒有說話。她見他二十五六歲年紀，身高六尺左右，上穿絳色絲衫，下穿白色綢褲，手指上戴著鑲嵌寶石的玉戒子，濃眉大眼，廣額豐儀，神態自若，氣宇軒昂。他見她身段苗條，衣飾雅艷，兩彎畫眉，一對明眸，粉臉泛紅，朱唇笑靨，青絲高挽，玉人一般。頓時，她歡喜，他也歡喜，二人同時想到：這不正是自己的意中人嗎？

花牡丹莞爾一笑說：「公子請坐！」呂不韋說：「姑娘同坐！」二人坐下。鴇母送來一壺酒和四碟小菜：醬牛肉、鹹鴨蛋、油炸排骨和調青筍。她說聲「慢用」，又關了房門退去。

花牡丹斟酒，舉杯說：「來！爲公子光顧艷香院乾杯！」

呂不韋亦舉杯，說：「不！爲姑娘芳容迷人乾杯！」

酒是情媒，色爲欲種。二人各飲了三杯酒，那心火便突突地燃燒起來。呂不韋瞧那燈下酒後的花牡丹，臉飛紅霞，眼放珠輝，姣美艷麗，遠勝過盆栽圃育的牡丹花。他情不自禁地抓住她的纖手，拉她坐到自己的腿上。花牡丹且羞且怯，半推半就。呂不韋懷抱美人，心曠神怡，不由笑道：「姑娘接客，明碼標價，實是一絕！沒有你的絕招，我呂不韋恐怕是不會遇到你的。」

花牡丹說：「那是萬不得已的自保之計，讓公子見笑了。噯！我倒要問你，你花黃金五十兩，讓我陪睡，不覺得虧嗎？」

「不虧！」呂不韋接口說，「能和姑娘歡度良宵，莫說黃金五十兩，就是五百兩，五千兩，也值！」

花牡丹怦然心動，他的這番情意豈能用黃金衡量啊！

緊緊地擁抱，熱烈地親吻，恣意地撫摸，呂不韋起身，插了門栓，一把將花牡丹抱起，輕輕放到床上。吹燈，解衣，兩個男女赤條條的，一個是情場老手，一個是嬌嫩幼雛，把所有的精、氣、神都使了出來，顛鸞倒鳳，酣暢淋漓，只覺得身子融化了，魂魄升空了，晴天萬里，陽光璀璨，大地廣袤，綠草如茵，白雲彩霞，碧水鮮花，鷹翔鹿逐，鶯啼燕舞……

二人疾風暴雨般地狂蕩一陣，略顯困倦，平躺著小憩。花牡丹取出墊身的白布，上面滲著少許血絲。呂不韋知道，身邊睡著的美人還是個處女，她將女人最珍貴的貞操獻給了自己。他又驚又喜，轉身撫摸花牡丹熱呼呼的面龐，軟綿綿的雙乳，感到她遍體嬌香，溫柔無比。他和她談琴棋書畫、詩賦歌舞，沒想到她舉一知三，對答如流。他更愛身邊的這個美人了，心跳血湧，欲火旺盛，再次顯示身手，重演一回雲雨。

呂不韋尋思著，瞧這花牡丹的才貌和氣質，絕非一般煙花女子，她之所以淪陷艷香院，必有天大的隱情。他決意弄清事實的眞相，便輕聲說：「我且問你，姓什麼？叫什麼？哪裡人氏？爲何到了艷香院？」

花牡丹頭枕呂不韋的胳膊，手摟呂不韋的脖子，經他一問，眼淚像是小溪流水，嘩嘩地流了出來說：「公子還是不知道的好。」

呂不韋執意說：「不！我要知道。」

花牡丹沉默半晌，覺得把心底的鬱悶吐出來也好，反正自己的身心都給了呂不韋了，還有什麼好隱瞞的？於是，一邊流淚，一邊敘述了自己的身世和遭遇，末了說：「我這輩子只有兩個願望：一願有個好歸宿，二願殺死仇人！」

呂不韋聽了花牡丹的敘述，驚嘆不已，緊緊地將她摟在懷裡，說：「我就覺得你不是等閒女子，果然不出所料。」他思索一番，又說：「你的兩個願望，我可以成全你。第一，我要贖你出去，和你結爲夫妻。不過，我家中已有妻子，你嫁我只能當妾。第二，你的仇人肥厚、蔡氏和鴇母，必遭報應，但不能性急，俗語說『君子報仇，十年不晚』，要從長計議。這兩條，你考慮好了再回答我，我明日晚上來等你回話。」

當夜，二人摟著抱著，睡得好不香甜。天亮後，呂不韋辭別而去，花牡丹起身梳妝。紅芙蕖、白玉蘭、金菊花、紫芍藥等人擁進花牡丹房裡，吵鬧著要破紅錢。「破紅」指妓女頭一回接客破了身子，是喜事，要拿出錢來招待眾姐妹的。花牡丹紅著臉，從呂不韋給的五十兩黃金裡，取出少許交給紅芙蕖。眾姐妹笑著，嚷著，下樓買酒買菜去了。

這一天，花牡丹過得並不輕鬆，必須對呂不韋所說的兩條意見作出抉擇。她左思右想，終於打定主意：嫁給呂不韋，當妾就當妾。因爲呂不韋是她有生以來所接觸到的最有魅力的男人，堅定，沉穩，富有，多情，且答應幫助自己報仇雪恨。一旦嫁給呂不韋，就跳出妓院這個火坑了，何樂而不為呢？

晚上，呂不韋守約前來。花牡丹含羞帶笑說：「你那兩條，我答應。」呂不韋興高采烈，抱著花牡丹，不，應是趙姣娥，轉了一個圓圈，說：「好！我明早就跟鴇母說！」夜間，二人做愛，男貪女歡，如膠似漆，倍加纏綿。

富商嬌妾

7

肥厚大鬧艷香院，幸虧呂不韋及時趕到，否則，趙姣娥的命運不堪設想。

呂不韋秉性果決，決定的事情立刻就辦，毫不拖泥帶水。他和趙姣娥熱火了兩夜，便叫來鴇母，俐俐落落地說：「我決意贖花牡丹姑娘脫離艷香院，並娶她爲妾。媽媽要多少贖金，不妨開個價！」

鴇母大感意外，說：「我的寶貝女兒剛剛破紅，正要成爲艷香院的台柱子，揚美名，賺大錢，我哪捨得放她走呢？」

呂不韋說：「人是走定了！你最好開個價吧！」

鴇母知道，呂不韋手眼通天，既然決定替花牡丹贖身，那是阻擋不住的。她乾咳嗽一聲說：「也罷！呂公子要和我的寶貝女兒結爲百年之好！我只有忍痛割愛，成全你們。這贖金嘛，就黃金五百兩吧！」

趙姣娥尖聲叫了起來說：「媽媽買我，不過一千個甘丹，賣我竟要黃金五百兩，心也太黑了！」

鴇母「嘿嘿」一笑說：「五百兩是多了點，相信呂公子不在乎的，誰讓他是財神爺來著？」

呂不韋止住姣娥，說：「五百兩就五百兩！黃金在這裡，你當面點清，寫個花牡丹的贖身字據來！」

鴇母走近桌子，清點呂不韋放在桌上的黃金，險些暈倒在地。這輩子，她哪裡見過這麼多的黃金啊？

鴇母懷抱黃金下樓，不一會兒送來白帛字據，上面寫著：「呂不韋以黃金五百兩，贖花牡丹之身，即日生效。」字下有鴇母按的手印。呂不韋將贖身字據遞給姣娥，姣娥捧在手裡，左看右看，涕淚交加，從此她又是一個自由人啦！她眞想跪地給呂不韋磕一個響頭，怎奈鴇母在場，才沒有那樣做。

呂不韋深情地望著姣娥說：「好啦！我明日上午前來接你！」姣娥點頭，淚花閃閃。呂不韋又轉身對鴇母說：「姣娥今日茶飯，還煩媽媽關照。」鴇母嘻笑著說：「這個自然，這個自然。」

呂不韋去了，姣娥心情激動，想哭想笑。她從懂事之日起，就嚮往著嫁一個如意郎君，父親趙群體察女兒的心意，才提出了擇婿的三個條件。誰知好事多磨，平地裡冒出個肥厚來，殺親搶美，把自己關進了罪惡的密室。再遇蔡氏，賣良爲娼。鴇母亦是可恨，強逼自己做了妓女。幸虧上蒼有眼，使呂不韋從天而降，自己今生終於有靠啦！瞧他花錢的闊綽勁兒，若不是對自己一往情深，他會這樣揮金如土嗎？

紅芙蕖、白玉蘭、金菊花、紫芍藥等得知花牡丹從良的消息，都來賀喜。她們羨慕花牡丹人好命好，破紅當夜便遇上了體心貼意的男人。她們哀嘆自己的不幸，待在艷香院這個淫飛欲流的鬼地方，怕是永無出頭之日了。花牡丹，其實是趙姣娥，盡力安慰和寬解眾姐妹，表示從良以後，若有可能，一定會幫助她們的。

那一夜，姣娥躺在床上，翻來覆去睡不著。她想自己，想艷香院的姐妹，今生今世會是什麼樣的結局呢？說不清，道不明，一切的一切都是個未知數。

天亮了，姣娥早早起來，精心梳妝。今日是個大喜的日子，她要打扮得美美艷艷，漂漂亮亮，走出艷香院，前往呂氏貨棧——那裡將是自己的新家。

姣娥梳妝結束，面對鏡子嫣然一笑，容光煥發，麗彩照人。她覺得非常滿意，隨便吃了兩片點心，甜蜜蜜地喜孜孜地等候呂不韋的到來。

這時，樓下客廳裡突然響起吵嚷聲，天井裡有人跑動，亂哄哄的。有個男人嘶啞著嗓子，喊道：「不行！我單要花牡丹，要她陪坐陪酒陪歌，還要陪睡！老子有的是黃金，不然就不登這個門了！」

姣娥熟悉這個嗓音，不覺心頭一緊，汗毛都豎了起來：喊話的男人不是肥厚嗎？

不錯，喊話的男人確是肥厚。一個多月前，肥厚帶了爪牙，外出徵兵，蔡氏耍弄心眼，將姣娥騙出密室，賣到艷香院。肥厚歸來，不見美人，又氣又惱，料是蔡氏搗鬼。蔡氏恰也認賬，說將姣娥賣給了人販子，早已遠走他鄉。肥厚正欲發火，蔡氏臉色先變，橫眉怒目，拍著桌子，罵道：「好啊你個肥厚！忘恩負義的賊，吃裡扒外的狗！你在外面偷雞摸狗，尋花問柳，倒也罷了，還打家劫舍，殺人放火，搶了人家的閨女，藏於密室，許諾讓她做大奶奶，取代老娘！你說你還是不是人？有沒有良心？幾十年來，我蔡家可曾虧待過你肥家？你的心叫狗吃了？狼叼了？

竟敢明目張膽地算計老娘，擺布老娘！」

這頓臭罵，直罵得肥厚狗血噴頭，蹩手蹩腳。他不僅不敢發火，倒要打躬作揖，說：「小聲點，我的姑奶奶！殺人放火的事不能說的，官府知道，我就沒有命了！」

蔡氏哼了一聲說：「哼！你再敢胡作非爲，我就到官府告你去！」

肥厚被蔡氏收拾得服服貼貼，轉身去找棋兒和翠兒。他是將「少奶奶」交給她們四個侍女看管的，她們想必知道「少奶奶」的下落。家人告訴他說，四個侍女早就不見了，好像是被大奶奶賣到外鄉去了。肥厚無奈，搖頭嘆氣，心想公老虎卻叫母老虎欺侮了，好笑好笑！

肥厚從來也沒有安分過。他也聽說了艷香院，聽說了花牡丹，聽說了花牡丹明碼標價而後接客的新聞。他早想光顧艷香院，占有花牡丹了，只是徵兵事急，一時脫不開身。這天早飯過後無事，便帶了四個爪牙，搖搖擺擺而來，一心想嘗嘗花牡丹陪伴的滋味。

鴇母認識肥厚，知他是朝中都尉，邯鄲一霸，不敢得罪，滿臉堆笑說：「肥都尉好興致，這時候就來消遣？」

肥厚朝一個圓杌上一坐，蹺起二郎腿，搖晃著說：「我的傢伙癢癢了，到你這兒來尋個止癢的妞。」

鴇母指著牆上的名牌，說：「我女兒的花名在這裡，請都尉隨便指點。」

肥厚看那名牌，見有紅芙蕖、白玉蘭、金菊花等，唯獨沒有花牡丹，氣呼呼地說：「花牡丹呢？幹麼藏著掖著，不掛名牌？」

鴇母說：「實不相瞞，花牡丹已被贖身從良了，不屬艷香院的人了。」

肥厚不信，說：「贖身從良？什麼時候？人呢？」

鴇母說：「就在昨天。人現在樓上，她的相公馬上就來接的，恕她不能奉陪都尉了。」

肥厚越發不信，說：「胡扯！老子今日來，你卻說她昨天贖身從良，誑騙老子不成？不行！現在就要花牡丹陪老子！哪！這是一百兩黃金，今日和明日，花牡丹由老子包了！」

鴇母還要解釋，肥厚根本不聽，嘶啞著嗓子大喊起來，單要花牡丹陪伴。他一把推開鴇母，站到天井裡，仰頭朝樓上喊道：「花牡丹！你出來！我肥某和你床上快活快活！」

姣娥躲在房裡，嚇得渾身發軟，大氣不敢喘一口。她盼望呂不韋趕快前來，否則天知道會出什麼亂子。

肥厚觀察樓上，見多數房門開著，有的妓女還伏在欄杆上看熱鬧，只有東樓第四個房間緊閉著門，靜靜悄悄。他也算聰明，想到那肯定是花牡丹的房間，狡猾地一笑，便要上樓。鴇母上前阻攔，被他一推，鴇母跌坐到地上。妓院的夥計也想阻攔，肥厚的爪牙雙手叉腰，把住樓梯口，凶神惡煞一般，嚇得誰也不敢向前。肥厚走至第四個房間門前，抬腳一踢，房門大開，瞇眼看去，房裡果真藏著個大美人。他嬉笑著，邊流口水邊說：「好個花牡丹！你不是跟我捉迷藏吧！」

大美人抬起頭，怒容滿面。肥厚定睛再看，不禁驚喜交加，大聲說：「啊？這不是趙姣娥嗎？怎麼會在這兒？難道你就是花牡丹？哈哈！真是踏破鐵鞋無覓處，得來全不費功夫，巧極了！」

仇人相見，分外眼紅。姣娥這時已沒有恐懼，只有仇恨，一字一板地說：「對！我是趙姣娥，也是花牡丹！怎麼著？你敢靠近我一步，我就殺了你！」她明白，她唯一的武器就是手中的一隻金簪，憑這隻金簪是殺不了肥厚的，之所以這樣說，純是為了嚇人壯膽而已。

肥厚當然也明白這個道理，一點也不擔心，依然嬉笑著說：「好啦！跟我回家去！你答應守喪半年就嫁我的！」

「呸！」姣娥杏眼圓睜，柳眉倒豎，呵斥道：「你是豬望呑月，狗望成仙，癡心妄想！」

肥厚臉色由黃變紅，由紅變紫，紫得像一掛豬肝，卻又故作平靜，說：「呑月也好，成仙也好，反正你今日逃不出我的手掌心啦！」說著，餓虎撲羊一樣撲向姣娥，抓住她的右手，朝門外拉。姣娥拚命反抗，怎奈不勝肥厚蠻力，硬被拉出門外，拉下樓梯。肥厚吩咐爪牙說：「架著她，回滏陽府！」

恰在這時，呂不韋帶領兩個保鏢趕到。姣娥眼尖，高喊：「公子救我！」呂不韋見姣娥被人欺侮，怒不可遏，向著肥厚及其爪牙喝道：「住手！」

肥厚見來人衣著華貴，氣宇軒昂，自覺矮了半截，惱怒地說：「你是何人？我的愛妾從家裡逃出，現在接她回去，與你何干？」

呂不韋冷笑一聲說：「如此說來，你就是肥厚肥都尉了。據我所知，你的『愛妾』姓趙，是太史趙群的女兒。請問她是怎麼到了你家的？趙府一家十口想必是你殺的了？那場大火也是你放的了？」

「這？這？」肥厚心裡發毛，不知如何回答，見來人身邊只有兩個保鏢，遂向爪牙一努嘴，示意：「上呀！」

四個爪牙剛想出手，兩個保鏢早躥上來，揮拳踢腳，將他們打得鼻青臉腫，趴在地上直哼哼。肥厚欲拔腰刀，兩個保鏢衝過去，一個反翦了他的雙手，一個左右開弓，摑了他幾記耳光。再看肥厚，眼睛斜了，鼻子歪了，滿嘴流血，門牙被打掉兩顆。他捂著嘴說：「呀！疼死我了！」呂不韋微微一笑說：「別在這兒丟人現眼了，快滾！」肥厚和爪牙自知遇上了剋星，沒有便宜可賺，抱頭鼠竄，灰溜溜地出了艷香院。

呂不韋向前拉住姣娥的手說：「沒有事吧？」姣娥說：「嚇死我了！」二人上樓，姣娥重新梳妝，越發容光煥發，麗彩照人。許久，呂不韋扶著姣娥下樓，鴇母和紅芙蕖、白玉蘭、金菊花、紫芍藥等殷勤相送。艷香院門外停著一輛豪華的馬車，呂不韋和姣娥坐進車廂，馬車啓動，直向呂氏貨棧馳去。

8

趙姣娥成了富商呂不韋的嬌妾，夫妻相親相愛，她已感到滿足，可是社會激浪使之不得安寧。

這是一輛造型美觀，製作精良的馬車。單轅雙輪，車前駕馬四匹，車廂分前後兩室，前室坐御者，後室坐主人。車廂上面有篷蓋，車廂裡面彩繪，絲綢幃幔，錦繡座位，飾以珠玉，流光溢彩，富麗堂皇。

姣娥偎在呂不韋胸前，心裡好不甜蜜。當初，她坐著牛車進了艷香院，只指望在蔡氏的姨娘家避一避，躲過肥厚的糾纏，沒料想那裡竟是個妓院，自己險些墮落風塵。幸好遇上呂不韋，愛她救她，贖她爲妾，使她離開了那個骯髒的煙花之地。現在，她正和心愛的男人，坐車前往未來的新家。車外有保鏢騎馬護衛，車內就她和丈夫二人，她的激動和喜悅之情，豈能用筆墨形容？

馬蹄得得，車輪吱呀，不到半個時辰，車便到了呂氏貨棧門前。呂不韋扶姣娥下車，早有兩個眉清目秀、衣裙鮮麗的侍女迎上來，輕聲呼喚：「夫人！」呂不韋笑著說：「兩個侍女，一叫碧雲，一叫艷雪，專門侍候夫人的。」

姣娥站定，看那呂氏貨棧大門，青磚紅瓦，翹角飛檐，朱門上鑲嵌銅飾，氣氣派派。走進大門，院落寬敞，綠樹蔥蘢，花卉盛開，五彩繽紛。正面一座大廳，兩側好多平房，高低疏密，錯落有致。姣娥隨丈夫、侍女前行，朝右拐，進入一個小院，院內方磚鋪地，花香襲人。正中一個魚池，池中假山突兀，金魚戲游。坐北朝南三間大房，這裡是呂不韋的住處，也就是姣娥飲食起居的地方了。

姣娥走進大房，中間是客廳，寬敞明亮；東頭是書房，書架上擺滿書籍；西頭是臥室，布置得溫馨雅致。姣娥很是喜歡，笑著對呂不韋說：「我總算又有個家了！」

侍女斟茶。呂不韋和姣娥略飲數口，隨後去另外一個小院，拜見父親呂穎。姣娥見呂穎和顏悅色，慈眉善目，早跪倒在地，羞答答地叫了一聲：「爹！」呂穎見姣娥體似琢玉，面若桃花，儀態從容，舉止大方，點頭讚許兒子的眼力不錯，笑著說：「好啦！以後就是一家人了！」並取出已經備好的兩隻玉鐲，遞給姣娥，說：「初次見面，這對玉鐲，權當見面禮吧！」姣娥接過，施禮，說：「謝謝爹！」

呂穎示意姣娥坐下說話。姣娥從命。呂穎詢問姣娥身世。姣娥從容回答，當說到肥厚殺爹娘、放火燒房、搶了自己藏於密室時，聲音哽咽，凄然落淚。呂穎也覺心痛，安慰說：「眞可憐！以後你就不會受苦了，沒人敢欺侮我們呂家人的。」姣娥破涕爲笑說：「那最好不過了！」

呂穎突然想起一件事，問姣娥道：「我兒不韋已有妻子，住在韓國陽翟，你可知道？」姣娥回答：「公子告訴過我的。」呂穎放下心來說：「你知道就好。其實，這也不必介意，男人嘛，有妻有妾，到處如此。好在我們在趙國無親無故，你從此就是呂氏貨棧的女主人了！」姣娥說：「不敢當！不敢當！我盡力侍候公子、孝敬爹就是了。」

呂不韋和姣娥辭別呂穎，回到他們的房間。呂不韋笑著說：「看得出，爹對你的印象非常非常的好。」姣娥說：「我對爹的印象也挺好的。」呂不韋說：「爹是個大能人，我呂氏的家底多是他積攢的。爹算賬算得忒精，我的經商之道都是跟他學的。」

當晚，呂穎、呂不韋、姣娥、保鏢、男傭女僕坐在一起，熱熱鬧鬧地吃了一頓飯，算是「喜酒」，慶賀姣娥進了呂氏貨棧，成了呂氏貨棧的女主人。姣娥半是高興，半是感傷，高興的是她的終身有了依靠，嫁了一個稱心如意的男人；感傷的是父母雙亡，孤身作妾，沒有舉辦一個吹吹打打、紅紅火火的婚禮，沒有被人稱爲「新娘」，就當了呂家的媳婦。唉！命中注定，誰違抗得了呢？

呂氏是經商之家，買賣跨越國界，所有的人都很繁忙。呂穎坐鎭指揮，呂不韋左右應酬，南商北賈，大捆小包，出出進進，進進出出。姣娥雖爲呂氏貨棧的女主人，對做生意卻是桿麵杖吹火——一竅不通。她從不過問呂不韋的事情，只待在自己的小院裡讀書、彈琴、唱歌、繪畫，有時做點刺繡活兒。呂不韋的藏書很是不少，政治的，軍事的，歷史的，文化的，商貿的，方方面面都有。姣娥受父親趙群的影響，最愛讀歷史方面的書，歷史上的人和事，使她大開眼界，大長見識。白天，呂不韋多在外面奔忙；夜晚，呂不韋歸來，和姣娥親熱一番以後，便靜靜地躺著，聽她娓娓講述歷史上亂七八糟的故事，聽著聽著就睡著了。

姣娥講過衛宣公築台納媳的醜事——

衛宣公姬晉爲人荒淫放縱，年輕時曾與父親的愛妾夷姜私通，並生了個兒子叫姬伋。當姬伋長到十六歲的時候，姬晉繼位，立姬伋爲太子。姬伋將婚，女方是齊僖公長女，名叫齊姜。齊姜容貌出眾，清純美艷，遠近聞名。姬晉在爲兒籌辦婚事的過程中，貪婪女色，頓起歹心，欲將齊姜霸佔歸己。可她是自己的兒媳呀！怎樣才能達到目的呢？他眉頭一皺，計上心來，下令召集全國的能工巧匠，在淇河（河南淇水）建造一座高台，雕樑畫棟，重殿複室，極其豪華，名曰新台。新台落成後，姬晉找個藉口，命兒子出使宋國，然後派人到齊國去，詐言爲太子完婚，迎娶齊姜，新房就在新台。齊僖公糊里糊塗，高興地送別女兒。衛國迎親隊伍一路吹打，熱鬧非常。齊姜滿懷著新婚的憧憬，和新郎拜天拜地，同入洞房。待蓋頭揭開，她一下子驚呆了，原來新郎不是年輕英俊的姬伋，而是年老貌醜的姬晉！到了這個時候，諸事由不得齊姜，姬晉發著淫笑，抱著她上床……姬伋從宋國回來，愛妻已被父親霸佔，生米做成熟飯，生氣也沒有辦法。

姣娥講史，繪聲繪色，抑揚頓挫，呂不韋異常欣賞，說：「這個衛宣公築台納媳，眞夠荒唐的！」

姣娥說：「可不是嗎？《詩三百》裡就有一首詩諷刺他的。」

呂不韋說：「呵！醜事還寫進詩啦？吟來我聽聽！」

姣娥說：「那首詩叫《新台》，大意是這樣的：『新台倒影這樣清爽，黃河之水大茫茫。追求的是安和美少年，這個鳩胸漢沒好樣！新台倒影這樣高敞，黃河之水平蕩蕩。追求的是安和美少年，這個鳩胸漢沒福相！張開魚網想捉魚，野鵝兒偏偏著了網。追求的是安和美少年，得此龜背貨眞窩囊！』」

呂不韋哈哈大笑說：「鳩胸漢，龜背貨，罵得太好啦！」

姣娥還講過晉獻公寵姬殺子的蠢事——

晉獻公姬詭諸好色多內寵，王后齊夫人生子申生，被立為太子，另有兩個愛姬生子重耳和夷吾。後來兵伐驪戎，新得驪姬姐妹，大驪姬生子奚齊，小驪姬生子悼子。這樣一來，一后五姬，六個兒子，競相爭寵爭位，鬥得死去活來。

姬詭諸偏心，格外寵愛大驪姬和奚齊。他打定主意，要廢申生，改立奚齊為太子。為此，他將其他兒子都封到外地去，只留奚齊住在京城絳城（山西翼城東南），並不止一次地許諾說：「我要廢申生，立奚齊。」大驪姬盼望的就是子尊母貴，笑得合不攏嘴，表面上卻故作姿態，說廢嫡立庶不宜，容易激起民眾反對等等，而暗地裡則頻頻活動，極力詆毀申生，讚譽奚齊，期待自己的兒子早日成為太子。

不久，狡猾的大驪姬設計了一個圈套：假稱夜間夢見了申生死去的母親齊夫人，要申生在曲沃（山西聞喜東北）舉行一次祭祀，超度亡靈。申生照辦了，事後特意派人給父親、庶母送了幾塊祭肉，以示孝敬。大驪姬心腸歹毒，偷偷在祭肉上放了毒藥，然後當著姬詭諸的面，用肉餵狗，狗立死；讓一侍者吃，侍者立死。於是，她一把鼻涕一把眼淚，一口咬定申生故意投毒，說：「天哪！太子怎麼這樣狠心，竟想殺害生父、庶母，更何況他人！」哭罷又說：「太子這樣做，完全是衝著我和奚齊的。當初，大王提出要廢他，我還替他說情來著，我真糊塗！現在看來，我和奚齊在晉國住不下去了，請大王快將我母子送到別國去，或一死了之，我倆可不願成為刀板上的肉啊！」

姬詭諸本來就有廢申生之意，現在又有祭肉「鐵證」，遂狠狠地說：「我當殺此逆子！」他撫慰了大驪姬，立即派兵捉拿申生。大驪姬索性說：「重耳、夷吾參與了申生的陰謀，不可不除。」姬詭諸年老昏瞶，依言照辦。結果，申生自縊身亡，重耳、夷吾逃奔別國，晉國大亂。姬詭諸病死，奚齊倒是登上大位，可是寶座尚未坐熱，就被大夫里克殺死，大驪姬也隨兒子一起命歸西天。

呂不韋聽了故事，感嘆說：「晉獻公愚蠢，大驪姬狡猾，到頭來卻是雞飛蛋打了！」

呂不韋和姣娥新婚燕爾，卿卿我我，恩恩愛愛，很是快樂。每日臨睡前，姣娥必爲丈夫彈一曲琴，唱一支歌，跳一個舞，琴雅歌甜舞美，呂不韋非常開心。呂不韋知道姣娥還擅長繪畫，一日取出隨身攜帶的白絹手帕，要姣娥在帕上繪一幅畫，以作紀念。姣娥並不推辭，展帕在桌，持筆濡墨沾色，輕描淡塗，不一時便繪成了。呂不韋看那帕上，一泓清粼粼的碧水，幾枝綠生生的翠竹，水面上兩隻羽毛鮮麗的鴛鴦，並排而游，親密無間。雄鴛鴦稍稍偏前，頭側向雌鴛鴦，像在呼喚；雌鴛鴦點頭相應，柔和溫順。遠方，隱隱約約現出青山和淡雲，一片寧靜。

呂不韋拍手叫好，說：「呀！我的姣娥，你的確是藝貌雙全呀！」

姣娥甜甜地一笑說：「但願你我像畫上的鴛鴦一樣，相親相愛，永不分離。」

呂不韋緊緊地將姣娥摟在懷裡，又是吻又是摸，逗得姣娥吃吃地笑個不停。

姣娥在比較短的時間裡，從大家閨秀變爲邯鄲名姬，又從邯鄲名姬變爲巨商嬌妾，人生經歷滑稽而奇特，有點不可思議。其間，她雖然經受過磨難，但總的說來，命運之神還是寬容的，使她過上了優裕、舒適、和美的生活。然而，當時正值亂世，天下紛擾，列強拚爭，大大小小的戰爭如火如荼，社會動盪，民不聊生。大環境、大氣候的激浪沖激著姣娥，她不得不在洶湧波濤和湍急漩渦中沉浮出沒，對付和適應各種意想不到的情況。

9

秦國和趙國世為仇敵，雄心勃勃的秦昭王兩次受挫於大智大勇的藺相如。

當趙姣娥離開艷香院，成爲呂不韋嬌妾的時候，趙國和秦國正在進行著名的長平之戰。這場戰爭已經打了三年，到了最後決戰的關鍵階段了。

秦國的祖先姓嬴，最早活動於黃河下游的東海之濱，以玄鳥作爲崇拜的圖騰。殷商時期，嬴姓氏族向西挺進，來到黃河中游地區。西周初葉，他們參加了反對周人統治的鬥爭。西周奴隸主殘酷地予以鎮壓，並採取將其趕離故土的方法，進行懲罰。這樣，嬴姓氏族就被遷徙到遙遠的「西垂」，在蒼茫、渾厚的黃土高原上定居下來，過著「逐水草而居」的生活。

西周歷時四百多年，嬴姓氏族從氏族社會進入奴隸社會。西周孝王出於抵禦西方戎、狄等少數民族東侵的考慮，第一次允許嬴姓居民修建城邑，「邑之秦」即在「秦」這個地方築城。「秦」在今甘肅清水縣東。隨著秦邑的出現，嬴姓居民開始叫做「秦人」。

西元前七七〇年，荒淫好色的西周幽王被犬戎人殺死在驪山下，太子姬宜臼成爲天子，就是周平王。周平王見豐鎬（陝西長安西）破敗不堪，決定遷都雒邑（河南洛陽附近），此後的周王朝稱爲東周。秦人的頭領秦襄公率兵送平王東遷有功，平王遂封秦襄公爲諸侯，並將岐山以西的地區賜給秦。從此，在眾多的諸侯國中，便又新添了一個小兄弟——秦國。

秦國初建，道路坎坷，步履艱難，西有戎、狄的騷擾，東有晉國、南有楚國的扼制，很難有所作爲。然而，黃土高原上的黃土和烈風錘煉了秦人的性格，吃苦耐勞，堅忍不拔，一步一個腳印，永遠頑強地前進。他們一面西拒戎、狄，一面向東方擴展勢力，佔領美麗、富饒的關中地區。秦獻公遷都平陽（陝西岐山），秦德公遷都雍城（陝西鳳翔西南），秦穆公東攻晉，西伐戎，掃清境內割據勢力，並幾次出兵耀武於中原，成爲春秋時期的「五霸」之一。

西元前三八三年，秦獻公又遷都櫟陽（陝西臨潼武家屯附近），實行「初行爲市」（允許開展商業活動）和「戶籍相伍」（以五戶爲單位編制民眾並載入戶籍），推廣縣制，推動社會向封建制發展。秦獻公的兒子秦孝公選賢任能，知人善任，任用改革家商鞅，大刀闊斧地實行變法，造成「移風易俗，民以殷盛，國以富強，百姓樂用」的局面，取得豐碩成果，使秦國封建的政治經濟制度確立起來，一躍而成爲戰國七雄中最強盛的國家。作爲商鞅變法的重大舉措之一，秦孝公又將國都從櫟陽遷至咸陽（陝西咸陽窯店東），表明秦國的視線已移向函谷關（河南靈寶東北）以東的地方。

西元前三〇七年，秦孝公的孫子嬴則當上了秦國的國君，是爲秦昭王。秦昭王狂妄自傲，雄心勃勃，一度曾稱「西帝」。此舉立即遭到各國的反對，迫使他不得不在兩個月後取消了帝號。由此他更仇恨各國，東攻韓、趙、魏，南攻楚，多數戰爭都取得了輝煌的勝利。但也有失敗的時候，如西元前二七〇年的秦、趙閼與（山西和順西）之戰，秦軍就被趙國名將趙奢打得落花流水，一敗塗地。

東方各國中，最令秦昭王頭疼的就是趙國。他怎麼也不會忘記，趙國曾幾次使他大丟臉面，窮極難堪，被各國諸侯傳為笑柄。

一次是西元前二八三年，趙惠文王還健在。原屬於楚國的稀世瑰寶和氏璧，沉寂多年後突然出現，落到了趙惠文王的手裡。秦昭王極度貪婪，恨不得將天下所有寶物都據為己有，於是派人致信趙惠文王，聲稱願用十五座城邑換取和氏璧。惠文王讀信，感到十分為難，因為秦強趙弱，和氏璧給了秦國，十五座城邑未必可得；不給吧，秦國發兵來攻如何是好？

這時，宦者令繆賢推薦門客藺相如，稱讚此人大智大勇，有膽有識，若命他奉璧使秦，肯定不辱王命。

於是，惠文王召見藺相如。藺相如毫不含糊地表示：「我願奉璧使秦，十五座城邑劃給趙國，和氏璧留於秦國；不然，我一定完璧歸趙！」

藺相如作為趙國的使臣，堂堂正正地到了秦國的國都咸陽。秦昭王在渭河南岸的章台宮（遺址在西安市未央區高低堡子村附近）予以接見。禮儀過後，藺相如雙手捧璧，進獻給昭王。昭王持璧，左看右看，讚道：「果眞是寶璧，晶瑩剔透，光可鑒影！」讚罷，將璧遞與左右美人和文武大臣觀賞，眾人皆呼萬歲。

藺相如見昭王等只顧觀賞寶璧，根本沒有割城邑給趙國的意思，微微一笑說：「璧上有瑕，不知大王發現沒有？拿來，讓我指示給大王看。」

昭王說：「瑕？寡人怎麼沒有發現？」立即命將寶璧遞給藺相如，要他指示瑕之所在。

藺相如重新得璧，退後幾步，靠近一根殿柱，怒髮衝冠，厲聲說：「大王有意得到和氏璧，致信趙王，趙王立即召集群臣計議。群臣都說秦國貪婪，依仗強勢，言而無信，不可進獻和氏璧。而我以為布衣之交尚不相欺，何況大國與大國之間的交往呢？因一璧之故而逆強秦之歡，實不足取。因此，趙王特意齋戒五日，命我奉璧使秦，並送國書於秦國朝廷。我國這樣做為了什麼？為了表示尊敬秦國，為了趙、秦兩國友好。今天，我作為趙國使臣，到了這裡，大王接見我禮節甚倨，得和氏璧又傳於美人觀賞，這是戲弄我！我看大王根本無意割十五座城邑給趙國，所以藉口寶璧有瑕又取回它。大王若以強力相逼，我的頭和和氏璧就一起撞向殿柱，玉石俱焚！」

藺相如說著，手持寶璧，眼瞅殿柱，就要撞去。

昭王擔心和氏璧被撞壞，急忙俯身搖手，說：「別！別！有話好說！有話好說！」並召內侍取出地圖鋪展在龍案上，故意指指點點地說：「這！這！這！還有這！共十五座城邑，一齊劃歸趙國。」

藺相如知道這是欺詐和騙局，趙國根本不可能得到那十五座城邑，從容向前說：「和氏璧乃天下共傳之寶。趙王命我進獻此寶時，齋戒五日。現在大王也應齋戒五日，依周禮，設九服（指京畿以外的九等地區，即侯服、甸服、男服、采服、衛服、蠻服、夷服、鎮服、藩服）於廷，這樣我才敢進獻和氏璧。」

昭王無奈，只好應允，一面命藺相如回傳舍（外國使臣住的館邸）休息，一面作受璧儀式的準備。藺相如回到傳舍，料定昭王狡詐，必然失言負約，便鄭重地將和氏璧交給一個隨從，命他妝扮成普通百姓的模樣，抄小路回歸趙國，實踐了完璧歸趙的諾言。

五日後，昭王再次以隆重禮儀接見藺相如。藺相如振振有詞地說：「秦國自穆公以來，二十幾個君王從來不講信用，我怕受騙有負於趙國，所以命人將和氏璧送回趙國了。大王若有誠心以城易璧，可以先割城邑，趙國立刻奉璧進獻，不然就拉倒。我自知欺騙了大王，其罪當誅，殺、剮、下油鍋，隨便！」

昭王和秦國的大臣們聽了這番話，相視而嘻，無不愕然。好些人主張殺了藺相如，昭王懊喪地說：「殺了他，還是得不到和氏璧，且絕了秦、趙之好。算啦！放他回去吧！寡人想趙王是不會因此而欺秦的。」昭王因和氏璧而討了一場無趣，恨透了趙國。

一次是西元前二七九年，秦昭王先派兵攻趙，殺了趙國兩萬人，繼遣使臣通知趙惠文王，以命令式的口氣說：「速到澠池（河南澠池西）會盟，共結友好！」惠文王畏懼秦國，不敢不赴澠池，已經升任上大夫的藺相如陪駕隨行。

澠池之會，表面上客客氣氣，隨和友善，暗地裡劍拔弩張，藏著殺機。酒酣，昭王突然起身說：「寡人聽說趙王善於音樂，不妨鼓瑟一曲，供我等欣賞。」

惠文王不敢推辭，紅著臉鼓了一曲。昭王一面稱讚，一面命秦國史官記事：「某年月日，秦王與趙王會於澠池，令趙王鼓瑟。」一個「令」字，使惠文王羞得面紅耳赤。

昭王公開羞辱惠文王，藺相如不答應。他起身向前說：「趙王聽說秦王善作秦聲，我謹奉缶，請秦王一擊，以相娛樂。」

缶是一種瓦製酒器，擊缶比鼓瑟更加丟人。昭王怒而不應，藺相如捧缶在手，跪請擊缶。昭王不擊，藺相如起立，瞋目怒視，厲聲說：「大王是恃秦之強嗎？現在五步之內，我敢以頸血濺你一身！」昭王的侍從看到勢頭不對，向前要抓藺相如。藺相如張目斥之，鬚髮皆動，嚇得侍從不敢動彈。昭王是領教過藺相如的厲害的，心裡發怵，好漢不吃眼前虧，不得已取了筷子，勉強擊一下酒器。藺相如冷笑，轉身命趙國的史官記事：「某年月日，趙王與秦王會於澠池，令秦王擊缶。」

昭王沒有佔到便宜，他的隨從意甚不平，起鬨說：「秦趙結好，請趙王割十五座城邑爲秦王祝酒！」

藺相如針鋒相對，大聲說：「禮尚往來，我請秦王割咸陽爲趙王祝酒！」

澠池之會，鬥智鬥勇，勢均力敵。昭王的本意想在澠池劫持惠文王，乘勢攻滅趙國，沒料想藺相如一身正氣，大義凜然，又聽得諜報說趙國已經做好了禦敵的準備，廉頗、趙奢、李牧等正嚴陣以待。因此，他不敢貿然行動，言不由衷地說了一些客套話，怏怏回了咸陽。

接著又有閼與之戰，秦國大敗。昭王把那趙國恨得咬牙切齒，直想一口吞下邯鄲。好在他冤家對頭趙惠文王已經病死，繼位的孝成王懦弱可欺。於是命大將王齕爲統帥，率重兵圍攻趙國的上黨（山西長治附近）。趙國派出老將廉頗，率兵二十萬駐長平（山西高平）。兩軍對峙，爆發了歷時三年的長平之戰。

10

長平之戰是秦、趙兩國進行的一場決戰，秦將白起坑殺趙國士兵四十萬人。

長平附近有一座金門山，地勢險峻，易守難攻，廉頗便在金門山列營築壘，東西各數十，呈列星之狀。廉頗知道，論士兵的數量和裝備，趙軍遠不及秦軍；但秦軍遠途征伐，不能久戰，趙軍只有堅壁死守，方有取勝的可能。因此傳諭各營各壘：「用心守禦，不許出戰，有出戰者，雖勝亦斬！」他仔細察看了周圍的地形，命士兵掘地數丈作水窖，貯水備用。

王齕已經攻克上黨，向南逼近長平，屢次出兵挑戰廉頗，廉頗充耳不聞。王齕欺廉頗膽怯，先是十里，後是五里，靠近金門山安營紮寨。廉頗抱定一個主意，任他王齕如何張狂，自己就是堅守不出，以靜觀動，以軟對硬。

王齕兵強馬壯，有力使不出來，漸漸焦躁。偏將王陵獻計說：「金門山下有流澗，名叫楊谷，秦軍趙軍都在此澗汲水。秦軍營壘居上游，趙軍營壘居下游，我們如果在上游斷絕水源，趙軍必亂，亂而擊之，必能獲勝。」王齕說：「此計大妙！」立命士兵挖土築堰，將楊谷攔腰截斷。誰知廉頗對此早有防範，取水窖的水飲用，並無大礙。王齕與廉頗相持四五個月，沒有發生過一次正面交鋒，非常惱火，迫不得已將情況報告了秦昭王。

昭王接信，忙召相國范睢，商量對策。范睢原是魏國人，遊說各國諸侯不爲所用，輾轉到了秦國，上書昭王，建議實行「遠交而近攻」的策略，從而受到昭王的信用，封爲相國，並封應侯。此人足智多謀，讀了王齕的信，老謀深算地說：「廉頗是趙國的名將，知我秦軍強猛，不肯輕戰。他是考慮到秦軍遠征，不能持久，想待秦軍疲憊時而乘其隙。這個人必須除去，否則大王難以得到趙國。」

昭王說：「卿有何計，可以除去廉頗呢？」

范雎屏退左右，去昭王耳邊悄聲說：「要除廉頗，須用反間計，如此這般……非費千金不可。」

昭王大喜，即命內侍取千兩黃金交給范雎由他行使妙計。

范雎於是派遣心腹門客，從小道潛入邯鄲，用黃金賄賂孝成王的侍從，唆使他們散布流言說：「趙國的大將當中，趙奢最是好樣的，趙奢的兒子趙括勇過其父，若使趙括為將，威不可當，秦軍必退！廉頗年老怯敵，守著金門山不敢出戰，怕是不日就要投降秦國了！」

孝成王聽了流言，疑惑不已，派人前往長平，催促廉頗出戰。廉頗憤憤地說：「出戰出戰，迂腐之見！」孝成王由此更加疑惑了，遂決意任用趙括，取代廉頗。

孝成王召見趙括說：「卿為趙奢之子，能否為寡人擊退秦軍？」

趙括說：「秦國若使武安君白起為將，我擊退秦軍尚費籌畫；若是王齕為將，則微不足道了。」

孝成王說：「這是何意？」

趙括說：「武安君白起治兵有方，用兵如神，他多次為秦軍統帥，曾在伊闕（河南洛陽南）

大敗韓國和魏國，斬首二十四萬，取魏國大小六十一座城邑；南攻楚國，攻克楚都郢城（湖北江陵北）；再攻魏國，斬首十三萬，攻韓國，斬首五萬；我趙國的大將賈偃也死在他的手裡，二萬趙軍被沉入黃河淹死。白起率兵，攻必克，戰必勝，威名素著，士兵望風而慄。我趙括與之對壘，勝負各半，所以說『尚費籌畫』。至于王齕，他算老幾？不過是趁廉頗怯戰，所以才敢深入趙國境內，耀武揚威。若遇到我趙括，必會像秋風掃落葉一樣，將他掃得一乾二淨！」

孝成王聽了趙括這一番話，欣喜萬分，當即拜趙括爲上將，賜黃金彩帛，命他持節前往長平，取代廉頗爲趙軍統帥，並再增加勁兵二十萬，歸他統領。

趙括洋洋自得，車載金帛，回家拜見母親。趙母聽說兒子拜爲上將，大吃一驚說：「你父趙奢臨終遺命，告誡你莫爲趙將，你今日何不推辭呢？」

趙括哈哈大笑說：「嗨！這有什麼推辭的？趙國朝中，還有誰能勝過我趙括？」

趙母臉色陰沉，不和兒子爭辯，立即上書孝成王說：「趙括徒讀父書，不知通變，只會紙上談兵，他不是爲將的材料，懇請不要命他爲將。」

孝成王覺得奇怪，召見趙母詢問究竟。趙母說：「趙括父親趙奢爲將，所得賞賜，全部分給軍吏，受命之日，即宿於軍營，從不問及家事，旨在與士兵同甘共苦。而趙括一旦爲將，高高在上，軍吏莫敢仰視，所受金帛，悉歸私家。作爲全軍統帥，豈能如此？趙奢臨終時曾說：『趙括若爲將，必敗趙軍！』我謹記其言，願大王別選良將，切不可任用趙括！」

孝成王說：「詔命已定，怎能更改？」

趙母說：「大王不聽我言，倘若兵敗，我一家請求不得連坐。」孝成王點頭，答應了趙母的請求。趙括趾高氣揚，高車大馬，浩浩蕩蕩去了長平。

范雎派遣的門客，在邯鄲打聽到趙國更換前線統帥的詳細情況，密報源源不斷地送達咸陽。范雎大喜，連夜進見昭王說：「反間計成功啦！下面該由武安君白起出場了！」昭王也很歡喜，詔命：「任命白起爲上將，王齕爲副將，統率秦軍。」並傳令軍中高度保密：「有洩漏白起爲上將者，斬！」

趙括到了長平，持節命廉頗交出兵權。廉頗知是王命，不敢怠慢，照辦無誤，自回邯鄲。趙括升坐帥帳，「廉」字旗早換上了「趙」字旗。他所做的第一件事，就是將所有分散的營壘合併成一個大營，由自己新帶來的將領代替原先的將領，巡營戍守，至於廉頗規定的種種約束，盡行廢去。他高坐帥座，發下話來：「秦兵來攻，各要奮勇爭先，若遇勝利，便予追殺，務叫他秦軍一騎一卒都回不去！」

秦軍統帥白起已抵軍中。他要察看一下趙括的手段，便命三千士兵出營挑戰。趙括建功心切，派出萬名士兵迎擊，秦軍大敗奔回。白起登高觀陣，笑著對王齕說：「我知道怎樣勝他趙括了！」

趙括初戰大捷，樂得手舞足蹈，派人到秦營下了戰書，戰書中不乏驕矜之詞。白起捋鬚微笑，命王齕批字：「來日決戰！」末尾仍署王齕姓名。接著傳令退軍十里，吃飽睡足，準備次日大戰。

趙括見秦軍稍退，眉飛色舞地說：「秦軍畏懼了！」立命殺牛宰羊，犒勞將士，傳令說：「明日大戰，我們一定要生擒王齕，給諸侯做個笑話！」

白起安營已定，召集諸將聽令：王賁、王陵率兵一萬列陣，與趙括輪番交戰，不要輸不要贏，能引趙軍前來攻打秦營，便算一功。司馬錯、司馬梗各率兵一萬五千，從小路繞到趙軍後翼，絕其糧道。胡傷率兵二萬，埋伏於大營附近，只等趙軍前來攻營，即便殺出，要將趙軍截爲兩段。蒙驁、王翦各率輕騎五千，伺候接應。白起與王齕坐鎭大營，號令全軍。正是：安排天羅地網計，待捉龍爭虎鬥人。

趙括這邊，四更做飯，五更結束，平明列陣前進。行不過五里，遇見秦軍。趙將傅豹與秦將王賁交手，約三十餘回，王賁敗走。趙將王容再與秦將王陵廝殺，略戰數合，王陵又敗走。趙括見狀，自率大軍追趕。有人提醒說：「秦人多詐，其敗不可信，元帥還是別追爲好！」趙括說：「少囉嗦！追！」追趕十里，已到秦軍大營面前。

王賁、王陵繞營而走。趙括下令攻營，連攻數日，秦營堅固，巍然屹立。趙括命催促後軍，移營齊進。偏將蘇射騎馬而來，報告說：「後軍被秦將胡傷截住，不得前來！」趙括大怒，說：「胡傷如此無禮，我當親去！」麾軍轉頭，行了二三里，秦將蒙驁引兵從斜刺裡殺出，大叫：「趙括！你中了我武安君之計了，快快下馬受死！」

武安君？難道白起來到秦營了？趙括又疑又驚，挺戟欲戰蒙驁。這時，王翦一軍又衝殺過來，銳不可當，趙軍死傷甚眾。趙括料難取勝，鳴金收軍，就便選擇水草處安營，築成長壘，堅壁自守。一面飛奏孝成王求援，一面催取後隊糧草。誰知運糧之路，早被司馬錯、司馬梗切斷，一車一馬也不能通過。趙括登高四顧，但見漫山遍野都是秦軍旗號，一杆「白」字帥旗尤爲醒目。又聽得秦軍高喊武安君將令：「趙括速降！趙括速降！」趙括此時知道白起確在秦營，嚇得肝膽俱裂，驕氣狂勁蕩然無存，倒像是洩了氣的皮球。

趙軍被秦軍重重圍困，整整四十六日，內無糧草，外無援兵，竟有自相殘殺以食者。趙括急得焦頭爛額，無計可施，萬不得已，將全軍分作四隊，奪路殺出，強行突圍。白起早作防備，預選射手，但見趙軍出來，萬箭齊發，射死射傷無數。趙軍突圍四次，四次均告失敗。又過了一個月，趙括不想坐而待斃，精選銳卒五千人，俱穿重鎧，乘坐駿馬，再次突圍。趙括持戟當先，傅豹、王容等緊隨其後，冒死突出。恰遇蒙驁、王翦迎頭阻擊，趙括大敗，掉頭要回長壘。「嗖」地一枝箭射來，正中趙括坐騎左眼，馬驚蹶起，趙括被掀翻倒地。又有一枝箭射來，恰中趙括咽喉，趙括氣絕身亡。傅豹、王容等也死在亂箭之中。

主帥主將喪命，趙軍像是沒頭的蒼蠅，四處亂竄，爭相逃命。白起豎起招降旗，趙軍紛紛棄兵解甲，跪拜旗下，高呼萬歲。白起又令人取了趙括首級，前往其他趙營招撫，趙軍士兵共四十萬人，全部投降。甲冑器械，堆積如山，營中輜重，悉歸秦軍。

白起面對四十萬降兵，恰也作難。放歸趙國，等於保留了敵國的軍事力量；留在秦營，倘若有變，後果不堪設想。他與王齕密議，只有將他們全部殺死，方爲上策。於是命令所有降兵編爲十營，由十員秦將統領，配備秦軍二十萬人，賜以酒肉，聲稱：「武安君明日審視降兵，精銳能戰者，發給兵器，帶回秦國；老弱病殘者，發給路費，放歸趙國。」這派謊言，贏得降兵一片歡呼聲。

當夜白起下令：二十萬秦軍一齊動手，將趙國降兵四十萬全部活埋。可憐趙國的士兵，毫無思想準備，又是赤手空拳，呼天不應，喚地不靈，只能束手就埋，徒作恨鬼冤魂。時值九月，秋風蕭瑟，黃葉飄零，金門山垂頭，楊谷水哭泣，哀嘆列強之間的兼併戰爭奪去了多少無辜的生命！

11

呂不韋在邯鄲遇見秦國王孫嬴異人，以爲「奇貨可居」，決意棄商從政，做一筆曠古未有的大買賣。

長平之戰，趙國先後損失士兵四十五萬人，只有二百四十名年幼者被白起放歸邯鄲報信。趙孝成王大驚失色，文武群臣也悚懼萬分。邯鄲城中，子哭其父，父哭其子，兄哭其弟，弟哭其兄，祖哭其孫，妻哭其夫，沿街滿市，到處都是哀號痛哭的人群。其中只有一人不哭，就是趙括的母親。她說：「自從趙括爲將，我就料到這一天了。」孝成王有言在先，並不怪罪，反賜粟帛加以慰勉。

呂氏貨棧的趙姣娥聽說趙軍在長平打了敗仗，四十萬士兵盡被坑殺，嚇得心驚肉跳，半天說不出話來。她聽到街市上哭聲淒厲，情不自禁地也暗暗流淚。她並不認識任何一個死去的士兵，但他們是她的同胞，她的兄弟，他們年紀輕輕的就葬身疆場，豈不令人痛惜！晚上，她問呂不韋道：「每次打仗都死很多人嗎？」呂不韋回答說：「是的！爭地以戰，殺人盈野，爭城以戰，殺人盈城，這差不多成了戰爭的規律。趙國這次打了敗仗，元氣大傷，秦國必定得勢不饒人，邯鄲怕是很危險了。」

姣娥打了一個哆嗦說：「那我們怎麼辦？」

呂不韋說：「我是商人，阻擋不了戰爭的車輪，只能走一步看一步吧！」

邯鄲乃至整個趙國都處在驚惶和恐懼之中。警報迭傳，謠言四起，都說白起正在休整，很快就進攻邯鄲，消滅趙國。孝成王急得像熱鍋裡的螞蟻，大聲問道：「誰能禁止秦軍？誰能禁止秦軍？」文臣武將你看我，我看你，沒有一人應聲。長平之敗，對於趙國的打擊實在太大了，現在還有什麼本錢對抗秦國呢？

孝成王氣呼呼地宣布退朝。相國趙勝回府，唉聲嘆氣，一籌莫展。當時，魏國信陵君魏無忌、楚國春申君黃歇、齊國孟嘗君田文和趙國平原君趙勝，皆以禮賢下士、蓄養門客而馳名，合稱「戰國四公子」。趙勝府中也有許多門客，竟沒有一人出來獻計獻策嗎？

夜間，趙勝正爲趙國的前途煩惱，門客蘇代求見。趙勝立刻接見，急切地說：「先生得是有了救趙之策？」蘇代說：「救趙不敢！但我若能到達咸陽，必能阻止秦國進攻趙國！」趙勝大喜，說：「眼前最迫切的事情就是阻止秦國來攻啊！太好啦！」

第二天，趙勝引蘇代見孝成王。孝成王面露喜色，命從國庫中取出金幣，資助蘇代入秦，相機行事。

戰國時期，像蘇代這樣的門客，通稱爲「士」，形成一個階層。他們博學多識，有頭腦有主見，到處奔走遊說，「合則留，不合則去」，今日依附張三，明日投靠李四，相當灑脫和自由。蘇代到了咸陽，昂然走進相國府，拜見應侯范睢。范睢並不認識蘇代，但這並不妨礙彼此間進行推心置腹的交談。

「先生爲何而來？」

「爲相國而來。」

「何以教我？」

「相國知道武安君在長平大獲全勝嗎？」

「知道。」

「知道武安君將攻邯鄲嗎？」

「知道。」

「既然如此，相國的禍殃快到了！」

范睢愕然，說：「這是爲什麼？」

蘇代微笑，說：「武安君出生秦國，身爲秦將，深韜廣略，用兵如神，南征北戰，攻奪城邑七十餘座，斬殺士兵近百萬人，商朝的伊尹，西周的呂望，其功莫過於此。長平大捷，繼攻邯鄲，趙國必亡，韓國也存在不了多久。趙、韓滅亡，秦國成就帝業，他武安君就是佐命元勛，就是活著的伊尹和呂望。相國雖然顯貴，終究是魏國人，怕也不得不屈居其下了！」

范睢手摸額頭細想，確實是那麼一回事，忙問：「先生教我，我該怎麼做呢？」

蘇代回答說：「相國可以允許趙、韓二國割地議和。割地議和，一則顯示相國的功勞，二則可解武安君的兵權，這樣一來，相國的地位就穩如泰山了！」

范睢滿心歡喜，再三感謝蘇代的指教。次日進宮，啓奏昭王說：「秦軍在外日久，非常勞苦，急需休息。不如遣使傳諭趙國和韓國，准予割地求和。」

昭王高度信任范睢，便說：「此事由相國自裁。」

范睢奉旨，贈給蘇代許多金幣，託他前往趙國和韓國，傳達昭王的意思。趙國和韓國巴不得如此，分別割城給秦國，並遣使至咸陽簽訂和約。

和約既成，白起就沒有理由再攻邯鄲了，奉詔班師。途中，白起得知這一切都出自范睢之謀，憤憤地說：「這個魏國老兒，誤我秦國大事了！」

秦軍退去，邯鄲城又恢復了平靜。孝成王早朝，想到長平之敗和割地之辱，大罵白起殺人成性，大罵秦國貪得無厭，至於他誤用趙括導致敗果，則絕口不提。他大罵一陣以後，忽然指著大夫公孫乾說：「你，公孫乾！去叢台將那個秦國人質，叫什麼來著？」

公孫乾跨前一步說：「叫嬴異人。」

「對！嬴異人。」孝成王繼續說：「給我傳來，我要殺了他！」

公孫乾說：「遵旨！」去不多時，便引了一個二十二三歲年紀，面如傅粉、唇若塗朱的文弱公子入見孝成王。那公子跪地行禮，恭敬地略顯緊張地說：「秦國質子嬴異人拜見大王！」古時規矩，兩國之間爲了保證盟約的履行，常派君王的嫡系親屬或重臣到對方國家去，用生命作爲抵押，這就叫人質，作爲人質的人常常自稱「質子」，表示卑下和謙遜。

孝成王見了嬴異人，怒氣沖天，大聲說：「嬴異人！你們秦國坑殺我趙國士兵四十萬人，又索取我趙國幾座城邑，你可知道？」

嬴異人戰戰兢兢地說：「質子身居邯鄲，和秦國及家人久不通信，秦、趙兩國之間的事，質子一概不知，請大王明察。」

孝成王越發動怒，說：「哼！好個『一概不知』，你倒是推得乾乾淨淨！來人！將這個秦國的人質推出去斬了，用他的頭祭奠我趙國四十萬士兵的亡靈！」

嬴異人聽到一個「斬」字，嚇得魂飛魄散，連連搖手說：「別！別！不干我事，不干我事啊！」

相國趙勝進諫說：「嬴異人在秦國不受寵愛，我王殺他何益？殺了他，反給秦國以口實，斷絕了日後的通和之路。」

孝成王怒猶未息，指著嬴異人說：「姑且留你一命！你給我在叢台好好待著，秦國再敢惹事生非，我先拿你開刀！去吧！」

嬴異人趴在地上磕頭說：「謝大王！」爬起來哆嗦著離去。出了王宮，想起傷心事，鼻子一酸，嘩嘩地流下淚來。

嬴異人有什麼傷心事呢？原來他是秦國昭王嬴稷的孫子、太子嬴柱的兒子。昭王的王后姓唐，生了兩個兒子，長子早夭，次子便是嬴柱。嬴柱字子傒，封安國君，於昭王四十二年（西元前二六五年）被立爲太子。嬴柱妃妾眾多，嫡妃芈氏爲楚國人，最受寵愛，號稱華陽夫人。華陽夫人終生不育，其他妃妾卻是多產，生下一大堆兒女，僅兒子就有二十多人。其中有一個夏姬，生了嬴異人。夏姬無寵，嬴異人自然不被祖父和父親看重，稀里糊塗地長大，在二十幾個兄弟中是有他不多，沒他不少，只是一個普普通通的王孫而已。

嬴異人長到十四五歲了，秦、趙兩國勾心鬥角，戰戰和和，和和戰戰。澠池之會後，秦昭王和趙惠文王又簽訂和約，惠文王要秦國派一個人到趙國為人質，昭王隨便挑選了嬴異人，將他送到趙國。轉眼間十年過去，昭王和嬴柱幾乎忘記了嬴異人的存在，從未過問和關心過他的死活。因爲昭王的孫子、嬴柱的兒子太多了，誰在乎多一個或少一個呢？

嬴異人獨自住在邯鄲，被安置在叢台的館邸，由趙國大夫公孫乾陪伴生活。說是「陪伴」，實際上是監視，監視人質的舉動，嚴防他竊取機密，向秦國通風報信。其實，這種監視是多餘的，嬴異人早和秦國失去聯繫，別說竊取不了機密，即便竊取了又能向誰通風報信呢？

起初，趙國對嬴異人的生活還有所照顧，食有酒肉，行有車馬。隨著秦、趙兩國關係的惡化，嬴異人的處境越來越難了，吃的穿的用的大不如前。秦、趙交戰，每當秦勝趙敗，趙王都要喚他訓斥一頓，甚至以斬首相威脅。這不？他今日又被訓斥和威脅了，幸虧趙勝說了幾句話，他算是又一次死裡逃生。嬴異人心情抑鬱，臉帶淚痕，漫不經心地走回叢台。迎面馳來一輛豪華的馬車，馬車上坐著風度翩翩的呂不韋。呂不韋剛剛出手一批珠寶和絲絹，算來可賺千兩黃金，心裡非常高興。他一眼看到低頭走路的嬴異人，見他衣不華美卻還整潔，神情憂傷卻還沈穩，雖在落拓之中，仍不失貴介之氣。他覺得他不像趙國人，便下車詢問路邊一個老者，指著說：「剛才過去的那個人是誰？」

老者看了看，說：「他呀，他是嬴異人呀！就住在前面的叢台，常從這裡經過的。」呂不韋說：「聽這姓名，像是秦國人。」

老者說：「不錯！他是秦國人，聽說還是個王孫哩！」

呂不韋大感興趣，說：「呵！還是個王孫？」

老者說：「對！是王孫，就是現在秦國國王的孫子。他的父親好像叫嬴柱，封安國君，現爲秦國的太子。這個嬴異人早在十年前就到邯鄲來了，是來當人質的，來了就沒回去過。說來，秦國的國王和太子也夠絕情的，把親生的孫子、兒子放在異國，十年裡不管不問，眞沒有人性！」

呂不韋說：「那人在叢台，跟誰一起住呀？」

老者說：「我國大夫公孫乾陪伴著他。原先，他們出門都有高車大馬，這幾年不行了，來去都是走著的，聽說我國大王故意爲難他，資用不給，他呀也就跟我們這些窮人差不多了！」

呂不韋聽了老者所言，不由嘆道：「這眞是奇貨可居呢！」

老者莫名其妙地問：「你說什麼？」

呂不韋笑著答道：「我突然想起一則經商之道！啊！沒什麼，沒什麼，謝謝老人家，再見！」說著，跳上馬車，疾馳而去。這時，他的心中嘩哩嘩啦，醞釀起一筆曠古未有的大宗買賣。正是這宗買賣，他的嬌妾趙姣娥的命運，發生了翻天覆地的變化。

12

呂不韋和嬴異人達成默契：前者幫助後者登上王位，後者許諾和前者共享榮華富貴。

呂不韋回到呂氏貨棧，回到他和趙姣娥居住的小院，跟姣娥打了個招呼，就一頭鑽進書房裡。書房裡書籍很多，往來信函也很多，那些信函都是他派往各國的夥計寄回來的，內容除了彙報商情外，還涉及政治、軍事、外交、風土人情和人際關係等方面。他將咸陽寄回來的信函集中在一起，重新瀏覽一遍，立刻掌握了秦國昭王兒孫們的情況，誰親誰疏，誰優誰劣，誰有什麼特長，誰有何種嗜好，全記在腦裡。姣娥端來一杯人參銀耳湯，要他趁熱喝下。他接杯在手，衝姣娥笑了笑說：「我今日在回家途中遇見了一個特殊人物，你猜是誰？」

姣娥說：「你的朋友南來的，北往的，東行的，西走的，多如牛毛，我哪能猜出？」

「這個人可不是朋友，不過我倒是想和他做朋友。」

「別拐彎抹角啦！他到底是誰呀？」

「一個落拓王孫，秦國派往趙國的人質，姓嬴名異人。」

「嬴異人？這姓這名都怪怪的，秦國人？你爲何想和他做朋友？」

「這裡的學問大著哪！你不懂的。好啦！睡覺！」

第二天上午，呂不韋看望父親呂穎，一見面便說：「爹！耕田種地，能得幾倍利？」

呂穎不明白兒子爲何詢問這樣一個簡單的問題，說：「也就是十倍吧！」

「販賣珠寶呢？能得幾倍利？」

「也就是百倍吧！」

呂不韋興致勃勃，說：「那麼，扶立一個人當國王，掌握江山，號令天下，能得幾倍利？」

呂潁哈哈大笑，說：「你眞是癡人說夢話，怎麼可能扶立一個人當國王呢？假若眞是那樣，便可得利千倍萬倍。嘿！還不止千倍萬倍，那是無法計利的！」呂潁注視著兒子，臉色突然嚴肅起來，說：「不韋！青天白日的，怎麼問這號瘋話？」

呂不韋滿臉正經，將昨日遇見嬴異人，晚上看的信函的情況敘述一遍，末了說：「我決意棄商從政，扶立嬴異人當國王！」

「棄商從政？」呂潁皺起眉頭，乾咳一聲，說：「這可不是鬧著玩的。我們呂家世代經商，買賣遍及天下，有資本，有經驗，有人緣，走南闖北，如魚得水。你現在突然要捨此求彼，可得愼重！」

呂不韋說：「我們呂家的家產夠多的啦，三五代兒孫坐著吃躺著花，也是吃不完花不光的。眼下正當亂世，有志男兒自當趁時建功立業，光耀門庭。歷史上好多名人，像周初的呂望、楚國的范蠡，都是經商以後從政的，轟轟烈烈地幹了一番事業。呂望從政，官至太師，輔佐武王伐商，因功而封於齊，成爲齊國的始祖。范蠡從政，當了越國的大夫，幫助越王勾踐臥薪嘗膽，刻苦圖強，終於攻滅吳國。顯然，經商只能帶來財富，從政才會名垂千古！」

呂潁說：「你說的不是沒有道理，只是從政的風險太大。經商虧了，大不了賠上十萬八萬；

從政敗了，卻是要掉腦袋，甚至殃及全家全族的。這一點，你想過沒有？」

呂不韋說：「孩兒想過了。從政和賭博一樣，就是要敢冒風險，贏得起，輸得起！」

呂潁說：「你要扶立那個落拓王孫當國王，有把握嗎？」

呂不韋說：「謀事在人，成事在天。只要我眞心謀事，相信老天會保佑的！」

呂潁是熟知兒子的性格的，執著，自信，凡是他決定要幹的事情，就會竭盡全力去幹成幹好，不達目的，絕不罷休。反正呂家的家產夠多了，讓兒子改職換業，去幹得利千倍萬倍的大事，光宗耀祖，恰也划算。因此，他不再阻擋呂不韋，說：「你就按照你的想法去幹吧！不過，凡事務要考慮周密，三思而後行！」

呂不韋說：「孩兒記住爹的教誨了。」轉身離去，回到小院，又鑽進書房思索許久。然後懷揣一些金鉼，出門登上豪華的馬車，吩咐車夫說：「走！去叢台！」車夫應聲「是」，馬鞭一揚，駕車馳向叢台。

叢台在邯鄲郭城中央偏北的地方，地勢高崇，集中建有各國質子居住的館邸，故名叢台。馬車停住，呂不韋下車，向前幾步，拱手對門吏說：「煩你通報公孫乾大夫，就說韓國商人呂不韋來訪。」

門吏見來人的馬車和衣著，知是一個有錢的主子，立即通報。公孫乾早聞呂不韋大名，沒想到他會登門造訪，笑吟吟地迎了出來。二人相見，一陣寒暄，公孫乾領了呂不韋，步入客廳喝茶敘話。

公孫乾先開口說：「呂公子四處經商，腰纏萬貫，今日什麼風將你吹來這裡？」

呂不韋說：「不韋經商，以四海爲家，專愛交友。聽說先生博學多識，耿介無私，所以冒昧來訪，願和先生交個朋友，以便聆聽教誨。」

公孫乾說：「『教誨』二字實不敢當，我公孫乾不過是個窮大夫而已，哪裡比得上呂公子拋金擲銀，逍遙自在？」

呂不韋見公孫乾戴的帽子、穿的袍子均已褪色，說：「看先生的穿戴，想必家境並不富裕，我這裡有金鉼十個，還望先生笑納。」說著，取出懷中金鉼放於桌上。

公孫乾連連搖手，說：「無功不受祿。初次見面，我哪能接受呂公子的饋贈呢？」

呂不韋笑著說：「先生見外了不是？你我既然是朋友，還說什麼饋贈不饋贈的。」

這時，嬴異人走進客廳，想說什麼，見有客人在，又退了出去。呂不韋假裝沒見過嬴異人，問道：「這人是誰？」

公孫乾說：「他是秦國的王孫，叫做嬴異人，在趙國當人質。都十年了，秦國從來沒有過問過。他在這裡獨自一個，窮愁潦倒，倒也可憐。」

呂不韋點頭，說：「噢！原來如此！」於是起身告辭。公孫乾取了桌上的金鉼塞給呂不韋。呂不韋斷然不要，說是送給先生買茶用的。公孫乾無奈，只得收下。

打這以後，呂不韋又拜訪過幾次公孫乾，二人飲酒聊天，談古說今，十分投機，混得熟了，成了要好的朋友。

一日，公孫乾置酒招待呂不韋。呂不韋說：「這裡別無他人，既然秦國王孫在此，何不請來同飲？」公孫乾全無顧忌，當即喚出嬴異人，介紹和呂不韋相見，同坐飲酒。三杯酒下肚，呂不韋誇誇其談，說：「我前年到過秦國，在咸陽住了幾個月。那裡是個好地方！西嶽華山高聳入雲，峭拔峻秀，人稱『天下第一山』。滔滔渭河橫貫秦川，兩岸土地肥美，物產豐饒。還有終南山，當地人都稱它爲南山，標奇聳峻，氣象萬千，古籍中譽爲『陸海』，是形容它珍藏寶物無數。咸陽城跨渭河南北，宮殿林立，市井繁華，論規模和氣勢，居各國都城之首。我那次從韓國販了珠寶、絲綢到咸陽，又從咸陽販了玉石、藥材到韓國，來回一倒手，賺了好大一筆錢呢！」

呂不韋高談闊論，大說秦國和咸陽。公孫乾沒出過邯鄲，聽來像聽天書似的，嘖嘖發出讚嘆。嬴異人神情黯然，說：「我離開咸陽十年了，故國山水是什麼樣子，都模糊了。」

這時，門吏進來報告，說：「宮中傳話，召大夫進宮議事。」

呂不韋起身說：「公孫先生有事，不韋告辭。」

公孫乾按住他的肩膀，說：「酒正酣，興正濃，呂公子怎能辭去？你且坐下陪王孫飲酒說話，我去去王宮，很快就會回來的。」

這正合呂不韋心意！呂不韋坐下，公孫乾前去王宮，客廳裡只剩下兩個人。呂不韋突然低聲問嬴異人道：「嬴公子想不想回秦國？」

嬴異人先是一驚，轉而嘆息說：「唉！想又怎麼樣？不想又怎麼樣？反正爺爺和爹爹早將我忘了。再說，我孤身流落異地，言行受到限制，即使想回秦國也無能爲力啊！」

呂不韋注視門外，繼續說：「據我所知，殿下的爺爺在位日久，年事已高。殿下的爹爹身為太子，將來必繼王位，他專寵一妃，便是華陽夫人，將來必為王后。而華陽夫人卻沒有生育，殿下兄弟二十餘人，卻沒有一人受到偏愛。殿下何不在此時求歸秦國，千方百計討好華陽夫人，自請做她的兒子。這樣，殿下日後就有希望被立為儲君！」

歸國？儲君？嬴異人從來也沒有想過這樣的美事，眼含苦淚，淒然一笑，說：「落拓之人，哪敢存那樣的奢望啊？剛才聽相公說到故國，說到咸陽，我是心如刀割，身似棒擊，恨不得插上雙翅，立時就飛回去看一看呢！」

呂不韋說：「殿下情繫故國就好！我呂某願助一臂之力，傾其家產為殿下西遊，說服太子和華陽夫人，救殿下還朝，怎麼樣？」

嬴異人眼中第一次有了光芒，又驚又喜，說：「相公所言，可是眞的？」

呂不韋認眞地說：「大丈夫處事，說到做到！」

嬴異人激動萬分，舉手發誓，說：「上蒼作證，我若得了榮華富貴，誓與呂相公共享，絕不食言！」

二人達成默契，繼續開懷暢飲，痛快淋漓。不一時，公孫乾歸來，笑著說：「失陪失陪！看你二人興致鑾高，都說了些什麼？」

呂不韋打著酒嗝說：「我問嬴公子咸陽為何叫咸陽？咸陽附近八條河流叫什麼名字？天下馳名的藍田玉價值多少？華嶽仙掌是怎麼回事？他全然答不出來，眞是……眞是……哈哈！」

嬴異人也假裝糊塗，噘著嘴說：「呂相公所問都是生奧冷僻的怪問題，我哪裡知道？」

公孫乾說：「這也難怪，你離開秦國這麼多年，哪能知道故國的許多事呢？」

呂不韋自稱有些醉了，起身告辭。公孫乾不再挽留，和嬴異人送呂不韋到叢台大門外，看著他登車馳去。公孫乾非常欣賞那輛豪華的馬車，心想四匹大馬，錦繡車篷，彩繪車廂，少說也值四五百個金鉼吧！

妊娠再嫁

13

呂不韋西入咸陽，在驪山下領悟到：拿女色來投資，怕也是一本萬利呢！

呂不韋自和公孫乾成爲朋友以後，常去叢台飲酒，接觸嬴異人的機會越發多了。當著公孫乾的面，呂不韋和嬴異人絕口不談彼此間的機密大事；避開公孫乾，他倆推心置腹，仔細籌畫，商討呂不韋西遊咸陽的各個細節。呂不韋悄悄塞給嬴異人五百個金鉼，說：「殿下可用來買通公孫乾的左右，廣泛結交賓客，務求落個好人緣。」嬴異人心領神會，點頭說：「勞你費心，我知道了。」嬴異人手裡有錢，也會拉關係，別說公孫乾的左右對他不再疑忌，就是朝廷的大官小吏，也跟他有了往來。

呂不韋決定動身前往咸陽。呂頴知道兒子此行的任務，千囑咐，萬叮嚀，不外乎「謹慎」、「小心」之類。趙姣娥得知丈夫要出遠門，生出千般柔意，萬種溫情。那一夜，二人做愛，情濃意熾，倍加繾綣。姣娥偎在呂不韋的胸前，羞答答地說：「我，我這個月沒有來紅，怕是有了。」

呂不韋大喜，說：「你懷孕了？」

姣娥說：「只覺得渾身乏力，忽兒想吃甜，忽兒想吃酸，甜的酸的拿來，卻又不想吃了。」

呂不韋大笑，緊緊地將姣娥抱在懷裡，吻這兒，摸那兒，說：「哈哈！我呂不韋要做爸爸啦！」

姣娥捂住呂不韋的嘴，說：「你小聲點！」

呂不韋說：「幹嗎小聲點？我恨不得讓天下人都知道呢！」

第二天，呂不韋帶了四個保鏢，辭別父親和嬌妾，乘坐豪華的馬車，出發到咸陽去。他特意到叢台去向公孫乾和嬴異人告別，只說販了一批珠寶到咸陽去賣，很快就回來的。公孫乾祝他一路順風，大吉大利。嬴異人故意說：「呂相公怎麼說出門就出門了呢？噯！對了！我秦國的板栗、柿子非常好吃，煩請呂相公回來時給買一些，讓我解解饞。」

呂不韋笑著說：「沒問題，我給你買回十筐八筐來！」說著，馬車掉頭，四個保鏢四匹大馬前護後衛，馳出邯鄲城的南門。

時值冬末，北風凜冽，山坳的積雪尚未融化，廣闊的原野一片枯黃。路邊偶爾出現幾塊麥地，麥苗稀疏，幾乎看不見綠色。餓急了的蒼鷹伸展翅膀在空中盤旋，沒有獵物，看到的只是凋零的樹叢和冷落的村莊。

呂不韋一行驅車策馬，沿著乾燥的土路前進。經長平，過晉城（山西晉城），折向西，抵達茅津渡。茅津渡是古黃河上的一個著名渡口，從這裡渡過黃河，不遠便是函谷關。函谷關建在谷中，深險如函（匣子），東有崤山，西有潼津，號稱天險。過了函谷關，西面便是秦國的疆域了，一個美麗而富饒的地方。當時秦國人習慣上把秦國東面函谷關，南面武關，西面散關，北面蕭關之內的廣闊土地稱爲「關中」。關中，實是關內的意思。

呂不韋多年經商，往來於韓、魏、趙、秦諸國，隨身攜帶各國朝廷頒發的通關文牒，過關越卡是不成問題的。即便碰上關吏刁難，大不了破費一包金銀作爲「買路錢」，也就順利通過了。

不料，這次在函谷關卻遇到了大痲煩。秦國爲了防止東方各國奸細混入境內，不久前宣布原先頒發的通關文牒全部作廢，凡客商、行人需要通過秦國的關卡，必須重新申請，領取新的通關文牒。呂不韋並不知道這一變化，所用通關文牒還是前幾年的，故而被秦國的關吏扣留了。關吏還說他是趙國的奸細，將他和保鏢、車夫關進一間房裡，馬車封存，興沖沖地去報告函谷關守將虞詡。

虞詡聽說抓到趙國的奸細，立即前來審視。他見呂不韋一行衣著華美，錦冠繡袍，馬車上所載盡是珠寶之類，馬上想到這是幾個有油水的貨色，認定他們是奸細，予以處死，馬車、珠寶沒收，恰能發一筆大財。他將呂不韋的通關文牒在手裡輕輕敲打著，嚴厲地問道：「你是呂不韋？經商的？韓國人？」

呂不韋點頭，說：「對！」

虞詡說：「韓國人，爲何從趙國來？」

「商人行蹤是沒有國別之分的。」

「誰能證明你是商人？」

「通關文牒就是證明。」

「這文牒已經作廢了。」

「貴國宣布文牒作廢，我不知情。不過，我在咸陽設有呂氏貨棧，那裡住有我的夥計，將軍不妨調查一下。」

虞詡陰沉著臉，說：「函谷關距咸陽好幾百里，誰吃飽了撐的，跑京城去調查？我看你確像趙國的奸細，老實招來，到秦國和誰接頭，任務是什麼？」

保鏢和車夫怒目而視，呂不韋搖頭苦笑，他們是文人遇見兵，有理說不清了。

虞詡見呂不韋等人的神情，覺得無須詢問，處死了事最好，便命令持刀執戟的關吏說：「將奸細拉出去砍了！馬車趕到我的院裡！」說罷便要離去。

呂不韋頓時慌了神，自己大江大海都闖過來了，沒想到今日卻淹死在陰溝裡，眞晦氣！他腦子裡飛快地盤算著，大聲說：「慢著！」

虞詡回轉身子，問道：「你還有何話說？」

呂不韋答道：「我到秦國來，實是要會見兩個人。」

「誰？」

「太子和太子妃華陽夫人。」

虞詡大驚失色，疑惑地問道：「太子和太子妃華陽夫人？你們認識？」

呂不韋答道：「談不上認識，不過是受人所託，馬車上的珠寶就是送給太子和太子妃的。」

虞詡臉色立刻由陰轉晴，大笑道：「哈哈！大水沖了龍王廟，自家人跟自家人撞車啦！」

呂不韋鬆了一口氣說：「將軍的意思是……」

虞詡說：「不瞞你說，我和太子是連襟，拙荊（舊時對人稱自己妻子的謙詞）便是太子妃的姐姐。」

呂不韋大喜，笑著說：「好哇！呂某在這裡遇到將軍，幸會幸會！」

虞詡說：「剛才多有冒犯，還望見諒。」

呂不韋大笑，說：「什麼冒犯？這叫不打不相識嘛！」

「哈哈！」虞詡、關吏、保鏢和車夫都輕鬆地笑了起來。

虞詡吩咐關吏，好生招待保鏢和車夫，看管好馬車。自己則拉了呂不韋，去他居住的小院飲酒。飲酒中間，虞詡告訴呂不韋，他的拙荊和太子妃華陽夫人都是楚國人。太子先娶了華陽夫人爲妃，姐姐前來秦國看望妹妹，太子和太子妃作主，讓姐姐嫁他爲妻。他因此受到朝廷的重用，封爲將軍，鎮守函谷關。呂不韋也坦誠地告訴虞詡，自己受嬴異人所託，前來秦國如此這般如此，只求儘快見到太子和太子妃。

虞詡說：「太子和太子妃深居王宮，你一個外國人豈能輕易見到？」

呂不韋說：「這恐怕還得求將軍幫忙。」

虞詡想了想，說：「這也不難。我給拙荊寫一封信，你到咸陽後將信交於拙荊，講清意圖，讓她進宮去告知太子妃。她們姐妹關係極好，拙荊說話，我想太子妃是會見你的。至於太子會不會見你，我就不敢說了。」

呂不韋起身抱拳，說：「謝謝將軍想得周全。」

虞詡說：「自家人，不用客氣。」

二人暢飲，盡歡而歇。次日，虞詡交給呂不韋一封信，送呂不韋一行上路。呂不韋取了百兩黃金送給虞詡，說：「這權當關吏們的酒錢。」虞詡推辭。呂不韋執意相送，虞詡只好收下。

呂不韋離開函谷關，馳車西行，暗自發笑。心想自己正愁沒有門路謁見太子和太子妃，突然冒出一個虞詡來，不費吹灰之力，便到手一份打通關節的「通行證」。這實在是個好兆頭，看來落拓王孫嬴異人該時來運轉了，自己的賭注沒有下錯。

呂不韋一行緩緩前進，八百里秦川的景色迎面撲來，地勢平坦，田疇如畫，大路寬廣筆直，路旁遍植槐樹、榆樹和楊樹。麥地裡有不少農民正進行勞作，施肥灌水，還有鬆土保觴的。很快到了華山，山勢突兀，拔地而起，高插雲天，霧海松濤，蔚爲奇觀。華山一帶爲古鄭國所在地，西周宣王的弟弟姬友封於鄭（陝西華縣東），其地依然保存著古風古貌。再向西便到了驪山，山勢巍峨，山色青蔥，像一匹駿馬橫空傲立，昂首長嘶。當年，西周最後一個國王幽王荒淫好色，嬖愛寵妃褒姒，爲博美人一笑，不惜在驪山烽火戲諸侯，導致國滅身亡，美麗的褒姒也被犬戎人擄了去。呂不韋想到褒姒，輕輕一笑，自言自語地說：「自古君王都好色，拿女色來投資，怕也是一本萬利呢！」

跨過灞河和滻河，折向西北，前面就是咸陽了。咸陽城始築於秦孝公十二年（西元前三五〇年），曾是商鞅第二次變法活動的中心。它地處渭河以北和渭北群山以南，山的南面曰陽，水的北面也曰陽，兼而有之，故名咸陽。咸陽自作爲秦國的國都以後，到秦昭王時已成爲規模宏偉、建築壯麗、人口眾多、市井繁榮的大城市了。渭河以北，是王宮宮城、手工業作坊及市肆的集中地；渭河以南，則是秦國祖廟、苑囿及陵寢的分布區。在洶湧奔騰的渭河上，南北橫跨一道橋樑，稱渭橋，一稱石柱橋。此橋爲木石結構，寬六丈（合今約十四米），長三百八十步（合今約六百五十米）；疊石水中爲柱，共有七百五十柱；架木柱上爲樑，共有一百二十樑。渭橋是渭河上最早的橋樑，造型雄偉，橋體堅固，猶如長虹臥波，氣勢恢宏。當呂不韋的馬車在渭橋上行駛的時候，保鏢和車夫不由吐著舌頭讚嘆道：「我的娘呀！天下竟有這樣大的橋！」

呂不韋在咸陽也設有呂氏貨棧。貨棧的夥計們見主人突然到來，異常高興，頭等房間安頓，好酒好菜招待，爲之接風洗塵。呂不韋舉杯在手，紅光滿面，說：「我這次到咸陽來，一不爲買，二不爲賣，專爲一件大事。什麼大事？誰也不用問，你們只顧照舊做生意就是了！」天下的呂氏貨棧都是呂不韋的，他一錘定音，誰還敢問這問那，自討沒趣呢？夜間，呂不韋決定次日去虞府，拜訪那個並不認識的虞夫人。

14

為了嬴異人，也是為了自己，呂不韋在咸陽拜訪華陽夫人，嬴異人被太子安國君認為「嫡嗣」。

這是一個晴好的日子。天空瓦藍，沒有風，太陽升起來，咸陽城沐浴在耀眼的陽光裡，顯得宏偉而又嫵媚。渭橋上車來人往，滾滾的渭河水翻金湧彩，在橋柱上激起朵朵水花，浩浩蕩蕩，流向東方。

呂不韋一身雅裝，頭戴精緻的黑色氈帽，身穿繡花的紫色長袍，乘坐馬車前往虞府。這次，他只帶一個保鏢隨行，免得過分張揚。虞府坐落在陽安里，就在壯麗無比的咸陽宮西側，那裡聚住著許多王親國戚。到了虞府門前，呂不韋下車，向看門的老頭遞上虞詡寫給夫人的家信，說：「煩請通報，韓國陽翟的呂不韋受虞將軍之託，登門拜謁夫人！」

老頭見呂不韋穿戴整齊，又有虞詡書信，不敢怠慢，趕忙入內通報。不一時，府內走出一個管家模樣的人，問：「哪一位是呂不韋相公？夫人有請！」

呂不韋答話：「我！」跟隨管家入內。保鏢懷抱一隻紅木匣子，緊隨其後。

虞夫人已在客廳等候。她四十四五歲年紀，身矮體胖，珠光寶氣，一看就是一個貴婦人。呂不韋施禮，說：「呂不韋拜見虞夫人。」虞夫人說：「請坐！看茶！」一個侍女輕盈地端上茶來，放在呂不韋面前，又輕盈地退去。

虞夫人說：「呂相公在函谷關見我丈夫了？」

呂不韋說：「見了。這次入關，多虧虞將軍幫忙。」

虞夫人說：「我丈夫在信中說，你來咸陽有要事……」

呂不韋目視站在一邊的管家和保鏢。虞夫人會意，吩咐管家說：「你且帶這位客人在廂房用茶。」保鏢將木匣置於桌上，隨管家退出。虞夫人接著說：「呂相公來咸陽是……」

呂不韋恭敬地說：「夫人可知秦國一個王孫在趙國嗎？」

虞夫人思量半晌說：「王孫？趙國？噢！記起來了，是有一個王孫在趙國的。叫什麼來著？什麼來著？」

呂不韋說：「異人！」

虞夫人說：「對！叫異人！當今王上的孫子，太子的兒子。只是他在趙國好多年了，王上和太子很少提說此人的。」

呂不韋說：「他可是一直牽掛故國，思念親人哪！他思念太子和太子夫人，備有孝順之禮，託我轉送；他也思念夫人，並備有薄禮，囑我務要親手交給你這位姨娘。」呂不韋說著，將紅木匣推至虞夫人手邊。

虞夫人打開木匣一看，哇！黃的是金，白的是銀，綠的是翡翠，紅的是瑪瑙，光芒四射，五彩繽紛。她眼睛發亮，滿心歡喜，說：「難得王孫記著我！噯！王孫在趙國生活得怎麼樣？還想歸故國嗎？」

呂不韋嘆了口氣，說：「說來話長。王孫殿下十餘歲到趙國當人質，孤苦無依，思國思親，天天以淚洗面，他常說，太子夫人便是他的親娘，夫人你便是他的姨娘，恨不得插上雙翅飛回國內，奉養親娘和姨娘，以盡孝道。」

「王孫在趙國安全嗎？」

「唉！整日提心吊膽。近年來秦、趙不和，戰事不斷，趙王每每拿王孫出氣，幾次要殺他，喜得臣民保奏，幸存一命，所以思歸愈切。」

「可憐的王孫！那麼，呂相公這次來咸陽是……」

「受王孫殿下之託，專程前來求見太子夫人，一來代獻孝順之禮，二來請設法使王孫殿下歸國。虞將軍稱夫人和太子夫人是嫡胞姐妹，故來拜訪，懇請夫人引見。」

虞夫人收了嬴異人實際上是呂不韋的禮物，又見呂不韋坦誠從容，彬彬有禮，且有丈夫家信推薦，爽快地說：「好吧！我下午進宮，說服太子夫人見你，王孫歸國之事，你們當面說。」

呂不韋極表感謝，告辭回歸呂氏貨棧。兩日後，在虞夫人的安排下，他得以前往東宮拜謁華陽夫人。

東宮即太子宮，位於咸陽宮的西面，是太子嬴柱和寵妃華陽夫人，以及其他姬妾居住的地方。宮門口侍衛密布，戒備森嚴。進了宮門，大院套著小院，高樓連著低宇，雕樑畫棟，奇花異木，別有洞天。呂不韋懷抱兩個紅木匣子，被宮監引到一個幽深、靜謐的小院，沿著畫廊三拐兩拐，進入一間陳設奢麗，馨香撲鼻的大廳。宮監示意呂不韋坐下，然後走進大廳後面的一個小門，去通報華陽夫人。不一時，華陽夫人由四個宮女簇擁著，從小門進入大廳，虞夫人緊隨其後。華陽夫人落座，前面懸掛一道粉色絲簾。這是古時的規矩，凡皇后、太子妃等會見陌生的男人，只能垂簾問話，不能直接面對男人。虞夫人站在華陽夫人的身後，說：「呂相公快參見太子妃！」

呂不韋趕忙跪地施禮，說：「呂不韋拜見太子妃！」

華陽夫人擺一擺手，輕啓朱唇，說：「免禮，請坐！」

呂不韋說：「謝太子妃！」起身坐下。

華陽夫人說：「聽說呂相公從趙國來，不知有何見教？」

呂不韋說：「受王孫殿下重託，特向太子妃獻孝順之禮。」說著，取了兩個紅木匣子，恭敬地呈上。

絲簾後出來一個宮女，接過紅木匣子，捧進去放在華陽夫人身旁的小桌上，輕輕打開。華陽夫人側眼看去，只覺得金燦燦，亮閃閃，璀璨奪目，定睛再看，但見盡是奇珍異玩，五光十色，美不勝收。其中有一對赤金走龍，純金鑄成龍的模樣，龍卻有四足，跨步行走，造型優美，設想奇特。還有一掛白玉項鍊，金線串著玉片，下墜圓形團飾，團飾由百粒珍珠和一枚大雞血石組成，晶瑩明亮，典雅富麗。華陽夫人微笑說：「王孫在趙國可好？」

呂不韋說：「王孫殿下在趙國已經十年，日夜思念故國，思念太子和太子妃。他常說，太子妃便是他的親娘，虞夫人便是他的姨娘，一心想回國克盡孝道，侍奉親娘和姨娘。」

虞夫人插話說：「難得他有這份孝心呢？」

華陽夫人又問：「王孫品行怎樣？」

呂不韋答道；「王孫殿下賢孝無比。每遇太子和太子妃壽誕，及元旦、朔（農曆每月初一）、望（農曆每月十五）之晨，必清齋沐浴，焚香西望跪拜。祝福太子和太子妃健康平安。而且好學重賢，交結諸侯賓客，遍於天下。趙王多次要殺害他，幸賴趙國臣民保奏，方得無事。」

華陽夫人不覺大喜說：「王孫賢孝，也是我秦國的福氣了。那麼，呂相公來咸陽，還有……」

虞夫人在華陽夫人耳邊低語兩句。華陽夫人一擺手，吩咐四個宮女說：「你們去吧！」宮女退下。她接著說：「呂相公來咸陽，還有何事？」

呂不韋說：「呂某斗膽，敢問太子妃有幾位王子？」

華陽夫人遲疑地回答說：「一個也沒有。」

呂不韋說：「俗話說，『以色事人，色衰而愛弛，愛弛則恩絕』。今太子妃侍奉太子，甚受寵愛，卻沒有親生的王子，實是憾事。呂某爲太子妃考慮，不若及早在諸位王子中選擇一位賢孝者作爲親生的王子，這樣，這位王子日後爲王，太子妃必有依靠。不然，一旦色衰愛弛，再後悔可就來不及了。」

華陽夫人沉默許久，說：「呂相公的意思是……」

呂不韋說：「王孫殿下仁厚賢孝，視太子妃爲親娘，太子妃不妨認他爲親生王子。這樣一來，太子妃不就世世得寵了嗎？」

虞夫人插話說：「呂相公替妹妹著想，可是長遠呢！」

華陽夫人思來想去，覺得呂不韋所言不是沒有道理。她已經四十多歲了，花容月貌還能持續幾年？王宮裡從來都是母以子貴，子以母貴，自己確該爲若干年後的地位謀畫謀畫了。丈夫嬴柱姬妾眾多，王子也多，自己不及早認一個王子爲嫡子，那麼日後指靠誰呢？她抬頭看看姐姐，虞夫人朝她直點頭。她心動了，說：「多謝呂相公指點，我自有主意。好啦！相公且退，以後可常和姐姐虞夫人聯繫。」

呂不韋起身。華陽夫人喚來宮監，吩咐送客人出宮。呂不韋笑著告辭，隨宮監出了東宮。

當夜，華陽夫人命宮女備了一桌酒菜，素服淺妝，陪丈夫安國君飲酒。飲酒正歡，華陽夫人突然伏在桌上，低聲啜泣起來。安國君好生奇怪，忙問：「愛妃爲何傷心？」

華陽夫人抬起頭來，珠淚滿腮，說：「臣妾有幸，蒙得太子寵愛，感激不盡。只是這個肚子不爭氣，沒爲太子生個王子，故而煩惱。太子的姬妾生有王子二十餘人，只有現在質於趙國的異人最爲賢孝，心繫臣妾，且結交諸侯賓客，口碑甚佳。臣妾若能得此子爲嗣，日後也算有個依靠。」

安國君十分寵愛華陽夫人，對她歷來是百依百順，有求必應，笑著說：「這有何難？我答應你就是了！」

華陽夫人破涕爲笑，說：「謝謝夫君。只是，太子今日答應臣妾，明日聽了別人的話，恐怕又要忘了。」

安國君說：「哪能呢？愛妃倘若不信，我就刻符爲誓！」他立即取了一枚玉璧，親筆寫了「嫡嗣異人」四字，命工匠鐫刻，從中剖開，一半留在自己身邊，一半交給華陽夫人收藏，以作信物。

華陽夫人歡喜不盡，說：「你眞是臣妾的好夫君！不過，異人現在趙國，怎樣才能使他回歸秦國呢？」

安國君說：「等有機會，我請求父王就是了。」

當時，秦國正和趙國交戰。安國君請求秦昭王迎歸嬴異人，昭王以戰事正緊爲由，一口拒絕了。安國君將情況告訴華陽夫人，華陽夫人轉告虞夫人，虞夫人轉告呂不韋。呂不韋皺起眉頭，思量半晌，決定再去拜訪一個人。這個人地位尊崇，手眼通天，只要他出面，準能讓秦昭王心回意轉，早日下令迎歸嬴異人。

15

秦昭王許諾將迎嬴異人歸國。呂不韋並不以此為滿足，又決定將嬌妾趙姣娥也當作賭注。

呂不韋決定拜訪的人姓唐名炫，乃昭王唐王后的弟弟，封楊泉君，因是國舅，故深得昭王的信任。唐府也坐落在陽安里，呂不韋花了三枚金幣，便買通了唐府的門衛。門衛入內通報，說：「韓國客人呂不韋求見老爺！」

唐炫並不認識呂不韋，因見是異國客人，故而至前廳與之見面。寒暄數語，呂不韋突然說：「唐君罪至將死，不知知否？」

唐炫大驚失色，說：「先生怎麼如此說話，我有何罪？」

呂不韋說：「唐君貴幸，勢傾朝野，門下無不居高官，享厚祿，駿馬盈於外廄，美女充於後庭；而太子門下，蕭條冷落，沒有一人顯貴。當今王上春秋高矣，一日駕崩，太子嗣位，其門下必怨唐君勢大震主，那時唐君不就面臨危亡之災了嗎！」

唐炫細想，此話果然不假，忙問：「請教先生，我該如何應付？」

呂不韋說：「鄙人有計，可使唐君富貴百年，安於泰山。」

唐炫拱手，說：「願聽先生妙計。」

呂不韋說：「當今王上年事已高，太子繼位肯定無疑。太子有子二十餘人，卻無一人是太子妃親生。夏姬之子嬴異人，早年質於趙國，以賢孝之名聞於諸侯。異人思歸秦國，並已認太子妃爲親娘。唐君若能通過王后說服秦王，使其迎歸異人，由太子立爲嫡子。這樣，太子、太子妃和異人必感恩感德於王后，世世無窮。王后尊寵永固，唐君的爵位自然長保無慮了！」

唐炫經呂不韋指點迷津，心境豁然開朗，感激地說：「多謝先生指教！」

呂不韋辭歸呂氏貨棧。唐炫立即進宮去見姐姐唐王后，將呂不韋的話複述了一遍。唐王后考慮到自己和外戚的長遠利益，答應照辦。當晚，她就將迎歸異人的意思向昭王說明。昭王滿口應允說：「不就是一個王孫嘛！一有機會，我就迎他歸國！」唐王后非常歡喜，將昭王的話轉告唐炫，唐炫又轉告呂不韋。呂不韋興奮不已，心想這次到秦國來，金錢和心機總算沒有白費。

太子嬴柱尚不知道父王迎歸異人的承諾。在華陽夫人的縱容下，他親自出面召見呂不韋，說：「我想迎歸異人立爲嫡嗣，怎奈父王未准，如何是好？」

呂不韋說：「准啦！太子難道沒有聽說？」

嬴柱大惑不解，說：「准啦？這是怎麼回事？」

呂不韋大笑，將自己已拜訪唐炫，唐炫去見王后，王后請求昭王的原委和盤托出。嬴柱也大笑，說：「先生眞是神通廣大呀！那麼，下面該怎麼做呢？」

呂不韋收斂笑容，鄭重地說：「太子和太子妃既立異人殿下爲嫡嗣，我呂某當不惜萬金家業，賄賂趙國權貴，務要使異人殿下脫離險境，平安地回歸秦國！」

嬴柱說：「那就有勞先生了！這裡，我預拜先生爲異人太傅，他的一切全託先生照管。並請先生傳話給他，就說『父子、母子相見，只在早晚，不必憂慮』。」

呂不韋說：「呂某記下了。我明日即回邯鄲，爲了報答太子和太子妃的厚愛，肝腦塗地，在所不辭！」

呂不韋要回邯鄲，少不了去向虞夫人、唐炫告別。虞夫人取出一箱衣服和一些黃金，交代說：「這箱衣服是太子妃送給異人的。這些黃金，有王后的四百兩，太子和太子妃的六百兩，都是送給異人結交賓客的；另有太子妃的二百兩，專門送給呂相公作爲酬勞的。」

呂不韋說：「王后、太子和太子妃送給異人殿下的衣服、黃金，我自當送到。只是太子妃送給我的二百兩黃金，我是不敢收的。不是呂某誇口，我家別的東西沒有，黃金珠寶多得是。」

虞夫人說：「這是太子妃的一點心意，你不收下，難道退回去不成？」

呂不韋說：「那我就轉送給夫人吧！這次來咸陽，全虧虞將軍和夫人成全，諸事順利。」

虞夫人說：「這不行！不行！」

呂不韋笑著，命保鏢將箱子和千兩黃金搬到馬車上，自己隨即跳上車，一揚手，說：「再見！」馬車遂疾馳而去。

虞夫人無可奈何地說：「這個呂相公，倒是大方得很呢！」

第二天，呂不韋乘坐馬車，四個保鏢騎馬相隨，離開咸陽，返回邯鄲。這時已是初春時節，大地解凍，柳樹綻芽，西北風失去了凜冽的威嚴，清涼中滲透著柔和，吹在臉上讓人感到愜意。各種鳥雀衝破寒冬的禁錮，飛快地在天空飛翔，得意地在樹梢啼叫，錦繡秦川呈現出一片生機和活力。呂不韋心情舒暢，細想進入秦國以來的經歷，暗自發笑。笑什麼呢？笑金錢的威力，笑人心的勢利。若不是金錢通路，自己到得了咸陽嗎？能會見一系列的大人物嗎？能使昭王作出迎歸王孫的承諾嗎？虞詡和虞夫人，太子嬴柱和華陽夫人，楊泉君唐炫及唐王后等，盡力幫自己的忙，不都是出於長久榮華富貴的考慮嗎？金錢和權勢是最具魅力的誘餌，一般人是很難抵擋它的誘惑的。姑且不說別人，自己不也是如此嗎？之所以不惜萬金家業，爲一個落拓王孫奔走，不正是爲了獲得千倍利萬倍利嗎？太子嬴柱已經預封自己爲異人太傅，太傅就是老師，將來異人當了秦王，自己就是第一功臣，還不知道會怎樣飛黃騰達呢！

馬車疾馳，保鏢隨行，滻河、灞河、驪山、華山一閃而過，下午便到了函谷關。呂不韋咸陽之行非常順利，虞詡寫的那封家信起了很大的作用，因此，他不能不去拜訪虞詡。虞詡見到呂不韋，像是見到故交摯友，特意設宴，盛情招待。酒酣，呂不韋敘說了自己在咸陽的遊說活動，一再感謝虞將軍和虞夫人。虞詡性格爽朗，說：「好友相處，不言『謝』字。只願呂相公日後功成名就之時，莫要忘了我姓虞的。」

呂不韋說：「好說好說！來！乾杯！」

二人暢飲，盡興方休。當夜，虞詡執意和呂不韋同榻而睡，並向呂不韋講述了函谷關一帶新近發生的一件趣事：

槐樹莊有個財主姓李名富，家有良田千頃，騾馬成群，一妻三妾，男傭女僕七八十人。李富家大業大，遠近聞名，可惜妻妾沒有爲他生個一男半女，偌大的家業無人繼承。鄰村有個姓王的浪蕩後生，叫王奎，娶妻姚氏，頗有幾分姿色。王奎好吃懶做，還愛賭錢，常常輸得精光，姚氏跟著倒楣，少不了挨凍受餓。姚氏已有身孕，王奎養活不了妻子，遂與姚氏商量，要將她賣給李富作妾，說：「你到了李家，生個兒子，名義上姓李，實際上姓王，他李富的家業不都是你我的兒子的？」姚氏起初不願，怎奈王奎一再慫恿，也就點頭同意。王奎去找李富，說明緣由，李富好色，給了王奎五枚金鉼，買了姚氏作爲第四房妾。姚氏到李家七個多月，果眞生了一個兒子，取名李財。李富好不歡喜，兒子滿月，擺酒慶賀，山吃海喝。誰知樂極生悲，李富喝得酩酊大醉，這一醉再未醒過來，竟一命嗚呼！李財是李富唯一的兒子，理所當然地繼承了李富的家產。王奎趁機來尋姚氏，夫妻重歸於好。李富原先的一妻三妾不答應，告狀告到官府。官府依據法律，判定李財繼承李富家產有效，王奎和姚氏復婚，並不違法。這樣一來，王奎憑空揀了個天大的便宜，李富的良田、騾馬、奴僕全歸他所有。

虞詡講完趣事，笑著說：「天下之大，無奇不有，王奎賣妻求富也算一奇了！」

呂不韋也笑著說：「這個王奎倒是很有心計呢！」

虞詡說：「他連妻子都捨得賣，這種心計夠無恥的。」

呂不韋說：「問題在於他最終達到了目的。」

兩人又說了一會兒話，虞詡漸漸發出鼾聲，進入夢鄉。呂不韋卻翻來覆去，久久不能入睡。他仔細回味王奎和姚氏的趣事，覺得很有意思，自然地聯想到自己和趙姣娥。他前些天經過驪山時，曾領悟到拿女色來投資，怕也是一本萬利的道理。那麼能不能拿姣娥來進行一次投資呢？王奎賣姚氏，實際是一種投資，結果得到了李富的家業。自己拿姣娥投資，得到的就不是一個財主的家業了，而是千倍萬倍的好處。嬴異人的身分、地位已經得到了秦昭王以及太子嬴柱和華陽夫人的認可，他回歸秦國成爲王儲只是時間早晚問題，一旦成爲王儲，肯定會當秦王的。自己如果將姣娥獻給嬴異人，那麼她將來就可能是王后。姣娥正懷身孕，那可是自己的嫡血，倘生男孩，必承嗣爲王，那麼嬴秦的天下，不就是呂氏的嗎？

呂不韋想到這裡，不禁心跳血湧。進而想到，自己破費家產，東西奔波，爲了何事？不就是爲了扶立嬴異人回國爲王、掌握山河，以便自己從中得利嗎？現在事情有了眉目，再將姣娥貼賠進去，不是可以事半功倍嗎？俗話說，捨不得孩子逮不住狼。大丈夫做事，不能因小失大，不能兒女情長。自己雖然也愛姣娥，但她不過是一個妾。妾是什麼？只是一件漂亮的衣服而已，愛穿就穿，不愛穿扔掉，重買一件就是了。更何況，他不是將她扔掉，而是將她獻給今日的王孫，明日的秦王，他要通過她贏得嬴秦的江山哩！那麼，姣娥呢？她會同意妊娠再嫁嬴異人嗎？呂不韋對此沒有把握，長長地打了一個哈欠，模模糊糊地睡著了。

天明，呂不韋起身，梳洗一番，和保鏢、車夫一起，由虞詡招待用了早餐，隨即上路。虞詡說：「呂相公以後不管什麼時候到秦國來，我都歡迎。」

呂不韋說：「多謝虞將軍一片熱心腸，我會永遠記著你的。」這時，太陽冒出山巒，霧氣瀰漫，山雀飛鳴。呂不韋拱手登車，車夫揚鞭喚了一聲「駕！」馬車沿著彎曲的大道，疾馳而去，馳向東方，馳向邯鄲。邯鄲城裡，嬴異人正引頸西望，急切地盼著他呢！

16

呂不韋既愛美人，更愛權勢，二者相比，權勢重於美人。妊娠的趙姣娥爲秦國王孫獻藝。

在呂不韋西遊咸陽的日子裡，邯鄲城裡的嬴異人可以說是度日如年。他不知道華陽夫人會不會認他爲嫡子，更不知道祖父和父親會不會同意迎他回秦國，甚至對呂不韋也懷疑起來，一個家業萬金的大商人，爲何這樣不惜金錢、不辭勞苦，熱心於自己的事呢？他在咸陽人地生疏，能夠進入戒備森嚴的王宮見到父親和華陽夫人嗎？

嬴異人整天在叢台的房間裡待著，心情焦急，且有點忐忑不安。呂不韋西遊咸陽的任務，只有他和呂不韋知道，連公孫乾都被蒙在鼓裡。萬一機密洩露，那可不是鬧著玩的，自己的性命都不保了，還談什麼回歸秦國，嗣位秦王？

呂不韋想必瞭解嬴異人的心情，馬不停蹄，車不歇輪，日夜兼程，很快回到邯鄲，回到呂氏貨棧。他先去看望父親，敘述在咸陽的經歷。呂穎大喜，說：「嗯！開局不錯，第一回合算是贏了！」他接著回到自己住的小院，趙姣娥喜出望外，問饑問渴，問冷問暖。這些天來，她一直牽掛著呂不韋的行蹤，丈夫平安歸來，懸著的心總算落了地。夜裡，小別的夫妻少不了狂蕩一番，情濃意熾，格外甜蜜。呂不韋撫摸著姣娥光滑的肚皮說：「小傢伙怎樣了？」姣娥抓住丈夫的手，說：「才兩個月，還沒顯形呢！」

「顯形」就是妊娠的女人肚子鼓起來，別人一看就知道她懷孕了。姣娥的肚子尙未顯形，正是拿她進行投資的最佳時機。呂不韋很想告訴姣娥，他要將她獻給嬴異人，做一筆瞞天過海的大買賣，可是話到嘴邊又嚥了回去。睡在他懷裡的姣娥，長髮覆枕，嬌香撲鼻，明眸皓齒，雪膚花顏，他哪捨得將她送給別人哪？

第二天，呂不韋又去看望父親，欲言又止。呂潁覺察到兒子的神情，說：「有話就說，別遮遮掩掩悶在肚子裡。」呂不韋於是告訴父親，姣娥已經懷孕，他想將她獻給嬴異人，她若生個兒子，日後的秦國江山便姓呂而不姓嬴；可是她畢竟是自己的妾，自己又愛她，所以思量再三，難以斷決。

呂潁沉吟片刻，說：「有志男兒做大事，不可顧及兒女私情。爲了嬴異人，你把整個家業都貼賠進去了，還在乎一個女人？姣娥這孩子，確實不錯，我也喜歡。可是，你有你的理想和抱負，走了第一步，就必須走第二步、第三步，事已至此，也只有忍痛割愛了。天下美女多得是，等你飛黃騰達之時，嬌妻愛妾自會車載船裝，還會缺少一個姣娥？」

呂不韋聽了父親這番話，勝讀十年書，說：「孩兒知道該怎麼做了！」當即辭別呂潁，乘坐馬車，前往叢台。

公孫乾和嬴異人見呂不韋到來，笑逐顏開。公孫乾說：「呂相公這次去秦國，賺了多少？」

呂不韋笑著說：「不多，也就是二三千兩黃金吧！」

嬴異人說：「呂相公可曾給我捎回故國的板栗和柿子？」

「捎啦！捎啦！」呂不韋說著，命車夫從馬車上搬下兩隻柳筐，一筐是板栗，一筐是柿子。板栗很大，扁平飽滿，皮呈褐紅色；柿子也很大，渾圓肥厚，皮呈金黃色。公孫乾驚訝地說：「呀！這麼大的板栗和柿子！」嬴異人來不及說話，拿了一個柿子在衣服上擦了擦，張口就咬，忘情地說：「啊！眞好吃呀！對了，驪山一帶產的那種火晶柿子，紅紅的軟軟的，又香又甜，沒捎些回來？」

呂不韋說：「火晶柿子太軟，馬車顚簸，捎回來就變成柿子醬啦。」

嬴異人說：「那倒是。」

公孫乾吩咐門吏將兩隻柳筐搬回房裡，陪著呂不韋和嬴異人步入客廳說話。呂不韋說：「煩擾公孫先生，命人將板栗拌著黃豆大小的碎石子兒，放在鐵鍋裡炒熟，那才好吃呢！」公孫乾說：「好！二位且坐，我去吩咐！」

公孫乾去吩咐人炒板栗，呂不韋抓緊時間，簡要告訴嬴異人說：「咸陽那邊，各個關節都已打通。太子和太子妃同意認殿下爲嫡子，並刻玉符爲信物；秦王也許諾在適當時機，迎接殿下回歸秦國。唐王后、太子和太子妃共送給殿下黃金一千兩，以作交結賓客之用。另外，太子妃還送給殿下一箱衣服。」

嬴異人聽著，樂得心花怒放，連聲說：「謝謝相公！謝謝相公！衣服我留下，黃金煩相公保管，倘有用處，聽憑相公使費，只要救得我歸國，感恩不盡！」

呂不韋說：「殿下儘管放心，一切由我安排。只是殿下在此，務要不動聲色，千萬莫露出破綻。」

嬴異人說：「謹記相公教誨。」

這時，公孫乾端著一碗炒熟的板栗進來，說：「熟了！快吃快吃！」

呂不韋和嬴異人起身，各取了一個滾燙的板栗，剝皮，放在嘴裡大嚼，又香又麵，爽朗可口。嬴異人讚嘆著說：「我已十年沒吃過這麼香的板栗啦！」呂不韋說：「用這板栗燉雞燉肉，那味道才美哩！」

呂不韋、嬴異人和公孫乾一邊吃著板栗，一邊說話，顯得十分融洽和開心。約莫過了一個時辰，呂不韋起身告辭，說：「今晚，我在呂氏貨棧設小宴，招待公孫先生和王孫殿下，到時候我派車來接，務請二位賞光。」

嬴異人反正閒著無聊，滿口答應。公孫乾說：「怎好打擾呂相公？」

呂不韋說：「我三天兩頭打擾公孫先生，輪也輪到我做東了。」公孫乾也就不再推辭。

呂不韋回到呂氏貨棧，一面吩咐夥計準備酒菜，一面吩咐姣娥說：「晚上我約了兩位客人來飲酒，其中有一位貴客，就是我跟你提起過的那位秦國王孫。你可化妝打扮一下，晚上要敬酒、歌舞的。」

姣娥說：「秦國王孫？就是那個姓名怪怪的嬴異人？」

呂不韋說：「對！就是他！」

姣娥說：「不就是一個落拓王孫嘛！也算貴客？」

呂不韋說：「不錯！算貴客！或許將來還貴不可言呢！」姣娥是從不過問丈夫的朋友如何如何的，自去化妝打扮，準備晚上露一手，好讓客人知道丈夫不僅富有，而且還有一位藝貌絕頂的嬌娘子。

夜幕降臨，月上城頭，公孫乾和嬴異人乘坐呂不韋的馬車準時到來。呂不韋笑臉迎接，隨即在自住的小院裡擺開宴席。小院裡四周遍點紅燭，地上鋪著紫紅氈毹（毛織地毯），大門兩側各懸一個紅燈籠，魚池旁邊坐著幾個樂舞伎，手執笙、簫、琴、瑟等樂器，悠悠揚揚，演奏著趙國流行的樂曲。低低的棗木几上，擺滿珍饈百味，有炮豚（燒烤的獸肉）、蒸燉（蒸小豬）、羔翔（燉幼羊）、狗朋（熟狗肉）、馬胺（馬肉羹）、鹿脯（鹽漬晾乾的鹿肉）、臑鱉（煮爛的鱉肉）、膾鯉（紅燒鯉魚片）等等。酒杯是金製的，筷子是銀製的，盤盤碟碟均爲上等瓷器。呂不韋請公孫乾上座，嬴異人旁座，自己下座，免不了又謙讓一番。侍女碧雲、艷雪早在酒杯裡斟滿酒。呂不韋舉杯在手，說了一聲「乾！」三人遂一飲而盡。接著吃菜，菜肴是色、香、味俱全，公孫乾和嬴異人一邊吃著，一邊讚不絕口。

酒至半酣，呂不韋說：「卑人愛妾趙姣娥能歌善舞，欲來敬二位一杯，務望莫嫌唐突。」即命碧雲、艷雪去喚姣娥出來。姣娥一身艷妝，款款而至，那撩人的脂粉香氣早溢滿小院。呂不韋笑著說：「你可拜見二位貴客。」姣娥合攏雙手，置於腿邊，彎腿施禮，同時啓朱唇，放鶯聲，說：「姣娥拜見貴客。」公孫乾和嬴異人慌忙作揖還禮，說：「不敢！不敢！」呂不韋又讓姣娥敬酒，先敬公孫乾，再敬嬴異人。嬴異人抬頭注視姣娥，呀！好一個標致的仙女！怎見得？

雲鬢輕挑蟬翠，蛾眉淡掃青山，朱唇點一顆櫻桃，皓齒排兩行白玉。微開笑靨，似褒姒欲媚幽王；淡漾秋波，擬西施堪迷吳主。千種嬌容看不盡，萬般妖冶畫難工。

嬴異人看得呆了，持杯在手，竟忘記飲酒。公孫乾輕輕拉了拉他的衣袖，他才回過神來，脖子一仰，飲了姣娥敬的酒。

姣娥敬完酒，隨即隨著樂曲的旋律，舒展長袖，扭動腰肢，飄飄忽忽，跳起舞來，但見體逃游龍，袖如素蜺習旋轉進退，輕盈綽約，優美無比。邊舞邊歌，歌是《詩三百》裡的《木瓜》三章，歌詞為：

投我以木瓜，
報之以瓊琚。
匪報也，
永以為好也。

投我以木桃，
報之以瓊瑤。

匪報也，
永以爲好也。
投我以木李，
報之以瓊玖。
匪報也，
永以爲好也。

《木瓜》三章是春秋時衛國的民歌，邯鄲原屬衛國，所以當地很多人都會唱的。姣娥唱這支歌，神情活潑，嗓音清純，聽來像是鶯啼花叢，珠落玉盤。公孫乾和嬴異人看舞聽歌，喜得眼迷心亂，神搖魂蕩，嘖嘖稱奇。尤其是嬴異人，早被姣娥的容貌、舞姿、歌喉所征服，只覺得血在洶湧，心在亂跳，若不是呂不韋在場，他是會衝上去，將那個嬌滴可人的姣娥緊緊抱在懷裡的。

姣娥舞罷歌罷，嬌喘吁吁，臉泛紅霞，回到房裡去了。呂不韋命換大杯，賓主開懷暢飲，盡情極歡。不一時，公孫乾已經爛醉如泥，臥於坐榻之上，呼呼大睡。嬴異人也有七八分醉意，突然「撲通」跪地，向著呂不韋說出幾句讓人吃驚的話來。

17

妊娠兩個月的趙姣娥再嫁嬴異人，心中是何滋味？失去一個男人，又得到一個男人，前景難料。

嬴異人跪地，略顯難爲情地說：「呂公！我有一事本不當講，可又不能不講。自我質於趙國十年，一直孤身一人，十分寂寞，剛才見了呂公愛妾，忽然生出一個荒唐的念頭，奢望求她爲妻，遂我平生之願，不知……」

呂不韋心中一樂，暗想自己正準備獻妾，他倒先來求妻，不謀而合，豈非天意？他看著跪地的嬴異人，聽他改稱自己爲「呂公」，覺得好笑，臉上卻裝出惱怒的樣子，說：「我好心好意請殿下飲酒，並讓愛妾獻藝助興，爲的是表示我對殿下的尊敬。殿下卻得寸進尺，意欲奪我所愛，是何道理？」

嬴異人聽了呂不韋的回答，羞得無地自容，匍匐在地，尷尬地說：「我因客中孤苦，妄想要呂公割愛，實是醉後狂言，幸勿見罪！幸勿見罪！」

呂不韋微微一笑，伸手扶起嬴異人，說：「好啦！呂某全力謀劃殿下歸秦，捨棄萬金家業，全不吝惜，又何惜一個女子？只是姣娥年輕害羞，恐其不從。她若情願，呂某即當相贈，以爲殿下鋪床疊被。」

嬴異人如釋重負，紅著臉說：「多謝呂公！多謝呂公！」那心裡像是喝了蜂蜜水，甜甜潤潤。

公孫乾酒醒，連聲說：「慚愧！慚愧！」

呂不韋笑著說：「公孫先生裝醉，三天三夜醒不來，那才是眞醉呢！」說著，吩咐兩個保鏢和車夫，護送公孫乾和嬴異人回叢台。

小院裡的殘席自有夥計和侍女們收拾。呂不韋洗了臉，上床摟著姣娥睡覺。然而，他並無睡意，悄聲對姣娥說：「你看秦國那個王孫，長相如何？」

姣娥說：「像個白面書生，陽剛不足，柔弱有餘。」

呂不韋說：「他十分愛你，求你爲妻，你可願意？」

姣娥狠狠掐了一下呂不韋的胳膊，撒著嬌說：「你胡說！哪能有這種事？」

呂不韋說：「我可沒有胡說，他爲了求你爲妻，剛才還向我下跪來著。」

姣娥聽呂不韋的口氣，不像是開玩笑，忙側過身來，問道：「此話當眞？」

呂不韋說：「千眞萬確！」

「那你的意思呢？」

「這不是跟你商量嘛！」

姣娥沉默片刻，眼淚已嘩嘩地流了下來，說：「我自將身子侍候相公，只想和相公白頭到老，不會中途變心，再去侍候另外的男人。」

呂不韋說：「我沒有說你變心。」

姣娥說：「我肚裡正懷著相公的孩子呢！」

呂不韋索性坐起來，緊緊地擁抱著姣娥，說：「這正是要害所在！喃！你終生隨我，充其量不過是個商人之婦，有錢花，有衣穿，卻不能出人頭地。嬴異人是秦國的王孫，日後肯定能當秦王，你嫁他得寵，日後就是王后。假若你生個男孩，便是太子。太子繼位，我和你就是秦王的父母。那時就會有享不盡的榮華，受不盡的富貴，豈不美哉！」

姣娥倒吸了一口涼氣，原來擁抱著她的男人使的是美人計，目的在於算計秦國的江山啊！她止住淚水，仰臉問道：「你我夫妻恩愛，你就捨得將我送給別人？」

呂不韋回答說：「大丈夫幹大事，不能兒女情長。你若不忘夫妻恩愛，等到我們的兒子得了天下，你我仍為夫婦，永不相離！」

姣娥再沒言語。呂不韋以為她默許了，遂使出手段，趴到她身上尋歡做愛。姣娥呢？滿腹心事，聽任呂不韋擺布，只覺得索然無味。

一會兒，呂不韋筋疲力盡，呼嚕呼嚕地睡著了。姣娥睜大眼睛，思前想後，淚水又嘩嘩地流了下來。她回憶自己的身世，無限感慨，徒然辛酸。她出身名門，有著如花似錦的童年。長大後只指望嫁給一個志同道合的如意郎君，不想冒出個肥厚來，殺了她的爹娘，逼迫她作妾，繼而冒出一個蔡氏，將她賣到艷香院當妓女，淪落風塵。所幸遇到呂不韋，贖她從良，當了呂氏貨棧的女主人。她認定呂不韋是個有情有意的好丈夫，甘心作妾，伴他度過一生。誰知大錯特錯，呂不韋既無情又無義，為了圖謀秦國的江山，竟要將懷有身孕的她拱手送給嬴異人。女人，特別是一個做妾的女人，就是這樣下賤這樣不值錢嗎？是啊！世界是男人的世界，社會是男人的社會，自古以來實行一夫多妻制，妾算什麼？只不過是男人的一個奴隸，一件器物，可以隨意送人，信手丟棄的。

姣娥熟讀詩書，知道很多一臣不事二主、一女不嫁二夫的史事。她想到做個「烈女」，一死了之。要死並不困難，金釵扎進喉嚨，白綾套住脖子，或一頭撞向牆壁，便可立刻斃命。然而，這是爲誰而死呢？自己正值妙齡，尚未充分享受人生的快樂，便不明不白地死去，值得嗎？不！不能死，不值得！相反，倒是要堅強地活下去，活下去，讓年輕的生命開放出鮮艷絢麗的花朵！

姣娥情不自禁地想到了嬴異人。她只在宴席上見過他一面，並向他敬酒，接著跳舞唱歌。他身材修長，皮膚白皙，神態溫雅，雖然缺少陽剛氣概，但像是個重情意的人。她向他敬酒時，他一雙火辣辣的眼睛深情地看著她，以致忘形失態，眞好笑！他十分愛她，忍辱跪地，求她爲妻，實屬難得。男兒膝下有黃金啊！更何況他還是秦國的王孫，若不是眞情實意的愛戀，怎會跪地求人？呂不韋說，他日後可能成爲秦國的太子，還可能成爲秦王，那麼，自己嫁給他，不眞的當上王后了？王后，那是一國之母、天下第一夫人，風光得很哪！

姣娥想到這裡，只覺得耳熱心跳，騰雲駕霧似的。她瞥一眼酣睡著的呂不韋，心裡說：「呂不韋呀呂不韋！我算是看透你了！你連自己的愛妾都能送人，還妄稱什麼大丈夫！你說等到我們的兒子得了天下，你我仍爲夫婦。哼！說的比唱的好聽，放屁不嫌腰疼！果眞有那麼一天，我趙姣娥就是太后，想跟哪個男人睡覺就跟那個男人睡覺，誰還跟你是夫婦？

姣娥嘴角露出一絲微笑，歪身躺下，不一會兒天就明了。呂不韋起床，一邊穿衣，一邊說：「姣娥！考慮好啦？今晚就要送你過去的。對了！你有身孕的事，千萬不可洩露的。」

姣娥沒精打采地說：「隨你的便！」

呂不韋說：「那好，我上午就去叢台。」

呂不韋到了叢台，公孫乾和嬴異人早迎了出來。呂不韋說：「夜裡簡慢二位，尚請海涵。」公孫乾和嬴異人說：「哪裡哪裡！倒是我們打擾了！」

呂不韋先將公孫乾拉到一邊，耳語幾句。公孫乾咧嘴大笑，拍手點頭。呂不韋繼對嬴異人說：「蒙殿下不嫌卑妾醜陋，誠心求她為妻，我轉達殿下的心意，她已勉從尊命。今日良辰，晚上即送她到這裡，陪伴殿下。」

嬴異人樂得眉開眼笑，說：「呂公高風亮節，我當粉骨相報！」

公孫乾說：「這是美姻良緣，我自然就是媒人了！」立即吩咐左右布置洞房，準備喜筵，叢台內外第一次出現了喜慶氣氛。

呂不韋返回呂氏貨棧，喚來侍女碧雲和艷雪，說：「夫人已嫁秦國王孫為妻，晚上就去叢台，你二人隨去侍候。記住！夫人永遠是你二人的主人，不可怠慢！」

碧雲和艷雪答應：「是！」當時，侍女實是奴隸，一切唯主子之命是從，沒有任何商榷的餘地的。她二人進房幫助姣娥收拾衣服、首飾，悄聲議論道：「夫人不是有身孕了嗎？妊娠再嫁，天下哪有這號事？」顯然，碧雲和艷雪聰明機靈，姣娥懷孕能瞞過別人，不能瞞過她們。

晚上，呂不韋命碧雲和艷雪扶著姣娥，乘坐馬車，前往叢台。姣娥從始至終沒有說一句話，甚至沒有看呂不韋一眼。她坐進那個熟悉而又陌生的車廂，百感交集。數月前，她坐在這裡，和呂不韋一起進了呂氏貨棧；而今，她又坐在這裡，離開呂氏貨棧前去叢台。命運之神似乎在跟她開玩笑捉迷藏，極盡戲弄之能事，使她不得安寧。她難道就不能有一個好的歸屬嗎？

呂不韋沒有去叢台，只指派兩個保鏢護送姣娥。兩個保鏢，一個叫樊於期，一個叫霍達生，跟隨呂不韋走南闖北，忠心耿耿。呂不韋指派保鏢護送姣娥，爲的是免使自己處於一種難堪的尷尬境地。

叢台已是大紅燈籠高懸，排排紅燭閃亮。當姣娥蒙著蓋頭，由碧雲、艷雪攙扶著，步下馬車、進入庭院的時候，庭院中央燃起一堆青竹，竹節炸裂，「畢畢剝剝」作響，這叫「爆竹」，後來演變爲放鞭炮的習俗。姣娥進入客廳，客廳裡明明亮亮，酒宴飄香。嬴異人身穿新衣，胸佩團花，笑瞇瞇地迎接姣娥。公孫乾樂呵呵地說：「你倆就在這裡拜個天地，再夫妻對拜，高堂不在，免拜，然後就入洞房吧！」於是，有人高喊：「一拜天地！二拜……啊！不！夫妻對拜！」

嬴異人和姣娥並排跪地，叩頭；再面對面，叩頭。

「入洞房！」

有人遞上一條紅綢，嬴異人和姣娥各執一端，男前女後，在眾人的哄笑聲中，緩緩進入洞房。碧雲和艷雪隨去侍候。公孫乾招呼樊於期、霍達生以及叢台的吏役們，入席飲酒。嬴異人少不了要出來陪酒，夜闌更深，盡歡方散。

嬴異人送走客人，回到洞房。碧雲和艷雪到洞房一側的廂房安歇。嬴異人嬉笑著，揭了姣娥的蓋頭。啊！好一個天生尤物，絕代麗姝！他心火燃燒，滿臉通紅，急不可待地抱起姣娥，去那床上顛鸞倒鳳，布雲弄雨……

嬴異人是頭一回接觸女人，功夫和氣概相當不錯。姣娥是過來人，覺得新夫比舊夫更新鮮更帶勁，倒也歡喜。從此，二人如糖似蜜，如膠似漆，日日溫柔鄉，夜夜鴛鴦夢，愛眷非常，快活無比。約莫一月有餘，姣娥嬌羞著說：「賤妾侍候殿下，天幸已懷孕了。」嬴異人不知底細，只道是自己下的種，樂得手舞足蹈，抱著姣娥，熱烈狂吻，歡呼道：「哈哈！我快有兒子啦！快有兒子啦！」

房裡的碧雲和艷雪聽到了嬴異人的歡呼聲，二人相視一笑，悄聲說：「瞧他美的！母雞生蛋鴨叫喚，怕是替他人鼓勁呢！」

18

趙姣娥妊娠一年，生下一個男孩，種種「異徵」預示，這個男孩不是等閒人物。

趙姣娥的肚子一天天大了起來。嬴異人天天撫摸她的肚子，有時還俯在肚皮上傾聽，盼望著孩子出世。人們常說，女人妊娠，肚子渾圓，生女孩；肚子圓尖，生男孩。姣娥的肚子是又圓又尖的，因而嬴異人料定她必生男孩。那是一個重男輕女的時代，嬴異人當然希望妻子生個帶牛牛的娃。

姣娥和嬴異人成親時已懷孕兩個月，按說再嫁八個月後便該臨盆分娩。不想十月滿足，姣娥腹中全然不動，毫無分娩的跡象。姣娥不免驚慌，碧雲和艷雪也感到奇怪，就連呂不韋也覺得不可思議。唯一心安理得的是嬴異人，他對女人生育的常識知之甚少，只盼著有個兒子，只要是姣娥肚子裡出來的，便是他的骨血。

姣娥爲何到期沒有分娩？按照古人的說法，因爲她懷著一個混一天下的眞命天子，所以與常人不同。十個月，十一個月，直到「大期」即十二個月，姣娥終於臨盆，生下一個兒子。這一天，正是秦昭王四十八年，趙孝成王七年，即西元前二五九年農曆正月初一，時值早晨，紅光滿室，百鳥飛翔。這些「異徵」預示著，姣娥所生的兒子不是一個等閒人物，必將幹出一番驚天動地的大事業。他，便是日後叱吒風雲、統一中國的千古一帝，號稱秦始皇的人！

嬴異人有了兒子，心中大喜，興奮不已。他立即派人告知恩人呂不韋。呂不韋比他更喜，暗暗說：「一切都按照預想的來了！好得不能再好了！」

古時人稱農曆正月初一爲「正」，正通「政」。所以，嬴異人給兒子取名爲「政」。那麼姓呢？嬴異人當然認定兒子姓嬴，可是姣娥心中明白，兒子實際上姓呂。這個隱情她可不能說破，所以來了個折衷的辦法，撒嬌懇求丈夫，讓兒子隨母姓，姓趙名政。嬴異人倒是開通，說：「趙政就趙政唄，反正他是我們的兒子，姓嬴姓趙一樣的。」

趙政滿月，嬴異人特意置酒，邀請呂不韋和公孫乾共飲，誇示自己當了父親。呂不韋給趙政買了一個金鎖，金鎖上刻有「長命富貴」四個大字。公孫乾送給趙政一隻玉虎，因爲當年是壬寅年，趙政屬虎。酒酣，呂不韋提出要看看王孫殿下的小少爺。嬴異人命碧雲、艷雪抱出襁褓中的趙政，呂不韋左看右瞧，想像他的骨相帶有自己的遺傳。可是趙政太小，再看再瞧，很難說他長得像誰。嬴異人興高采烈，說：「趙政是我的兒子，長相自然像我！」呂不韋點頭微笑，心中似乎有點酸溜溜的感覺。

就在趙政出生的第二年，秦國和趙國又開戰了。

秦國在長平之戰後，若以武安君白起爲統帥，乘勝進兵，是滿可以攻克邯鄲、消滅趙國的。可是，相國范睢被蘇代遊說，以「秦兵勞苦」爲由，啓奏昭王，迫使白起班師，使得即將到手的勝利半途而廢。白起知道這是范睢搞鬼，憤恨不已，回到咸陽便裝起病來，消極低沉。事過三年，昭王再命白起率兵攻趙，白起卻推說有病，拒不受命。昭王無奈，改命王陵爲大將，率兵十萬，圍攻邯鄲。趙孝成王吸取了長平之敗的教訓，仍以老將廉頗爲統帥，統兵禦敵。

廉頗精通用兵之道，根據秦軍遠征、糧草難繼的實際情況，堅持防禦戰略，在防禦中找機會打擊敵人。王陵兵圍邯鄲，沒有和廉頗正面交鋒一次，相反，廉頗常常派出精幹機動的小分隊，夜襲秦軍大營，致使王陵一敗再敗，非常被動。

十萬秦軍圍攻邯鄲，毫無建樹。昭王著急，再次命白起掛帥，為國效力。白起卻上書奏道：「現在的邯鄲不比昔日的邯鄲，實是不易攻克的。昔日，長平之戰，趙軍大敗，百姓震恐，乘勢攻之，它守則不固，攻則不力，破城剋期可下。現在，三年已過，趙國又恢復了元氣，而且廉頗智勇兼備，絕非趙括一流角色。加之，秦國和趙國和議不久，再攻趙國，其他諸侯國必認為秦國不講信用，自會合縱救趙。因此，臣以為這次圍攻邯鄲，秦國必敗無疑。」

昭王看了白起的奏書，認為是推託之詞，命范睢登門相請，非要白起率兵不可。范睢奉旨前往白府，白起憤恨此人，裝病不見，讓他吃了閉門羹。范睢冷笑，回宮覆命。昭王疑惑地問道：「武安君果真有病嗎？」

范睢不緊不慢地答道：「他是沒病裝病！看來，因為那年班師事，他還記恨於大王呢！」

昭王怒不可遏，說：「好個白起，全無君臣之禮！難道除了他，秦國就再無人可任統帥嗎？昔日長平之戰，開始統兵的是王齕，難道王齕就不如他嗎？」於是頒旨，任命王齕為統帥，取代王陵，再增兵十萬，務要攻拔邯鄲。

王齕也是一位久經沙場的名將，戰功驕人。可是在嚴防死守的廉頗面前，秦軍長於衝鋒陷陣，正面廝殺的優勢發揮不出來，整整五個月，戰事沒有進展，邯鄲安穩如山。白起幸災樂禍，得意地對門客們說：「我說邯鄲不易攻克不是？大王只當耳邊風，如今如何？不是應著我的預言了？」

白起的門客中有一人與范睢關係親密，將白起的話一五一十地告訴了范睢。范睢轉而告訴昭王，慫恿昭王一定要命白起率兵。白起不識時務，依然稱病，拒不奉命，惹得昭王一腔怒火，平地裡騰起三千丈，立即下令：削去白起的武安君爵號，貶為士卒，遷於陰密（甘肅平涼西北），即日出咸陽，不許片刻滯留。

白起自恃軍功，得罪了范睢，更得罪了昭王，所有榮耀，頃刻化為泡影，不禁嘆道：「春秋時范蠡說過：『狡兔死，走狗烹。』我為秦國攻占各諸侯國無數座城邑，殺人如麻，所以當烹！」君命如山，白起即刻起程，出咸陽城西門十里，到了杜郵（陝西咸陽西）驛站。他在那裡稍作休息，以等待後面的行李，西望陰密，山高路遠，好不傷感。

白起前腳出了咸陽城，范睢後腳進了咸陽宮。范睢見了昭王，上氣不接下氣地說：「白起貶遷，其心怏怏不服，大有怨言。萬一此人不去陰密，潛往別國，恐怕會成為我秦國的禍害，大王不可不防。」

昭王細想，確是如此。於是立命一個使者，賜以利劍，追趕白起，令其自裁。使者快馬追到杜郵，宣布昭王的旨意。白起持劍在手，仰天長嘆，說：「我何罪於天，竟落得這樣的下場？」許久，又說：「我確實該死！長平之戰，我坑殺了趙國四十萬降卒，他們又有何罪？作為報應，我確實該死！」說罷，以利劍一抹脖子，倒地身亡。

白起既死，昭王又發精兵五萬，命大將鄭安平統領，支援王齕，必欲攻克邯鄲。二十五萬秦軍駐於邯鄲城外，營寨綿延數十里，旌旗飄揚，刀槍林立，鼓角陣陣，城裡軍民好不驚慌。廉頗儘管智勇，終究缺兵少將，實難持久禦敵。趙孝成王急得六神無主，坐也不安，立也不安，搓著手說：「如何是好？如何是好？」

相國趙勝說：「當務之急，只有遣使分路求救於諸侯。能夠救援我趙國的只有魏國和楚國。魏國和趙國唇齒相依，又世世聯姻，趙國有難，它不會置之不理。楚國距趙國較遠，我當自去懇請楚王，曉以利害，合縱抗秦。」

孝成王說：「好吧！你火速去辦吧！」

趙勝回到府中，先寫信給魏國的相國、信陵君魏無忌，請他說服魏王，出兵助趙。然後召見門客，挑選二十人隨自己前往楚國。門客中有一人姓毛名遂，自告奮勇，願意隨行。趙勝說：「賢士處世，猶如利錐置於囊中，其穎（尖端）立露。而先生在我門下，默默無聞，想必是文武一無所長吧！」

毛遂說：「我今日才自請置於囊中耳！若早置於囊中，早就脫穎而出了！」後世「毛遂自薦」和「脫穎而出」兩個成語即由此而來。

楚國自被白起攻拔郢城以後，被迫遷都於陳城（河南淮陽）。其時楚王為考烈王，春申君黃歇為相國。趙勝通過黃歇見到考烈王，費盡口舌，大講合縱之策，請求出兵助趙。考烈王畏懼秦國，遲遲不予答應。戰國中後期，出現了一種外交鬥爭策略，叫做「合縱連橫」。起初，齊、秦兩國強盛，以韓、趙、魏爲主的弱國，爲抗擊齊、秦，北連燕，南連楚，稱爲「合縱」，意思是「合眾弱以攻一強」，以阻止強國的兼併，齊、秦爲對抗合縱，採取分化、拉攏的手法，令部分弱國「事（服從）一強以攻眾弱」，稱爲「連橫」。長平之戰以後，戰爭形勢發生變化，秦國更加強大，齊國降爲弱國。合縱是指韓、趙、魏、齊、楚、燕聯合抗秦；連橫則是指秦國分化、拉攏六國中的部分國家以攻另外部分的國家。

趙勝大講合縱，考烈王不爲所動。這可惹惱了一個人，就是毛遂。他大步向前，走到考烈王身邊，手按寶劍，厲聲說：「合縱乃天下大事，大王怎能無動於衷？楚國地廣五千餘里，曾經雄視天下，不想秦國崛起，楚國倒楣，屢戰屢敗，幾次遷都。這是血海深仇，三歲幼童，尚且爲羞恥，唯獨大王不在乎嗎？合縱之策，不僅對我趙國有利，而且對你楚國更有利，大王爲何遲疑不決？」

俗話說：「軟的怕硬的，硬的怕不要命的。」考烈王見毛遂那豁出去的架勢，嚇得直顧點頭，說不出話來。毛遂說：「大王同意合縱了？」考烈王連連點頭。毛遂於是吩咐考烈王的侍衛說：「快取歃血盤來！」「歃血」是古代簽訂盟約的一種儀式，即在銅盤裡盛放少許雞血或狗血，訂約人以指醮血，塗於口角，表示說話算數，永不反悔。毛遂捧著銅盤，跪於地上，讓考烈王先歃，次爲趙勝和黃歇，他最後歃。就這樣，楚、趙兩國算是簽訂了合縱抗秦的盟約。事後，趙勝誇獎毛遂說：「先生壯舉，勝過百萬之師，佩服！佩服！」

楚考烈王既然歃血爲盟，即命黃歇率兵八萬，援救趙國。魏國的魏無忌也說動了魏安釐王，派大將晉鄙率兵十萬，開赴邯鄲。秦昭王聽說楚、魏發兵救趙，親至前線督戰，並遣使者通報楚、魏說：「秦攻邯鄲，破城指日可待。各諸侯國敢有救趙者，秦國必移兵先擊之！」考烈王和安釐王最怕秦國，忙命黃歇、晉鄙就地紮營，切莫冒進。於是，黃歇屯兵武關（陝西丹鳳東南），晉鄙屯兵鄴下（河南安陽），觀望不前。這時候，邯鄲城裡的呂不韋格外忙碌，巧施智謀，幫助嬴異人回到了秦國。

母子歸秦

19

呂不韋設謀，嬴異人逃歸秦國，趙姣娥母子無法隨行，另找地方藏身。

秦國二十五萬大軍圍攻邯鄲，時近一年。邯鄲城裡人心惶惶，謠言四起。有人說，秦軍破城之日，要殺光所有的男人，擄走所有的女人；有人說，趙王正準備殺死人質嬴異人，迫使秦國退兵；還有人說，秦、楚、魏三國大王已達成默契，瓜分趙國，土地三分，各佔其一。

戰爭年代，什麼事情都可能發生。呂不韋最擔心的是第二種情況，萬一嬴異人被趙王殺死，自己的計劃不就全盤落空？自己的苦心不就付諸東流？呂不韋儘管沉穩老到，此時此刻卻也有些焦急。

這天，呂不韋前往叢台，避開公孫乾，悄悄對嬴異人說：「眼下情勢非常危急，趙王說不定會遷怒於殿下，那可就麻煩了！我思來想去，覺得殿下不如趁時逃歸秦國，脫離邯鄲這個虎口。」

嬴異人說：「回歸秦國是我多年的夢想和願望，但我畢竟是王孫，代表秦國，豈能偷偷摸摸地逃歸，見笑於各國諸侯？」

「殿下這是迂腐之見，」呂不韋直截了當地說，「非常時刻必用非常手段，最重要的是保住性命，其他都是次要的。」嬴異人說：「那麼夫人和趙政呢？和我一起逃歸？」

呂不韋搖頭說：「恐怕不行！帶妻攜子，長途跋涉，何能逃得？」

嬴異人說：「趙政三歲了，夫人又懷孕了，我能扔下她娘兒兩個？」

趙政，實是呂不韋的兒子，呂不韋豈能不管？他默想片刻，說：「她娘兒兩個由我安排，殿下儘管放心。」

嬴異人說：「好吧！聽憑呂公籌畫就是了！」呂不韋又去嬴異人耳邊密語數句，囑咐必須如此。嬴異人只是點頭，說：「我記住了！」

公孫乾陪伴嬴異人多年，主要任務是監視秦國王孫。嬴異人娶了姣娥，姣娥生了趙政，公孫乾漸漸放鬆了監視，心想他有妻有子，即使用棍棒趕他，他也不會離開叢台。而且，嬴異人從來沒和秦國人交往過，即使想離開叢台，也沒有那個能耐。

呂不韋照舊常到叢台，和公孫乾、嬴異人聚飲。每次聚飲，都是呂不韋破費，公孫乾白吃白喝，倒也坦然。這日飲酒中間，呂不韋忽然長吁短嘆起來，說：「二位！我們歡聚暢飲的時日恐怕不多了。」

公孫乾正啃著雞腿，不解地說：「呂相公爲何說這種話？」

呂不韋緊鎖眉頭，說：「唉！我家世代經商，太平年景，生意還算興隆，遇到兵荒馬亂，這買賣可就難做了！這不？這次在邯鄲，偏逢秦軍圍城，長久不退，我只能坐吃山空了。我思鄉心切，只想趕快回到陽翟去，可是軍吏嚴把城門，怎能出得了城呢？」

公孫乾說：「呂相公眞要回陽翟？」

呂不韋說：「我不敢欺哄公孫先生。」

公孫乾說：「那好！出城的事我包了！」

「公孫先生有辦法？」

「不瞞呂相公說，南門守將丁邈是我的外甥，我跟他打個招呼，他會放你出城的。」

呂不韋歡喜不盡，趕緊抱拳作揖，說：「那就多謝公孫先生了！」

「嗨！自家朋友，多謝就見外了！」

呂不韋忙從懷裡取出百兩黃金，送給公孫乾，說：「區區薄禮，還望笑納。」

公孫乾推辭著，說：「我哪能收朋友的錢呢？」

呂不韋又取出五百兩黃金，說：「這是送給公孫先生的外甥丁邈將軍和士卒的，煩勞他們做個方便，放我全家出城就是了。」

公孫乾儘管推辭，最後還是收下了。呂不韋笑著向嬴異人眨了眨眼睛，起身告辭，說：「我定於明日晚間出城，還要來具薄酒話別。」當晚，公孫乾喚來丁邈，只給了外甥三百兩黃金，交代說：「韓國商人呂不韋是舅舅的好朋友，他一家人明日晚間回陽翟去，你放他出城就是了。」丁邈得了黃金，樂意照辦。

呂不韋回到呂氏貨棧，先將情況告訴了父親呂潁。接著召集保鏢、夥計，吩咐打點行裝，只帶金銀珠寶等貴重物品，其他東西一概拋棄。最後，他留下保鏢樊於期和霍達生，嚴厲地說：「明日，我們離開邯鄲，前往秦國。但你二人暫時還得留在趙國，負責保護夫人。啊！不！保護秦國王孫的夫人及她的兒子趙政。你們可在石鼓山一帶租賃房子落腳，隱姓埋名，不許張揚，到時候我派人接你們回秦國。記住！務要保護好夫人和趙政，若有半點差池，提頭來見我！」

呂不韋的保鏢絕對忠誠於主人，向來是赴湯蹈火，在所不辭。樊於期和霍達生尤為呂不韋所器重，二人受此重任，不敢推諉，齊聲說：「遵命！」

在叢台，嬴異人也在向姣娥和碧雲、艷雪交底，命她們收拾東西，準備次日逃離邯鄲。姣娥的肚子已經顯形，肚裡懷的確實是嬴異人的「龍種」。她小心地問：「我和政兒隨殿下一起回秦國嗎？」

嬴異人面露難色，說：「恐怕不行！」

「那怎麼辦呢？」

「呂公答應妥善安排你們母子，相信他有辦法。」

姣娥明白，「呂公」就是呂不韋，那個她說不清是愛是恨的男人，而嬴異人是視他為恩公的。她無法想像他會怎樣安排她們母子，但有一點是肯定的，她曾是他的愛妾，趙政是他的骨血，他要利用她們母子和嬴異人圖謀秦國的江山，目的尚未達到，他不會虧待她和趙政。

第二天傍晚，呂不韋又到叢台，隨車拉來很多酒肉。他是來向公孫乾話別的，所以在宴間大杯小盞，連敬帶勸，要公孫乾拚命飲酒。就連叢台的門吏、軍卒、侍役，也被邀來同飲，大酒大肉，任其飲啖。不一時，公孫乾被灌得爛醉，伏席而臥，門吏等也醉眼朦朧，東倒西歪。呂不韋見時機已到，忙問嬴異人道：「這邊好了？」嬴異人點頭答道：「好了！」呂不韋看了看外面的天色，說：「天已黑定，殿下趕快換衣，這就出城！」

嬴異人入內，很快和姣娥等來到客廳。嬌娥由碧雲扶著，趙政由艷雪抱著，嬴異人身穿對襟短衣，扮作呂不韋的保鏢。呂不韋和姣娥目光相碰，略一點頭，算是打了招呼。

「誰也不要出聲，走！」呂不韋在前，嬴異人在後，出客廳，過庭院，走到叢台大門外。大門外停著幾輛馬車，載著金銀珠寶，呂潁乘坐一輛，還有一輛空著。約莫二十幾個保鏢、夥計騎著馬，嚴加護衛。呂不韋吩咐姣娥、碧雲、艷雪、趙政乘坐那輛空著的馬車，嬴異人騎上保鏢中間的那匹灰馬，自己亦登上專用的豪華馬車，一揚手，說：「出發！」

這是一支特殊的車馬隊伍。若是在白天，前來圍觀，指手畫腳的人肯定不少。所幸現在是晚上，天黑人靜，沒有干擾。呂不韋的馬車行在最前面，三轉兩拐，便到了邯鄲城的南門。守衛城門的士兵持刀執戟，喝道：「站住！什麼人如此大膽，竟敢夜間出行？」

呂不韋跳下車來，正要答話。城門邊早過來一個將軍，說：「先生可是呂不韋？」

呂不韋說：「正是！將軍莫不是公孫先生的外甥？」

那個將軍正是丁邈，說：「舅舅已經吩咐過了，先生請行！」轉身命令守衛城門的士兵，說：「打開城門！放行！」

呂不韋迅即又塞給丁邈五十兩黃金，登上馬車，抱拳說：「多謝丁將軍盛情，後會有期！」車夫一揚馬鞭，呂不韋一行魚貫出了邯鄲城。

鳥脫樊籠魚脫網，這支特殊的車馬隊伍疾馳而行，一口氣馳了五十里。呂不韋止住馬車，下車，來到姣娥乘坐的車前。呂不韋說：「姣娥！啊！不！殿下夫人！因秦、趙國正在打仗，殿下逃歸，帶妻攜子多有不便。作爲權宜之計，我派保鏢樊於期和霍達生保護夫人和政兒，先去石鼓山一帶暫住。等殿下回歸秦國以後，我再派人來接夫人母子。我呂某說話算數，也請夫人莫忘前言。」

姣娥當然明白「莫忘前言」的含意，沒有言語。呂不韋轉身招呼嬴異人下馬，來向姣娥母子告別，自己則去向樊於期和霍達生交代，該如何如何保護殿下夫人母子。嬴異人不忍和妻、兒離別，眼角竟落下幾滴淚來。他向前親了趙政一口，說：「乖兒子！可要聽媽媽的話喲！」

趙政稚聲稚氣地說：「爹！這是要去哪兒呀？」

嬴異人沒有理會趙政，注視姣娥的眼睛，說：「夫人保重！」

姣娥點頭，默不作聲。此時此刻，她能說什麼呢？兩個丈夫都在忙於自己的大事，誰關心她們母子的死活？

呂不韋說：「此地不宜久停，走吧！」

於是，樊於期和霍達生兩匹馬，護衛著姣娥等乘坐的馬車，駛向西北石鼓山的方向。呂不韋、嬴異人等繼續向南，轉彎向西。東方發白天亮時，呼喇喇躥出四五十個士兵，將他們圍住。呂不韋見士兵們衣服上都繡著「秦」字，並不驚慌，指著嬴異人說：「他是秦國王孫嬴異人，質於趙國多年，今日得以逃離邯鄲，回歸故國，煩請你們引路，去見貴軍統帥。」

秦兵不敢怠慢，忙引呂不韋一行前往王齕大營。王齕問明來歷，忙迎嬴異人等入營相見，並取出新衣新帽讓嬴異人更換，設宴款待。宴間，王齕說：「大王親自在此督戰，行宮離這兒不過十里，殿下很快便可見到大王。」宴罷，王齕另備車馬，專派一隊士兵護送嬴異人等前往行宮。

當呂不韋、嬴異人抵達王齕大營的時候，公孫乾方才酒醒。左右來報：「秦王孫一家不知去向！」公孫乾嚇得目瞪口呆，忙派人去問呂不韋。去人回報：「呂氏貨棧空無一人！」公孫乾大驚失色，三步併作兩步，前去南門詢問外甥丁邈。丁邈說：「呂不韋一家夜間出城，這是舅舅吩咐的。」公孫乾說：「其中可有秦國的王孫？」丁邈說：「他們有好些車馬，我沒有檢查。」公孫乾跺著腳說：「壞了！我中了呂不韋的奸計了，嬴異人肯定混雜在他的家人中逃走了！」

公孫乾硬著頭皮，將事情原委報告相國趙勝。趙勝轉告孝成王。孝成王大怒，命將公孫乾和丁邈斬首示眾。可嘆舅甥二人，貪圖便宜，枉送了性命。

20

趙姣娥藏身於坎兒寨，她又生了一個兒子，這個兒子沒有摻假，是純淨的「龍種」。

秦昭王的行宮距離王齕大營很近，片刻即到。昭王接到通報，說質於趙國的王孫嬴異人逃了回來，立命召見。嬴異人見了昭王，匍匐在地，十餘年的孤獨、寂寞、痛苦、辛酸化作淚河，痛哭流涕，嗚咽著說：「爺爺！我回來了！」

昭王隱約記得，眼前的王孫當初質於趙國，尚未成年，而今卻已二十六七歲了，兩腮和下巴已長出鬍鬚，歲月過得眞快！他起身扶起王孫，左看右看，說：「可憐的孩子，爺爺讓你受委屈了！」

嬴異人多少年來沒受過親人的撫愛，聽了昭王的話，竟放聲大哭起來。

昭王拍著王孫的肩膀，說：「回來就好！回來就好！你祖母，還有太子和太子妃，正日夜想著你呢！噯！對了！你是怎麼逃離虎口的？」

嬴異人擦著眼淚，將呂不韋巧施智謀、全力相救的事說了一遍，還說自己已經成親並有了兒子，只是夜間倉促出逃，妻、兒尚留在趙國。昭王歡喜，說：「這樣說來，我和你祖母已有重孫了，好！好！好！那個呂不韋呢？我倒要見見他。」

嬴異人說呂不韋正在行宮外面。昭王立命侍衛傳呂不韋。呂不韋從容而至，跪地拜謁昭王。昭王見他身材魁偉，面色紅潤，目光炯炯，聲音宏亮，不禁點頭讚賞，說：「王孫脫險，全仗先生之力，寡人就謝謝先生了！」

呂不韋說：「卑下向來仰慕秦國，自願為王孫殿下效力，大王稱謝，愧不敢當！」這幾句話說得非常得體。昭王大喜，說：「那好！煩勞先生陪王孫先回咸陽，以慰他父母之念。寡人在此督戰，要等到攻克邯鄲後才能回去的。」

呂不韋說：「遵旨！」起身和嬴異人站在一起。昭王又說：「你們回咸陽，不必走函谷關。寡人這次來，已在蒲津渡（山西永濟西蒲州）搭了蒲津橋，過此橋回咸陽，近多了！」

嬴異人和呂不韋辭別昭王，會合呂潁及保鏢、夥計們，沿著大路西行，沿途都是秦軍的車馬、旗幟，通行無阻。不一日便到蒲津渡，但見黃河之水天上來，自北而南，奔騰飛瀉。河上無數船隻，並排靠在一起，用繩索相連，上鋪木板，組成一座浮橋，將咆嘯的黃河攔腰斬斷，車、馬行於橋上，如履平地。過了橋便是臨晉關，向南即到華山，折向西，直達咸陽。

呂不韋等到了咸陽，先在呂氏貨棧歇了一宿。次日，呂不韋和嬴異人前往東宮，拜見太子和太子妃。行前，呂不韋對嬴異人說：「太子妃是楚國人，殿下既為嫡子，應穿楚國的衣服去見她，以表依戀之意。」

嬴異人說：「呂公想得真是周到！」當下更換衣著，短袍革帶，頭戴楚冠，足穿豹鞋，從頭到腳，都是楚國的裝束。

安國君嬴柱聽了通報，高興地對華陽夫人說：「我們的兒子回來了！」華陽夫人心裡歡喜，忙和丈夫坐於中堂，等待嬴異人拜見。嬴異人快步走到安國君面前，「撲通」跪地叩了三個響頭，轉個方向，又向華陽夫人叩了三個響頭，淚流滿面，說：「不肖兒子異人久別慈顏，不能侍養，懇望二老恕兒子不孝之罪！」

安國君說：「罷了罷了！快起來說話！」華陽夫人見嬴異人一身楚國打扮，說：「兒在邯鄲，為何仿效楚國裝束？」

嬴異人再拜，說：「不孝兒子日夜思念慈母，所以特製楚服穿在身上，以表憶念。」

華陽夫人伸手扶起嬴異人，激動地說：「難得我兒一片孝心！」接著轉向丈夫說：「我們認異人為嫡子，沒錯吧？」

安國君點頭，說：「難為你惦記著你母親是楚國人！這樣好了，從今以後，你就改名為『楚』，前面加個『子』字，叫『子楚』吧！」

嬴異人重新跪拜，說：「兒子謝父親賜名！」從此，嬴異人就改叫嬴子楚，省稱子楚了。

華陽夫人非常喜歡兒子新名字，因為這表明她在丈夫和兒子心目中所佔的重要地位。她微笑著，問子楚道：「我兒何以能夠歸來？」

「這全虧呂公呂不韋！」子楚從頭到尾，一五一十，將自己怎樣和呂不韋結識，呂不韋如何破費家業，捨死相救，並護送自己到咸陽的經過講述了一遍。安國君立即召呂不韋見面，眞誠地說：「若非先生，我們賢孝的兒子不能回歸故國。為表感謝之情，今將東宮俸田二百頃，第宅一所，及黃金一千兩，賜予先生，權作安家之資。待父王回國，再封官贈秩。」

呂不韋說：「太子所賜太多，卑下頗感惶恐。」

華陽夫人說：「先生不必客氣，就收下吧！」

呂不韋謝恩退出。子楚又「撲通」跪地，說：「兒子還有一事稟告二老，兒子在邯鄲已經娶妻，並有一子，懇望二老恕兒子未遵父母之命之罪。」

安國君說：「噢？我兒已經娶妻，並有一子？」

華陽夫人說：「男大當婚，女大當嫁，這是常情，我兒也老大不小了，娶妻生子，何罪之有？快說說，我們的兒媳叫什麼？孫子幾歲了？」

子楚說：「她叫趙姣娥，邯鄲人；兒隨母姓，叫趙政，三歲了。」

安國君說：「她們母子沒和你一起回來？」

子楚說：「是！那天是夜間出城，姣娥又有了身孕，長途跋涉恐怕遇到趙軍，所以還留在趙國。」

華陽夫人說：「留在趙國安全嗎？誰照顧她們母子？」

子楚說：「呂不韋派了兩個保鏢，還有兩個侍女，想來不會出事的。」

華陽夫人笑著對安國君說：「你看！我們坐在咸陽，沒費半點力氣，就得了一個賢孝兒子，一個兒媳，一個孫子，不！加上姣娥肚子裡的一個，就是兩個孫子，豈不是有福氣嗎！」

安國君也笑著說：「你倒是會算賬！」接著命人在東宮收拾一處寬敞院落，供子楚居住。子楚落拓異國十餘年，終於又回到咸陽，又住進東宮，欣喜之情，難以言說。

嬴異人拜見太子和華陽夫人後，才去看望生母夏姬。夏姬住的宮室很小，也沒有什麼華麗的陳設。她見了兒子，嚎啕大哭，又喜又悲。喜的是親生兒子終於回來了，悲的是自己的骨肉卻成了別人的嫡子，人情世態實在荒唐。

第二天，子楚和呂不韋去拜見虞夫人和陽泉君唐炫。子楚親熱地叫虞夫人爲姨娘，叫得虞夫人心裡熱呼呼的，直誇子楚賢孝。子楚還去王宮看望了祖母唐王后，唐王后聽說有了重孫。笑得合不攏嘴，滿臉皺紋綻開，像一朵敗花浸了水，重新放射出光彩。

當子楚和呂不韋回到咸陽的時候，姣娥等人也在石鼓山下安頓下來。石鼓山位於邯鄲西南五十里，山呈圓形，頂部平坦，像一隻大鼓，故而得名。石鼓山南麓，一個村落，幾十戶人家，分布在高低起伏的土原上，叫坎兒寨。那天天明，樊於期和霍達生護衛著姣娥母子行到這裡，看中當地山水秀美，便決定在此落腳。樊於期找到坎兒寨的里正（村長），只說自家女主人趙氏因與丈夫失和，故而離家出走，要在坎兒寨租賃房屋居住。里正很是熱心，幫忙尋了一家院落，只是租賃費貴了些，院落主人開價每月二百廿丹，里正一轉身加到三百廿丹，從中撈了一百廿丹的油水。

院落寬寬大大，正房、廂房、廚房、馬廄等都有，是個過日子的地方。樊於期和霍達生安頓好姣娥母子和碧雲、艷雪，到附近小集市上買了些鍋、碗、瓢、盆、糧、鹽、醬、菜之類，回來生火做飯，睡覺、吃飯的問題便算解決了。再經過幾天的收拾、經營，這個院落平添了幾分生氣。坎兒寨的人們挺納悶：這家新鄰居從哪兒來的？那個漂亮的女主人得是離家出走的？瞧那兩個彪形大漢和兩個機靈的侍女，侍奉女主人怎麼那樣精心？還有那個小少爺，穿的戴的怎麼那樣闊氣？

樊於期和霍達生牢記呂不韋關於隱姓埋名、不許張揚的囑咐，一門心事保護姣娥和趙政，靜等著呂不韋派人來接他們回秦國。他二人很少和左鄰右舍交往，平時多是一人外出打聽消息，一人留在家裡，生怕發生意外。姣娥呢？心態十分平靜，知道呂不韋和嬴異人都在忙著自己的大事，不會將自己和趙政放在中心的位置，等到他們大事忙完了，自會顧及妻子和兒子。她想著呂不韋、嬴異人、自己、趙政之間的微妙關係，常常忍俊不禁，一個女人，兩個丈夫，一個兒子，兩個父親，這算什麼呢？她明白，呂不韋是在利用自己，也在利用嬴異人，而嬴異人卻傻里傻氣，一無所知，眞是可悲！她進而想到肚裡的孩子，那可確實是嬴異人的種，是嬴異人和她相愛的結晶。孩子出世，如果是個兒子，那才是純淨的「龍種」呢，不摻半點假的！

姣娥在坎兒寨住了半年，咸陽方面沒有任何消息。她的肚子日見其大，十月懷胎，一朝分娩，竟然又生了個兒子。她渴望這個兒子將來能成就大事，特取名爲「成矯」，「矯」通「蟜」，後來通稱他爲成蟜。

成蟜出生不久，姣娥看不到呂不韋、嬴異人接自己回秦國的任何跡象。碧雲和艷雪已年滿十八歲，樊於期和霍達生都是獨身。因此，姣娥做主，樊於期娶碧雲，霍達生娶艷雪，促成了兩對夫妻。姣娥給碧雲和艷雪各送了一支金釵和兩隻玉鐲，權當二人新婚的禮物。碧雲和艷雪歡天喜地，侍候姣娥和趙政、成蟜越發精心。

姣娥在坎兒寨盼星星盼月亮，望眼欲穿，等待呂不韋和嬴異人接她回咸陽。然而，她作夢也沒有想到，這個等待竟長達六年！六個春秋，六個寒暑，六年裡發生了多少事情啊！

21

秦軍圍攻邯鄲，邯鄲形勢危急。魯仲連義不帝秦，魏無忌竊符救趙，青史留名。

秦昭王因王孫逃離了趙國，命令王齕和鄭安平著意用兵，加強進攻，邯鄲城一日數警，變得岌岌可危了。趙孝成王心急如焚，再遣使者赴魏國，請求魏安釐王命令晉鄙進兵。安釐王畏懼秦國，猶豫彷徨，拿不定主意。

將軍新垣衍見安釐王為難，向前獻策，說：「秦國攻趙，那是有緣故的，不外乎是秦王要稱帝於天下。當初，他稱西帝，迫於諸侯國的壓力，兩個月又取消了帝號，其心不死。現在，如果趙國派人尊秦王為帝，那麼秦王必定喜而罷兵。這是奉以虛名而免實禍，何樂而不為呢？」

安釐王不想損耗本國的兵馬錢糧，點頭同意，即遣新垣衍隨趙國的使者到邯鄲，將其策奏告孝成王。孝成王與群臣計議，眾說紛紛，各執一詞，就連相國趙勝也亂了方寸，漫無主見。其時，齊國人魯仲連正在邯鄲，此人專好遠遊，替人排難解紛，綽號「飛兔」。飛兔，是形容他才思敏捷、能言善辯的意思。魯仲連聽說新垣衍從魏國來，請尊秦王為帝，勃然不悅，立即求見趙勝，說：「路人皆言相國要尊秦王為帝，可有此事？」

趙勝說：「我就像傷弓之鳥，丟了魂魄似的，何敢言事？尊秦王為帝，是魏國人新垣衍說的，我王正遲疑未決呢！」

魯仲連說：「相國貴封平原君，天下有名的賢公子，怎能聽從一個癡人的胡言亂語？新垣衍在哪裡？我倒要會會他，讓他滾回魏國去！」

趙勝於是帶了魯仲連，去見新垣衍。新垣衍早聞魯仲連的大名，及至見面，看他神清骨爽，飄飄乎有神仙氣度，不禁肅然起敬。寒暄客套過後，魯仲連開門見山，說：「將軍來勸趙國尊秦王爲帝，大概是沒有看到秦王稱帝的害處，才出此下策吧。」

新垣衍說：「秦王稱帝，虛名而已，何害之有？」

魯仲連說：「秦國向來不講禮義，恃強挾詐，屠戮生靈，哪個國家沒受欺凌？哪國人民沒遭殺害？秦王作爲一個諸侯，名分和各國諸侯相等，尚且如此橫行霸道，肆然稱帝，怎麼得了？果眞到了那一天，我魯仲連寧可跳入大海淹死，也不忍做他的臣民。你們魏國人就甘居其下嗎？」

新垣衍說：「魏國人豈能甘居其下？這不是沒有法子嘛！比如十個僕人服從一個主人，是僕人的智力不如主人嗎？不是！只是僕人害怕主人罷了。」

魯仲連輕蔑地一笑，說：「魏國人視自己爲僕人？既然如此，我就讓秦王烹醢魏王！」

新垣衍滿臉不快，說：「先生又怎麼能夠讓秦王烹醢魏王？」

魯仲連說：「商朝末年，九侯、鄂侯、周文王並爲紂王的三公。九侯有個女兒十分美貌，獻於紂王，女不好淫，紂王就殺了她，並醢九侯。鄂侯進諫，受了烹刑。周文王私下嘆息幾聲，被紂王囚於羑里（河南湯陰北），險些掉了腦袋。這是三公的智力不如紂王嗎？當然不是！只是紂王爲『王』，三公爲『臣』的緣故。君叫臣死，臣不得不死啊！倘若秦王稱帝，命令貴國魏王入朝，魏王敢不從命嗎？魏王入朝，由人烹醢，誰能禁止？」

新垣衍想要辯解，卻不知如何開口。魯仲連接著說：「還不僅如此呢！秦王一旦稱帝，必然要變換各國的大臣，罷免他憎恨的人，任用他喜歡的人，將秦國的女子嫁給各國的國君。那樣一來，列國的朝堂上將充塞著秦國的親信，後宮裡將布滿著秦國的女子，魏國又怎能例外？即使將軍你，恐怕也難保官爵了！」

魯仲連這一席話，說得慷慨有力，擲地有聲。新垣衍面紅耳赤，蹶然而起，彎腰作揖，說：「先生眞天下賢士！請讓我回去奏告魏王，再不敢說尊秦王為帝的蠢話了！」

秦昭王督戰秦軍，聽說魏使新垣衍到了邯鄲商議尊自己為帝，心中暗喜，按兵不動，靜待喜訊。不料幾天以後，帝議不成，新垣衍又回魏國去了。他好不氣惱，嘆道：「邯鄲城中必有能人，反對寡人稱帝。」隨即下令兵退五十里，稍作休整，準備發動更猛烈的進攻。

邯鄲之圍未解，趙孝成王寢食不安。楚國和魏國名義上派出援軍，但黃歇屯兵武關，晉鄙屯兵鄴下，駐足觀望，不敢前進。趙勝派人催促晉鄙進兵，晉鄙以未接王命為由，婉言拒絕。趙勝的妻子是魏國信陵君魏無忌的大姐，而魏無忌又是安釐王的弟弟。趙勝無奈，只得致書魏無忌，責備說：「我之所以娶令姐，是因為仰慕公子高義，能急人之困。現在邯鄲勢如危卵，魏軍見死不救，豈不令人失望？令姐心憂城破，日夜悲泣，公子縱然不念趙勝，獨不念令姐嗎？」

魏無忌關心姐姐和姐夫的命運，多次懇請兄長安釐王敕令晉鄙進兵。安釐王搖著頭說：「不行！他趙國不肯尊秦王為帝，卻要仗他人之力退秦軍，天下哪有這個道理？」魏無忌又命賓客辯士百般巧說，安釐王執意不從。魏無忌急得團團轉，橫下心說：「我平生最講個『義』字，說什麼也不能有負於平原君！大王不從，我只有獨自赴趙，和姐姐、姐夫共生死了！」此時此刻，他也不當魏國的什麼相國了，自備車騎百餘乘，遍約門客千餘人，離開魏都大梁，去救援趙國。

魏無忌途中遇到摯友侯嬴，向他辭別。侯嬴不屑看魏無忌一眼，聳聳肩膀，沒說一句話。魏無忌怏怏前行，約行十餘里，心裡直嘀咕，想到自己和侯嬴那麼相好，今日辭別，前往死地，他既不勉勵，又不阻止，甚至連一句話也沒有說，豈不奇怪？他忙止住門客，就地休息，自己則掉轉馬頭，回來問個究竟。

侯嬴仍在原地，見了魏無忌，說：「我料定公子會回轉來的。」

魏無忌說：「這是為什麼？」

侯嬴說：「我和公子是最要好的朋友，公子前往不測之地，我一不送行，二不阻攔，公子必定感到奇怪，所以要回轉來問個明白，是不是？」

「先生確知無忌之心！請問我率門客援趙，此舉是對是錯？」

「這是雞蛋擊石頭，狗肉投餓虎，毫無益處。」

「無忌亦知無益，怎奈我與平原君交情深厚，義不獨生，他有急難，我能袖手旁觀嗎？」

「救人急難，當動腦筋，盲目胡來，害人害己。請問後宮如姬，是否深得大王寵幸？」

「是的。」

「公子有恩於如姬，是否屬實？」

「不錯。如姬之父，昔為盜賊殺害，無忌曾派門客，擒殺了那個盜賊，替如姬報了仇！」

侯嬴拍手叫好，說：「這就得了！公子替如姬報了殺父之仇，如姬必感公子恩德，死亦不辭。調遣晉鄙的兵符，藏在大王臥室，只有如姬能夠竊取。公子不妨求如姬，請她竊取兵符，她必答應。公子得兵符，奪取晉鄙兵權，易如反掌。然後統領魏軍救趙，保證馬到功成！」

魏無忌聽了侯嬴妙計，茅塞大開，再拜稱謝。他命門客車馬休息等待，獨自回城，找到關係親密的宮監顏恩，讓他轉告如姬，務要竊出兵符。如姬滿口答應，說：「公子吩咐，我就是赴湯蹈火，也在所不辭！」當夜，安釐王酒酣醉臥，如姬不費吹灰之力，就竊得兵符交給顏恩，顏恩轉交給魏無忌。這應了一句老話：家賊難防。那是千眞萬確的。

魏無忌兵符到手，再去辭別侯嬴。侯嬴說：「『將在外，君命有所不受。』公子持符，合了晉鄙的符，晉鄙不信，或要請示大王，公子如何處置？我看這樣辦，我的好友朱亥，天下出名的力士，可以讓他和公子同行。晉鄙驗符，從命最好，若不從命，即命朱亥將他殺了！」

魏無忌帶著朱亥，還有千餘名門客，快馬加鞭，到了鄴下。晉鄙以禮相迎。魏無忌說：「大王掛念將軍率兵在外，辛勤勞苦，特遣無忌前來代勞。」即命朱亥捧兵符讓晉鄙審驗。戰國時期的兵符，多爲青銅鑄成虎形，一稱虎符，是君王授予將帥兵權和調撥軍隊的信物。虎分兩半，虎背上刻有銘文，右半留存於君王身邊，左半發給將帥。驗符時，兩半相合，虎形和銘文完整無缺，便生效。晉鄙驗符，心中躊躇，想到魏王以十萬大軍交由自己統領，雖無戰功，卻也無敗績。現在魏王沒有任何旨意，而魏無忌徒手捧符，前來代將，其中莫非有詐？他想到這裡，不動聲色地說：「公子暫請消停幾日，待我將士兵造冊登記，再交付如何？」

魏無忌說：「邯鄲勢在垂危，理當星夜救援，豈能消停時刻？」

晉鄙說：「實不相瞞，這樣的軍機大事，我要奏請大王，方敢從命……」

晉鄙尚未說完，只聽得朱亥厲聲喝道：「兵符驗合，元帥不奉王命，便是反叛了！」

晉鄙怒視朱亥，說：「你是何人？」

朱亥說時遲，那時快，一攏衣襟，亮出一個帶把的銅錘，重四十餘斤，對準晉鄙的腦袋，掄錘一擊，晉鄙腦漿迸裂，立時氣絕。魏無忌高舉兵符，宣諭諸將，說：「魏王有命，由我代替晉鄙，率兵救趙。晉鄙不奉王命，已被誅殺！你等安心聽令，不許妄動！」

諸將見兵符，肅然站立。魏無忌命大犒將士，又下令說：「父子俱在軍中者，父歸；兄弟具在軍中者，兄歸；獨子無兄弟者，歸家奉養父母；患有疾病者，就地服藥治病。」結果，告歸告留者約占十分之二，八萬精兵重新編隊，嚴申號令和軍法，浩浩蕩蕩地開赴邯鄲，進擊秦軍。

秦軍統帥王齕沒有料到魏軍突然進兵，而且如此精幹如此英勇。王齕倉促應戰，趙勝、廉頗亦開城出戰，三國軍隊在邯鄲城外混戰一場，戰馬奔馳，戰車滾滾，旌旗飛揚，鼓聲震天，直殺得天昏地暗，日月無光。秦軍一來是長途遠征，二來是麻痹輕敵，所以被趙、魏聯軍打得大敗。王齕折兵一半，逃奔昭王大營。鄭安平損兵折將，率二萬部下投降了魏軍。

楚國的黃歇聽說魏無忌發兵救趙，也在武關一帶虛張聲勢，揚言要進攻咸陽。秦昭王擔心腹背受敵，迫不得已下令班師。秦軍退去，被圍困了一年多的邯鄲終於解圍，趙國的君臣百姓這才長長地鬆了一口氣。

22

秦昭王攻滅西周，奪得九鼎。蔡澤入秦，取代范睢而任相國。

邯鄲解圍，魏無忌成了光芒四射的英雄。趙孝成王親自攜帶牛酒，到魏營犒軍，一再拜謝說：「趙國亡而復存，全仗公子神勇，自古賢人，莫有如公子者。」趙勝徒步牽馬，引導妻弟入城。魏無忌受到如此禮遇，得意洋洋，面露驕矜之色。朱亥見他那神氣，心中不悅，悄聲說：「別人有德於公子，公子不可忘；公子有德於別人，公子不可不忘。公子假托王命，奪晉鄙兵權救趙。就趙國而言，你是立了大功；就魏國而言，你是有罪呢！」

魏無忌是個聰明人，聽了朱亥的話，自覺慚愧，驕矜之色一掃而光，說：「無忌謹受教！」在而後進行的各項儀式中，他變得謙遜有禮，處處顯示出了賢公子的風度。

魏無忌竊符救趙，得罪了魏安釐王，不敢歸國，決定寄居邯鄲。他將兵符交給魏將衛慶，命其統領魏軍回大梁。在大梁，安釐王早已發現丟失了兵符，三追兩查，方知寵妃如姬和宮監顏恩串通，竊取兵符交給了魏無忌。他咆哮大怒，命將如姬打入冷宮，並收顏恩下獄，焦急地等待魏無忌的消息。衛慶統領魏軍歸來，詳細敘述了趙、魏聯軍大敗秦軍的情況，群臣羅拜稱賀，高呼萬歲。安釐王怒氣全消，笑著說：「大敗秦軍，魏、趙兩國也算露了臉啦！」立命釋放如姬和顏恩，俱恕其罪。

安釐王又問衛慶：「魏無忌回來沒有？」

衛慶回答說：「信陵君不敢回國，託臣拜謝大王：『改日領罪！』」

安釐王默然無語。這時，如姬前來謝恩，跪地說：「趙都解圍，使秦國畏大王之威，趙國懷大王之德，這是信陵君的功勞。信陵君乃魏國的長城，豈可輕棄於外邦？懇請大王遣使召回本國，一以全『親親』之情，二以表『賢賢』之義。」

安釐王知道弟弟魏無忌禮賢下士，人緣好，威望高，出於自己王位安全的考慮，不想讓他回國，說：「他竊兵符，殺晉鄙，免罪足夠了，哪裡談得上什麼功勞？」絕口不提召弟弟回國之事。

魏無忌在趙國倒也逍遙自在。孝成王將鄗地（河北柏鄉北）賜給他作爲湯沐邑，三日一小宴，五日一大宴，待以國賓之禮。當時，邯鄲城中有兩個高人，一個稱毛公，一個稱薛公，平時以賣茶水賣豆漿爲生，不和外人交往。魏無忌仰慕二人賢名，登門拜訪，彼此很快成了意氣相投的朋友。趙勝感到迷惑，一日對妻子魏氏說：「令弟乃天下豪傑，怎麼常和賣茶賣漿之徒混在一起？交非其類，恐損名譽！」

魏氏將丈夫的話轉告弟弟。魏無忌一怔，說：「我一直以爲姐夫是個賢公子，所以寧負魏王，奪兵來救。不想姐夫結交賓客，徒尚豪華，不求賢士。我在魏國時，就聽說毛公、薛公的賢名，恨不得爲二人執鞭驅馬，尚恐二人不屑理我。現在我有幸和二人交往，姐夫反以爲羞，是何道理？看來，姐夫並非賢公子，此地不可留！」魏無忌回到館邸，命人趕快收拾行裝，另去別國居住。

趙勝聽說魏無忌要走，惶惑不解，對魏氏說：「我並未失禮於令弟，他卻匆匆要走，夫人可知緣故？」

魏氏將弟弟的話據實告訴丈夫。趙勝又羞又愧，掩面嘆道：「邯鄲有兩位高人，信陵君瞭如指掌，我卻一無所知，反誣他『交非其類』，我比他眞是差得太遠啦！」趙勝立即趕往館邸，脫帽致敬，自責失言之罪，挽請魏無忌繼續留住趙國。魏無忌見趙勝知錯能改，也就同意留住。這以後，各國賓客包括平原君手下的一些門客，紛紛投奔魏無忌，信陵君成了天下第一賢公子。

邯鄲撤圍，秦昭王無精打采地回到咸陽。太子安國君率子楚等二十多個王孫及文武大臣出郊迎接，奏稱呂不韋護送子楚回歸秦國，功不可沒。昭王見過呂不韋一面，認定他是一個精明強幹的能人，當即封爲客卿，食邑千戶。「卿」是高級長官或爵位稱謂，前置「客」字，表明獲得這一稱謂的人來自別國，而非秦國人。

鄭安平降魏，屬叛國行爲。昭王大怒，命族滅其家。鄭安平乃相國范雎所薦，秦國法律規定凡薦人失察者，當和所薦之人同罪。昭王非常信任范雎，並未追究范雎的罪責。范雎感恩不盡，進獻一策，懇請昭王再度興師，滅周稱帝。昭王大喜，隨即調兵遣將，殺向中原。

戰國時期，名義上還存在著東周和周天子，僅僅佔有雒邑（河南洛陽）附近的一小塊地盤。周顯王二年（西元前三六七年），周王室貴族之間發生權力爭奪，韓國和趙國用武力加以支持，周又分裂成西周、東周兩個部分：在洛雒的稱西周公，在鞏地（河南鞏縣西南）的稱東周公。二周之間不僅各自獨立，而且常常互相攻伐。最後一個周天子叫姬延，史稱赧王，實際上寄居西周，徒有空名，木偶而已。雄心勃勃的秦昭王急於稱帝，豈能容得除自己以外的什麼天子？所以，范睢獻策，正合其意，剽悍的秦軍再次開出了函谷關。

秦軍先鋒爲大將張唐，先取陽城（河南登封東南），旨在打通通向三川（黃河、洛水、伊水）的道路。周赧王、西周公自不量力，約會楚國、燕國，合縱抗秦。昭王再派大將嬴樛，統兵十萬，與張唐合兵一處，取路陽城，進攻西周。楚、燕兩國見勢不妙，撤兵退去。赧王和西周公只有五六千兵馬，怎能禦敵？西周公頗識時務，奉勸赧王降秦，赧王無計可施，只好帶領群臣、子侄在宗廟門前大哭一場，然後捧著各種圖冊，親至秦軍大營投降，獻出城邑三十六座，轄民三萬人。嬴樛命張唐擁解赧王等回國報捷，自引秦軍進入雒邑，經略地界。赧王到了咸陽，拜謁昭王，戰戰兢兢，可憐兮兮。昭王將他降爲周公，西周公則降爲家臣。當年，赧王死，掛名的周天子從此消失了。

嬴樛在雒邑搗毀了周王室的宗廟，將所有重要祭器運往咸陽。祭器當中，最珍貴的是九鼎。九鼎，相傳爲夏禹熔銅鑄造，共九隻，分別代表當時中國的九州：冀、兗、青、徐、揚、荊、豫、梁、雍州。夏、商、周三朝，九鼎被視爲國寶和重器，象徵著國家和權力。秦昭王渴望稱帝，掌握九鼎更有了號令天下的資本。嬴樛命人搬運九鼎，九鼎太重，不小心，一鼎掉下泗水，沉於水底。嬴樛派了好多人下水撈鼎，始終沒有撈到。突然颳起一股大風，河水洶湧，惡浪滔天，嬴樛以爲觸怒神靈，不敢再撈，只將八鼎運回咸陽。昭王審視八鼎，發現所失之鼎爲豫州鼎，惋惜地嘆道：「豫州地皆入秦，鼎獨不歸附於寡人，是警示不讓寡人稱帝嗎？」

秦國滅了西周，占有三川之地，國勢更加強盛。這一天，咸陽城裡來了一個燕國人，姓蔡名澤，衣不華美，貌不驚人。他隨便找了一家旅邸住下，高聲吩咐旅邸主人說：「喂！我住這裡，吃飯必須是白米乾飯，吃肉必須是甘肥精肉，等我當了相國，一定重重酬謝！」

旅邸主人覺得好笑，說：「你是何人？瞧你這個模樣，能當相國？」

蔡澤說：「我叫蔡澤，乃天下雄辯有智之士，特來求見秦王。秦王若一見我，必逐應侯范睢，而將相國的大印掛於我的腰間。」

旅邸主人大笑，說：「狂人！狂人！」並以此作爲笑料，告訴南來北往的人。

范睢的門客聽到了這個笑料，一五一十地告訴范睢。范睢也覺得好笑，說：「五帝三代之事，諸子百家之說，沒有我不知道的。口若懸河的辯士，我三言兩語就能使之折服。這個蔡澤到底有多大的能耐，竟妄言要取代我爲相國？」他命門客快將蔡澤召到相國府，他要當面煞煞這個狂人的狂勁。

旅邸主人害怕極了，說：「狂人！吹牛皮吹得太大，招來禍害了吧？相國府召你，能有什麼好事？你快逃走吧！」

蔡澤大笑，說：「我見應侯，他必將相位讓給我坐，我也就無須見秦王了！」

旅邸主人跺著腳說：「我的爺！死到臨頭還在吹！好好！吹吧！你可別牽累我！」

蔡澤布衣布鞋，大搖大擺，跟隨門客進了相國府。范睢盤腿而坐，看也沒看他。蔡澤長揖不拜。范睢也不命坐，蔡澤只好站著。

沉默片刻，范睢厲聲問道：「外面風傳，你要取代我爲相國，是不是這樣？」

蔡澤答道：「正是！」

范睢氣惱地說：「你有什麼本事可以奪我相位？」

蔡澤說：「吁！好沒見識！四時之序，成功者退，後來者進。你既已成功，當然可以退了！」

范睢說：「我不自退，誰能退我？」

好個蔡澤，搖動三寸不爛之舌，引經據典，評古論今，大講特講功成身退的道理。他講到秦國的商鞅，楚國的吳起，越國的文種，皆因功成不退，所以不得其死。

范睢心虛，強辯說：「大丈夫殺身成仁，視死如歸，功在當時，名垂後世，這是我的願望。」

蔡澤冷笑，例舉歷史上的微子、管仲爲例，概括說：「大丈夫處世，身名俱全者，最好；名可傳而身死者，次好；名辱而身全，最爲糟糕。」他又講到蘇秦等人，指出他們因爲惑於貪利，所以死於非命。最後說：「你應侯原是匹夫，入秦知遇秦王，拜相封侯，富貴至極。如果仍然貪戀勢利，進而不退，殺身之禍，在所不免。俗話說：『日中必移，月滿必虧。』勢在必然。因此，你何不於此時歸還相印，另薦賢人呢？所薦者賢，薦賢者更賢。你名爲辭去榮耀，實則卸了重擔，自去尋山水之樂，享喬松之壽，子子孫孫，長爲應侯，永保富貴，身名俱全，多好！」

范睢心被說動了。他站了起來，來回踱步，說：「先生自稱有雄辯之智，果不其然，范某敢不受命！」他請蔡澤上坐，敬以客禮，並設宴款待，答應推薦這個「狂人」。

次日入朝，范睢奏告昭王說：「燕國人蔡澤近日到咸陽，此人博學善辯，通時達變，具有王伯之才，足以輔佐國政。臣所見之人極多，論才幹，沒有人能超過他，臣也不能和他相比。所以特向大王推薦，請求重用此人。」

昭王立刻召見蔡澤，詢問兼併六國的方略。蔡澤從容答對，無不切中要害。昭王大喜，即日拜蔡澤爲客卿。幾天後，范睢以病爲由，懇請歸還相印。昭王不准，范睢堅持。於是昭王拜蔡澤爲相國，封剛成君，以代范睢。那個旅邸主人聽說蔡澤爲相，驚愕萬分，說：「我的娘呀！那個狂人還眞有兩下子呢！」

23

趙姣娥藏身於坎兒寨，倏忽過了六年。六年寂寞，六年艱辛，苦盡甘來，突然成了秦國太子妃。

邯鄲解圍，趙國一如往常，平平靜靜。滏陽河水，後浪逐著前浪，奔流不息，北流和滹沱河水會合，匯成子牙河，注入渤海。石鼓山上的樹木，綠了變黃，黃了變綠，追隨春夏秋冬的步伐，葉生葉落。坎兒寨和趙國的其他地方一樣，在戰爭的間隙中得到短暫的喘息，農民們又揮鋤扶犁，開始勞作。趙姣娥住在這裡已有數年，趙政和成蟜分別長到九歲和六歲了，根本就沒見過呂不韋和嬴異人派來接他們回秦國的人。她的期待變爲失望，失望變爲絕望，幾乎想也不想那兩個忘情負義的男人了。

樊於期和霍達生不時報告打探到的消息：秦國滅了西周，蔡澤當了相國，呂不韋好像被封爲客卿，嬴異人據傳已改名子楚……姣娥聽了覺得心煩，說：「人家早把我們忘了，管他哩！」

好在姣娥等人的生活並不困難。呂不韋當初曾交給樊於期和霍達生三千個金餅，幾年裡一半還未花完。最讓姣娥難受的是那種獨身女人的孤苦和寂寞，二十幾歲的少婦，春心融融，春情勃勃，卻沒有男人睡在身邊，以解心靈和生理上的饑渴，簡直是一種熬煎，一種折磨。每當夜深人靜之時，她睡在空蕩蕩的大炕上，想像著樊於期和碧雲、霍達生和艷雪，赤裸著身子做那種事情，你騎我壓，盡情取樂，只覺得心火燃燒，嘴乾舌燥。她撫摸乳房，乳頭脹了起來；撫摸下身，濕漉漉黏呼呼的一片。這時，不管哪個男人睡在她的身邊，哪怕是令人生厭噁心的肥厚，她都會任他張狂輕薄的。饑不擇食嘛！一個饑餓到極點的人，哪裡還會對食物挑三揀四的？

大炕的一側，趙政和成蟜睡得正香。趙政和成蟜，都是姣娥身上掉下來的肉，然而不知爲什麼，她總是更多地喜愛成蟜，而不喜愛趙政。趙政，個頭不高，胖墩墩的，馬鞍鼻子長眼睛，雞胸，好像患有軟骨症；豺聲，似乎患有氣管炎。他脾氣暴躁，性格凶狠，常常橫眉怒目，訓斥碧雲和艷雪。成蟜，眉清目秀，唇紅齒白，圓圓的臉蛋上兩個淺淺的酒窩。他天生一副綿相，溫和得像一隻雞雛，一隻羊羔，稚聲稚氣，實在惹人心疼。當然，姣娥偏愛成蟜，還有更深一層的原因，那就是成蟜的生父爲嬴異人，而趙政的生父爲呂不韋，這個秘密，她是無法說出口的。

趙政相當頑皮，和坎兒寨的小夥伴們混得熟了，一起鑽在土壕裡捉迷藏，爬到大樹上捅雀窩，整日沒有安寧的時候。一天，他和小夥伴胖娃、瘦猴、鐵疙瘩等玩耍，不知怎麼玩惱了，彼此翻了臉。

胖娃指著趙政，破口大罵：「你他媽的混蛋！野種！」

瘦猴、鐵疙瘩等站在胖娃一邊，齊聲附和罵道：「混蛋！野種！野種！混蛋！」

趙政氣極了，撿起半截磚頭向胖娃砸去。

胖娃一側身，磚頭砸中耳朵上方，頓時流下血來。瘦猴、鐵疙瘩見同伴受傷，衝上來毆打趙政。趙政發了脾氣，攥起拳頭抵抗，瘦猴的眼睛被打腫了，鐵疙瘩的嘴被打出了血。於是，胖娃捂著頭，瘦猴捂著眼，鐵疙瘩捂著嘴，大哭起來，回家向他們的父母告狀去了。

不一會兒，姣娥住的院落門前圍來了好多人，打頭的正是坎兒寨的里正，原來他是胖娃的爹。里正拉著胖娃，另有兩個女人拉著瘦猴和鐵疙瘩，吵著嚷著，說趙政打傷了他們家的兒子，要趙政的娘出來賠情道歉。姣娥窩了一肚子火，狠狠擰著趙政的耳朵，拉他到大門外，訓斥道：「快說！為什麼打傷你的小夥伴？」

趙政翻著眼睛，很不服氣，說：「誰讓他們罵我是混蛋、野種來著！」

拉著瘦猴的那個女人撇著嘴，嘟囔著說：「哼！不是野種是什麼？誰見過他的爹？他為何跟他娘一個姓？」

姣娥聽了這話，血湧上頭，險些暈倒，張了張嘴，說不出一句話。樊於期趕忙出來圓場，大聲說：「噯！我說遠親不如近鄰，小孩子打架，大人何必動肝火？好啦好啦！趙政打傷了小夥伴，治傷要緊！這裡是三百個甘丹，你們三家平分，快去給胖娃三人抓些中草藥，不礙事的。」

有錢能使鬼推磨。里正和瘦猴、鐵疙瘩的娘各得了一百甘丹，不再糾纏，陸續散去。

姣娥氣呼呼地關上院落的大門，喝令趙政跪地，取了一枝雞毛撣子，倒轉來抽打趙政的屁股，邊打邊罵：「你個龜兒子、兔崽子！還給我闖禍不？還給我闖禍不？」

碧雲、艷雪趕忙向前阻攔。成嬌也拉姣娥的衣服，說：「娘！別打哥哥啦！別打哥哥啦！」

趙政跪在地上，繃著臉，噘著嘴，既不認錯，也不求饒，心裡說道：「胖娃、瘦猴、鐵疙瘩！你們等著，將來非宰了你們不可！還有里正和那兩個婆娘，三百個甘丹不是好拿的，將來非要你們以命償還！」

那一夜，這個院落裡很不平靜。姣娥坐在燈下，默默發怔，胖娃他們，還有那個女人，罵自己的兒子是「野種」，她是有苦難言。趙政並非野種，而且有兩個父親。可是，兩個父親又在哪裡？當她和趙政受人欺侮、辱罵的時候，呂不韋和嬴異人都不在場，不能給予她母子以強有力的保護，這叫人多傷心！當時，若不是樊於期出面圓場，那局面不知道會怎樣發展呢！

趙政躺在炕上，睜大眼睛，想著心事。小夥伴們罵他是「野種」，使他心靈受到強烈的刺激。他模糊記得他是有爹的，可是爹到哪裡去了呢？怎麼多年未見？說來也怪，胖娃他們都隨爹姓，爲什麼自己偏隨娘姓？呀！自己莫非眞的是野種？

房裡，樊於期和碧雲在悄聲密語。樊於期說：「我觀察多年，夫人好像不太喜歡趙政。」

碧雲說：「什麼好像？就是的嘛！」

「趙政和成蟜都是她的兒子，手心手背都是肉，爲何要親此疏彼？」

「你是呂相公的保鏢，就沒看出其中的奧妙？」

「沒有。」

碧雲側耳傾聽窗外，附在丈夫耳邊說：「告訴你一個秘密，你可不能告訴任何人。趙政不是秦國王孫的兒子。」

樊於期大吃一驚，說：「你胡說什麼喲！」

碧雲說：「夫人是懷孕以後才嫁給秦國王孫的。」

樊於期吸了一口涼氣，說：「這樣說來，趙政是呂相公的種？」

碧雲點頭，說：「是的！我和艷雪侍候夫人，知道女人家的私事，沒錯的！」

樊於期又不明白了，說：「既然夫人懷了孕，呂相公爲何要將她獻給嬴異人？」

碧雲搖頭，說：「其中緣由，只有呂相公和夫人清楚。」差不多與此同時，霍達生和艷雪在另一間廂房裡也在悄聲密語。艷雪告訴丈夫，趙政實是呂不韋的兒子，夫人懷孕再嫁，其間隱情別人無法知道。

樊於期和霍達生親如兄弟，情同手足，彼此心心相印，無話不說。二人很快溝通，將碧雲和艷雪的話告訴對方，困惑不已。他倆非常尊敬呂不韋，這時候卻對呂不韋產生了另外的看法。試想，一個人連懷孕的愛妾都捨得送給別人，還算什麼男子漢大丈夫？不管他的目的是什麼，這種做法本身就表明他非常卑劣和無恥。相比之下，他倆很是同情姣娥，一個弱女子，被人當作器物扔來扔去，可謂是啞巴吃黃蓮——有苦說不出。瞧她那天在院落門口受人凌辱，險些暈倒的樣子，便可知她的內心是多麼淒苦！

這年秋天，樊於期一日去邯鄲打探消息，中午縱馬，急匆匆地回來，報告了一條特大的新聞：秦昭王駕崩了！太子安國君嬴杜繼秦王位，華陽夫人羋氏被立爲王后，嬴子楚即嬴異人被立爲太子！

院落裡立刻呈現出歡欣的氣氛。霍達生急不可待地說：「此話當眞？你聽誰說的？」

樊於期一拍大腿，說：「千眞萬確！秦國報喪報喜的使者已經到了邯鄲城，全城百姓都在談論這件事。」

碧雲和艷雪笑容滿面，說：「這下好了！夫人能回秦國了！」

趙政和成蟜不大明白駕崩、繼位、王后、太子的準確含義，只是從大人的音容笑貌上感到出了什麼喜事。

姣娥心情複雜。一方面，她爲嬴異人被立爲太子而喜悅，太子就是未來的國王，天下至尊，何等崇高！一方面，她又忐忑不安，已爲太子的嬴異人還認她這個異國妻子嗎？世上男人多薄情，嬴異人和呂不韋撇下她整整六年，音訊全無，不就是證明！再想下去，她又有些惶恐，有些困惑，整個事態不正是按照呂不韋的設計在進行在發展嗎？第一步，他讓嬴異人逃歸秦國；第二步，他使嬴異人成了太子；第三步、第四步呢？嬴異人可能當國王，趙政可能……

姣娥不能不佩服，呂不韋這個人站得高，看得遠，手段高明，神通廣大，別人不敢想的事他敢想，別人不敢做的事他敢做，而且想到就做到了，不簡單！趙政是呂不韋的兒子，趙政果眞繼嬴異人之後而當上秦國的國王，那麼呂氏不就是一不動刀，二不動槍，輕而易舉地得了秦國的江山嗎？自己在這中間充當了什麼角色？是功臣？是罪人？她說不清，道不明，一千個一萬個說不清道不明！

戰國時多數國家採用顓頊曆，以農曆十月爲歲首，到了十月便是新的一年。華陽君嬴柱繼位的元年，正是西元前二五〇年，新年伊始，萬象更新。這一日，坎兒寨忽然車馬塡道，鼓樂齊鳴，人們奔相走告，說是秦國使者來迎秦太子妃母子回歸咸陽，趙國新任相國廉頗全程陪同，好風光啊！

24

趙姣娥母子歸秦，行前了卻一件心願：以仇人肥厚和蔡氏的頭顱祭奠父母的亡靈。

秦國的使者不是別人，正是新秦王孝文王的連襟、函谷關守將虞詡。他是呂不韋的朋友，呂不韋通過子楚，向孝文王推薦，提拔他當了衛尉，掌管宮門屯衛。老王駕崩，新王繼位，按例要向各國通報，虞詡便擔當了出使趙國報喪報喜的任務。行前，呂不韋和子楚特別交代，順便迎接太子妃母子歸秦。太子妃住在石鼓山一帶，託人打聽，不難尋找。

虞詡到了邯鄲，謁見趙孝成王。秦、趙之間已經好幾年沒有打仗了，孝成王得知從前質於趙國的嬴異人即子楚，如今成了秦國的太子，不免羞愧，他曾經幾次要殺害此人呢！當虞詡提出迎歸太子妃母子的時候，孝成王直發怔，說：「她母子當年不是和呂不韋、太子一起逃歸秦國了嗎？」

虞詡說：「沒有！當年形勢緊張，逃歸的只是呂不韋和太子，太子妃母子仍留在貴國，住在石鼓山一帶。還望大王幫助查詢。」

平原君趙勝已死，老將廉頗繼任趙國的相國，封信平君。孝成王立即命廉頗派人到石鼓山一帶明查暗訪，很快得到回報，說坎兒寨一個姓趙的女人，六年前到坎兒寨居住，跟她一起的有四個僕人，二男二女，此外還有兩個孩子，大的十歲，小的七歲。虞詡喜出望外，說：「正是太子妃母子！不會錯！」

於是，孝成王派出車馬、樂隊，命廉頗陪同虞詡，前往坎兒寨。坎兒寨的百姓哪裡見過這種場面？一傳十，十傳百，石鼓山下頓時沸騰了。虞詡經人指點，直到姣娥居住的院落，問明情況，果然不差，當即撩衣跪地，說：「秦國使者虞詡參見太子妃，並奉命迎接太子妃母子回歸咸陽！」

虞詡一跪，連說兩個「太子妃」，把姣娥弄懵了。她不敢相信這是眞的，然而卻又是明明白白，實實在在的。她尚未反應過來，樊於期搬來一個圓杌，說：「將軍請起，坐下說話！」霍達生也搬來一個圓杌，禮請廉頗坐下。

院落裡外圍了好多人，目睹此情此景，驚訝得直吐舌頭，悄聲說：「我的娘！人家不顯山不露水的，原來是太子妃呢！」

趙政和成蟜看到一個將軍模樣的人給娘下跪，畢恭畢敬，驚訝得瞪大眼睛，張大嘴巴，不明白是怎麼一回事。

虞詡簡要說明了秦國發生的情況和自己的使命，催促太子妃即刻啓程。廉頗也說，邯鄲城裡已爲太子妃安排好了館邸，太子妃可先在館邸小住，然後他派兵護送她母子去秦國。

姣娥還能說什麼呢？只有點頭而已。碧雲和艷雪扶她進房換衣梳妝，簡單收拾一些必要的東西，便出門登車。姣娥和趙政、成蟜乘一輛車，碧雲和艷雪乘一輛車，虞詡、廉頗、樊於期、霍達生都是騎馬。前邊儀仗開道，樂隊鼓吹，後邊士兵護衛，戈亮戟明。一支紅紅火火的車馬隊伍出發了。坎兒寨的里正和他的兒子胖娃，瘦猴、鐵疙瘩以及他們的母親，擠在人群裡看熱鬧。趙政坐在車上看到了這幾個人，心裡暗暗說：「你們等著！我總有一天要回來跟你們算賬的！」

說到算賬，姣娥還眞有一筆賬要算，那就是殺了她爹娘的肥厚，和以一千個甘丹賣她爲妓女的肥厚妻子蔡氏，這兩個狗男女害得她家破人亡，淪落風塵，此賬不能不算！呂不韋曾答應替她報仇的，但卻沒有兌現。現在，她就要離開趙國了，一定要用肥厚夫婦的頭顱祭奠爹娘的亡靈！

廉頗給姣娥等安排的館邸在叢台，那是姣娥熟悉而有感情的地方。姣娥下車，步入客廳坐下，派人請廉頗入內說話。廉頗進來，姣娥「撲通」一聲跪地，說：「卑女有事央求相國做主。」

廉頗不知所措，忙說：「太子妃這是幹什麼？有事快起來說，快起來說！『央求』二字言重了，但凡本相國能辦到的，一定替太子妃做主！」

姣娥並未起來，淚珠早已掛滿兩腮，說：「相國可曾記得當年的太史趙群？」

廉頗說：「當然記得！他是一個好人，和我同殿爲臣，忠於職守，清正廉潔，人品和文品極高，只可惜那年一場大火，趙府全家人都燒死了！」

「相國可知卑女的身世？」

「不知。」

「卑女正是趙群的女兒！」

「什麼什麼？太子妃是趙群的女兒？」

「不錯！卑女是趙群的女兒。相國可知卑女的爹娘怎麼死的？可知那場大火的來由？」

「不知。」

姣娥再也控制不住悲慟，放聲大哭起來，說：「卑女的爹娘死得好慘哪！」接著，她嗚咽著，將當年肥厚提親不成，帶人夜闖趙府，殘忍地殺死爹娘及男傭女僕八口，搶了她關進滏陽府密室逼婚，肥厚妻子蔡氏吃醋，又將她賣到豔香院的前前後後，敘說了一遍。末了說：「卑女央求相國做主，務替卑女報此血海深仇！」

廉頗驚得目瞪口呆，想不到邯鄲城裡竟發生過這樣卑鄙齷齪的醜事！他咬牙切齒，義憤填膺，說：「太子妃放心，這個主我做了！我明日便奏告大王，將那個肥厚正法，替太子妃報仇血恨就是了！」

次日早朝，廉頗將姣娥的深仇大恨，如實奏告孝成王。孝成王聽了，怒火百丈，當即下令逮捕肥厚，削去官職，和家丁、蔡氏一起交掌管司法的廷尉審訊。肥厚尚想抵賴，怎奈廷尉事先掌握了他殺人、放火、逼婚的所有細節，就連他的妻子蔡氏也供認了他犯罪的許多事實。肥厚軟了傻了，乖乖地在罪狀書上畫押。廷尉判了肥厚和蔡氏以及殺人的家丁一個「斬」字，報告孝成王。孝成王御批朱色「　」，即同意斬首。於是，肥厚和蔡氏等，被拉出去砍了腦袋，棄屍街頭三日以示眾。

肥厚、蔡氏伏法，姣娥激動得熱淚盈眶。她感謝廉頗相國，感謝孝成王，伸張了正義，懲治了罪惡，替她報了家仇。豔香院的那個鴇母逼良爲娼，也是她的仇人。但是，鴇母畢竟沒有殺人放火，罪不至死，權且擱置不提。她在趙國要做的最後一件事情，就是要到自己的家——趙府遺址去看一看，她要在那裡祭奠爹娘的亡靈。

這一日，姣娥命樊於期購了些白布、黑布，做成輓幛，並購了些香燭、乾果，以作供品。她和趙政，成蟜、碧雲、艷雪分乘兩輛馬車，虞詡、樊於期、霍達生騎馬隨行，很快到了邯鄲城的東南隅，到了曾是她的家的所在地。那個院落還在，左鄰右舍也沒有太大的改變。院落裡幾堵土牆，殘破不全地矗立著，依稀可見的焦糊痕跡，說明若干年前這裡曾經遭受一場大火。幾棵槐樹、榆樹、楊樹長高長粗了，好多烏鴉看中這塊寶地，在樹上建起大小不等的安樂窩。到處長著荊棘和蒿草，雜亂的綠色中抖動著幾朵不知名的小白花。這裡就是當年的趙府，就是姣娥生活過的地方。

姣娥看到這種破敗和荒涼的景象，鼻子發酸。她命樊於期和霍達生將輓幛掛在樹上，碧雲和艷雪擺好供品，然後點燭焚香，拉著趙政和成蟜跪地磕頭，合掌致哀。「呱！呱！」樹上一隻烏鴉叫了起來。姣娥內心痛苦，淚如雨下，趴在地上嗚咽著說：「爹！娘！女兒姣娥看望二老來了！你們可曾看到？你們可曾聽到？你們撫養女兒一場，沒吃過女兒做的一頓飯，沒穿過女兒縫的一件衣，就被賊人殺害了，屍骨被焚，連個墳墓都沒有留下，好慘哪！爹！娘！你們是因女兒而死的，女兒不孝，從未盡過奉養之禮，反而連累了你們，幸虧天神有靈，地神有眼，賊人終於伏法，你們就閉上眼睛，安息九泉吧！女兒在趙國的事情已了，不日就要帶著你們的兩個外孫西赴秦國。此去路程漫漫，前景難卜。爹呀！娘呀！你們若是疼愛女兒，就請二老的魂魄隨女兒一起西去吧！保佑女兒和兩個外孫事事吉利，遂心如意……」

姣娥哭得傷心，說得動情，使在場的所有人都受到感染。碧雲和艷雪去扶姣娥，說：「夫人節哀，免得哭壞身子。」誰知一彎腰，她倆也泣不成聲了。

趙政和成嶠第一次知道他們的外公和姥姥被人殺害了，他們的娘一肚子苦水，埋藏多年，如今才倒出來。成嶠陪著姣娥一起哭，趙政沒有流淚，眼裡燃燒著一團火。

虞詡了解到太子妃有著悲慘的身世，遭人欺凌，飽嘗艱辛。他看到她悲痛欲絕的樣子，一邊嘆息，一邊掏出手帕，擦了擦濕潤的眼角。

樊於期和霍達生更加理解和同情姣娥，原來她在進入呂氏貨棧以前，另有一段曲折的經歷。一個體單力薄的女子，承受了那樣多的苦難和屈辱，能夠堅強地活下來，眞不容易！呂不韋娶她又捨棄了她，太不近人情，但願她時來運轉，從今以後一帆風順。

姣娥祭奠了爹娘，在叢台又休息數日，便起身前往秦國。廉頗親自送出邯鄲城南門，祝福太子妃一路平安。廉頗專門派出一支送親隊伍，保證太子妃一行在趙國境內的安全。車輪滾動，馬蹄聲響，姣娥心潮起伏，不能平靜。再見了，邯鄲！再見了，趙國！再見了，所有自己熱愛過和憎恨過的人們！

很快到了茅津渡。奔騰的黃河像一把利刃剖開中原大地，河北爲趙國，河南爲秦國。姣娥一行渡過黃河，河南早有一隊秦國士兵舉著旗幟，奏著鼓樂，高呼：「恭迎太子妃歸秦，恭迎太子妃歸秦！」車馬已經準備好了，虞詡安排指揮，姣娥等換車換馬，風馳電掣，馳進了函谷關。從此以後，趙國出生的趙姣娥就成了秦國人了，從太子妃升爲王后和太后，進而用後半生書寫傳奇般的新篇章。

王后太后

25

趙姣娥到達咸陽，夫妻久別，勝過新婚。作爲太子妃，她的眼前展現出五彩繽紛的世界。

函谷關至咸陽，已經修建起寬廣、平坦的大道，寬約十二三丈，土夯沙鋪，兩側每隔三丈植松樹一株，展示出秦統一中國以後以馳道、直道爲中心的全國交通幹線的雛形。趙姣娥乘車行駛在這條大道上，馬快車疾，全無顛簸的感覺。撩起車簾，但見道旁青山巍峨，綠水奔流，村落上空炊煙裊裊，山下河畔牛羊成群，這和趙國農村的凋敝景象大不相同。看來秦國是一個興旺、富庶的國家，難怪它的軍隊能夠不斷地遠征，威震天下。

從在坎兒寨虞翊跪拜的那一刻起，姣娥開始嘗到了人的地位、權勢的甜頭。她已經二十九歲，經歷了名門閨秀——邯鄲名妓——富商嬌妾的人生里程，這麼多年來，誰跪拜過她？而一旦成爲太子妃，秦國使者迎接，趙國相國陪同，走到哪裡都有士兵護衛，這樣活著才叫活著哪！再說，爹娘的深仇大恨，還不是因爲自己成了太子妃，才得以報雪的？如果自己依然是一個普通的民女，或是一個富商的妻子，那麼說話有人聽嗎？有人信嗎？地位、權勢，確實是好東西，要不，呂不韋怎會捨棄家業，捨棄愛妾，去幫助一個落拓王孫歸國接班呢？

趙政這些天來，算是大開了眼界。他從坎兒寨到邯鄲，發現世界上竟有那樣宏大的城市，那樣雄偉的宮殿，那樣多的人、車、馬，驚奇得說不出話來。他最羨慕廉頗那樣的大官，莊重威嚴，一呼百應，好厲害！也羨慕虞詡那樣的將軍，戴盔裹甲，執刀佩劍，好神氣！不過這時，他更嚮往騎馬，鞭子一揚，駿馬疾馳，那才過癮哩！因此，在離開函谷關時，趙政堅持要騎馬前往咸陽。虞詡特別關照太子和太子妃的長公子，挑了一匹比較溫順的紅馬讓他騎。趙政倒也膽大，抖動繮繩，直想快跑。害得樊於期和霍達生好不緊張，一左一右嚴加護衛，生怕發生意外。

由虞詡統領和指揮的這支車馬隊伍，無阻無擋，順順利利到達咸陽。太子子楚提前得到報告，專門到渭橋迎接妻子和兒子。虞詡首先跪地，說：「稟告太子，臣虞詡奉命，已將太子妃迎歸咸陽。」子楚點頭，抬手示意虞詡平身，徑直走近姣娥乘坐的車子。姣娥的心怦怦亂跳，一揭車簾，看到了晝思夜想、夢牽魂縈的丈夫。

碧雲和艷雪早從另一輛車上跳下，過來扶著姣娥下車。姣娥下車，雙腿跪地，且嬌且羞地說：「臣妾參見太子。」

子楚慌忙扶起姣娥，四手相攜，四目相對，千言萬語，無從言說。他看她，綠色小襖，紫色長裙，外罩猩紅色繡花霞帔，新月籠眉，春桃拂面，雖然比以前胖了些，但依舊妖嬈艷冶；她看他，紫羅裘，杏黃褲，遠遊冠，靸鞮履，腰懸佩劍和青玉，面帶微笑，眼傳情意，仍是當年的嬴異人。姣娥被看得不好意思，抽出手來，招呼趙政和成蟜說：「政兒！蟜兒！快過來給爹磕頭！」

趙政和成蟜從沒聽娘說過他們有爹，更沒想過他們的爹是堂皇富貴的樣子，而且還是什麼太子。二人怯生生地過來，趴在地上磕頭，輕輕叫了一聲：「爹！」

子楚心花怒放，拉起兩個兒子，說：「這是政兒！這是……」

姣娥說：「蟜兒！大名叫成蟜！」

子楚說：「啊！蟜兒！自你出世，爹還沒見過你呢！」他將兩個兒子左看右看，歡喜得什麼似的，大聲說：「走！我的兒子！我們回東宮去！」

子楚要姣娥、趙政、成蟜乘坐自己的馬車，樊於期、霍達生、碧雲和艷雪隨後，緩緩前行，不一會兒便進了東宮。東宮歷來是太子居住的地方，孝文王繼承王位，和王后華陽夫人移居咸陽宮，偌大的東宮便由太子子楚居住。宮裡院落連著院落，殿宇連著殿宇，長廊彩繪，池塘波閃，樹木挺拔，冬青常青；殿宇裡更是豪華奢麗，地鋪氍毹，窗懸絲簾，瓷器花瓶，青銅熏爐，金銀器皿熠熠生輝，棗木家具精緻可人。姣娥等人到了這裡，像是進了仙宮，稱羨不已。

姣娥坐定，早有宮女端來洗面水，黃銅面盆，白布毛巾，水中滴有什麼香料，香味淡而不濃。姣娥洗手，擰乾毛巾，輕輕擦了擦眼角。又有宮女獻上茶來，黑漆茶盤、白瓷茶碟和茶杯，茶水清亮。姣娥飲了一口，清香之氣，貫通心脾。其他人也洗面、飲茶，不約而同地都注視著侍候他們的宮女。宮女們約十五六歲，長相一個比一個標緻，苗條身材，白皙皮膚，圓圓臉蛋，纖纖素手，走來走去，輕盈飄忽，好比春天一股微微的柔柔的風。

洗了面，飲了茶，便是吃飯，無非是美酒佳肴，山珍海味。席間，姣娥告訴子楚，樊於期和碧雲、霍達生和艷雪已是夫妻，在坎兒寨的六年，自己和兩個兒子多虧了他們四人的照料。子楚向四人敬酒，表示感謝，聲稱自己不會虧待他們。

吃罷飯，子楚吩咐宮女，帶領樊於期和碧雲、霍達生和艷雪到另外的院落安歇，並備熱水，供太子妃和王孫沐浴。「王孫」即指趙政和成蟜，因二人是孝文王的孫子，故稱。其他人稱呼他倆，還要加上「殿下」二字，以示尊敬。

姣娥脫去衣裙，坐進熱氣騰騰的浴盆裡，由兩個宮女替她洗頭、搓背，多麼輕鬆和舒坦啊！她從記事以來，從未有人侍候過沐浴，不想到了咸陽，沐浴也不用自己動手，太愜意啦！她閉上眼睛，輕輕撫摸著自己的胳膊、乳房和肚皮，皮膚是光滑細膩的，只是肚皮略顯鬆了些，已經生過兩個兒子的女人，肚皮哪能像大姑娘一樣呀？

另一間房裡，趙政和成蟜也在沐浴，也由兩個宮女侍候著。趙政開頭有些害羞，在宮女面前脫得光溜溜的，多不好意思！慢慢地，他習慣了，宮女那雙白白嫩嫩的手觸到身上，別有一種感覺呢！成蟜年幼，還不知道害羞，雙手拍水，直覺得好玩。

沐浴完畢，天完全黑了。紅燭點亮，殿宇裡一片通明。趙政和成蟜由宮女領著，到左邊的房裡睡覺。姣娥則由子楚扶著，步入右邊的寢室。寢室爲套間，很大很美。外室是書房，書架上擺滿竹簡，還有很多飾物，金牛金龜，銀壺銀盤，玉龍玉馬，青瓷花瓶裡插著蠟製的梅花。一架屏風特別顯眼，絳紅色木座，木座上嵌著直徑三尺的圓形刺繡，底色雪白，繡的是青松仙鶴，青松傲然挺立，枝葉繁茂，仙鶴駐足翹首，神態逼眞。內室是臥房，迎面一張大床，楠木床架，絲幃羅帳。精巧的梳妝檯上一面銅鏡，纖塵不染。竹節形的熏爐裡散發著清香，溫馨宜人。

子楚和姣娥進了臥房，所有的禮儀和客套都是多餘的了。二人立刻脫衣，一絲不掛，上床鑽進被窩裡，去做好事。這些年來，子楚爲了博取孝文王和華陽夫人的好感，聽從呂不韋的忠告，沒納姬妾，但並不等於未近女色，偷雞摸狗的勾當，還是幹了不少。今日，他和姣娥是久別勝過新婚，顛覆張狂，特別帶勁。姣娥已經六年沒接觸過男人了，像是久旱不雨的土壤，又像是枯透脆裂的乾柴，突遇暴雨烈火，整個身心都酥痲和融化了。一次難解饑渴，來了二次；二次猶未盡興，再來三次。三次過後，二人已是大汗淋漓，氣喘吁吁，翻身、說話的力氣也沒有了。

休息許久，子楚和姣娥都緩過勁來。子楚撫摸著姣娥的乳房，詢問了她在石鼓山下生活的情況。姣娥選擇重要情節，簡略作了回答。她回答到傷心處，不知不覺地流下淚來說：「這麼多年，你不派人接我，甚至連個消息也沒有，我當你將我們母子忘了。」

子楚說：「哪能呢？我一回到秦國，就主張接你回來的。可是呂公說，秦、趙兩國關係不和，到異國接人，弄不好會生枝節。他還說，我是偷著逃回來的，你可不能重覆這條老路。他相信，總有一天，你會以合法的身分，堂堂正正地回到我的身邊。你別說，呂公還眞個站得高，看得遠。這不？你不是以太子妃的身分，堂堂正正地回到我的身邊來了嗎？呂公的話全應了！」

「那麼，呂公呂不韋呢？他這麼多年幹什麼？」

「他現在官任客卿，不管什麼具體事。不過也沒閒著，讀了很多書，說是幫我構思治國方略。還到處巡察，招攬賢人。前一向到蜀郡去了，說是考察都安堰，至今還沒有回來。這個人是個相才，思路開闊，交遊廣泛，我要是果眞當了秦王，一定拜他爲相國！」

姣娥心中一緊，直想說：「別！別！這個人是別有用心，別有所圖呢！」並想將自己妊娠再嫁、趙政姓呂的事實一一說出。然而，這些隱秘能說嗎？說了將有什麼樣的後果？啊！不能說不能說！萬萬不能說！說了後果不堪設想啊！

話題轉到趙政和成蟜身上。子楚說：「現在你們母子回到秦國，政兒也該改姓嬴了，這對他的未來是至關重要的。」

姣娥只能服從丈夫的意見，從此趙政就叫嬴政了。成蟜姓嬴，那是毋庸置疑的。稍停片刻，姣娥試探著問：「你看政兒和蟜兒兩個孩子怎樣？」

「嘹咋哩！」

「什麼嘹咋哩？」

子楚不由得笑了起來，說：「這是我們秦國方言，就是好極了的意思。你到秦國，入鄉隨俗，還要學說好多秦國話哩！噢！你問政兒和蟜兒兩個孩子怎樣？一句話：我很喜歡。不過，政兒長相凶了些，長大一定是個厲害的角色；蟜兒長相像我，比較斯文。」

姣娥說：「在趙國，我只能教他倆認些字；到了咸陽，恐怕得讓他倆多讀書。學業不可荒廢的。」

子楚說：「這個自然。宮中設有庠序（學校），專門供王家子弟讀書的。」

子楚和姣娥離散多年，一旦重逢，說了很多話，直到三更過後，才摟著抱著，朦朧進入夢鄉。夢中，姣娥覺得變成了一隻羽色鮮麗的鳳凰，展翅高飛，飛過高山，飛過大海，飛過綠油油的草地和紅艷艷的花叢，降落在一個祥雲千朵、霞光萬道的五彩繽紛的世界。

26

呂不韋考察都安堰歸來，重見當初的嬌妾，是何感想？他和她的兒子，姓呂？姓嬴？

太子妃趙姣娥到了咸陽，最重要的事情莫過於拜見公公秦王和婆婆王后。若不是這兩個人，子楚成不了太子，她也成不了太子妃。

其時正值國喪期間，活了七十四歲的秦昭王駕崩，和先他而死的唐王后合葬於芷陽（西安臨潼西），全國爲之守喪。安國君嬴柱名義上繼位秦王，但尙未舉行即位儀式，大概是爲了顯示孝心。古制，父母死，兒女守喪，長則三年，短則一月，還有一年，六個月的，沒有定數。自然，守喪時間越長，越能顯示兒女的孝心了。守喪期間，不能穿鮮麗的衣服，不能從事娛樂活動，嚴格者男女之間還不能同房。前兩個「不能」還可以制約，這第三個「不能」誰又制約得了呢？

就在姣娥抵達咸陽的次日，子楚領著她和政兒、蟜兒前往咸陽宮，拜見父王和母后。姣娥特意淡妝，青布衣裙，黑色霞帔，銀簪挽髻，髻上只插一朵白絲製作的小花。嬴政和成蟜也是素衣素履，平平常常的裝束。咸陽宮比東宮又宏大、雄偉得多，百門千戶，別有洞天。咸陽宮後面，有一座寢殿叫紫微殿，孝文王和王后華陽夫人就住在這裡。宮監通報：「太子駕到！」子楚、姣娥和兩個兒子魚貫跨進殿門。

孝文王和王后並排坐在繡榻上。繡榻相當於現代的沙發，平面，長體，後面有靠背，兩側有扶手，可坐可臥。子楚、姣娥走至繡榻跟前，雙雙跪地磕頭。子楚說：「兒臣拜見父王、母后！」姣娥說：「媳婦姣娥拜見父王、母后！」

孝文王和王后注視姣娥，但見她雲鬢半捲，星眼微揚，輕脂淡粉，素衣素裙，唯有的飾物是一枝銀簪和一朵小花，簡約中流露出幾分雅麗，幾分端莊，不禁大喜，說：「不必多禮，快起來！快起來！」

姣娥說：「謝父王、母后！」起身，招呼嬴政和成蟜，說：「快來拜見爺爺和奶奶！」

嬴政和成蟜跪地磕頭，說：「拜見爺爺、奶奶！」

孝文王哈哈大笑，說：「啊！我的兩個孫子都這麼大啦！」

王后說：「大孫子叫政，二孫子叫什麼來著？」

子楚說：「回稟母后，二孫子叫成蟜！」

孝文王說：「一個叫政，一個叫成蟜，好！好！」

王后起身，將兩個孫子拉到自己身邊，問道：「幾歲啦？」

嬴政粗聲粗氣地回答：「十歲！」成蟜細聲細氣地回答：「七歲！」

孝文王繼續大笑，說：「聽他兩個答話，老大像豺虎，老二像綿羊！」

王后、子楚、姣娥跟著大笑起來。

孝文王和王后又問了姣娥家中的一些情況，姣娥一一作了回答。當姣娥說到爹娘被害的情景時，王后眼角有些濕潤，說：「眞可憐！」

這時，孝文王大聲咳嗽起來。王后說：「回房歇歇吧！快吃藥了！」

子楚和姣娥見狀，連忙告辭說：「請父王保重龍體！」王后說：「慢著！」轉臉吩咐宮女，說：「將我梳妝台上的那個匣子拿來！」宮女取來匣子，紅色，鑲金，繪有蟬紋、雲紋圖案。王后命將匣子遞給姣娥，說「匣裡有一個步瑤（一種黃金頭飾），兩隻玉珥（耳環），是送給你的；另有兩塊玉佩，是送給政孫孫和成蟜孫孫的。就算你父王和我送的見面禮吧！」

姣娥和嬴政、成蟜又跪地磕頭，說：「謝父王、母后！」「謝謝爺爺、奶奶！」起身和子楚一起辭去。

子楚和姣娥離開紫微殿，走進偏東的一個院落。院落裡有許多小殿，豪華、奢麗沒法跟紫微殿相比，卻也整潔寧靜。子楚的生母夏姬住在其中的一座小殿裡，姣娥作爲媳婦，自然也要拜見這個婆婆。子楚進殿便喊：「娘！你看誰來了？」夏姬尚未反應過來，姣娥已經跪地磕頭說：「媳婦拜見婆婆！」同時命嬴政、成蟜跪地說：「快給奶奶磕頭！」

嬴政、成蟜心想，剛才一個奶奶，現在又是一個奶奶，哪來的這麼多奶奶？一邊想著，一邊跪地磕頭，說：「給奶奶磕頭！」

夏姬聽兒子說過姣娥和嬴政，以及姣娥懷孕逃離邯鄲的事。顯然，跪在地上的就是自己的兒媳和兩個孫子了。她慌忙讓姣娥和孫子起來，一個一個地打量著，瞇眼微笑，讚許地說：「好！好！」繼而問子楚道：「那邊去過了？」

「那邊」指紫微殿。夏姬因爲不受孝文王的寵愛，對「那邊」一直是敬而遠之的。

子楚答道：「去過了！」

夏姬點頭，臉上流露出些許憂傷和酸楚。姣娥能體會出婆婆的心理：自己親生的兒子，卻成了別人的嫡子，反賓為主，世上哪有這個道理？

夏姬強作笑顏，捧出好多核桃來，讓兩個孫子吃。成蟜拿著核桃，不知道怎麼個吃法。嬴政有的是辦法，將核桃放在地上，一抬腳，猛地一踩，「咯崩」一聲，硬殼裂開，稜稜角角，褐黃色的核桃仁便露了出來。成蟜學哥哥的樣子，也踩核桃，核桃卻「咕嚕嚕」地滾了老遠。嬴政狠狠地瞪了成蟜一眼說：「眞沒用！」「咯崩」一聲又踩裂一個，取出核桃仁遞給成蟜。

子楚和姣娥陪夏姬說了一會兒話，辭別回東宮。院落裡還住著孝文王的其他姬妾。她們嫉妒子楚超出她們的兒子，成了太子，心甚不平，站在各自的殿門口，拖著長腔說：「哎喲！太子殿下！帶了太子妃來看望娘呀？太子的親娘不是在紫微殿嗎？幹麼到這裡來？」

子楚沒有理會她們，領著姣娥和兒子，快步出了咸陽宮。路上，姣娥覺得好笑：自己有兩個丈夫，又有兩個婆婆；眼前的丈夫有兩個兒子，一個卻不是親的；有兩個娘，也有一個不是親的。嗨！這是哪兒跟哪兒呀！

子楚和姣娥回到東宮，剛剛坐定，宮監通報說：「客卿呂不韋從蜀地回來，求見太子殿下！」

子楚非常高興，忙說：「快請！快請！」姣娥聽到這個名字，感到渾身不自在，急欲迴避。子楚按住她，說：「又不是外人，迴避什麼呀？」

呂不韋大步跨進殿門，一眼瞧見姣娥，頓時怔住了，進也不是，退也不是。子楚笑著招呼，說：「呂公回來了？你看，姣娥母子也從趙國回來啦！」

呂不韋趕忙抱拳施禮，說：「太子妃一路辛苦！」

姣娥不得不還禮，說：「還好！」

呂不韋注視姣娥，姣娥注視呂不韋，好像有話說，又好像沒有話說。呂不韋轉移目光，急切地問道：「孩子呢？趙政呢？」

子楚說：「不光趙政，還有個成蟜哪！對了！趙政回來，我已讓他改姓嬴了！」他樂呵呵地叫來兩個兒子，說：「這是呂伯，快向呂伯請安！」

嬴政和成蟜點點頭，彎彎腰，說：「向呂伯請安！」

呂不韋情不自禁地伸手撫摸趙政，不！現在叫嬴政了！他撫摸嬴政的頭髮，打量嬴政的臉龐，心裡說：「兒子！你可是我的兒子啊！」

宮女端上茶來。子楚請呂不韋坐下飲茶說話。姣娥說：「你們說話，我帶兩個孩子到外面走走！」說罷，朝呂不韋點點頭，領了嬴政和成蟜走出殿門。呂不韋心想，她這是迴避我呢！

殿裡只剩子楚和呂不韋二人。子楚問：「呂公這次巡察蜀地，有何收穫？」

呂不韋回答說：「收穫可大啦！蜀地土地平坦肥沃，物產富饒，素有『天府之國』的美譽。原先，那裡有巴、蜀兩個小國，互相攻伐不斷。秦惠文王派張儀、司馬錯攻滅巴、蜀，其地盡歸秦國所有。此舉實在英明，使秦國不僅據有關中的有利地形，而且又擅蜀地之饒，對於促進秦國政治、經濟的發展，具有無法估量的重大意義。然而蜀地經常發生旱澇災害，給當地百姓生活帶來了極大的苦難。先王昭王五十一年（西元前二五六年），任命李冰爲蜀守。李冰不辭勞苦，跋山涉水，帶領百姓整治岷江，修建都安堰（宋代以後稱都江堰），變害爲利，徹底解決了問題。太子殿下知道都安堰嗎？」

子楚搖頭，說：「不知道！」

呂不韋接著說：「那可是一項偉大的水利工程，了不起啊！都安堰因建在都安（四川灌縣西北）附近，故名。主要工程包括分魚嘴、寶瓶口和飛沙堰三部分。分魚嘴是在岷江中游的天然灘脊上，修建一個形似魚嘴的建築物，以竹籠裝滿卵石，編砌分水堤埂，無壩自流引水，把岷江水一分爲二，使之分別流入內江和外江。寶瓶口是在內江流水處，開鑿玉壘山，形成一條人工河道，具有天然節制閘作用，鑿渠以灌農田。飛沙堰實際上是一道人工溢洪堰，建在內江進入寶瓶口的急轉彎處，內江洪水越大，沖在山腳陡岸上所產生的回流越強，被回流托起的泥沙便會奇跡般地從飛沙堰上拋出去，進入外江，妙極啦！」

子楚像聽天書似的，聽了關於都安堰的介紹，說：「都安堰到底有多大作用呢？」

呂不韋說：「都安堰位址選擇優越，工程布設合理，維護簡便易行，綜合反映了秦國水利勘測、規劃、設計、施工以及水利理論方面的成就。不僅免除了蜀地水患之苦，而且可以灌溉農田三百萬畝，兼有航運之便，百姓享其利，國家受其益。蜀地豐饒，秦國豐饒。太子殿下志在統一四海，都安堰功不可沒！」

說罷都安堰，子楚忽然轉變話題，悄聲說：「父王近來身體一直不好，不會出什麼事吧！」

呂不韋知道，孝文王長期沉湎於酒色，僅姬妾就有十好幾個，精、氣、神都快淘空了，身體怎麼能好？呂不韋沒有正面回答子楚，只是說：「一切要從長計議，及早計議！」於是告辭。走至殿門口，又站住問子楚道：「樊於期和霍達生原是我的保鏢，他二人隨太子妃回來，是不是……」

子楚回答說：「噢！忘記告訴呂公了！他二人保護太子妃母子有功，我準備奏請父王，封他們個一官半職，以爲朝廷效力。還有，樊於期和碧雲、霍達生和艷雪，已經結爲夫妻了，太子妃做的主。」

呂不韋說：「很好！請太子殿下轉告太子妃，我就不向她辭別了，望恕罪！」說完，拱了拱手自去，出東宮，回呂府。

27

秦孝文王即位三日後就中毒死了，嬴異人繼位，趙姣娥成爲王后，鳳冠玉印，百官跪拜，好不風光！

呂不韋在咸陽的府第爲孝文王爲太子時所賜，位於城北，瀕臨渭河。府第佔地十畝，大廳、廂房、車柵、馬廄布局有序，道路、長廊、苗圃、草地整整齊齊。呂不韋入住以後，在院裡栽了很多樹木，並新建一個花園，綠樹環抱，翠竹生煙，奇花異草，曲徑通幽。花園裡有個八角彩亭，朱柱金欄，錦繡坐榻。呂不韋閒暇無聊時，總愛獨自到彩亭裡，倚欄憑几，觀賞浩浩蕩蕩的渭河水，思考錯綜複雜的大小事。這一天，他從東宮回來，心緒不寧，便又端了一壺茶，來到彩亭，半躺到坐榻上，貌似閉目養神，實則思潮洶湧，思索著很多很多的事情。

他捨棄家業，捨棄愛妾，到秦國來已近七年，雖然官任客卿，其實有職無權。總觀天下大勢，巧謀並行，詐術遞用，兵禍連接，民不聊生，長時間的分裂，無休止的戰爭，應該結束了，天下應該歸於統一了。人心思定，天下一統，這是歷史發展的大趨勢，誰也阻擋不了的。那麼，戰國七雄中，由誰來統一呢?秦國，只能是秦國!秦國是最早確立封建制的國家，經濟實力雄厚，軍事力量強大，且有廣闊的胸襟，能夠招攬和重用各國來投的人才。這些，都是其他六國所無法比擬的。已故昭王雄才大略，爲秦國爭得了天下龍首的地位。可惜現任秦王相當平庸，缺少雄心大志，恐難創造輝煌的業績。即使子楚將來繼位，也是軟蛋一個，並非雄主。如此說來，統一天下的重任到底會落在誰的身上呢？嬴政！對！一定是嬴政！他是子楚的長子，子楚繼承王位，肯定立他爲太子，到時候由自己這個實際上的爹全力輔佐，還怕大功不成嗎？

想到嬴政，呂不韋心中隱隱有些酸苦。他是自己的兒子卻姓了嬴，他娘是自己的妾卻成了太子妃。不過話又說回來，這一切不都是自己精心設計和安排的嗎？怪得了誰呢？商人慣用的一句話叫「一本萬利」，爲了「萬利」，自己的「一本」也攤得夠大的啦！但願太子妃——我的姣娥，能夠體諒和理解我的用心，千萬可不要站在我的對立面喲！

孝文王在位的那一年，是極爲平淡，極爲安靜的一年。孝文王除了吃藥治病以外，只做了「褒厚親戚」和擴建苑囿兩件事，其他便毫無作爲。到了秋天，昭王駕崩周年，少不了一番祭奠。進了十月，又是新的一年。孝文王覺得自己對昭王已經盡到了孝心，決定除喪。除喪又叫除服，即脫掉喪服，一切照常，去做該做的事了。孝文王該做的頭等大事，當然是舉行即位大典，只有舉行了即位大典，他才算是名副其實的秦王呢！

國王即位大典是古時諸多禮儀中最盛大、最隆重的禮儀，那種奢華的排場，那種繁縟的禮節，自古相因，不必細說。孝文王即位，坐上國王的寶座，時年五十三歲，心裡樂滋滋的，可是病卻不見好轉，反而加重了。整個咸陽宮、東宮和各官署的人忙得團團轉，問病的，送藥的，請太醫送太醫的，出出進進，絡繹不絕。第三天，孝文王稍微有些精神，特意在咸陽宮舉行酒宴，招待文武百官。百官高呼萬歲，孝文王喜氣洋洋，飲了幾杯酒，吃了幾片肉，盡歡而散。他回到紫微殿，蒙頭便睡。誰知這一睡就再也沒有起來。天明時，宮中傳出話來說：「秦王夜間駕崩了！」不久又傳出話來說：「太醫鑒定，秦王是中毒身亡！」頓時，咸陽城的官民都驚呆了。消息傳到各地，全國的官民也都驚呆了。所有的人不約而同地議論著一個話題：剛剛即位三日的國王，怎麼突然就死了呢？中毒身亡，那麼這毒又是誰下的呢？

各種傳言不脛而走。有人說，這是呂不韋用重金賄賂秦王的左右，置毒於酒中，毒死了秦王。因爲呂不韋急於扶立子楚爲秦王，位子不騰開，別人怎麼坐下吃涼粉？有人說，這是秦王的姬妾下的毒，她們出於忌妒，痛恨秦王獨寵華陽夫人一人，還立下不該立的子楚爲太子，不僅她們本人獨守空房，寂寞冷落，而且兒子也遭疏遠，前程暗淡。還有人說，這毒是王后華陽夫人下的，她因秦王常年病病歪歪，床上功夫差勁，所以有了外遇，不料私情敗露，秦王發狠要貶她入冷宮，她便先發制人，毒死秦王……

每個傳言都說得有板有眼，神氣活現。然而，傳言畢竟是傳言，每個人都是在根據自己的想像，去臆測，去編造，去誇張，去傳播，捕風捉影，摻著水分，難以憑信。問題在於孝文王死了，死得突然，死得蹊蹺，張三李四王二麻子，都可能是下毒的凶手，又都可能不是，沒有眞憑實據，你能追究哪個人的罪責？所以這只能是一件無頭案，也算秦國歷史上的一個謎團哩！

家不可一日無主，國不可一日無君。相國蔡澤召集群臣計議，眾口一詞，擁戴太子子楚嗣位。於是，子楚當了秦王，是爲莊襄王。莊襄王可不像孝文王那樣有孝心，只守喪一月，便除喪舉行即位大典，奉華陽夫人爲太后，生母夏姬爲夏太后，立趙姣娥爲王后，嬴政爲太子。

此前，在立誰爲太子這個重大問題上，子楚、姣娥、呂不韋之間曾有過不同的意見。姣娥曾問子楚道：「太子即位，打算立誰爲太子呢？」

子楚不假思索地說：「根據嫡長子繼承制，當然是政兒！」

姣娥說：「臣妾以爲倒是蟜兒更合適呢！」

子楚說：「政兒長相不如蟜兒，蟜兒能力卻不如政兒。堂堂國王，當以德才爲重，不可以貌取捨。」

姣娥說：「一國之王，仁厚是最重要的品質。臣妾擔心政兒凶狠有餘，仁厚不足。」

子楚說：「如今正値亂世，相比而言，凶狠比仁厚更具威懾力！只可惜我這個人過於仁厚，想凶狠也凶狠不了。凶狠往往是強悍的表現，而仁厚的背後大多是懦弱。」

姣娥眞想告訴子楚，我主張立仁厚的蟜兒爲太子，是想讓秦國的江山長久姓嬴啊！凶狠的政兒若當了國王，秦國的江山可就姓了呂啦！然而，這隱情、這眞相是說不得的，只能永遠埋在心底，讓它死去，讓它爛掉！

第二天，子楚將姣娥的意思跟呂不韋說了。呂不韋一甩衣袖，說：「婦人之見！婦人之仁！長子不立立幼子，導致國家大亂的事例還少嗎！」呂不韋從這時起，知道蛟娥和他並不是一種思想一條心，在呂氏和嬴氏這塊翹翹板上，她怕是更多地偏向於嬴氏了！

當然，姣娥是左右不了國事的。她雖然有立成蟜爲太子的想法，卻不能實現，嬴政還是成了太子。接下來就是相國這個至關重要的職位了。相國一作相邦，一作丞相，始創於秦武王三年（西元前三〇八年）。它是封建官僚組織中的最高官職，掌承天子，助理萬機，爲百官之長，一切國政皆歸其管轄，職權無所不統，無所不包，金印紫綬，秩祿萬石，眞可謂一人之下，萬人之上。蔡澤深知新即位的秦王和呂不韋的那種特殊關係，很是識趣，托病辭了相位。莊襄王求之不得，立即拜呂不韋爲相國，封文信侯，食河南洛陽十萬戶。從客卿到相國，呂不韋施展政治抱負的機會終於到了！

立王后，立太子，也是要舉行冊立儀式的，通稱冊立典禮。這一天，咸陽宮和東宮內外，花團錦簇，張燈結綵。道路打掃乾淨，鋪上新鮮的黃沙。樹木修剪整齊，澆過清水。到處插著五彩旗幟，擺著盛開的菊花。旗色與花色相映，呈現出紅火熱烈的氣氛。冊后典禮在咸陽宮正殿舉行。莊襄王冕冠袞服，滿心喜悅，滿臉紅光，高坐於御案後面的王座上。御案前面兩側，文武百官穿戴嶄新的衣冠，懸綬佩玉，肅然端立。禮儀官宣布冊后典禮開始，太樂官指揮，奏起雅樂，眾多的打擊、弦、管樂器一起響了起來，時而熱烈歡快，時而舒緩悠揚，美妙的樂曲將人帶進了一種忘情的境界。新任相國呂不韋朗聲宣讀冊后詔書，大意是趙氏姣娥如何如何美貌，如何如何賢淑，並生了兩個王子，堪作王嗣，根據乾坤之理，關睢之義，特立爲后云云。這時，雅樂更加響亮，御案一側的幃幔拉開，從裡面娉娉婷婷走出一個人來。此人正是趙姣娥，但見她頭戴鳳冠，珠玉閃閃，身披霞帔，色彩鮮艷，臉紅眉俏，容顏煥發，笑眼笑靨，光彩照人。莊襄王笑著站起來，拉她和自己並排而坐，並將一枚王后玉印遞到她的手裡。禮儀官高喊：「百官朝賀王后！」於是，呂不韋帶頭，文武大臣齊刷刷地跪地叩頭，高呼：「吾王萬歲！王后千歲！」

此時此刻的趙姣娥是多麼激動和興奮啊！她，一個趙國女子，曾是艷香院的妓女，大商人的小妾，還在坎兒寨躲藏六年，過著與世隔絕的生活。忽然，她到了秦國，成了太子妃；又忽然，她進了咸陽宮，成了王后。百官下跪，群臣朝拜，還呼自己「千歲」！這一切，簡直不敢想像，不可思議啊！她不禁想起呂不韋曾經對她說過的一段話：「喃！你終生隨我，充其量不過是個商人之婦，有錢花，有衣穿，卻不能出人頭地。嬴異人是秦國的王孫，日後肯定能當秦王，你嫁他得寵，就是王后。假若你生個男孩，便是太子。太子繼位，我和你就是秦王的父母。那時就會有享不盡的榮華，受不盡的富貴，豈不美哉！」這話是在邯鄲呂氏貨棧她正懷著嬴政期間說的，她至今記憶猶新。當時，她還以爲這是謊話、癡話、瘋話呢，沒料到謊話、癡話、瘋話卻變成了眞的。呂不韋啊呂不韋！你好厲害！十一年前你就將我的命運安排了，而且事事都在按照你的安排進行，按部就班，不差分毫，眞神透了！

姣娥俯看跪拜的文臣武將，心裡有一種難以表述的愜意和滿足。冊后典禮以後，她和莊襄王就移居咸陽宮裡的紫微殿。那是普天下最豪華、最奢麗的宮殿，除了國王和王后，誰有資格住在這裡？華陽太后和夏太后移居別宮，當然，莊襄王給予兩位太后的待遇，不折不扣，儘量優厚。

冊立太子的典禮比較簡單。典禮結束，東宮便成了嬴政的天下。這個在邯鄲出生，在坎兒寨長大的頑皮兒，開始對衣來伸手，飯來張口，這人跪那人拜的生活很不習慣，漸漸地，也就習慣了，坦然了。他終於懂得國王是天子，太子是未來的國王，未來的天子，天生高高在上，尊寵無比。宮監宮女、文武百官和黎民百姓算什麼？天生是供天子奴役和驅使的。高低上下，主奴尊卑，天使之然，命使之然，根本用不著大驚小怪，順從天命就是了。

28

呂不韋封侯拜相，棄商從政的目的初步達到，滅東周，攻魏國。魏將朱亥入秦，震服猛虎。

莊襄王即位，呂不韋拜相，整飭朝綱，任免官員，嚴明軍紀，萬象更新。樊於期和霍達生被破格提拔為衛尉丞，隸屬於衛尉署，成為虞詡的部下，掌管宮門屯衛，秩祿千石。碧雲和艷雪歡喜不盡，從心底感激她倆侍候過的夫人，如今的趙王后。她倆隨著丈夫，住進咸陽城裡的新家，每隔半個月二十天的，總要到紫微殿拜謁王后，向王后請安，陪王后說笑，很是親熱。

秦國一年多時間裡連喪二主，其他諸侯國暗暗高興。因為秦國國內多事，無暇外顧，他們便可安安穩穩喘氣和享樂了。秦昭王攻滅西周，東周殘存。東周公被降為東周君，佔有鞏地很小一塊地方。此人自不量力，打出姬周的旗號，派遣賓客前往各國遊說，主張合縱伐秦。呂不韋接到報告，「嘿嘿」一笑，說：「我正想睡覺，他就送來枕頭，這下子師出有名了！」立即進宮見莊襄王，說：「西周已滅，東周殘存，東周君竟以姬周的後裔蠱惑天下，不如將其滅盡，以絕人望。」

莊襄王說：「當初，寡人和相國有約：寡人若得了榮華富貴，誓與相國共享。現在你是相國，軍政大事全權處理，只須告訴寡人一聲就是了。」

呂不韋得了此話，遂自任統帥，率兵十萬，向鞏地進發。東周君嚇得屁滾尿流，未經一戰，就跪地投降，獻出地盤，僅七座城邑而已。呂不韋此次出兵，時間只有半個月，未動一刀一槍，就將東周君縛歸咸陽。莊襄王親自出城迎接，盛讚呂不韋用兵神勇，舉世無雙。

呂不韋視輔佐秦王，攻滅六國，統一天下爲己任，派遣大將蒙驁攻襲韓國，攻拔了成皋（河南滎陽汜水鎮）和滎陽（河南滎陽），設置三川郡，使秦國的東部疆界和魏國相接，距離魏都大梁已經很近了。

莊襄王缺乏政治遠見，念念不忘私仇，說：「寡人以前質於趙國，幾次險被趙王殺害，此仇不可不報！」呂不韋遵旨，命蒙驁掉轉攻擊方向，向北進軍。一舉攻克趙國榆次（山西榆次）等三十七座城邑，並在那裡設置了太原郡。蒙驁再揮師向東南，進攻魏國的高都（山西晉城），久攻不克。呂不韋復派老將王齕率兵五萬，前往助戰。魏軍屢戰屢敗，魏國的形勢立刻嚴峻起來了。

魏安釐王焦急萬分，如坐針氈。寵妃如姬卻很鎮靜，說：「秦國之所以猛攻魏國，是欺我魏國無人；爲何我魏國無人，是因爲信陵君不在的緣故。信陵君賢明忠勇，名聞天下，深得各諸侯國信任。大王若能卑詞厚賞，將他從趙國請回來，使其合縱列國，並力抗秦，那麼秦國又何敢輕視我魏國呢？」

安釐王因弟弟信陵君竊符救趙，一直耿耿於懷，不許他回歸魏國。這時候已是山窮水盡，無計可施，只好聽從如姬的建議，派宮監顏恩爲使者，捧著相國的大印，並攜帶黃金萬兩，前往邯鄲迎請信陵君歸國。他擔心弟弟懷記前恨，特修書一封，略云：

公子當初不忍趙國之危，捨身相救，今日難道能忍魏國之危，袖手旁觀嗎？魏國正處於危急關頭，寡人乃至全國百姓無不引頸而望，以待公子歸來。寡人有錯，務請公子寬宏大量，不要計較。切切！！

信陵君魏無忌寄居趙國，門客眾多，消息靈通。他提前得知顏恩前來邯鄲，恨恨地說：「魏王不念君臣之義，手足之情，棄我於趙國這麼多年！現在火燒眉毛才想起我來，請我歸國，豈能由他？」因此耍了一個絕招，懸竹簡於館邸門前，上寫一句話：「有敢爲魏王通使者，死！」

顏恩一路辛苦，趕到邯鄲，半個月內沒見到信陵君的面。他請門客予以通報，門客指著高懸的竹簡，說；「你沒看見這上面所寫嗎？有敢爲魏王通使者，死！誰敢爲你通報找死呀！去去！路邊等著，或許信陵君外出，你在半路上截住他，當面跟他說！」

魏無忌猜想顏恩會在外面等他，故意迴避，竟不出門，只在館邸裡睡覺、讀書。大梁方面，天天派人來催。顏恩急得直跺腳，一籌莫展。

這一天，恰好賣茶的毛公和賣漿的薛公來訪魏無忌。顏恩像見了救星似的，流著淚懇請二公幫忙，務勸信陵君回心轉意，回歸魏國，不然魏國就要滅亡了。二公爽快，滿口答應。顏恩打躬作揖，連聲說：「全仗！全仗！」

毛公、薛公入見魏無忌，大聲說：「聽說公子車駕將回魏國，我二人特來相送！」

魏無忌說：「哪有此事？」

「秦國正在猛攻魏國，公子沒有聽說？」

「聽說是聽說了，但我離開魏國已近十年，早成了趙國人，不敢再過問魏國的事了。」

毛公和薛公勃然變色，說；「公子怎能說這種話？人人有國，人人有家，公子怎麼說也是魏國人，還是魏王的弟弟。現在秦國猛攻魏國，公子坐視不理，一旦大梁淪陷，秦軍必毀魏國宗廟。公子縱然不念其家，難道也不念列祖列宗嗎？到那時候，公子又有何面目寄居於趙國呢？」

魏無忌聽到這裡，面紅耳赤，額上冒汗，蹴然而起，說：「二位先生責備無忌，甚是甚是！無忌險些成爲魏國的罪人了！」

毛公、薛公辭去。魏無忌立刻前往王宮，告訴趙孝成王，說明要回魏國。孝成王捨不得這位功臣離開，難過地說：「自平原君死了以後，寡人倚重公子如長城。公子離去，我趙國的江山社稷可怎麼辦啊？」

魏無忌說：「無忌不忍先王宗廟毀於一旦，不得不歸！託大王之福，倘若魏國不亡，無忌和大王自有相見之日。」

孝成王沉思片刻，誠懇地說：「公子當年竊符救趙，使趙國免遭劫難。今日魏國危急，趙國豈能不管？是不是這樣：寡人任命公子爲上將軍，另以將軍龐煖爲副，統兵十萬，抗秦救魏，如何？」

孝成王如此慷慨，使魏無忌大受感動。他拜別孝成王，會合龐煖，統領十萬趙軍，晝夜兼程，救援魏國。同時分遣賓客，致書於各國，說明利害，請求發兵合縱抗秦。燕、韓、楚三國，素重魏無忌人品，答應請求，分別派遣大將蔣渠、公孫嬰、景陽領兵赴魏，悉由魏無忌節制，統一指揮。顏恩盡知情由，急忙回國報信。安釐王像是餓時得食，火中得水，喜不可言，立命大將衛慶統領全國兵馬，接應魏無忌。於是，秦國和魏、趙、燕、韓、楚五國聯軍在河外（今陝西華陰以東、河南鄭州以西沿黃河一線）地區展開了一場大戰。唯有東方的齊國按兵不動，隔岸觀火。

這場大戰，秦國敗了，而且敗得很慘。敗因有二：一是戰線拉得太長，分散了兵力。王齕駐軍於華州（陝西華縣），蒙驁用兵於郟州（河南郟縣），前方和後方脫節，首尾不能相應；二是魏無忌足智多謀，以巧取勝。他一面命魏、楚軍隊虛插信陵君旗號，在郟州和蒙驁對峙，一面親率趙、燕、韓軍隊潛進到華山一帶，出奇兵劫掠渭河船隻，切斷了秦軍的糧草供應線，王齕、蒙驁幾戰皆敗，死傷五六萬人，被迫收縮戰線，扼守函谷關，阻止五國聯軍西進。魏無忌在關外紮下五個大營，耀武揚威。秦軍堅守，不敢出戰，一個多月後，五國聯軍方才退去。

魏無忌再度成爲英雄，凱旋大梁。安釐王好不歡喜，出城三十里迎接，感激弟弟於危難之中力挽狂瀾，拯救了魏國。繼而論功行賞，拜魏無忌爲上相，朝中大小政事，皆由上相決斷。並赦朱亥當初擅殺晉鄙之罪，擢爲偏將。頓時，魏無忌名震天下，好不了得！

王齕、蒙驁損兵折將，灰溜溜地回到咸陽。莊襄王和呂相國並未怪罪，反加撫慰。原相國蔡澤爲了表現自己，獻了一計，說：「這次五國合縱敗秦，信陵君魏無忌起了決定性的作用。大王不妨致書於魏王，表示修好之意，且請魏無忌來秦國商約，待他一入函谷關，便殺了他，永絕後患，豈不美哉！」

莊襄王說：「行！那就請呂相國辦理好了！」

魏安釐王讀了秦莊襄王來書，將信將疑。詢問君臣，眾人都不同意魏無忌赴秦，說：「秦國歷來言而無信，魏無忌赴秦，必遭殺害，萬萬不可。」魏無忌也不願冒險，建議由朱亥爲使者，前往秦國看個究竟，相機行事。

朱亥到了咸陽，進獻一對玉璧，說是魏王贈給秦王的禮物。莊襄王見魏無忌沒來，勃然大怒，拒收玉璧。蒙驁悄悄奏告莊襄王說：「信陵君竊符救趙時，就是這個朱亥，錘擊晉鄙，他是有名的勇士，可使留於秦國，爲大王效力。」莊襄王點頭，欲封朱亥官職。孰料朱亥頗有骨氣，堅辭不受。莊襄王越發惱怒，大喊道：「來人！將朱亥丟入虎圈！他不是勇士嗎？寡人倒要看看，他和猛虎相搏，哪個更勇？」

秦國咸陽置有虎圈，那是爲娛樂競技用的，人與虎在圈中相搏，稱爲「鬥獸」。鬥獸非常殘酷，人若勝獸，倒還罷了；獸若勝人，人多遍體鱗傷，甚至成了獸的美餐。朱亥被丟入虎圈，圈中那隻斑斕大虎，發一聲咆哮，「呼」地猛撲上來，要置朱亥於死地。朱亥閃身躲過，大虎掉轉身子，齜牙咧嘴，又要騰撲。但聽得朱亥大喝一聲，恰似雷鳴：「畜生何敢無禮！」眼睛瞪圓，好比兩個血盞，目眥盡裂，鮮血迸射，濺滿虎身。那虎何曾見過這種情景？嚇得虎威盡失，蹲伏在地，身顫股慄，不敢動彈。

莊襄王親臨虎圈，目睹了朱亥震服猛虎的情景，驚愕萬分，感嘆道：「啊！簡直是烏獲、任鄙轉世啊！」烏獲、任鄙二人是秦武王時候的大力士，膀大腰圓，力能扛鼎，因此都當了大官。秦國人崇武尚勇，崇敬二人是英雄好漢。所以秦昭王在修建渭橋時，特用兩塊一丈多高的巨石鑿成烏獲、任鄙的形象，矗立在橋北兩側，供人瞻仰。莊襄王見朱亥如此驃勇，越欲迫他降秦。朱亥執意不從，莊襄王命將其軟禁於驛舍，斷水斷食，餓他三天三夜。朱亥仰天嘆道：「我受信陵君知遇之恩，死不負他！」嘆罷，一頭撞向房柱，「喀嚓」一聲，房柱折斷，房瓦震落，但見他頭破血流，卻沒有死，繼而用雙手緊緊掐住喉嚨，直至氣絕身亡。

朱亥死了，魏無忌健在。莊襄王詢問眾臣除去魏無忌的辦法，呂不韋眉頭一皺，想出一條妙計來。

29

呂不韋巧施離間計，魏無忌丟了兵權。嬴異人和趙姣娥恣意享受，補償失去的青春歡樂。

莊襄王詢問除去魏無忌的辦法，呂不韋說：「魏無忌竊符救趙，得罪了魏王。合縱敗秦，救魏建功，又有震主之嫌。現在不妨派出奸細，攜帶重金，賄賂魏王左右，散布流言蜚語，就說『各國諸侯仰慕魏無忌，皆欲奉他爲魏王，魏無忌也心存不軌，不日將行篡逆之事』，魏王聽了，必生疑忌，罷其相位，削其兵權。這樣，他魏無忌縱有天大的本事，也無能爲力了。」

莊襄王拍手叫好，說道：「好一條離間計！這下子就有熱鬧看啦！對了！魏王的太子魏增質於咸陽，寡人以爲不如殺了他，以洩河外兵敗之恨！」

呂不韋搖頭，說：「殺了一個太子，他會再立一個太子，於魏無損。臣以爲不如利用魏增實行反間計，事半功倍。」

莊襄王說：「相國高明！相國全權處置就是了！」

呂不韋不動聲色，巧加運作。他密派一個能說會道的門客去交結魏增，故作神秘地告訴魏增說：「信陵君如今位尊權重，天下但知有信陵君，不知有魏王了。我們秦國亦畏信陵君之威，準備奉他爲魏王呢！」

魏增說：「此話當眞？」

門客說：「這是我親耳聽呂相國說的，豈能有假？信陵君若當了魏王，必讓秦國殺害太子，以絕民望，篡逆之人都是這麼幹的。」

魏增受此驚嚇，淚流滿面，說：「這如何是好？這如何是好？」

門客裝出關心的樣子，說：「秦國正要和魏國講和，太子不妨致書魏王，讓他請求太子歸國，不就解了？」

魏增說：「秦國會放我嗎？」

門客說：「那就要看太子的態度了。秦國欲奉信陵君為魏王，也是迫不得已的事情。太子只要表示回魏國後，堅決和秦國友好，我想秦國會放太子的。」

魏增感激門客指點迷津，立刻密書一封致父王，書中詳述各國諸侯心向信陵君，秦國也想奉信陵君為魏王，並簡述自己求歸之意。

呂不韋對魏增的舉動瞭如指掌，代替莊襄王修書二封：一封致魏王報朱亥之喪，托言病死；一封致信陵君，並附黃金萬兩。

呂不韋派出的奸細早已到了大梁城。三五天後，全城沸沸揚揚，都傳言信陵君將行篡逆之事。安釐王且驚且疑，恰好接到魏增的密書，愈驚愈疑。秦國使者接踵而至，遞呈國書，安釐王與之交談，使者所言，句句不離信陵君，都是敬慕之語。使者還說，秦王另有一書致信陵君，且附黃金萬兩。安釐王完全懵了，不明白到底是怎麼一回事。

秦國使者故意招搖，前往信陵君府中送信。信陵君心想，秦王和我一不沾親，二不帶故，為何致書贈金給我？其中必有計謀！他一再推辭，拒不接受書信和黃金。就在這時，安釐王親臨信陵君府中，不冷不熱地說：「聽說秦王致書王弟，書中必有情節，可不可以讓寡人看看？」

魏無忌說：「書信並未啓封，黃金亦未擅動，任王兄取覽，但憑裁處！」

安釐王當即啓封，看那書中寫道：

公子威名，播於天下，天下諸侯，莫不傾心於公子，指日當正面南位，爲諸侯領袖。但不知魏王讓位當在何日？寡人引頸望之！區區薄禮，預布賀忱，懇望公子笑納，至慚至愧！

安釐王臉色鐵青，將信扔給魏無忌，說；「你自己看吧！」魏無忌看信，心跳血湧，忙跪地辯白說：「秦國人歷來狡詐，此書目的在於離間我國君臣關係，大王不可不察！」

安釐王鼻子裡哼了一聲，甩手而去。幾日後，魏增從秦國回歸大梁，再三奏稱信陵君不可專任。魏無忌雖然問心無愧，但總覺得窩囊。從此托病不朝，將上相大印及兵符交還安釐王，終日大宴賓客，多變女色，自尋其樂，不久死去，有《魏公子兵法》二十一篇傳於後世。

離間計的實施非常成功，完全達到了預期的目的。莊襄王笑逐顏開，更加信服呂不韋，大事小事全都交由相國處理，自己則一頭扎進後宮，和趙王后及新納的姬妾尋歡作樂，過著神仙一般的生活。

莊襄王和趙王后都有這樣一種思想：過去的損失太多，如今要設法補償回來。莊襄王質於趙國，落拓困窘，受苦很多，還幾次險丢性命。趙王后藏身坎兒寨，一藏就是六年，遭人白眼，受人欺凌。從一定意義上說，他和她人生最美好的青春時代是灰暗的，苦澀的，沒有鮮麗的色彩，缺少足夠的甜蜜。現在，他是國王，她是王后，能不抓緊時機，盡情享受嗎？

莊襄王即位後，三個月內新納了三個姬妾，都是年輕貌美的女子。趙王后雖有醋意，卻也坦然。因爲歷朝歷代國王都是妃嬪姬妾成群的，莊襄王新納三個還算少的，何況，她已是王后，嬴政已是太子，成蟜已經長大，那三個姬妾即使生了王子，也不會威脅她和兩個兒子的地位，何必爭風吃醋，自尋煩惱？

莊襄王每日退朝，必在後宮大擺酒宴，和王后、姬妾一邊開懷暢飲，一邊觀賞樂舞。秦國的本土樂舞質樸無華，以粗獷、亢奮、激越見長。隨著文化的交流和融合，其他各國的樂舞藝人紛紛到了秦國，帶來了名目繁多、豐富多彩的新樂器、新樂曲和新舞蹈，使秦國的樂舞得到長足發展，總體水平大大提高，藝術風格更趨於多樣化。樂舞是秦國宮廷娛樂活動的重要內容之一，莊襄王和趙王后特別喜歡。美酒斟上來，佳肴擺上來，樂隊奏響樂曲，那樂器有筑、鐘、磬、鐸、鼓、鞴、琴、瑟、箏、笛、笙、竽、管、簫、塤等，或合奏，或獨奏，響亮悅耳；那樂曲有《壽禮樂》、《昭容樂》、《禮容樂》、《韶樂》等，美妙動人。和著樂曲的節奏，隨著樂曲的旋律，打扮得花枝招展的舞伎，款款而來，翩翩起舞，粉臉俏眼，玉臂纖手，豐胸細腰，修腿美臀，扭扭擺擺，旋轉跳躍，直看得人眼花撩亂，意搖神奪。

秦昭王時，秦國的苑囿已具相當的規模，都城咸陽周圍，特別在渭河南岸，修建了佔地遼闊、風景優美的上林苑，專供王家貴族馳馬射獵，遊山玩水。莊襄王和趙王后幾次遊覽驪山，那裡山清水秀，鳥語花香，且有驪山溫泉，遊覽後沐浴一番，實在是一種莫大的享受。他們還遊覽鴻固源頭的隚洲（西安大雁塔東南），那裡天然積水形成湖泊，綠岸彎曲，長洲臥波，碧水粼粼，草木萋萋，讓人流連忘返，心曠神怡。國王和王后外出遊覽，儀仗開道，侍從護衛，百官跟隨，那種風光，那種氣派，終生難以忘懷。

碧雲和艷雪時時進宮拜謁趙王后。一來，她們都是趙國人；二來，她們之間長期存在著主僕關係；三來，碧雲和艷雪之所以能有美滿的婚姻和家庭，都是趙王后促成的。因此，她們湊到一起，有說有笑，十分開心。這一天，她們談論秦國的方言和風俗，很是有趣。

碧雲說：「秦國人眞怪！常將爹叫『大』，叔母叫『娘』，還有什麼『愣娃』（言行魯莽的人），『二杆子』（莽撞冒失的人），『尖尻子』（好動坐不住的人），難聽死了！」

艷雪說：「可不？還將說話叫『諞』，說閒話叫『諞閒傳』。這會兒，我們正和王后『諞閒傳』呢！」

趙王后笑著說：「『諞』就『諞』吧！我最愛聽了！」

碧雲說：「這裡將吃飯叫『咥』，打架叫『打捶』，訓斥人叫『失噘人』，整治人叫『摺擲人』，麻煩叫『麻達』，疲踏叫『暮囊』，糟糕叫『馬眼』，東西弄壞或事情沒做好，叫『失塌咧』，眞有意思！」

艷雪說：「秦國人罵人也特別，罵人不正經叫『萬貨兒』，『騷情』。還有好，人家叫

『嘹』，『嘹咋哩』，『嘹得太』，就是好極了的意思。」

趙王后說：「我們大王就曾說過『嘹咋哩』，我當時還不明白它的意思呢！」

碧雲和艷雪說：「大王是秦國人，當然會說秦國話的。」

停了一會兒，碧雲又說：「秦國的習慣跟趙國就是不同，比方好多人家的房子，只蓋半邊，相當於一間房子的一半，稱作『廈房』。做麥餅，用鍋烙，又大又厚，鍋蓋似的，稱作『鍋盔』。」

艷雪說：「這裡人吃飯也怪，老大老大的碗，看起來就嚇人。明明有木杌，偏偏不坐，蹲在地上吃，稱作『圪蹴』，那樣好受嗎？不嫌腿麻嗎？」

趙王后說：「這叫一方水土養一方人，強求不得的，我們現在都成了秦國人了，八百里秦川的山水養育我們以及我們的兒孫，以後也會有這些風俗習慣，見怪不怪了！」

碧雲和艷雪說：「那倒是！」

趙王后突然想起一件事，說：「你二人結婚多年，也該有個孩子了吧！」

碧雲紅著臉，說：「託王后的福，我已懷孕兩個月了。」

艷雪訕訕地說：「我這個肚子不爭氣，還沒有動靜呢！」

趙王后說：「碧雲懷孕就好，艷雪也會懷上的。你二人侍候我和政兒、蟜兒那麼多年，老天爺會保佑你們的。」

碧雲和艷雪跪地請安，辭別王后，自回家去。幾個宮女向前，圍著趙王后，有的捶背，有的揉腿，有的進茶。趙王后半躺在繡榻上，眯著雙眼，似睡非睡，覺得非常「受火」（舒服）。

30

秦莊襄王在位三年又駕崩了，趙王后成了太后。她才三十二歲，孀居難耐啊！

太子嬴政在東宮裡也是自由自在，快樂萬分。所有的人都稱他為「太子殿下」，所有人都圍著他轉，並看他的眼色行事，即便他說雪花是黑的，木炭是白的，眾人也會點頭哈腰說：「對對對！是是是！」每當這時，他都會仰臥在繡榻上，雙腿蹺得老高，哈哈大笑，感到一種居高臨下、唯己獨尊的歡愉和滿足。

莊襄王和呂不韋對太子寄予厚望，專門任命兩位德高望重、博學多識的大臣，分任太子太傅和太子少傅，銀印青綬，住進東宮，負責輔導太子。太傅和少傅盡職盡責，按時講授關於天文、地理、歷史、政治、經濟、軍事、外交等方面的知識，並講授君王應該具有什麼樣的品質以及怎樣處事待人等等。嬴政原先認識不少字，頭腦也聰明，聽了就懂，懂了就會，不免使兩位老師大為驚奇。嬴政知道，遠古五帝以後有夏、商、周三代，在三代一百多個君王中，他最崇敬周武王姬發。姬發即位，和周公、姜尙一起，統率戰車三百乘，虎賁三千人，甲士四萬五千人，聯合各部落兵馬，攻伐商紂王，牧野（河南新鄉）一戰，將數十萬商軍打得落花流水，紂王自焚，商代滅亡，周代建國，姬發成了號令四海的天子。嬴政還知道春秋五霸，生於亂世，長於亂世，建功立業於亂世，雄霸一方，諸侯來朝，敢有不敬者，兵戎相見，強力制服，殺他個片甲不留！嬴政總結歷史，自有自己的結論：歷史是什麼？歷史就是用刀與劍、血與火說話，強者戰勝弱者，勝者爲王，敗者爲寇；勝者是英雄，敗者是孬種！此外不能說明任何問題。

古時王子學習的必修課是六藝，包括禮、樂、射、御、書、數六個方面。嬴政對於其中的「射」最感興趣，最愛鞭策快馬，射箭打獵。秦國的祖先幾經遷徙，遊牧在生活中佔有重要的位置。遊牧離不開馬，因此養馬愛馬成爲傳統。西周穆王時，造父善於養馬和御車，日行千里，因功被封於趙城（山西洪洞北）。西周孝王時，非子善於養馬，養馬的地點在汧渭之會（陝西寶雞一帶）。嬴政雖是呂氏血種，而在愛馬這一嗜好上，卻得嬴氏遺傳。他當太子時養了七匹名馬，各有一個形象動聽的名字，分別叫追風、白兔、躡景、奔電、飛翮、銅爵、神凫，匹匹高大健壯，俏麗神速。騎著心愛的駿馬，帶領悍勇的侍衛，到上林苑中射獵，是嬴政最歡喜最開心的時刻。他縱馬馳騁在終南山和九嵕山下，灃河兩岸，鴻固原畔，射麋鹿，射野豬，射飛鴻，射狡兔，忘乎所以，樂不可支。

嬴政還愛各種兵器，劍、矛、戈、戟、鉞、殳、弓、弩、刀等，尤其愛劍。他的寢室裡，掛有很多製作精良、形狀各異的長劍和短劍，隨身常佩一柄秦式短劍。戰國末期，秦國的冶煉水平極高，咸陽城裡闢有規模巨大、工匠雲集的鑄鐵和冶銅作坊區，專門製造各類兵器。嬴政所佩的秦式短劍爲金柄鐵劍，長約尺餘。金柄與鐵質劍身，分製卯合，鐵莖插入金柄內，劍身中間有柱狀脊。劍柄首，莖和格全爲金質。首、莖飾浮雕並鏤空的螭虺紋，紋樣纖細精緻。虺身密布細小圓點，鑲嵌有勾雲紋和圓珠形綠松石，隱約可見虺首和羽翼。柄部飾有相背雙螭組成的獸面紋，亦鏤空。鐵質劍身鋥光閃亮，光可鑒影，當然是鋒銳無比。至於嬴政珍藏的青銅劍，那更是劍中之劍，讓人嘆爲觀止了。

嬴政身邊，宮監宮女約有四五十人，任他使喚和調遣。內中有個太監叫趙高，年齡比嬴政略大幾歲，胖胖呼呼的身材，白白淨淨的面皮，眼珠子不停地轉動，轉動一次便有一個主意。他最善阿諛逢迎，揣摩嬴政的心理，投其所好，百依百順。時間久了，嬴政一個眼神，一個手勢，他都知道該說什麼，該做什麼，準確無誤。嬴政非常喜愛這個聰明、機靈、奴性十足的太監，視爲心腹，絕對信任。嬴政已經到了對女性感興趣的年齡，趙高稍加暗示和指點，他便心領神會，不學自通。東宮的宮女都是百裡挑一、千裡挑一的妙齡處女，芳心一點，情竇欲開，嬴政讀書、射獵歸來，少不了擁擁這個，抱抱那個，親嘴摸乳，胡耍亂弄，想怎麼著就怎麼著，誰敢違抗？誰敢管束？

呂不韋也沒有閒著，他除全權處理秦國的軍政大事外，還大興土木，擴建了自家的府第。擴建了的呂府比原先的呂府面積大一倍，建築更宏大，設施更奢麗。他在老家的陽翟的妻子已經亡故了，可惜沒爲他生育兒女。嬴政倒是他的兒子，可惜人家姓嬴不姓呂。爲了呂氏香火後嗣有人，他一股作氣，連娶五六房嬌妾，並蓄養侍女近百人。堂堂相國的嬌妾和侍女，其美貌的程度絕不亞於王宮裡的姬妾和宮女。

當時的秦國，呂不韋的名氣、聲望是遠遠超出於莊襄王和太子嬴政的。其他各國也差不多如此，但知有呂相國，而不知有秦王和太子。楚國有個小吏叫李斯，上蔡（河南上蔡）人，從小追隨大名鼎鼎的思想家荀卿學習帝王之術，學業頗佳。他感到在楚國沒有用武之地，便決定前往秦國，投奔呂不韋，圖個好前程。荀卿是孔子儒學的集大成者，秦昭王時到過秦國，盛讚秦國山川形勝，民風純樸，官吏廉明，朝政有序，同時也感嘆秦國排斥儒學，缺少王者風範。他誠懇地告誡學生李斯說：「秦國無儒且排儒，所以孔子當年周遊列國，就是西行不到秦。你去秦國，能否有所作爲，恐怕需要考慮。」

李斯堅定地說：「詬莫大於卑賤，悲莫甚於窮困，學生不甘久處於卑賤之位，窮困之地。秦國欲呑天下，稱帝而治，正是布衣之人施展才學和抱負的場所。所以學生去秦國是去定了！」

荀卿說：「萬一你在秦國站不住腳怎麼辦？」

李斯說：「學生自會審時度勢，變通行事，以適應那裡的政治氣候。」

荀卿無話可說，李斯遂西遊入秦。誰知李斯入秦實在不是時候，靠近咸陽城一看，但見黑白輓幛掛滿城頭，一打聽，原來莊襄王駕崩了，秦國又遇國喪。

這是秦國四年裡頭的第三次國喪，昭王、孝文王、莊襄王相繼駕崩，不能不說秦國晦氣。那麼，莊襄王只有三十五歲，正是年富力強之時，爲什麼說死就死了呢？這是他沉湎於酒色，生活放蕩，毫無節制的緣故。

莊襄王完全是由呂不韋扶立起來的，從某種意義上說，他的王位是撿來的，而不是掙來的。即位以後，他自覺平庸，將斷決國事的大權交給呂不韋，自己當了個甩手掌櫃的。無事則生非，做什麼？聲色犬馬，吃喝玩樂，盡情享受。一個王后，已經夠他受用的，又新納三個姬妾，日日相伴，夜夜糾纏，他怎麼受得了？終於，酒色攻心，導致極度虛弱，這年四月終於病倒了。

趙王后熟知莊襄王的病根所在，命人煮桂圓，燉參湯，煎補藥，大調大補，儘量給丈夫調理補充元氣。憑心而論，她是不願意丈夫過早地離開人世的。她才當了兩年多王后，榮華富貴剛剛開頭，日子還長著呢！她的地位、權勢、金錢都是丈夫帶給她的。她不能失去他，失去了很難設想會是另外一種什麼情況。那時，嬴政會即秦王位，自己會成爲太后。然而，王后和太后是有差別的，王后等於「在職」的國母，太后等於「退休」的國母，二者之間怎能相比呢？

不管趙太后願意也好，不願意也好，莊襄王已是病入膏肓，不可救藥了。到了五月，他神志昏迷，進入彌留狀態。趙太后和三個姬妾守候在龍榻旁邊，哭成了淚人。呂不韋立即命人召來太子嬴政和成蟜，跪在地上，接受父王遺訓。莊襄王稍稍睜開眼睛，看看王后，又看看嬴政、成蟜，最後將目光轉向呂不韋。呂不韋知道他有話說，走近龍榻，抓住他的手。莊襄王艱難地嚥了一口唾沫，有氣無力地說：「呂公呂相國！當初寡人與你有約，共……共享榮華富貴，不想寡人天生薄命，要……要先走了！王后和太子母子就……就託付於你了！」

呂不韋抓緊莊襄王的手，點頭說：「陛下放心！臣一定忠心輔佐太子，善待王后！」

莊襄王又將目光轉向嬴政，說：「寡人走後，你即即秦王位，仍以呂公爲相國，並事以仲父之禮。好啦！你現在就……就向仲……仲父磕頭。」

嬴政卻也乖巧，當下向呂不韋磕了三個頭，叫了一聲「仲父」。呂不韋受寵若驚，說：「折煞臣了！」再看莊襄王，喉嚨痰壅，眼皮上翻，頭一歪，腿一直，斷氣了。

頓時亂亂攘攘，一片哭聲。呂不韋走出寢殿，通報群臣，說大王剛剛駕崩了，並傳達了遺命。按照常規，應當先發喪，後奉太子繼位。呂不韋以先王遺命爲由，主張打破常規，先奉太子繼位，然後發喪，而且不必守喪。朝臣不敢有異議，點頭贊成。於是，在咸陽宮正殿，匆匆舉行儀式，扶著太子嬴政坐上秦王的寶座，並通告天下：原秦王駕崩了，新秦王登基了！

莊襄王的喪禮還算隆重，葬於芷陽，陵曰陽陵。芷陽地域遼闊，地勢平坦，東有驪山，西有灞河，並建有芷陽宮，秦昭王、莊襄王以及昭王的生母宣太后的陵墓都建在那裡。

國喪期滿，諸事走上正軌。新任秦王嬴政頒下旨來，尊生母趙王后爲太后，封弟弟成蟜爲長安君，拜呂不韋爲相國，號稱仲父。這一年爲西元前二四七年，嬴政十三歲，太后三十二歲。太后姓趙，按理應稱趙太后，但她是秦國的太后，冠以「秦」字，更能顯示其身分、地位，所以後世大多稱她爲秦太后。從太子妃到王后到太后，這個年輕守寡的女人自覺不自覺地被捲進政治鬥爭和權力角逐的漩渦，她再也不能掌握、不能控制自己的命運了，只能在這個漩渦裡出沒沉浮，掙扎拚搏，到頭來落了個悲劇的下場。

宮闈污穢

31

嬴政即位，相國、仲父呂不韋主持朝政。著手修建驪山陵，擴建咸陽城，咸陽成為一顆璀璨明珠。

秦國國喪期間，李斯在咸陽轉悠，遊覽山水名勝，觀賞民風民俗，發現秦國確非其他國家相比，到處一片欣欣向榮、蒸蒸日上的景象。

李斯暗暗高興，自信到秦國來這步棋走對了。當時，呂不韋正在廣泛延攬天下有識之士作為門客，決意在數量上和質量上都要超過齊國孟嘗君、趙國平原君、魏國信陵君、楚國春申君所謂的「四公子」，給他們以優厚的生活待遇，組織他們研究歷史，考察現實，綜合歸納，著書立說。李斯登門拜訪呂不韋，請求作為門客。呂不韋欣賞李斯很有頭腦，思路敏捷，談話不凡，是個人才，遂滿口答應，說：「我的門客已有三千人，正在編纂一本大書，你可以參加進來，協助編纂。」

李斯說：「敢問相國編纂一本什麼大書？作何用途？」

呂不韋說：「初步定名為《呂氏春秋》。春秋者，治國之大典也。秦國統一天下，勢在必然。統一天下後如何治國？用什麼思想、什麼方法治國？我身為相國，必須及早加以考慮和籌畫。當今世界，百花齊放，百家爭鳴。《呂氏春秋》應當兼儒墨，合名法，以中義為品式，以無為為綱紀，以公方為驗格，採精錄異，成一家言。」

李斯說：「按相國所言，內容恐怕雜了些。」

呂不韋攥起三個指頭，指點著說：「對！我要的正是這個『雜』字！這是吸收了各家思想精華的雜，是自成體系、自成風格的雜！」

李斯欽佩呂不韋的見識和才幹，參加編纂《呂氏春秋》特別賣力。呂不韋器重李斯，很快任他為郎，成為秦王嬴政的一個侍從官，可以隨時建議，並備顧問及差遣。

秦王嬴政作夢也沒有想到他會成為一國之王，高高坐在王位上，發號施令，呼風喚雨，金口玉言，百官從命。這日早朝，群臣跪拜，只有呂不韋作為相國和仲父，可以不跪，只象徵性地點點頭而已。嬴政對於呂不韋既敬重又畏懼，知道此人厲害，可以立他為秦王，也可以廢他為庶民，甚至可以變臉殺了他，所以必須謹慎再謹慎，小心加小心。掌管宗廟禮儀的奉常奏道：「王上即位，舉國稱慶。修建陵寢之事，自然提上議事日程，還請王上明示。」

陵寢就是陵墓。古制，帝王即位之時，就要確定陵寢所在地，旋即著手修建。嬴政才十三歲，不懂得這個規矩，還以為奉常有意咒他，臉色一變，說：「大膽！我，啊！不！是寡人！寡人剛剛即位，你就要替寡人修建陵墓，這……」

呂不韋趕忙說：「這是古制，奉常是按例奏事，怪不得他的。王上只需將陵寢的地點確定下來就是了，其餘事項由臣料理。」

嬴政想了半天，說：「那好，就確定在驪山北麓吧！寡人打獵去過那裡，南有驪山，北有渭河，地勢高敞，樹木蔥蘢，古書上稱『其陰多金，其陽多美玉』，想來是塊風水寶地，寡人死後願意葬在那裡。嗳！提到陵寢，你們倒是說說，這陵寢修建成什麼樣子呀？」

呂不韋說：「《易》載，古之葬者，厚衣之以薪，藏之中野，不封不樹。就是說，死人深埋於地下，不築封土堆，不栽樹木。我們秦國自獻公、孝公起，實行冢墓制，既築封土堆，又栽樹木。」

嬴政迫不及待地說：「對對！寡人也用冢墓，要將封土堆築得高高大大的，樹木栽得密密麻麻的。那麼，這陵寢裡面該怎樣修建呢？」

奉常說：「自然要按『事死如事生』的禮制修建。」

嬴政說：「『事死如事生』是什麼意思？」

呂不韋說：「就是死後要和生前一樣。比如都城、宮殿、兵馬、器物等等，都要在陵寢裡面的建設中體現出來的。」

嬴政說：「那好！我們就先來擴建都城和宮殿，為陵寢裡面的建設做個樣子。」

嬴政天性鋪張，好大喜功，不惜錢財，一道詔書頒下，大興土木建築，整個咸陽城土揚木橫，叮叮噹噹、乒乒乓乓，夯聲、錘聲、車聲、人聲響成一片。秦國的人民和工匠聰明智慧，他們用勤勞的雙手和滾燙的汗水將咸陽城妝扮一新。

咸陽城始建於秦孝公十二年（西元前三四九年），按照「渭水貫都，以象天漢」的設想進行城市布局，從渭河北岸向渭河南岸逐步發展。經歷惠文王、武王、昭王、孝文王、莊襄王五朝，都城規模不斷擴大，以致郭城的城垣一擴再擴，始終無法修建。西門是開始確定的郭城城門，後來不適用了，僅有城門而無城垣，只能孤零零地矗立在那裡，注視著咸陽城裡日新月異的變遷。

咸陽城裡最早的建築是咸陽宮和冀闕，出自改革家商鞅之手。經過擴建和維修，咸陽宮和冀闕以更雄偉更豪華的風姿展現在世人的面前。

咸陽宮由一組宏偉壯麗的宮殿群組成，坐西朝東，旨在表現雄視東方，兼併六國的內蘊。咸陽宮正殿建在東西長近百米，南北長七八百米的夯土台基上，主體爲一大二小的兩層樓堂，青磚灰瓦尖頂，規正大方。樓堂內雕樑畫棟，金碧輝煌。巨木圓杜嵌進碩大的石製柱礎裡，漆成紅色，有的包裹著銅片，閃閃發光。絲織的窗簾、幃幔橫懸垂掛，紅、紫、黃、綠，色彩絢麗。地面鋪著大型雕花空心磚，整齊劃一。牆角飾有大型鎏金銅獸面，形象逼真。四周牆壁繪有精緻的壁畫，其構圖和內涵無不表現了秦國的藝術風格。左面是一幅車馬雲遊圖，四匹大馬拉著一輛大車，車上坐著天子，馬在奔馳，車在前進，天子顧盼，襯以綠色的樹木和盛開的花卉，畫面富於動感，活潑而有趣。左面是一幅百戲圖，十餘個男女藝人身穿彩衣，表演樂舞和雜技，四周圍著神態各異的觀眾，張嘴的，撓頭的，嚇得雙手捂眼不敢看的，唯妙唯肖。壁畫還有山水、人物、動物、建築、神怪等內容，豐富多彩。咸陽宮壁畫代表了秦國繪畫藝術的成就，注重線描和著彩的運用，構圖靈活，造型生動，題材和技術都從自然走向人間，從呆板單調走向複雜多變，從莊嚴肅穆走向生氣勃勃，從而開啓了後世新畫風之光。

冀闕在咸陽宮的前面，相當於後世所說的門樓，是朝廷公布政令的地方。經過改建以後，它已不再是簡單的門樓，而成了宮殿建築群的一個組成部分。飛檐翹角，迴廊曲繞，露台平闊，亭榭敞亮，並有台階可登頂端，憑欄四眺，咸陽城街巷、坊里盡收眼底。

渭河南岸，已經建有興樂宮、章台宮、甘泉宮、芷陽宮、步高宮、步壽宮、萯陽宮、長楊宮等。高低冥迷的阿房宮正在修建之中。咸陽城宮殿建築以渭河爲軸線，猶如飛禽之雙翼，凌空翱翔，南北展翅，顯示出一種恢宏、威武的氣概，誠像唐代詩人李商隱《咸陽宮》一詩所描繪的那樣：「咸陽宮闕鬱嵯峨，六國樓台艷綺羅。自是當時天帝醉，不關秦帝有山河。」當然，李商隱所描繪的是秦兼併六國以後咸陽城的景象，其實，這種景象在嬴政即位後不久就已見端倪了。

咸陽宮正殿及其他宮殿都有比較先進的取暖設備和排水系統，建築材料品種齊全，建築技術精益求精。秦磚有長方形條磚和空心磚等，規格比例趨於合理化和標準化，質地細膩而堅硬。磚面刻有龍紋、鳳紋、龍鳳紋、太陽紋、幾何紋等圖案，堅固實用，美觀大方。秦瓦分板瓦、筒瓦和瓦當三種，其中每一個瓦當都是一件藝術品。秦瓦當以圓當面爲主，當面紋飾多種多樣。屬於動物紋的有鹿紋、豹紋、雙獾紋、四獸紋，屬於鳥紋的有　鳳紋、飛鴻紋，屬於昆蟲紋的有蟬紋、蝴蝶紋，屬於植物紋及其他紋樣的有葵紋、樹紋、蔓草紋、雲紋、渦紋等等。紋飾的造型，均採取藝術的「變形」手法，概括出形象的主要特徵，給人以明快而強烈的印象。且看鹿紋，以簡潔的剪影勾畫出鹿的側面，奮蹄，揚頭，翹尾，表現了鹿那種活潑、天眞的情態，惹人喜愛；蟬紋，四組圖案，進行圓式連續對稱排列，蟬的雙翼又作旋紋變化處理，用於屋檐裝飾，大大增強了一種運動感和活躍感，引人入勝。

上林苑也經過擴建和維修，融山水、花木、宮殿台觀爲一體，成爲一個風光秀麗、氣象萬千的大園林。

秦都咸陽，是八百里秦川的一顆璀璨明珠，以其雄渾的氣勢和熠熠的光芒閃耀在渭河之濱，閃耀在關中腹地。如果說，趙國的邯鄲，魏國的大梁，齊國的臨淄，當初還可和咸陽相提並論，那麼到了這個時候，它們已是相形見絀，黯然失色了。

勞動人民用雙手和汗水修建了咸陽城，修建了宮殿，修建了上林苑，但是所有這些並不屬於他們，而屬於窮奢極欲、荒淫無恥的統治階級，屬於向他們催租索賦、拉兵派役的「上等人」。那些人置身於天堂一般的宮殿裡，想什麼做什麼呢？不外乎是勾心鬥角，爭權奪利，男盜女娼，縱淫弄穢，富麗堂皇之地，沒有富麗堂皇之事，揭起珠簾錦幃瞧一瞧，喲！污泥遍地，濁水橫流，簡直不堪入目呢！

咸陽城擴建了，嬴政陵寢的規劃圖也畫出來了。那是一座規模宏大、氣勢磅礴的陵園，當時稱爲驪山陵。按例，修建君王陵寢由相國主持，少府負責施工。修建陵寢是一件肥差，金銀財寶袋裝斗量。衛尉虞詡看中這個差事，跟呂不韋一說，便當上了少府。衛尉位子空缺，樊於期和霍達生由衛尉丞升任衛尉。他二人原是呂不韋的保鏢，現在官入「九卿」之列，不知怎麼的，總是高興不起來，他倆始終看不透呂不韋這個主人，這個上司，因而官位升了，俸祿增了，卻老是悶悶不樂，若有所思。思什麼呢？別人說不清楚，他倆也說不清楚。瞻望前景，像是濃霧籠罩著的一朵花，若隱若現，若明若暗，捉摸不定，把握不住啊！

32

呂不韋和秦太后重溫舊情。舊情不算甜蜜，卻有幾分風險，呂不韋決意找個替身。

呂不韋主持秦國的朝政，一面擴建咸陽城，一面繼續進行兼併戰爭。秦王嬴政三年（西元前二四四年），蒙驁、王齕率兵東攻韓國，韓將公孫嬰引兵抵抗，雙方對陣，王齕力戰而死，蒙驁揮師大進，殺死公孫嬰，一鼓作氣攻取了韓國十三座城邑。五年（西元前二四二年），蒙驁再度出師，東攻魏國，連取酸棗（河南延津北）等二十座城邑，設置了東郡。這樣一來，秦國的東部疆界基本與齊國接壤了，而且像一柄長劍橫在趙國和韓、魏兩國的中間，它們的交往和接觸變得相當困難了。

當秦國將士馳騁沙場、浴血奮戰的時候，咸陽宮裡，呂不韋和秦太后舊情萌發，兩人又睡到一塊做愛尋歡了。這本來似乎是不可能發生的事情，但還是發生了，你說怪不怪？

呂不韋最早是愛秦太后即趙姣娥的。當他在邯鄲艷香院裡第一次見到姣娥的時候，就被她的姿色、才藝所打動，不惜用重金贖她從良，娶她爲妾。邯鄲呂氏貨棧那一段恩恩愛愛、甜甜蜜蜜的時光，使他終生難忘。當時遇見秦國王孫嬴異人完全是意外之事，這意外之事激發了他「奇貨可居」的設想，遂將全部賭注押到了嬴異人的身上，意在通過此人，獲得一千倍一萬倍的回報。恰巧，姣娥懷孕，這是一筆更有價值的賭注。所以，嬴異人有所要求，他毫不猶豫地忍痛割愛，立即將嬌妾獻給了嬴異人。那以後的事態發展，完全在呂不韋的意料之中，最終，他的兒子當了秦王，自己當了相國和仲父，天遂人意，順順當當。

呂不韋記得，自己曾對姣娥說過：「大丈夫幹大事，不能兒女情長。你若不忘夫妻恩愛，等到我們的兒子得了天下，你我仍爲夫婦，永不相離！」現在他們的兒子已經得了天下，他和她應該「仍爲夫婦，永不相離」了。「大事」幹成了，「兒女情長」又有何妨？說實話，這麼多年來，他是時時想著她的，一想到她赤身裸體被別的男人摟抱著，心中自有一種酸意醋味，挺難受的。只是在娶了五六房嬌妾以後，日日溫柔夜夜好夢，那種酸意醋味才有所減弱。姣娥已是徐娘半老了，那滋味哪及十七八歲的黃花閨女？當然，自己和姣娥恢復舊情也沒有壞處，她畢竟曾是他的愛妾，況且現在是堂堂的太后，堂堂相國和堂堂太后睡在一起，豈不有趣？秦王、相國、太后，三方面實是一家人，同心合力統治秦國，統治天下，也算是曠古未有的奇聞哩！

話又說回來，當年的趙姣娥，如今的秦太后，會和自己重歸於好，重溫舊夢嗎？呂不韋分析，七八成會，兩三成不會。因爲她雖爲太后，但在秦國卻沒有任何根基，更談不上什麼政治勢力。她和秦王雖是母子，但其中的隱情沒法說，也說不清。莊襄王死了，她不過是個守寡的婦道人家，位尊權重的相國找上門去，她能不理？她會拒絕？她已孀居好幾年了，正欲火難耐地渴望投入男人的懷抱呢！

呂不韋精於經商，擅長從政，而且是個出類拔萃的心理學家。他分析秦太后的心理，入木三分，絲毫不差。自莊襄王死了以後，秦太后讓出了紫微殿，移居別殿，和華陽太后、夏太后做了鄰居。吃的、穿的、住的、用的，條件優裕，不成問題，然而那種孤單，那種寂寞，實在讓人受不了。宮監、宮女倒是不少，但誰能和她脫衣上床，滿足她的性欲？人常說：「三十出頭的女人如狼似虎。」她正値如狼似虎的興盛期，徒有乾柴，沒有烈火，面對青燈一盞，獨臥空床一張，暗暗垂淚，倍受煎熬。她掰著指頭算過，在邯鄲，先和呂不韋，後和嬴異人，滿打滿算生活不滿四年；在咸陽，當太子妃當王后，滿打滿算也才不過三年半。在坎兒寨六年，等於守寡；莊襄王死後的幾年，眞正守寡。生活啊生活！爲什麼對自己這樣苛薄，這樣無情？太后的頭銜値幾個錢？若能遇見一個稱心如意的男人，自己寧願扔掉它，去和那個男人打情罵俏哩！

正在這個節骨眼上，呂不韋登門拜訪來了。

秦太后聽到宮女通報，心中納悶：他來幹什麼？她趕忙照照鏡子，攏攏頭髮，理理衣裙，坐在殿中等候，命令：「傳！」

呂不韋大搖大擺，笑瞇瞇地走進殿來。呂不韋身爲相國和仲父，對於秦王嬴政可以不跪不拜，而對於太后就不一樣了，按禮儀必須跪拜。他撩起長袍，跪倒在地，低頭拜道：「臣呂不韋拜見太后！」拜罷就要起身。

秦太后平著臉，故意說：「嗯？本太后尚未命你平身哪！」呂不韋無奈，只得重新跪下。

秦太后說：「相國到此有何貴幹呀？」

呂不韋說：「特來向太后請安！先王臨終時，臣說要善待太后，這不是『善待』來了嘛！」一面說，一面以手示意，表示自己還跪著哪！

秦太后微微一笑，說：「平身吧！賜坐！看茶！」

呂不韋起身坐下。宮女端上茶來，呂不韋注視秦太后，秦太后注視呂不韋，一時無語。半晌，還是呂不韋先開口，說：「太后！啊！不！姣娥！這些年來，讓你受寂寞了！」

秦太后渾身一震。她已多少年沒聽人稱呼她姣娥了，先是太子妃，然後是王后、太后。那些稱謂，初聽起來還覺得新鮮悅耳，因爲裡面含著權勢和尊貴。聽得多了也就膩了，再親密的人，那麼一叫也就生疏了。相比之下，她更喜歡別人稱呼她姣娥，親熱親切，沒有虛假和做作。「寂寞」二字，更使她感到悲哀和憂傷，寂寞的委屈，寂寞的淒苦，誰能體諒？她眼圈一紅，險些落下淚來，抬頭見幾個宮女尚在殿裡，忙揮揮手，說：「你們退下去吧！」

殿裡只剩下呂不韋和秦太后了。呂不韋乾乾地咳嗽一聲，說：「姣娥！還記得在邯鄲呂氏貨棧那一段時光嗎？那是我一生中最美好的時光，想來就讓人心醉。」

秦太后撇著嘴說：「你還記得那段時光呀？那段時光『最美好』？『最美好』爲何還要將我送給別人？」

「那是一種手段，一種策略，歸根到底是爲了我們的兒子嘛！」

「得了唄！爲了我們的兒子？我看你是爲了你自己，爲了篡奪秦國的江山！」

「話不能這麼說。不錯，我是爲了我自己，但同時也是爲了你和兒子呀！這中間不矛盾嘛！這不？我們的目的達到了，我、你和兒子都得到了好處。」

「我得到什麼好處？空落個太后的虛名，三十幾歲守活寡，還不如早早死了呢！」

呂不韋沉默了。許久，才說：「我當初說過，等兒子得了天下，你我仍爲夫婦。所以，今日登門拜訪……」

秦太后語氣緩和下來，說：「你還想著我？我當你早將我忘了呢！」

呂不韋說：「哪能呢？對了！我給你看一樣東西。」說著，從懷裡掏出一個精緻的小包，遞給秦太后。

秦太后接過小包，輕輕打開，發現裡面是一塊白絹手帕。她抽出手帕，抖了抖，平放到桌上，呀！帕上畫著一幅畫，雖然色彩有些消褪，但畫面還是清晰的：一泓清粼粼的碧水，幾枝綠生生的翠竹，水面上兩隻鴛鴦，並排而游，親密無間。雄鴛鴦稍稍偏前，頭側向雌鴛鴦，像在呼喚。雌鴛鴦點頭相應，柔和溫順。遠方，隱隱約約現出青山和淡雲，一片寧靜。猛地，她想起來了，這帕上的畫不正是她畫的嗎？那是她從邯鄲艷香院出來，和呂不韋新婚燕爾，在呂氏貨棧，那個小院那間房裡，專門爲呂不韋畫的，以作紀念。眨眼間十八年過去了，呂不韋還保存著這幅畫，也眞難爲他了。她未免有點動情，喃喃地說：「怎麼？這幅畫你一直帶在身邊？」

呂不韋說：「是的！我一直帶在身邊，它是你我相愛的信物，我是捨不得丟棄的。」

此時此刻，還有什麼話好說呢？秦太后一直以爲呂不韋無情無意，曾經記恨於他，然而事實並非如此，她給他畫的一幅畫，他都精心地保存著珍藏著，說明他還是有情有意的。這時，呂不韋伸過手來，緊緊地握住秦太后的手，輕聲喚著：「姣娥。」眼裡閃動著火苗。秦太后沒有動彈，只覺得熱血在湧動。呂不韋站起身來，擁抱著她，擠眼示意。她半推半就，和他一起進了寢殿。進了寢殿幹什麼，不言自明，一陣狂風驟雨，二人早已骨酥肉麻、魂銷魄散了。

有了第一回，便有了第二回、第三回。呂不韋和秦太后重溫舊情，別人以爲是私通，在咸陽宮已不是什麼秘密。侍候太后的宮女們非常識趣，每當呂相國前來拜訪太后，她們都會主動回避，不待吩咐，便到一旁說笑聊天。太后和相國幹那種事，她們待在殿裡算什麼？

這天，呂不韋頭天晚上進宮，次日天明才起身離去。偏巧不巧，迎面撞見秦王嬴政在庭院裡舞劍。嬴政眼尖，一眼就看到仲父，忙向前請安說：「仲父這麼早進宮，有何要事？」

呂不韋迴避不及，只好勉強答話，支支吾吾地說：「臣聽說太后身體不適，故趁早進宮探視。」

嬴政說：「母后病啦？寡人怎麼不知道？」

呂不韋說：「不妨事的，太后休息休息就會好的。」說罷，辭別嬴政，匆匆而去。

嬴政心生疑惑，喚來趙高，問道：「仲父剛從母后殿中出來，你可知道是怎麼回事？」

趙高瞧瞧四周無人，去嬴政耳邊悄聲說：「相國和太后好上啦！正熱火著呢！」

嬴政臉色突變，呵斥道：「大膽！掌嘴！」

趙高慌忙跪地，一左一右打著嘴巴，邊打邊說：「奴才臭嘴，奴才該死！奴才臭嘴，奴才該死！」

嬴政再也無心舞劍了，臉色難看地走進紫微殿，心裡像塞了棉團似的，堵得慌。他覺得，仲父和太后偷情，雖無大礙，卻也不是什麼好事，涉及到王家名聲，自己的臉上也不光彩。然而，一方是仲父，掌握著軍政大權，一方是太后，年輕守寡的生母，自己臉上不光彩又能怎麼樣？嚷嚷出去，方方面面都丟人現眼；憋在肚裡，又窩窩囊囊，不是滋味。最後，他還是想通了，睜一隻眼閉一隻眼算啦！自己不可以鋒芒畢露，鋒芒太顯，弄不好會殃及王位呢！

呂不韋自知嬴政覺察到了他和太后的私情，不禁有點心虛。他見嬴政長大成人，生性凶狠，還眞有幾分畏懼。嬴政雖是他的兒子，但其中隱秘誰也沒有說破，猛說出來誰信哪？千計百計退爲上，自己得趕快找個替身，太后床上的溫柔鄉再不敢冒險涉足啦！

33

嬴政和宮女們鬼混，未婚先生出個兒子扶蘇來。秦太后教訓嬴政。嬴政的后妃嬪妾，史籍不載。

秦太后全然不知她和呂不韋偷情，已被秦王嬴政覺察，依舊懷著戀人般的激情，想著呂不韋，盼著呂不韋。呂不韋許久沒來，她悵然若失，暗暗罵道：「這死鬼！得是舊病復發，又將老娘忘了？」

這天上午，風和日麗，是個上好的晴天。秦太后在庭院裡轉了轉，信步走向紫微殿。自她將紫微殿讓給兒子嬴政居住以後，絕少再到這兒來，因爲這兒是國王的寢殿，一個寡婦太后，人嫌狗不愛的，到這兒來幹什麼？

秦太后走近紫微殿，忽然聽到殿裡有嬰兒的哭聲。她懷疑耳朵失靈，再傾聽，確實是嬰兒在哭，不由滿腹狐疑，心想這就怪了，咸陽宮中，紫微殿裡，天子居處，哪來的嬰兒？她出於好奇，也出於關切，三步併作兩步，走進紫微殿，非要看個究竟。

紫微殿的宮女根本沒料到太后會從天而降，突然到來，齊刷刷跪地磕頭，說：「奴婢向太后請安！」

秦太后理也不理，徑直走至玉几邊，坐在繡榻上，板著臉問道：「我聽到這兒有嬰兒的哭聲，這是怎麼回事？」

宮女們嚇得你看我，我看她，吐著舌頭，誰也不敢答話。秦太后提高嗓門哼了一聲：「嗯？」兩道目光像兩道劍光，在宮女們的臉上掃來掃去。

這時，從殿內一側的房裡走出一個宮女，懷裡抱著嬰兒，跪地說：「稟太后，嬰兒在這兒！」

秦太后看那宮女，十六七歲，穿戴整齊，柳眉杏眼，粉腮朱唇，長得十分標緻；看那嬰兒，方額圓臉，高鼻長眼，兩隻胖呼呼的小手伸在襁褓外面，抓來抓去。她皺著眉，冷冷地問：「這嬰兒是誰的？」

那宮女答：「奴婢的。」

秦太后說：「我是問他的爹是誰？」

那宮女遲遲疑疑，老半天才呑呑吐吐地說：「王上！」

秦太后腦裡「嗡」地一下，懵了，怔了。她從看到嬰兒的第一眼起，就知道嬰兒是嬴政的種，因爲嬰兒和初出生的嬴政長得一模一樣。她沉默片刻，又問：「你叫什麼名字?嬰兒幾個月啦？」

那宮女回答：「奴婢叫瑞兒，嬰兒六個半月了。」

秦太后好不氣惱，暗暗責備自己：「趙姣娥啊趙姣娥!你的兒子在紫微殿裡尋歡作樂，弄出來一個王孫，都六個半月了，而你卻一無所聞，一無所知。你呀眞是的!這個太后是怎麼當的？」她看著瑞兒母子，心裡掀起波瀾，嬴政雖已長大，但一沒冊立王后，二沒封妃封嬪，私下和宮女鬼混，竟弄出個孽種來，這局面該如何收拾？須知，宮女在王宮中的地位是最卑賤的，實是奴隸，國王和奴隸私通，生了兒子，這事傳揚開來，豈不讓人笑掉大牙？而且，這個王孫長大，得知生母竟然是個宮女，他又如何做人？秦太后思前想後，覺得此事不能不管，於是一揮手說：「你們都起來吧！瑞兒抱著嬰兒，到我宮中去一趟！」

宮女們答應一聲「是」，紛紛起立，目送著瑞兒跟隨太后走出紫微殿。瑞兒走出紫微殿，就再也沒有回來。

日落西山，暮色降臨。秦王嬴政和趙高等幾個宮監外出射獵，緩緩回到紫微殿。殿裡的宮女一個個耷拉著腦袋，沒精打采，無人說話。嬴政覺得奇怪，說；「怎麼啦？死了爹啦？死了娘啦？怎麼這樣蔫不唧唧的？」

還是無人說話。嬴政發了火，厲聲說：「都成了啞巴啦！快說話！」

一個宮女跪地，小心翼翼地說：「上午太后來！將瑞兒母子帶走了！」

嬴政頓時也蔫了，坐在繡榻上，許久沒有說話。他瞪了一眼趙高，趙高裝作沒看見，只顧擺弄著手裡的馬鞭。

原來，紫微殿裡共有十名宮監和二十名宮女，專門侍候嬴政。趙高是這些宮監、宮女的頭頭，稱作殿領。趙高一肚子壞水，餿花樣忒多，眼珠子一轉便有一個鬼點子，想方設法讓王上開心快活。那些宮女主要來自兩個方面，一是通過選美從秦國各地選來的，二是通過戰爭從別國擄來的。因爲是侍候王上，所以宮女人人天姿國色，個個花容月貌，仙宮嫦娥似的，美得無法形容。嬴政從做太子時起，就懂得男女間的情事，及至當了國王，更是輕車熟路，門道越精。他是滿可以娶一國公主作爲王后，納幾家名門閨秀作爲妃嬪的。但嫌麻煩，不如身邊的宮女來得現成。況且，身邊的宮女論姿色，論才藝，並不比沒見過面的公主、閨秀差到哪裡去。

趙高是嬴政肚裡的蛔蟲，對主子的心思摸得一清二楚。他將宮女們鼓動起來，變著法子供王上享受。「溫溫酒」、「香香肉」便是他發明的傑作，這個傑作最使嬴政陶醉，樂不可支。

一天吃晚飯，玉几上擺了十幾道素菜，一無酒，二無肉。嬴政敲著玉几大喊：「趙高！爲何不上酒肉？全是素菜，寡人怎麼吃得下去？」

趙高嬉皮笑臉，說：「奴才給王上變個花樣，今日飲溫溫酒，吃香香肉！」

嬴政不解，說：「什麼溫溫酒、香香肉？快端上來！」

趙高低頭哈腰，說：「遵旨！」向著一側的宮女拍拍手，喊道：「上酒上肉！」

再看那些宮女，一個個笑眼喜面，翩翩而至。第一人向前，雙手扶著嬴政的臉，俏嘴湊上去，和嬴政嘴對嘴，輕輕一餵，嬴政只覺得滿嘴酒香，直透五臟六腑。接著第二人向前，重覆第一人的做法，第三人向前，重覆第二人的做法。嬴政三口酒下肚，樂得哈哈大笑，連聲讚道：「有趣！有趣！」

第四人又向前，還是前三人的做法，不過這次餵的不是酒，而是肉。嬴政大嚼，說：「這是豬肉！」第五人餵過，嬴政說：「這是牛肉！」第六人餵過，嬴政說：「這是雞肉！」……

二十名宮女，兩輪過後，嬴政是酒足肉飽，滿臉紅光。他笑得前仰後合，說：「趙高啊趙高！你個狐狸崽子，這溫溫酒、香香肉的高招太絕啦！」

這以後，紫微殿裡常飲「溫溫酒」，屢吃「香香肉」，嬴政不動杯子和筷子，照樣飲酒吃肉，不亦樂乎！

宮女因爲卑賤，從進宮之日起，就不准用姓。所以紫微殿的宮女無姓，只有名字，瑞兒、雪兒、珠兒、翠兒、環兒、璇兒什麼的。這二十個宮女都是嬴政的妻妾，輪流陪王上睡覺，只是沒有合法的身分、正式的名號罷了。其中瑞兒美貌端莊，恬靜靦腆，尤受嬴政垂青。瑞兒是韓國人，蒙驁攻韓，取十三座城邑，擄回一批美女，瑞兒被嬴政看中，留下置於紫微殿裡。瑞兒不僅貌美，而且多才多藝，唱得一口好曲兒，優美動聽。她唱過一首韓國民歌，歌詞爲：

天高高，雲逐雲，
雲抱著天天抱著雲。
哎喲喲！我的人哪！
妹妹想你想花了心。

山高高，藤繞藤，
藤摟著山山摟著藤。
哎喲喲！我的人哪！

妹妹想你想失了神。

房高高，門套門，

門連著房房連著門。

哎喲喲！我的人哪！

妹妹想你想丟了魂。

嬴政聽這民歌，似鶯啼，像雀鳴，樂得心花怒放，說：「瑞兒想寡人囉！想花了心，想失了神，想丟了魂，寡人得將她的心、神、魂收回來！」當夜拉瑞兒同睡，顛倒咕咚，播下龍種。瑞兒十月懷胎，一朝分娩，便生出個兒子來。轉眼六個半月過去，秦太后過問此事，將瑞兒母子帶走了。

嬴政瞪眼，指望趙高出個點子。趙高故意擺弄馬鞭，一聲不吭。嬴政一賭氣，轉身出了紫微殿，去見秦太后。

秦太后正陰沉著臉，等候兒子到來。嬴政跪地，向母后請安。秦太后命兒子平身，站在一邊，劈頭蓋臉數落起來，說：「哼！你越來越有出息了！堂堂一國之王，竟和宮女鬼混，還弄出個孽種來，尊嚴何在？體面何在？當然，你已長大成人，也該冊后封妃了。但可以通過正當渠道，明媒正娶呀！明媒正娶，娶他十個二十個的，名正言順，合理合法，別人不會也不敢指脊樑、嚼舌頭。你倒好，偷雞摸狗，胡來一氣，這算什麼？你的兒子長大了，別人問他生母，他怎樣回答？難道回答說是個宮女不成？兒子！你千萬莫忘了自己的身分！你是國王！天下至尊！還沒有親政！尊嚴、體面可不能丟啊！」

嬴政靜靜站著，聆聽母后的教誨，心裡嘀咕道：「得了唄！什麼尊嚴？什麼體面？你和呂不韋偷偷摸摸幹那種事，怎麼不想尊嚴和體面來著？自己不乾不淨，偏要教訓人，憑什麼？」當然，他只是這樣想著，並沒有說出來，因爲她畢竟是母后，母后訓斥兒子，天經地義，不能還口。

嬴政看看秦太后，陪著小心，說：「孩兒知錯了。瑞兒和孩兒的兒子呢？」

秦太后說：「瑞兒我已經打發了！你的兒子是無辜的，也是我的孫子，我負責找乳娘照管他！你回去，好生操心國家大事，少在女人圈裡打轉轉！」

嬴政垂頭喪氣地回紫微殿。他不明白「打發」二字的含義，母后說將瑞兒「打發」了，是驅逐出宮了？是秘密殺害了？這是一個謎，沒有謎底，反正從此以後，瑞兒消失了，無蹤無影。

瑞兒所生的這個兒子後來長大了，取名扶蘇，是嬴政的長子。嬴政其後還和其他宮女生了十八個兒子和十幾個女兒，但始終沒有立后，也沒有封妃封嬪。所以歷代典籍記述這位亦魔亦聖的大人物，對其后妃嬪妾的情況隻字未提，也就不足爲怪了。他是私生子，他的兒女也是私生的，兒女們的生母都是默默無聞的宮女，哪配載入史冊呢？

34

大陰人嫪毒詐腐入宮，秦太后心花怒放，如獲至寶，從此視他爲最親最親的男人。

秦太后想著盼著呂不韋，呂不韋並不急於出現在秦太后的面前。呂不韋自那日早晨在宮中撞見秦王嬴政以後，一直琢磨著嬴政覺察到他和太后存在私情，將會怎樣行動？一個月過去，什麼事也沒有發生，呂不韋漸漸放下心來。不過，退爲上的策略不應改變，太后那邊，得另找一個能夠替代的男人。

呂不韋思索數日，猛地想到一個門客，只有這個門客才能滿足秦太后愈烈愈熾的淫欲。門客姓嫪，人稱嫪大，別的本事沒有，玩弄女人卻是高手。據說他的那個傢伙又長又粗，最討女人喜歡，他也就以此爲本錢，專門勾引那些不三不四的女人。秦國人稱遊手好閒、品行不端的男子爲「毒」，嫪大沾上這一條，所以人多稱他爲嫪毒。嫪毒好淫栽了跟頭，被人告到官府。呂不韋以爲他有一技之長，沒有追究罪責，反而收爲門客。嗨！這一收一留，關鍵時刻竟有了用場。

秦國風俗，每年農曆五月，春耕生產結束，夏收時節未到，正是一年中難得的農閒。這時，咸陽城的居民，利用農閒開展各種各樣的娛樂活動，稱作「過會」。會期一般延續三天，男女老少走上街頭，演百戲，看百戲，人山人海，盛況空前。「百戲」的內容相當龐雜，有高雅的，有下流的，有驚險的，有舒緩的，不論何人，凡有一長一藝，都可以當眾亮相，用以自娛娛人。

秦太后感到生活乏味，這天由宮女侍候、侍衛護從，乘坐一輛輧車，也出了咸陽宮觀看百戲。車緩緩前進，秦太后撩開帷幕，看到了街頭的各種景象。左邊，有人表演儺舞，十幾個中年男子赤著上身，身上塗著油彩，臉上蒙著熊皮假面，扮作驅疫癘之鬼的模樣，舉手彎腿，不停地跳躍，嘴裡發出「呵！呵！」的喊聲，非常賣力。右邊，有人表演角抵，表演者無不膀大腰圓，上身赤裸，下著短裙，腰間繫勒紅布寬帶，兩兩相對，虎視眈眈，伸手，摟抱，絆腿，摔跤，有的一人將一人摔倒，有的兩人同時摔倒，強者弱者都不服氣，起來掄掄胳膊，重新展開角逐。

輧車向前，秦太后又看到，一群人圍著觀看耍猴，那隻猴子身穿黃色小褂，頭戴紅色小帽，隨著噹噹響的鑼聲，前肢著地，倒著走路，忽然縱身一躍，翻了個三百六十度，依然前肢著地，穩穩當當，猴臉猴眼做出怪動作，惹得圍觀者捧腹大笑。猴子退下，一個白衣褲的少年站到場地中央。說時遲，那時快，少年翻起筋斗，先是慢翻，後是快翻，那衣褲旋成一個白色的圓圈，只見圓圈，不見少年，眾人齊聲喝采：「好！好！」再看，少年站定，面不紅，心不跳，一抱拳退了下去。緊接著上來一個紅衣紅褲的女孩，至多八九歲，趴在綠地毯上做柔體動作，渾身好像沒有骨頭，腰、腿、手臂、脖子想怎麼彎曲就怎麼彎曲，麵團似的，隨心所欲，簡直不可思議。

前面更有一大群人，圍觀一幕更稀奇的「百戲」。秦太后放眼看去，但見一個三十多歲的男子，身材魁偉，臉色絳紅，赤裸著上身，肌肉疙里疙瘩的，精力旺盛，腰勒藍布帶，黑色短褲特別肥大。他扶著一個磨盤大的桐木車輪，朝四周圍觀者笑了笑，撩起短褲，全然不知羞恥地露出那個黑糊糊的傢伙，插進車輪中軸的洞中，一使勁，那車輪竟然在地上轉了一圈。這一轉，圍觀者嘩然，有拍手大笑的，有掩口微笑的，好多小媳婦和大姑娘，羞得雙手捂著眼睛說：「醜死囉！醜死囉！」可是雙手卻不捂嚴，透過手指縫偷偷地看。秦太后目睹這一情景，不禁怦然心動，暗想：「這人倒有能耐，他的那個東西怎麼這樣諂火（厲害、管用）呢？」

秦太后並不明白，表演這一絕技的男子正是嫪毒。而他的表演又是呂不韋有意安排的，目的就在於要讓秦太后親眼看到，以激蕩她的淫心，便於自己脫身。秦太后觀賞百戲，大開了眼界，在回宮的路上，仍念念不忘那個傢伙十分十分諂火的男人。

第二天下午，呂不韋又去拜訪秦太后。秦太后且喜且嗔，罵道：「你個沒良心的賊，多少日子不露面，得是叫你家那幾個騷娘們迷住了？」

呂不韋「嘿嘿」一笑，說：「公務纏身！公務纏身！」

秦太后欲火難耐，當即拉了呂不韋進入寢殿，解帶寬衣，尋歡作樂。呂不韋好像興奮不起來，任由秦太后擺弄，湊合著熱火了一陣子。秦太后興猶未盡，說：「看你這個熊樣子，軟不蹋蹋的，沒勁！」

呂不韋說：「老啦！心有餘而力不足啊！」

秦太后說：「昨日，我在街上看百戲，見一個男人轉動桐木車輪，那才絕哩！」

「你見了？」

「當然見了！圍觀的人多得很呢！」

「那個男人叫嫪毒，咸陽城裡有名的大陰人！好功夫，引得多少女人神魂顛倒哩！」

「得是？你為何就不像他呢？」

「我哪能跟他相比？怎麼？你想不想見見此人？」

秦太后紅著臉，「噗哧」一笑，說：「你開什麼玩笑？王家禁宮，他一個大男人，是想見就見的？」

呂不韋說：「這好辦！先將他判個腐刑，再賄賂行刑者，詐為閹割，冒充太監，送進宮中侍奉你，不就得啦？你想怎麼快活就怎麼快活，別人是不知內情的。」

秦太后笑而不答，良久才說：「誰願幹這種瞞天過海的事呢？」

呂不韋說：「當然是我啦！為太后效力，我呂某雖死不辭！」

秦太后用手指戳了呂不韋額頭一下，說：「就你會耍貧嘴！」

二人又親熱了一會兒，穿衣整裝，呂不韋辭去。呂不韋回到府中，密召嫪毒，如此這般，逐一相告。嫪毒聽了，像是走路拾了一塊金磚，睡覺懷抱一個麗姝，樂得眉開眼笑，滿口答應。呂不韋說：「你這個淫棍，一旦發跡，可不許在我頭上拉屎撒尿！」

嫪毒口水流得老長，趴在地上磕頭，說：「哪能呢？我嫪毒到死也是你相國大人的奴僕！」

於是，呂不韋批下文書，聲稱嫪毒屢犯淫罪，收捕入獄，處以腐刑。腐刑又稱宮刑，古代和墨刑（刺面塗以黑色）、劓刑（割鼻）、剕刑（斷足）、大辟（處死）合稱「五刑」。它像閹割牛、馬、豬一樣，將男人的睪丸閹割掉，使之失去性功能。王宮裡的太監都由這樣的男人充當，圖的是保持宮闈乾淨，不致發生淫穢之事。呂不韋一面判了嫪毒腐刑，一面用重金賄賂主刑的閹官閹吏，命取了驢血馬血遮人耳目，詐作閹割。怎奈嫪毒長有鬍鬚，只有用鑷子一根一根地拔去，那也是很疼痛的。嫪毒心裡想著好事，再疼再痛也忍了。幾日後，嫪毒搖身一變，變為一個太監，進了咸陽宮，留在秦太后身邊使喚。夜間，秦太后命嫪毒侍寢，嫪毒開始尚有些心怯，不敢過分張狂，偏偏秦太后一再撩撥，他便放開膽量，使出手段，頓時，秦太后覺得酣暢淋漓，歡樂無比，騰雲駕霧似的，魂魄飛到九霄雲外，滿眼彩霞和鮮花。哈哈！多麼開心！多麼美妙！

嫪毒是秦太后委身的第三個男人。她將呂不韋、莊襄王和嫪毒的床上功夫進行了比較，感到前二人過於文靜纖弱，遠不如嫪毒這樣強悍，這樣凶猛，這樣瘋狂，這樣持久不疲。就說摟抱吧，呂不韋、莊襄王摟抱她，顯得鬆垮，沒有力度；而嫪毒摟抱她，那兩臂、雙腿像兩道鐵箍，緊緊地箍住她，使她動彈不得，喘不過氣來。女人嘛！愛的就是這股蠻力，這股死勁，力大勁猛，才解饞才過癮哩！

秦太后得了嫪毒，白天有人說笑，夜裡有人陪睡，心滿意足，一下子好像年輕了十歲，眉眼之間都是興奮和喜悅。嫪毒得此奇遇，更是樂不可支，美酒佳肴，錦衣羅裳，一心侍候秦太后，儼然成了太后的丈夫和秦王的爹，好不神氣。秦太后身邊的宮女們弄不懂，心想一個太監，入宮才幾天，怎麼會一下子就獲得太后的如此歡心呢？

秦王嬴政一天向母后請安，發現一個壯漢站在一邊，頗感奇怪，問道：「他是何人？」

秦太后笑眯眯地回答說：「他叫嫪毒，是新進宮的太監，我見他挺精幹的，就留在身邊了。嫪毒！嫪毒！快過去參見大王！」

嫪毒趕忙前行幾步，跪地磕頭，說：「卑臣嫪毒參見王上！」太監說話，都是尖聲細氣的。

嫪毒裝模作樣，仿著太監說話，不倫不類，讓人聽了感到彆扭。

嬴政擺擺手，說：「罷了罷了！」心裡卻在想，母后留用太監，怎麼沒人跟我打個招呼？這分明是瞞著我嘛！再看那個嫪毒，五大三粗的，哪像個太監？不過，他還是尊重母后的，母后認爲他精幹，留用就留用唄！

秦太后命乳娘抱來扶蘇，小東西長得白白胖胖的，挺討人喜歡。嬴政情不自禁地抱過兒子，在他的小臉蛋上親了一口，噘著嘴逗道：「呵！呵！叫爹！叫爹！」

秦太后笑容可掬，說：「傻兒子！扶蘇不滿周歲，哪會叫爹呢？」

嬴政做個鬼臉，說：「我巴不得他現在就開口說話哩！」嬴政近來依然和紫微殿裡的其他宮女熱熱火火，扶蘇的生母瑞兒，他已忘得一乾二淨了。

秦太后又說：「隔壁的華陽太后和夏太后，都是你的祖母奶奶，你去看望過她們沒有？」

嬴政說：「孩兒常去請安的。」

秦太后說：「那就好！兩位祖母太后，特別是華陽太后，對我和你是有恩的，你登了大位，可不能虧待她們。」

嬴政說：「孩兒知道。」說畢辭去。

嫪毒做賊心虛，見秦王離去，一面輕輕按摩秦太后的肩膀，一面說：「不知怎麼的，我見了王上，直發怵，生怕露出破綻。」

秦太后雙手勾住嫪毒的脖子，說：「我的寶貝蛋蛋！不妨事，天塌下來有我撐著呢！」嫪毒趁勢熱吻秦太后，二人嘀嘀咕咕，倍顯親熱。

35

楚國也有宮闈穢事，李園步呂不韋後塵，設計出一個妊娠再嫁的太后，堪稱「呂不韋第二」。

秦太后和嫪毐日日同餐，夜夜同眠，貌似主僕，實爲夫妻。呂不韋得以解脫了，再不擔心秦王嬴政的疑忌，集中精力處理軍政大事。嬴政六年（西元前二四一年），趙、韓、魏、楚、燕五國又一次聯合起來，合縱攻秦。然而這次合縱實屬強弩之末，不堪一擊，秦軍一出，五國軍便悄然退卻了。

合縱抗秦的倡議人是趙國大將龐煖，「合縱長」卻是楚國春申君黃歇。五國興師，多者四五萬，少者二三萬，牛拽馬不拽，難以形成合力。黃歇召集各國將領商量用兵方略，說：「我們過去攻秦，皆將目光瞅著函谷關，秦軍設守甚嚴，根本攻不進去。這次要變個方向，取道蒲坷（山西永濟西蒲州），渡過黃河，由華州西進，直襲渭南（陝西渭南），並窺桃林寨（陝西潼關）。這在兵法上叫做出其不意，攻他個防不勝防，如何？」

眾將領齊聲說：「此計甚妙！」於是兵分五路，漸次而行，進抵渭南。呂不韋立即調兵遣將，命蒙驁、王翦、桓齕、李信、嬴騰五員大將，各率兵五萬，分別應戰五國。呂不韋自任統帥，督戰三軍。五國軍圍攻渭南，半月無進展。王翦獻策於呂不韋說：「五國十餘萬兵馬，圍攻渭南一城而不克，足見其多麼無能！末將以爲，擒賊須先擒王，楚國黃歇既爲『合縱長』，我軍不妨集中精銳，合力進攻楚軍，楚軍敗退，其餘四國軍必然望風而潰！」

呂不韋說：「好！高見！」立命五個大營設壘堅守，旗幟照舊，暗中調集精兵一萬，約以四更出發，攻襲楚軍。不想機密洩露，黃歇提前得到情報，大驚失色，迅即傳令拔寨而退，夜撤五十餘里。天明，趙、韓、魏、燕四國軍得知楚軍退去，哪裡還敢戀戰？不約而同，偃旗息鼓，灰溜溜地退兵。趙將龐煖按劍長嘆道：「合縱之事，從此完了！」

春申君黃歇回國不久就被奸人殺害。說到他的死，又有一段宮闈淫穢的故事。

黃歇回國，爲避秦國的鋒芒，勸說楚考烈王將國都從陳城遷至壽春（安徽壽縣西南）。這是楚國第四次遷都了，表明楚國江河日下，處境窘迫。考烈王在位已經二十二年，尚無子嗣，眼看王位後繼無人，不免長吁短嘆，感傷不已。黃歇身爲相國，替王分憂，遍求碩乳寬臀的美女送進王宮，怎奈她們無一人懷孕，豈不怪哉！

黃歇府中有個門客叫李園，長得賊眉鼠眼，尖嘴猴腮，天生一個狡詐的角色。李園醜陋，他的妹妹李嫣卻是天姿國色，妖艷嫵媚。李園嚮往榮華富貴，想將妹妹獻給考烈王，卻又擔心妹妹懷不了孕，無子失寵，所以猶豫不決。他躊躇許久，突然眼睛一亮，有了主意：「必須先將妹妹獻給黃歇，待她妊娠後，再獻給楚王，幸而生子，異日必爲楚王，那麼自己就是楚王的舅舅，還愁不飛黃騰達嗎？」轉而又想：「我若自獻其妹，恐怕有點掉價，不若如此如此，要他黃歇上門求我，豈不更好？」

李園設計好圈套，特地請假五日，居家不出。五日假滿，故意拖延，直到第十日才回到黃歇府中。黃歇責怪李園超假，李園早編了一套謊話，說：「小人有個妹妹叫李嫣，美艷雖然比不過西施，卻也差不了多少。齊王聽說了她的美貌，專門遣使求婚，小人陪那個使者飲了幾日酒，所以歸遲，懇望大人鑒諒。」

黃歇心想，李嫣既然名揚齊國，必定美艷非凡，趕忙問：「你收了齊王的聘禮了？」

李園搖頭，說：「雙方正在議婚，聘禮很快就到的。」

黃歇鬆了一口氣，說：「能讓我見見令妹嗎？」

李園說：「大人是小人的主子，大人吩咐，小人敢不從命？」他眉眼笑成一條線，立即回家，將李嫣從頭到腳盛飾一新，雇一輛馬車，親自送到黃歇府中。

黃歇看那李嫣，果然俊俏：鳳鬢鋪雲，蛾眉掃月，面似芍藥含露，唇如櫻桃吐紅，膚色雪白，眼珠漆黑，亭亭玉立，風情萬種。黃歇好色，頓時禁持不住，眼也花了，心也亂了，骨也酥了，肉也酥了，當即賞李園玉璧二隻，黃金三百鎰，願娶李嫣為妾。李園故作遲疑，說：「齊國那邊……」黃歇說：「嗨！肥水不流外人田。我們楚國的女子，嫁到老遠的齊國去做什麼？」李園嬉笑，點頭辭去。

黃歇和李嫣遂入房中，解衣就枕，做那好事，恰似曠夫怨女，相見恨晚，一夜風光，歡欣無比。

李嫣正當妙齡，一夜房中事，竟然懷孕了。李園得知這一情況，興高采烈，一天前來探視，悄聲對妹妹說：「做人之妾和做人夫人，哪個尊貴？」

李嫣嫣然一笑，說：「當然是夫人尊貴！」

李園又說：「夫人和王后，哪個尊貴？」

李嫣大笑，說：「當然是王后尊貴，尊貴還不是一點點，百倍千倍也不止呢！」

李園環視四周，寂靜無人，接著說：「妹妹在春申君府中，充其量不過是個寵妾！如今，楚王沒有子嗣，你已妊娠，倘若入王宮，得到寵愛，他日生子爲王，你就是太后，豈不是尊崇至極？」

李嫣臉色突變，說：「兄長怎能說這種話？而且，這種話我怎能說得出口？」

李園說：「人生在世，圖的是榮華富貴，妹妹有這個機會，何必錯過？春申君處，你只需在枕席之間，這樣這樣一說，他必然聽從。」隨即附耳教以說詞。李嫣漸漸心動，說：「那我就試試看吧！」

夜間，李嫣嬌情柔態，侍候黃歇。雲雨事罷，她側過身子，趴在黃歇胸脯上，裝出憂愁的樣子，一字一板地說：「楚王寵信夫君，勝過自家兄弟。夫君相楚二十餘年，而楚王沒有兒子，千秋百歲後，楚王王位必屬他人。他人和夫君無恩無義，繼位後肯定重用所親近的人，這樣一來，夫君還能長久尊寵嗎？」

黃歇並未考慮過這個問題，沉吟未答。李嫣繼續說：「我所顧慮的還不止這些呢！夫君深受楚王寵信，掌權日久，必遭王室成員忌恨。日後，不管誰繼任楚王，都會拿夫君開刀，夫君枉丟性命不說，恐怕封邑也不保呀！」

黃歇萬沒想到懷中嬌妾能說出這樣深謀遠慮的話，愕然而起，說：「你所言極是！我倒沒有想得這麼遠！當今之計，該如何預防呢？」

李嫣欲言又止，許久才說：「我有一計，不僅可以免禍，而且可以多福。只是我怕負愧夫君，難於啓齒，話埋在心底，不敢吐露。」

黃歇說：「你爲我出謀畫策，有什麼不敢吐露的？快說來我聽聽！」

李嫣停了半晌，這才呑呑吐吐地說：「我侍候夫君，已有身孕，外人誰也不知。此時，夫君不妨將我獻於楚王，老天保佑，若生男兒，異日必繼王位。那時的楚王實是夫君之子，擁有楚國江山，誰還敢加害於夫君？」

黃歇聽了這番話，如夢初覺，如醉初醒，喜孜孜地說：「好計！俗語云：『天下有智婦人，勝於愚笨男子。』確實如此！」說畢，摟著李嫣再圖好事，格外甜蜜。

次日，黃歇召來李園，以意相告，密將李嫣移居別室。隨後進宮奏告考烈王，說：「臣門客李園之妹李嫣，姿色出眾，齊王欲聘爲妃，陛下不可不先，恐失麗人。」

考烈王生性好色，立命宮監接李嫣入宮。李嫣向來輕佻善媚，極盡殷勤，倍受考烈王寵愛。臨產分娩，竟是個雙胞胎，兩個男兒。考烈王喜不可言，遂封李嫣爲王后，立長子熊捍爲太子。李園扶搖直上，成爲國舅，貴幸用事，地位和黃歇相比並。

李園心術不正，本性詭詐。李園想李嫣妊娠再嫁的隱情，只有自己、李嫣、黃歇三人知曉，日後熊捍繼位，黃歇難免要生枝節，不如先發制人，及早除之，免致後患。爲此，他用重金收買幾個力士，蓄養府中，厚其衣食，以備待用。御史朱英是個精明人，斷定李園暗蓄力士，是衝著春申君的。所以一天特意拜訪黃歇說：「天下有無妄之福，有無妄之禍，有無妄之人，相國知道嗎？」

黃歇說：「何謂無妄之福？」

朱英說：「相國相楚二十餘年，名爲相國，實和楚王無異。現在楚王多病，一旦駕崩，太子繼位，相國輔佐，仿效周公，等幼王年長，歸還其政，善始善終，這就叫無妄之福！」

「何謂無妄之禍？」

「李園，現爲國舅，楚王健在，他外雖柔順，內實不甘。聽說他私蓄力士，爲日已久，何所用之？楚王駕崩，他必先入奪權，殺相國以滅口，這就叫無妄之禍！」

「何謂無妄之人？」

「李園因爲妹妹得寵，宮中消息，朝夕相通，而相國居住宮外，消息不靈。請相國任命我爲郎中令，負責守衛宮殿門戶。李園若先行入宮，我便替相國殺了他，這就叫無妄之人！」

黃歇覺得朱英所言過於玄乎，不以爲然，理著鬍鬚大笑，說：「李園是個柔弱的人，從來對我畢恭畢敬，哪會做壞事？足下未免多慮了！」

朱英說：「相國今日不聽我言，他日後悔可就晚了！」

黃歇說：「足下且退，容我仔細觀察，但有用足下處，即來相請。」

朱英去後數日，未見黃歇動靜，知道自己忠言逆耳，不被採納，嘆道：「我若不去，必將大禍臨頭了！」遂棄官離開壽春，隱於山林。

朱英離開壽春半個多月，楚考烈王命歸西天。李園最早得知消息，先入宮中，吩咐秘不發喪，密令力士埋伏於宮門之內，延至日落，這才派人告知黃歇。黃歇大驚，立刻乘車入宮。剛剛跨進宮門，兩邊力士突出，高聲喊道：「奉王后密旨，春申君謀反當誅！」黃歇還沒有反應過來，力士手起刀落，黃歇便身首分離，倒在血泊中。於是，熊捍繼楚王位，李嫣爲王太后，李園任相國。楚國從此一蹶不振，氣息奄奄。

呂不韋聽門客彙報楚國所發生的變故，暗暗發笑，心想秦國出了個妊娠再嫁的太后，楚國也出了個妊娠再嫁的太后，國異事同，豈不滑稽？李園啊李園！你詭計多端，步我後塵，倒像是「呂不韋第二」呢！

屯留兵變

36

秦太后養尊處優，穢亂宮闈，進而產生了新的欲望，奢想效法歷史上的宣太后，擁有政治權力。

人生在世都有欲望。欲望有大有小，有高有低，有美有醜，有善有惡，不可能一致的。欲望常常和貪心聯繫在一起，貪心越大越高，欲望也就越大越高，貪心支配下的欲望是一個無底洞，永遠塡不滿的。

秦太后身爲太后，地位尊崇，得了嫪毒，其樂無窮，物質上非常富有，精神上有所寄託，按說應該滿足了。可是沒有，她又產生了新的更大更高的欲望，還想……總之還想擁有政治權力，還想讓她的次子成蟜當國王，還想的事情很多，不甘心僅僅做一個清閒寂寞、碌碌無爲的太后。

秦太后之所以產生新的更大更高的欲望，除了人的天性以外，在相當程度上還是受了秦國歷史上一位著名太后的影響，那就是秦武王的庶母、秦昭王的生母宣太后。

秦武王嬴蕩以崇武尚勇而聞名，在位僅僅四年，便因和力士孟說比試舉鼎，脛骨折斷而死亡。武王年輕無子，各個王弟爲爭奪王位而展開了激烈的角逐。武王的庶母芈八子（八子爲妃嬪封號），生有三個兒子：嬴則、嬴顯、嬴悝。芈八子還有兩個弟弟：魏冉和芈戎。魏冉位尊權重，芈八子倚仗這個弟弟的力量，挫敗其他王子，立了長子嬴則登上王位，是爲昭王。芈八子成爲太后，人稱宣太后。魏冉任將軍，統率國都的武裝力量。昭王的兄弟們不服，發動武裝叛亂。

魏冉進行血腥鎮壓，鞏固了昭王的地位。魏冉也因此威震秦國。

昭王即位時年齡尚輕，國政由宣太后主持。宣太后重用皇親國戚和忠誠的王室成員，直接參與政治活動，對於秦國的政治、軍事、外交產生了深刻的影響，也起了一些積極的作用。

宣太后為秦國消滅了勁敵義渠戎，堪稱她的得意之舉。義渠戎是古時活動於西北地區的一支少數民族，分布於岐山、梁山、涇水、漆水以北，相當於今甘肅慶陽及涇川一帶。春秋時勢力強大，頭領自稱為王，建有城郭，常常侵擾秦國的後方。從秦惠文王以後，秦國和義渠戎時戰時和，一直無法將這一禍患徹底根除。昭王即位後，消滅義渠戎的問題被列為重要議事日程，武力難以奏效，實施美人計卻是事半功倍。這一年，義渠戎王到咸陽朝賀昭王，宣太后給予盛情款待，酒宴間擠眉弄眼，以色相相挑逗，致使義渠戎王神魂顛倒，欲火燃燒，身不由己地投入了宣太后的懷抱。這以後，宣太后和義渠戎王長期保持著私通的關係，還私生了兩個兒子。義渠戎王佔有了堂堂秦國的太后，情婦愛子，美酒佳肴，他深深地陶醉了，忘情了，對秦國完全放鬆了警惕。昭王二十五年（西元前二八二年），宣太后和義渠戎王又在甘泉宮裡飲酒，酒酣耳熱，宣太后突然柳眉倒豎，杏眼圓睜，將一隻酒杯擲到地上，預先埋伏好了的武士縱身躍出，刀砍劍刺，乾脆俐落，便將義渠戎王殺死。

宣太后誘殺了義渠戎王，立命魏冉調兵遣將，趁義渠戎不備和國中無首之時，發動軍事攻擊。軍事攻擊非常順利，一舉消滅了義渠戎，在其地設置隴西、北地、上郡三郡，秦國的後方從此一勞永逸了。

從實而論，宣太后的做法很不體面。但作爲政治手段之一的美人計，在重功利、輕倫理的秦國人看來，也並沒有什麼離經叛道之處。須知，在先秦時期，王家和貴族婦女對男女關係並不像後來那麼嚴肅和認眞，太后、王后、公主跟男人私通是常有的事。當然，更重要的是宣太后把持著朝政，掌握著權力，她所對付的又是一個長期打不掉的敵人，因此，儘管手段不夠光彩，誰又敢說三道四、妄自非議呢？

宣太后在生活作風、道德品行方面是毫無顧忌的，她還敢當著本國朝臣和外國使者之面，大談床笫之事，全不臉紅。那是楚國圍攻韓國之時，韓國求救於秦國，秦國未予理睬，韓王著急，特派大臣尚靳爲使者，到咸陽請求秦國發兵救韓。宣太后召見尚靳，問明情況，然後說：「我們秦國人是講究功利的。打個比方，先王在世時，常和我脫光衣服在床上取樂，他一屁股坐在我肚子上，我覺得重不可支，承受不了；他換個姿勢，全身趴到我身上，我反不覺得重，希望他多趴一會兒，爲什麼？因爲他趴在我身上，使我得到了快樂。這就是利！現在你要我救援韓國，兵不多不行，糧不多不行，救韓之危，日費萬金，我能得到什麼利呢？」秦國朝臣聽了這番話，抿嘴而笑。尚靳聽了頗感迷茫，心想這位太后將床笫之事和發兵救韓相提並論，重利不重義，眞可謂深得功利主義的精髓了。

宣太后在宮中還長期養有幾個面首。「面首」就是男妾、奸夫的變相稱謂。宣太后最寵幸的面首叫魏醜夫，別看名字叫「醜夫」，實際是個身材高大、儀表堂堂的美男子。昭王四十二年（西元前二六五年），宣太后病危，仍然鍾情於魏醜夫，下令由他爲自己殉葬。魏醜夫可不願到陰曹地府去陪伴死人，央求朝官庸芮爲自己求情。庸芮去見奄奄一息的宣太后，直言不諱地問道：「太后以爲死人有知覺嗎？」

宣太后無力地答道：「沒有知覺。」

庸芮進而問道：「假若太后的神靈，明知死人沒有知覺，爲何要用生前心愛的男人陪葬沒有知覺的死人呢？假若死人有知覺，那麼武王在九泉之下早就怒恨太后了，太后到了那裡，認錯補過尙且不及，哪還顧得上和魏醜夫私下幽會呢？」

宣太后若有所悟，打消了讓魏醜夫殉葬的念頭。她艱難地睜開眼睛，朝四周看了看，雖然百般眷戀人世，但生死法則無情，死神一招手，她便斷氣了。

宣太后主持秦國朝政期間，建立了一個由昭王、母后、舅父共掌大權的統治模式，昭王一直是這個最高統治集團的政治代表和國家象徵。宣太后有一點値得稱道，即她沒有改朝換代的野心，她和魏冉等人所做的一切，目的是爲了鞏固昭王的地位，發展秦國的勢力。宣太后和魏冉等人雖然也有私自的利益，但這種私自的利益是從屬於昭王國君地位穩固這個大前提的。所以當時的秦國，各方面並沒有爲爭奪最高統治權力而發生尖銳的衝突，昭王也並非傀儡，能夠履行國君的基本職責。宣太后死後，情況發生了變化，昭王採納新任相國范睢的建議，廢除太后專權，驅逐舅父魏冉，從而結束了宣太后干政、左右秦國數十年的局面。

秦太后趙姣娥非常羨慕和崇拜宣太后羋八子，認爲那才是一個眞正的女人，一個敢作敢爲、風頭十足的女人。宣太后生前住在甘泉宮，秦太后靈機一動，遂告訴秦王嬴政，自己也要移居甘泉宮。嬴政嫌母后住在咸陽宮礙手礙腳，立即表示同意。於是，秦太后便帶了嫪毒，帶了扶蘇，帶了貼身的一班宮女，移居到甘泉宮了。

甘泉宮在渭河南岸，東南數里處便是興樂宮。這裡當時屬長安鄉，秦太后次子成蟜封爲長安君，長安鄉一帶成爲他的封地。成蟜儒弱無能，因爲封地太小常常怨恨兄長嬴政，所以平時懶得到咸陽宮去，多半住在興樂宮，花天酒地，聲色犬馬，享受生活的樂趣。他和嬴政一樣，也和宮女鬼混，且私生一個兒子，取名子嬰。秦太后之所以移居甘泉宮，客觀上有兩個原因，一是能和嫪毒自由自在地私通，避開眾人的耳目；二是能和成蟜住得近些，母子可以更加親近。當然，她的內心深處還有一種思想，那就是宣太后曾在甘泉宮幹了許多大事，她嘛也要在這裡有所作爲！甘泉宮和興樂宮確實是一塊風水寶地，後來漢高祖劉邦建立漢朝，奠都長安，這兩座秦宮都在長安城內。經過擴建，興樂宮成爲長樂宮，甘泉宮成爲桂宮。興樂宮以西，甘泉宮以南，又新建起未央宮，好雄偉好氣派喲！

秦太后移居甘泉宮，成蟜當日就來向母后請安。成蟜已經長成大人了，五官端正，性格溫雅，活像死去的莊襄王。秦太后一直偏愛成蟜，總認爲成蟜各方面都比嬴政強。每當想起嬴政當了秦王，呂不韋當了相國和仲父，她都覺得心有隱痛，對不起莊襄王。秦國的江山應該姓嬴，而嬴政實際上姓呂，這種偷樑換柱式的把戲固然是呂不韋精心策劃的，而她就沒有責任嗎？假如她早將事實眞相公諸於眾，又何至於此？然而，晚了，生米做成熟飯，一切都太晚了！

秦太后懷著一種有愧於秦國、有愧於莊襄王的負罪心理，絞盡腦汁，思索補救的辦法。想啊想啊，突然眼睛一亮，嘿！辦法有了！可以讓嬴政現在就寫一道詔書，寫明他駕崩以後由王弟成蟜繼承王位。王位傳弟不傳子，歷史上有許多先例，爲什麼不可以呢？假如成蟜能夠當上秦王，那麼秦國的江山不就又姓嬴了嗎？

秦太后自以爲這個辦法切實可行，心中寬慰了許多。不過，她是熟知成蟜的秉性的，嬌生慣養，生活優裕，缺乏社會經驗，遇事優柔寡斷。不改變這些弱點，怎能當上秦王？即使當上秦王，又怎能治理好國家？有道是「一道籬笆三根樁，一個好漢三個幫」，不行！得及早物色幾個人輔助成蟜，替他出謀畫策，幫他爭得王位。秦太后認識的人很有限，想來想去想到了樊於期和霍達生。他二人在石鼓山下的坎兒寨，就負責保護她和兩個兒子，看著成蟜出生和成長，整整六年，誠心不二。她讓他二人成了家，並一起到了秦國，使其從呂不韋的保鏢升官至衛尉，位列九卿。她待他二人不薄，他二人對她亦有感激之情。如今，她出面相請，他二人能不輔助成蟜嗎？

這天，秦太后特意派人將樊於期和碧雲、霍達生和艷雪請到甘泉宮，設宴款待。兩對夫婦受寵若驚，一再表示不忘太后大恩，願效犬馬之勞。秦太后順水行舟，趁勢說明要樊於期、霍達生輔助成蟜的意思。他二人手拍胸脯，痛快地說：「承蒙太后見愛，甘爲長安君前驅，赴湯蹈火，在所不辭！」碧雲和艷雪也說：「太后這樣信任、器重我們的夫君，眞是他倆的福氣呢！」

宴罷，樊於期和碧雲、霍達生和艷雪辭去。晚上秦太后躺在嫪毐的懷裡作了一個美夢，夢見自己成了宣太后，滿身光環，滿臉威嚴，步入咸陽宮，一把推開嬴政，拉著成蟜登上秦王的寶座……

37

秦太后偏愛小兒子成蟜，要嬴政日後傳位於弟弟；呂不韋並不幫忙說話，情人反目。

秦太后過於天眞，視生死攸關的權力鬥爭如兒戲，結果碰了壁，正犯著一句老話：「女人家頭髮長，見識短。」

那是秦太后宴請樊於期和碧雲、霍達生和艷雪以後的第三天，秦王嬴政到甘泉宮向母后請安。秦太后正在殿中端坐著，看著乳娘手拉扶蘇學習走路。扶蘇已經兩歲了，光想下地走路，並會叫「爹」、「奶」等幾個最簡單的單詞，稚聲稚氣，純眞無瑕。他不會叫「娘」或「媽」，因爲他已沒有娘，乳娘不敢教他這個單詞。秦太后看著扶蘇，同時想到成蟜的兒子子嬰。子嬰比扶蘇小一歲，還不會說話。她恨嬴政和成蟜都不是好東西，花花公子，偷雞摸狗，專跟宮女鬼混，使她徒有兩個可愛的孫子，卻沒有一個名正言順的兒媳婦。

嬴政請了安，坐在一旁用茶。秦太后命閒人迴避，鄭重其事地說：「政兒！娘要和你商量一件事情。」

嬴政說：「母后有事請講，孩兒聽著！」

秦太后乾咳一聲，說：「娘只有你和成蟜兩個兒子。你們兩兄弟在趙國的坎兒寨，跟著娘吃了不少苦。自你當了秦王，立即封成蟜爲長安君，足見骨肉同胞，手足情深。你和成蟜都是娘身上的肉，娘不能親一個疏一個，只想叫你們有出息。娘要說的意思是……」

她說到這裡不說了，故意等待嬴政的反應。嬴政神態坦然，說：「母后說呀！」

秦太后又乾咳嗽一聲，說：「娘要說的意思是，你現在可寫一道詔書，寫明你百歲千秋以後，傳位於成蟜，讓你弟弟也嘗嘗當秦王的滋味。」

嬴政沒料到母后會提出這麼一個問題，實在難以回答。秦太后卻偏著頭催問：「怎麼樣？嗯？」

嬴政思索半晌，說：「現在提出這個問題，未免太早。母后知道的，孩兒才二十歲，尚未親政，怎會考慮百歲千秋以後的事情？再說，王位繼承是至關重要的大事，哪能由孩兒隨意寫一道詔書就決定了的？」

秦太后說：「這樣看來，你是不願意了？」

嬴政說：「不是孩兒願意不願意的問題，事關江山社稷，實在不敢馬虎！」

秦太后知道，再說什麼都是多餘的了，乾脆嘴噘臉弔，一聲不吭。嬴政也找不到合適的話說，起身告辭。在回咸陽宮的路上，他反覆琢磨，母后這個時候提出這個問題，是何居心和用意呢？

嬴政回到咸陽宮，呂不韋滿臉笑容迎上來問：「陛下去甘泉宮了？」

嬴政神色不悅地點點頭。呂不韋又問：「太后有何訓示？」

嬴政坐下，將母后的話敘說一遍，末了說：「寡人實在弄不明白母后的意思。」

呂不韋說：「這不是禿頭上的虱子——明擺著嗎？對了！陛下可知太后爲何移居甘泉宮？」

嬴政說：「大概是圖清靜吧！」

呂不韋說：「恐怕沒那麼簡單！昭王時，宣太后也是住在甘泉宮的！」

嬴政腦海裡一震，說：「仲父是說母后想效法宣太后干預朝政？」

呂不韋說：「沒有準兒！陛下沒有答應太后提出的要求，臣想太后是不會死心的，肯定要召見臣，讓臣勸說陛下。」

嬴政急切地說：「那仲父怎樣回答？」

呂不韋胸有成竹地說：「陛下放心，臣自有辦法應對！」

呂不韋預計對了。第二日，秦太后果真派人召呂不韋到甘泉宮說話。她想，憑她和呂不韋那份難割難捨的私情，拉呂不韋站在自己一邊，通過呂不韋去說服或者逼令嬴政及早寫下傳位於成蟜的詔書，或許有望。

呂不韋跪拜行禮，秦太后命坐。呂不韋笑著說：「嫪毒侍候太后，想必十分精心，瞧太后的氣色，紅光滿面，神采飛揚，像是年輕了十歲。」

秦太后說：「是嗎？那是你呂相國一片好心，弄個太監來糊弄我，你倒好，從那以後就沒了蹤影。」

呂不韋說：「太監管用！我自愧不如，來了怕攪了太后的興致。」

秦太后紅著臉，羞澀地一笑，說：「你是個大滑頭！對了！說正經的，今日我找相國來，想請相國幫個忙。」

呂不韋說：「太后請講，我洗耳恭聽！」

秦太后也就不繞彎子，竹筒倒黃豆，將自己的想法和盤托出。

呂不韋早有思想準備，這時卻故意撓頭，說：「太后既愛長子，又疼次子，一片慈母心腸！不過事情恐怕難辦，關鍵在於大王陛下，他肯不肯寫那道詔書？」

秦太后說：「我跟政兒說了，他不願意寫。」

呂不韋說：「是呀！大王陛下正當青年，哪會考慮百歲千秋以後的事呢？太后逼他那樣做，不等於是咒他及早駕崩嗎？」秦太后說：「胡說！我哪有這個意思？我只是想兄終弟及，一碗水端平，日後也好向故去的先王有個交代。兄終弟及，歷史上有先例，如秦武公、德公、宣公、成公、穆公五代君主，都是兄長駕崩，弟弟繼位，很自然的。」

呂不韋說：「不錯！那五代君主確實是兄終弟及，但那是秦建國初期，環境險惡，國君必須選擇勇猛者而立之，否則就不能立足，更不用說發展勢力。穆公以後，康公、共公、桓公、景公等，都是父死子繼，採用嫡長子繼承制。躁公死後，倒是由弟弟懷公繼位的，結果導致內亂，庶長晁率領朝臣圍攻懷公，懷公被迫自殺。」

秦太后說：「別扯那麼遠！就說昭王，昭王是武王的弟弟，兄終弟及，在位五十六年，多了不起！」

呂不韋說：「太后莫要忘記，武王駕崩時沒有兒子，他的兄弟們經過激烈的鬥爭，昭王才得以繼位的。」

秦太后的臉色漸漸陰沉下來，說古論史，她哪是呂不韋的對手？她皺起眉頭，略帶怒氣，說：「看來相國是不想幫我忙了？」

呂不韋說：「那要看幫什麼忙，太后要我說服大王陛下現在答應兄終弟及，這個忙恐怕沒法幫。」

秦太后「嚄」地站了起來，在殿內來回走動，大聲說：「哼！我知道你是不會幫我的，你陰謀策劃二十年，不就是為了篡奪秦國的江山嗎？現在，你的兒子當了秦王，秦國的江山姓了呂，你當然高興了，得意了，怎會再讓呂氏天下恢復姓嬴呢？」

呂不韋慌忙站起身，跟著秦太后走動，擺著手說：「我的祖奶奶！這是殺頭掉腦袋的話，說不得的，說不得的啊！」

秦太后哈哈大笑，說：「怎麼？你心虛啦？害怕啦？殺頭掉腦袋？殺吧，掉吧！同歸於盡，那才好哩！」

呂不韋見秦太后越說越離譜，重新坐下，冷冷地說：「太后說大王陛下姓呂，他會相信嗎？而我說他姓嬴，他會堅信不疑。以我看，太后還是自我尊重為好，切莫失了身分！」

秦太后滿臉怒色，說：「身分？我是什麼身分？邯鄲的妓女，商人的小妾，王后太后，一婦二夫，不明不白，兒子貴為國王，卻說不清親爹是誰，我眞是造孽啊！」

呂不韋說：「我奉勸太后，最好面對現實，安居後宮，頤享天年，莫要插手朝政。記得在邯鄲時，太后講過晉獻公寵幸驪姬，驪姬欲立奚齊的故事，結果驪姬和奚齊都死於非命。秦國也有例子，秦惠公死後，小主夫人立兒子出子為國君，遭到國人反對，結果小主夫人和出子都被丟進深潭淹死。自古以來，女主干政不是國家之福，太后不宜重蹈覆轍！」

秦太后說：「你這是嚇唬我威脅我！好啦！你走吧！我倒要看看，你們呂氏父子統治秦國，到底能維持多久？」

話不投機半句多。呂不韋起身告辭。呂不韋剛走幾步，秦太后又叫住他，說：「你將這件東西帶走！」說著，從懷中掏出一塊白色絲帕，「絲溜」一聲扯作兩半，扔在地上。呂不韋撿起來一看，原來是秦太后當年畫的那幅畫，他和秦太后重新和好時，那幅畫起了彌合感情裂痕的作用。現在，秦太后將它扯爛了，剛好從兩隻鴛鴦中間分作兩半。呂不韋看了看畫，又看了看秦太后，隨手將絲帕扔在地上，轉身離去。

秦太后和呂不韋，這一對昔日的夫妻、情人，從此分道揚鑣了。呂不韋城府很深，知道秦太后是水溝裡的泥鰍，翻不起大浪。秦太后奢想破滅，心裡空落落的，下一步不知道該如何辦才好。

呂不韋憑著特有的政治嗅覺，意識到秦太后有干政的企圖。她移居甘泉宮，宴請樊於期和霍達生，對秦王嬴政訴以骨肉親情，對自己訴以情人私情，要使成蟜成為王位的合法繼承人。這不是一個好兆頭，一場權力之爭勢在必然。呂不韋認眞想過，秦太后自覺不自覺地參加權力爭鬥，究竟有什麼資本呢？她沒有家族勢力作後盾，沒有文臣武將作聲援，撩人的色相也已風光不再，最親近的人只有成蟜和嫪毐。嫪毐是個假太監，羽翼未豐，難成氣候，那麼只有成蟜可以用來一搏，因爲他是莊襄王的兒子，嬴政的弟弟，封長安君，多少還是有點能量的。顯然，成蟜是秦太后的全部希望所在，好像一顆不顯眼的癤子，遲早會長成瘡，潰爛化膿的。呂不韋老謀深算，眉頭一皺，計上心來，決計催化癤子立即長成瘡，待它潰爛化膿，連根剜掉！

這日朝會，呂不韋奏道：「上年趙、韓、魏、燕、楚五國合縱攻秦，主謀者是趙將龐煖，此仇不可不報！」

嬴政說：「寡人也正想對趙國用兵，仲父所奏，正合我意！」

於是，呂不韋調兵遣將，命蒙驁和張唐率兵五萬，出函谷關，攻取趙國的堯山（河北隆堯）；長安君成蟜率兵五萬，以樊於期和霍達生爲副將，取道蒲津渡，進軍屯留（山西屯留），以爲後援。

調兵遣將結束，散朝。嬴政留住呂不韋，小心地問道：「蒙驁、張唐久經沙場，統兵攻趙不成問題。只是成蟜年少，閱歷很淺，仲父任用他統兵，恐怕失策。」

呂不韋從容地答道：「陛下所言，臣豈不知？臣是替陛下著想，及早消除隱患呢！」

嬴政恍然大悟，說：「噢！原來如此！」禁不住嘴角一咧，會心地笑了起來。

38

秦太后懷著負罪於秦國的心理，站在呂氏父子的對立面，支持成蟜，釀成屯留兵變。

秦太后一心想使成蟜成爲嬴政的合法接班人，以便秦國的江山重新姓嬴，奢望也能夠像宣太后那樣，主持朝政，發號施令。沒料想嬴政不同意，呂不韋也不同意，直把她氣得兩眼冒火，七竅生煙。她很自然地將呂不韋和嬴政劃在一起，將自己和成蟜劃在一起，呂氏父子故意跟嬴氏母子爲難，兩股力量，針鋒相對。她認爲秦國的江山已被呂氏父子篡奪了，呂不韋正是篡奪秦國江山的元凶，而她出於無知，出於軟弱，妊娠再嫁，隱瞞眞相，欺騙莊襄王，客觀上充當了呂不韋篡權的幫凶。她已經良心發現，所以想通過和平的體面的形式，讓嬴政及早寫下詔書，將來傳王位於成蟜。然而此路不通，只有另尋別路，不管怎樣，自己是有責任有義務讓成蟜當上秦王的，否則死後有何面目去見莊襄王？

正在這時，朝廷任命成蟜爲將軍率兵五萬，和蒙驁、張唐一起攻伐趙國。好像是天公有意作美，樊於期和霍達生出任成蟜的副將。他們三人是秦太后最親近的人，能夠朝夕相處，共商軍機，也稱得上是珠聯璧合了。秦太后欣喜萬分，覺得這是恢復嬴秦天下的絕好機會，既然和平的體面的方法不能解決問題，那就只有用刀槍劍戟說話了。她並不懂得軍事鬥爭的底蘊，但懂得五萬大軍是一支威懾力很強的力量，行動起來，足以翻江倒海，撼動山嶽的。

秦太后決定抓住這個機會，向呂氏父子發動一次衝擊，衝擊成功，成蟜當秦王，如願以償；

衝擊失敗，也是一次示威，起碼會讓呂氏父子意識到成嶠的存在，意識到莊襄王嫡嗣的存在；就成嶠而言，也是一個鍛鍊，他仁厚懦弱，太需要在戰火中經受鍛鍊了。為此，秦太后秘密召見樊於期和霍達生，暗示說：「將在外，君命有所不受。長安君為王弟，難得離開咸陽，更難得統領兵馬。你二人是他的左右手，一切要見機行事，敢於放開手腳。」

樊於期聽出了話裡的意思，說：「見機行事，放開手腳，並不困難。如果涉及到太后和秦王的聲譽，我們該……」

秦太后當然知道「聲譽」二字所含的內容，斷然說：「你們認為怎麼有利就怎麼辦，不必顧忌！」

樊於期說：「是！請太后放心，我們會有所作為的！」

霍達生也說：「我們願捨死報答太后和長安君！」

秦太后說：「將士出征，莫言『死』字！我等著你們凱旋哩！」

秦國的軍隊組織編制序列大致是：大將軍（或上將軍、主帥）——副將（裨將、別將）——校尉——郡尉（或都尉）——軍司馬、車司馬——軍候——卒長——伍長。這次攻伐趙國，蒙驁和成嶠同為大將軍，各率五萬兵馬。蒙驁步出了函谷關，進抵堯山，趙國大將龐煖及副將扈輒率兵十萬禦敵，雙方在堯山一帶展開了一場惡戰。堯山山高坡陡，扈輒搶先一步，佔據了山頂，控制了制高點。蒙驁命張唐引軍二萬，前來爭奪有利地形。扈輒在山頂以紅旗為號，張唐往東，紅旗東指，張唐往西，紅旗西指。龐煖指揮趙軍，按照紅旗的指向，頻頻出擊，並傳下號令：「但凡生擒張唐者，封以百里之地！」因此，趙軍人人奮勇，無不死戰。張唐左衝右突，不能透出重圍，幸虧蒙驁引軍殺到，接應張唐，回歸本營。

秦軍五萬，趙軍十萬，兩相對峙，誰也不能取勝。蒙驁一面堅壘守營，一面命張唐前往屯留，催促長安君向堯山進兵。張唐策馬西行，未到屯留，得知屯留發生兵變，長安君成蟜反了！

原來成蟜率領五萬大軍到達屯留以後，年輕無知，全然不諳軍務，大事小事均由樊於期和霍達生張羅。霍達生忠厚老實，有勇力而無心機，諸事都聽樊於期的，所以樊於期就成了這支軍隊中的核心人物。樊於期憎惡呂不韋的爲人，牢記秦太后的囑咐，一日屏退左右，告訴成蟜很多很多的機密事。

樊於期說：「殿下可知當今秦王爲何人？」

成蟜說：「他是我的兄長呀！」

「不！」樊於期神色嚴肅地說：「他不是殿下的嫡胞兄長，他是相國呂不韋的兒子！」

成蟜驚訝得張大嘴巴，半天才說：「哪能呢？哪能呢？」

樊於期說：「一點不假，他是呂不韋的兒子！當初，太后先嫁呂不韋爲妾，妊娠兩個月後才嫁先王，所以當今秦王不是先王的骨血，而姓呂！太后嫁給先王，實是呂不韋的陰謀，偷樑換柱，目的在於篡奪秦國的江山。如今，他的陰謀實現了，呂氏父子統治了秦國，秦國江山名義上姓嬴，實際上姓了呂！」

成蟜不由得吸了一口涼氣，說：「聞所未聞！聞所未聞！事情怎麼會是這樣呢？」

樊於期說：「殿下是先王唯一的嫡子，太后寄厚望於殿下，希望殿下能恢復嬴秦的江山，以繼承先王的事業！」

成嶠心中疑惑，說：「那麼，朝廷這次任命我爲將軍，統兵攻趙，用意何在呢？」

樊於期說：「呂氏父子統治秦國，畏忌的只有一人，就是殿下。呂不韋讓殿下統兵攻趙，實是要借趙國之力，置殿下於死地。或則，蒙驁兵敗無功，殿下也必然因此而獲罪，輕則削籍，重則刑誅。這樣一來，嬴秦江山便永久地成了呂秦江山，沒有人敢說半個『不』字！」

成嶠似有所悟，點頭說：「是這麼回事！那麼，我該怎麼辦呢？」

樊於期說：「太后有旨，將在外，君命有所不受。現在，蒙驁兵困於堯山，急切不能歸來。而殿下手握重兵，良機難再，若以檄文傳告天下，說明宮闈詐謀，臣民誰不願奉先王嫡子以主社稷呢！」

成嶠只覺得熱血奔湧，心火突突，忿然按劍說：「大丈夫死則死耳！哪能臣服於一個商人的兒子？好！我一切聽從樊將軍的籌畫！」轉而又想到一個問題，說：「樊將軍起草檄文，涉及到母后的情節，但不知如何處理？」

樊於期說：「太后有話，一切以有利於殿下爲原則，不必顧忌她的聲譽。」

成嶠說：「母后既然有話，樊將軍就去辦吧！」

樊於期大喜，約會霍達生，彼此通了氣。霍達生一切聽從樊於期的，沒有意見。樊於期立即召來幕府的長史，口授主要內容，長史執筆修辭潤色，半日之內，寫好檄文，略云：

長安君成嶠布告中外臣民知悉：傳國之義，嫡統爲尊，覆宗之惡，陰謀爲甚。文信侯呂不韋者，韓國陽翟的一個商人，譎詐狡猾，覬覦秦國江山。當今秦王嬴政，實非先王骨血，而是呂不韋之子。呂不韋初以妊娠之妾，巧惑先君，繼以奸生之兒，詭登大位，恃欺騙爲奇策，邀顚覆爲上功。孝文王和莊襄王不壽早終，原由可疑，是可忍，孰不可忍？呂不韋陰謀既成，大權在握，朝非眞主，陰以易嬴氏而爲呂氏；高居尊位，終當變臣屬爲國君。社稷危傾，神人胥怒！宗廟將毀，祖宗不寧！我身爲先王嫡嗣，欲乞天誅，甲冑干戈，載義聲而生色；子孫臣庶，念先德以同驅。檄文到日，望磨礪以待，高舉義旗，討逆懲凶！

檄文複製了一百多份，有的寫在白帛上，有的刻在木牘上，裝進竹簡，塞上檢木，封以粘土，蓋上長安君的印章，以防他人私拆。這種鈐有印章的土塊叫做封泥，是古代封發書信的原始形式。樊於期派出士兵將檄文四下傳布，頓時，秦國上下沸沸揚揚，屯留兵變成了人們矚目的焦點。

秦國好多人都知道秦太后曾是呂不韋的愛妾，後來不知何故，他將她贈獻給莊襄王了。及見檄文中「妊娠」、「奸生」等語，信以爲實，認定秦王嬴政是呂不韋的兒子，呂不韋獻妾是爲了盜國，十惡不赦。他們畏懼呂不韋的威勢，不敢貿然回應成嶠，卻也心意彷徨，駐足觀望起來。其時，天空出現彗星，先現於東方，復現於北方，又現於西方。古時人們視彗星爲「掃帚星」，主兵凶，彗星出現，必有兵禍。因此，人心更加搖動，茫然無從。

樊於期發出檄文，將屯留一帶的男子，從十五歲至六十歲，全部編進軍伍。並和霍達生分別攻克長子城（山西長子）和壺關城（山西壺關），兵馬猛增到十五萬，聲勢益壯。張唐在途中得知這一情況，哪還敢去屯留？急匆匆快馬加鞭，直奔咸陽告變。

咸陽，夏太后剛死，秦王嬴政正在辦理喪事。夏太后是莊襄王的生母，嬴政的祖母，秦太后的婆母，喪禮雖然不十分隆重，卻也不能過於草率。夏太后生前無寵，又沒當王后，不能和孝文王合葬，只能選擇孝文王壽陵和莊襄王陽陵之間的杜東（陝西長安東）築墓安葬。夏太后很喜愛這個地方，說：「這裡很好！東望我子，西望我夫。百年以後，我墓旁當有萬家邑。」這位夏太后眞可謂未卜先知，堪稱傑出的預言家。因爲她的墓在鴻固原上，她死後一百多年，西漢宣帝杜陵恰好建在她的墓南，設杜陵邑，有戶三萬，鴻固原因此改稱杜陵原。

當張唐星夜奔回咸陽的時候，嬴政和呂不韋剛從夏太后的墓地回來，坐在咸陽宮裡說話。張唐入見，訴說了屯留兵變的情況。嬴政和呂不韋相視而笑，那意思是說：「這不？一切都是意料中的事！」接著，侍衛呈上封泥完好的竹筒。嬴政拆開竹筒，取出白帛觀看，原來是長安君成蟜聲討他的檄文。他看著看著，臉色大變，什麼「當今秦王，實非先王骨血，而是呂不韋之子」，什麼「奸生之兒，詭登大位」，使他大受刺激，怒不可遏。呂不韋接過白帛，粗覽幾眼，笑著說：「陛下不必動怒，這是樊於期蠱惑人心的伎倆。樊於期有勇無謀，成不了大事。臣這就發兵前往討伐，剜掉長安君這顆癤子！」說罷，立拜王翦爲大將，桓齮、王賁爲左右先鋒，率兵十萬，前往屯留，討伐長安君。成蟜哪裡知道，一場巨大的劫難悄悄臨近了。

39

嬴政和呂不韋堅決鎮壓屯留兵變，成蟜兵敗投降，樊於期和霍達生逃亡。

蒙驁和龐煖對峙於堯山，等待著屯留長安君的援軍。等待多日，不見動靜，忽然接到快馬送達的檄文，如此這般，不由大驚失色，心想：「我與長安君統兵攻趙，至今未建功勛，而長安君卻造反了，我豈能逃脫干係？當務之急，只有掉轉方向，反戈平定逆賊，才能表白自己。」於是下令班師，將軍馬分作三隊，親自斷後，緩緩而行。

龐煖探聽到秦軍移動，立選精兵三萬，命扈輒率領，抄小道埋伏於太行山林深處，叮囑說：「蒙驁老將，班師必親自斷後，你等須待秦軍通過八九成後，快速從後面邀擊，必獲全勝。」

扈輒奉命自去埋伏。蒙驁催軍前進，見前無阻擊，後無追兵，很是放心。突然一聲炮響，戰鼓咚咚，號角齊鳴，林木深處湧出千軍萬馬，吶喊聲震天撼地。扈輒率領的伏兵突出，截住蒙驁，大砍大殺。不一時，龐煖從後面衝上來，高喊：「蒙驁老賊，快快下馬受死！」秦軍前軍去遠，後軍人少，寡不敵眾，陷入絕境。蒙驁揮戟力戰，全無懼色，發一聲怒吼，刺殺趙軍數十人。秦軍死一人少一人，趙軍死一人多一人，蒙驁被趙軍重重包圍，脫身不得。龐煖命令放箭，萬箭齊發，亂如飛雨，可惜秦國一代名將，竟慘死於亂箭之下。

蒙驁戰死，王翦統領的十萬秦軍已到屯留，成蟜嚇得心驚肉跳，連聲說：「這如何是好？這如何是好？」樊於期還算沉著，說：「殿下今日是騎虎之勢，只能上不能下。何況，屯留、長子、壺關三城兵馬，不下十五萬，背水一戰，未卜勝負，何懼之有？」

王翦和樊於期在屯留城外列陣相對。王翦厲聲說：「大膽樊於期！國家何曾虧待於你？你爲何慫恿長安君謀反？」

樊於期欠身回答說：「嬴政乃呂不韋奸生之兒，誰不知之？你等世受國恩，高官厚爵，何忍嬴氏江山被呂氏篡奪？長安君乃先王的嫡子，所以奉之。將軍若念先王之祀，不妨和樊某一同舉義，殺向咸陽，誅奸相，廢僞王，扶立長安君登位，將軍世代封侯，榮華富貴，豈不美哉！」

王翦說：「太后懷妊十月而生秦王陛下，他是先王骨血無疑。你是惡意誹謗，污辱陛下！犯此滅門之罪，尙自巧言虛飾，搖惑軍心，拿住之時，碎屍萬段！」

樊於期怒火塡膺，瞋目大呼，催馬揮刀，直入對方軍中。秦軍見其雄猛，莫不披靡。這邊又惱了霍達生，發一聲喊，縱馬掄錘，搶入軍陣，左衝右突，如入無人之境。王翦指揮士兵圍困二將，凡數次，樊於期和霍達生皆潰圍而出，殺死秦軍百餘人。直至日落西山，方才鳴金收兵。

王翦屯兵於屯留西面的傘蓋山，暗想：「樊於期、霍達生如此驍勇，不可力敵，必須計取！」當即詢問部下說：「你們當中，可有認識長安君的？」

一個名叫楊端和的站出來回答說：「末將是屯留人，曾在長安君門下爲客，和他認識。」

王翦大喜，說：「我且修書一封，你可當面送交長安君，勸他早圖歸降，莫要自尋死路！」

楊端和說：「末將如何進得城去？」

王翦說：「待明日交鋒收兵之時，你可扮作敵軍模樣，趁亂混入城中。以後只看我攻城勢急，你便去見長安君，必然有變。」楊端和領計，自去準備。

次日，王翦升帳，命桓齕引一軍攻長子城，王賁引一軍攻壺關城，自引一軍攻屯留城，三處同時攻城，管教敵人首尾難應。樊於期探知消息，對成蟜說：「假若長子、壺關二城丟失，屯留城就危險了。現可乘王翦分軍之時，決一勝負，攻他個措手不及！」

成蟜早已是六神無主，流著淚說：「此事乃將軍主謀，但憑決斷，無須問我。」

樊於期和霍達生選調精兵一萬五千人，大開城門，要和王翦決戰。王翦假裝敗陣，退軍十里，安營紮寨。樊於期和霍達生得勝回城，楊端和神不知鬼不覺地混進去了。他的家在屯留城裡，自有安身之處。

雙方對峙數日。成蟜寢食不安，問樊於期道：「王翦軍馬不退，如何是好？」

樊於期回答說：「幾次交鋒，已挫敵人銳氣。今日我和霍將軍悉兵出戰，務要生擒王翦，直入咸陽，扶立殿下爲王，以遂我志！」

成蟜說：「全仰仗二位將軍了！」

王翦退軍十里，命令深溝高壘，分守險隘，不許出戰。暗中卻發兵二萬，前去援助桓齕、王賁，催促儘快攻克長子、壺關二城。樊於期和霍達生連日悉銳出戰，秦軍只是不應。樊於期以爲王翦膽怯，正想分兵接應長子、壺關二城，忽然哨馬來報：「長子城和壺關城已被秦軍攻克！」樊於期驚訝萬分，頓足說道：「這下子完了！」爲了穩住成蟜的信心，他率領兵馬屯於屯留城外，嚴陣以待。

桓齕、王賁分別攻下長子城和壺關城，分兵設守，來見王翦。王翦大喜，說：「這下好了，剩下屯留孤城一座，指日可破！樊於期完蛋了！」

這時，守營士卒前來通報：「將軍辛勝，奉命來此，已在營外。」

王翦慌忙出迎，問其來意。辛勝說：「一者，秦王念將士勞苦，命我來犒賞；二者，秦王深恨樊於期，命我捎話給將軍：『必須生擒此人，手劍斬首，以洩其恨！』」

王翦說：「謹遵聖命！好！將軍此來，我正有用處哩！」一面吩咐將帶來物件，豬、羊、酒等分發下去，犒賞三軍；一面發令，命桓齕、王賁各引一軍，埋伏於左右兩翼，又命辛勝引兵五千前去搦戰，自己則率大軍準備攻城。

成蟜聽說長子、壺關二城丟失，越發驚慌，忙召樊於期入城商議對策。樊於期說：「決戰只在早晚，定有分曉。倘若不勝，我陪殿下前往燕國，聯合諸侯，共誅僞王，以安社稷！」

成蟜眼角濕潤，說：「將軍小心在意就是了！」

樊於期回到城外大營，哨兵報告：「秦王新遣將軍辛勝，前來挑戰！」

樊於期說：「辛勝乃無名小卒，我當先斬此人！」遂率兵開營迎戰，略戰數合，辛勝敗退。樊於期恃勇追趕，約行五里，左翼桓齕，右翼王賁，伏兵殺出，旌旗飛揚，喊聲震天。辛勝掉轉身來，再戰樊於期。樊於期縱然雄猛，一人不敵三人，大敗撤退。王翦兵馬已布滿屯留城外，樊於期一聲怒吼，大刀揮舞，殺開一條血路，城中開門接應，方得入城。王翦合兵圍城，四面攻打。樊於期和霍達生日夜巡城，不敢鬆懈。

早就混在城中的楊端和見事態危急，乘夜求見長安君成蟜，稱：「有機密事相告。」成蟜記得楊端和曾是門客，欣然命進。楊端和請成蟜屏退左右，然後說：「秦軍強盛無比，殿下是知道的。東方六國尚且不能取勝，何況屯留一座孤城？一旦城破，殿下性命休矣！」

成蟜懦弱像個軟柿子，說：「樊於期說當今秦王非先王骨血，慫恿我討逆，弄成現在這個局面，實非我的本意。」

楊端和說：「樊於期恃匹夫之勇，不知天高地厚，慫恿殿下做僥倖之事，哪能成功？他傳檄郡縣，沒有回應者，便是證明。王翦攻城甚急，城破之日，殿下何以自全？」

成蟜嘆口氣說：「樊於期說了，可以北走燕國，合縱諸侯，再作計較。」

楊端和說：「殿下未免天眞，合縱之事早就不靈了，豈可拿來再用？東方六國，哪國不畏懼秦國？殿下逃往任何一國，秦國遣一使者前去交涉，那國必將殿下五花大綁獻於秦國，殿下還想活命嗎？」

成蟜急得直搓手，說：「這可怎麼辦呀？這可怎麼辦呀？」

楊端和見時機已到，便說：「王翦將軍亦知殿下被樊於期所惑，特致密書一封，託我呈於殿下。」說著，從懷中取出一塊白帛，遞給成蟜。成蟜展讀，但見密書寫道：

殿下身為秦王之弟，貴封長安君，奈何聽無稽之言，行不測之事，自取滅亡，豈不可惜？首難者樊於期，殿下若能擒獲此人，獻於軍前，束手歸罪，某當保奏，秦王必寬恕殿下。若一意孤行，負隅頑抗，悔無及矣！

成蟜讀信，淚流滿面，說：「樊將軍乃忠直之人，我何忍獻出？」

楊端和說：「殿下眞可謂婦人之仁！殿下既然不從王將軍所言，我當辭去。」

成蟜忙說：「別！別！足下且請留在我的身邊，莫要遠離。王將軍所言，容我再想一想。」

楊端和說：「殿下可不要洩露消息！」

成蟜說：「這個自然！」

次日，樊於期入城見成蟜，說：「秦軍勢盛，人情惶懼，屯留城旦夕不保。我願奉殿下逃奔燕國，更作後圖。」

成蟜依然流淚，說：「我宗族俱在咸陽，現在遠避他國，他國肯收留我嗎？」

樊於期說：「各國皆恨秦國，何愁不收留殿下？」正說話間，外面來報：「秦軍進攻南門，形勢吃緊！」樊於期再三催促成蟜，說：「殿下不趕快走，以後想走就來不及了！」成蟜惦記著楊端和的話，猶豫不肯動身。樊於期急得跺腳，沒奈何，只得綽刀躍馬，馳出南門，抗擊秦軍。

楊端和勸成蟜登城觀戰。但見樊於期鏖戰良久，秦軍越聚越多。樊於期漸漸不支，退至城下，高叫：「開門！」楊端和仗劍立於成蟜身旁，厲聲說：「長安君已歸降朝廷，樊將軍請自便！有敢開城門者斬！」說著，袖中亮出一面白旗，上寫一個斗大的「降」字。成蟜此時不知如何是好，蹲在城頭垂泣而已。

樊於期在城下看到城頭的一幕，長嘆一聲道：「孺子不足輔也！」轉身再戰秦軍。因王翦傳下秦王命令，必欲生擒樊於期，不許施放冷箭。樊於期因此得以殺開一條血路，縱馬逃向北方去了。

南門外戰鬥正酣，東門外也殺得難解難分。霍達生左肩已經中箭，血染鎧甲，猶掄錘大戰桓齕。秦軍重重包圍上來，霍達生自料難以禦敵，遂將馬頭一拍，那馬四蹄騰空，旋風似地躍出重圍，向著兵馬稀少的開闊方向，風馳電掣般地奔去。馬蹄踏地，塵土揚起，像一條翻捲穿行著的灰黃色長龍。

40

嬴政梟斬成嶠，秦太后求情不准。參加屯留兵變的五萬秦軍身首分離，並殃及成千上萬的無辜生靈。

樊於期和霍達生逃亡，楊端和打開城門，迎接王翦大軍進入屯留城。成嶠戰戰兢兢，拜見王翦。王翦愛理不理，命將他囚禁於公館，聽候發落，同時派辛勝回咸陽報捷，並請示如何處置長安君。

秦太后在甘泉宮，隨時注視著屯留兵變的進展情況。當樊於期慫恿成嶠發動兵變，並攻佔了長子、壺關二城的時候，她感到欣喜，認爲開局不錯，形勢有利。她也見到了聲討嬴政的檄文，認爲言詞犀利，矛頭對準呂不韋和嬴政，於自己的聲譽並無大礙。張唐告變，王翦統兵十萬討伐長安君，她未免驚慌，覺得凶多吉少，不過仍寄希望於樊於期和霍達生，指望他二人能以神勇輔助成嶠，擺脫厄運。她過高地估計了樊於期和霍達生的能力，殊不知領兵打仗，光憑猛打猛衝是不行的，還得靠心機靠智謀，況且，嬴政和呂不韋所維持的政權是代表了新興地主階級利益的政權，豈是成嶠、樊於期等人能夠取代的？

屯留兵變是嬴政和呂不韋有意促成的，他們掘好了陷阱，單等獵物朝陷阱裡跳。因此，成嶠和樊於期失敗是情理中的事，再必然不過了。秦國法律規定，軍事將領的反叛行爲，不僅僅是軍事犯罪，而且是背叛國王和國家的政治犯罪，對其處罰特別嚴酷，不僅全軍將士皆斬首，而且對被脅從叛亂的當地百姓也全部處以流放。所以，當王翦派辛勝請示如何處置長安君的時候，嬴政毫不猶豫地說：「長安君梟斬於屯留！所有參與兵變者，皆斬首！屯留百姓，盡遷於臨洮（甘肅岷縣）！」

秦太后聽到嬴政梟斬成蟜的旨意，嚇得魂不附體。她雖然有兩個兒子，但只有成蟜才是莊襄王的嫡子，保持著嬴秦的血脈。成蟜一死，嬴秦的江山可就徹底地完啦！爲了保住成蟜的性命，她不得不厚著臉面，到咸陽宮替成蟜求情。她穿一身素服，不施脂粉，不戴簪環，見了嬴政，「撲通」跪地，說：「成蟜犯了死罪，懇望陛下念他年輕無知，又是兄弟，我代他請罪，求免一死。」

嬴政見母后跪地，於心不忍，慌忙將她扶起，賜坐，然後說：「成蟜年輕無知是事實，但他不承認是我的弟弟！母后想必看過他的檄文，那上面寫得清楚！」

秦太后極力爲成蟜辯解，說：「那是他一時糊塗，胡言亂語。」

嬴政說：「他不糊塗，也不是胡言亂語！他是謀反，一心要篡奪王位！」

秦太后說：「陛下就免他一死吧，讓他悔過自新就是了。」

嬴政滿臉怒氣，眼放凶光，大聲說：「反賊不誅，國無寧日，骨肉王侯就都謀叛了！」

呂不韋端坐在一旁飲茶，欣賞著茶杯上的捲雲紋飾。秦太后轉臉說：「呂相國就不能幫我說幾句話嗎？」

呂不韋微微一笑，說：「這是陛下和太后的家事，老臣不便插言，不便插言！」

嬴政說：「這是家事，也是國事！家有家規，國有國法，且有軍法，對於反叛者絕不輕饒！」

秦太后完全絕望了！她看著眼前的兩個人，一個是自己的兒子，尊爲秦王；一個曾是自己的丈夫、情人，尊爲相國。他倆是父子啊！掌握著秦國的軍政大權，生殺予奪，一言九鼎！顯然，他倆是鐵石心腸，冷酷無情，可憐的成蟜是死定了！她一想到成蟜被梟斬，而且那顆血淋淋的人頭還要高掛於城頭示眾，不覺渾身驚顫，兩眼一黑，身子往地上一溜，暈倒了……

辛勝奉命再往屯留，傳達了嬴政的旨意。王翦去見成蟜，宣布執刑。成蟜年方十七歲，不想死，可是王命如山，容不得他活在世上。他跪地西向，高舉雙手喊道：「母后啊！孩兒去了！」喊罷，一頭撞向牆壁，氣絕身亡。王翦命人砍下成蟜的頭顱，懸於城門示眾。

參與屯留兵變的五萬士兵更加慘了。他們執行的是命令，結果卻是反叛的罪名，全被斬首。五萬具屍體，五萬顆頭顱，那是一種多麼觸目驚心的場景啊！屍積如山，血流成河，天昏地暗，草木哭泣。戰爭給人民造成了巨大的災難！戰爭奪去了多少無辜的生命！

屯留城裡的千戶百姓更是無辜的，他們由持刀執劍的秦軍監視著押送著，拖兒帶女，背井離鄉，艱難地跋涉，去到遙遠的陌生的臨洮安家落戶。偌大的屯留城，一日之內爲之一空。途中，多少人餓死了累死了病死了，只能棄屍荒野，成了孤苦無依的恨鬼冤魂。

樊於期和霍達生在逃，嬴政懸賞捉拿，稱：「凡生擒以獻者，賞黃金千斤，封萬戶侯！膽敢窩藏者，和賊犯同罪！」嬴政想起來，樊於期妻子碧雲，霍達生妻子艷雪，住在咸陽，常和太后往來，儘管碧雲和艷雪在趙國的坎兒寨，精心地照料過他以及他的母后和弟弟，但她倆如今是賊犯的親屬，照樣罪不容赦。他命負責軍事司法的軍正搜捕碧雲和艷雪，很快將二人抓到。其時，碧雲的兒子已近十歲，艷雪正懷著身孕。嬴政毫無憐憫之心，命將碧雲母子和艷雪一併斬首。碧雲和艷雪，兩個可憐的女人，她倆侍候秦太后多年，從趙國來到秦國，成爲衛尉夫人，卻在咸陽身首分離，死於非命。

秦太后醒來，發現自己睡在甘泉宮的寢殿內，嫪毐坐在身旁，正若有所思地看著她。她模糊記得，她是在咸陽宮暈倒的，怎麼又回到甘泉宮了呢？嫪毐見秦太后睜開眼睛，歡喜得什麼似的，忙拉住她的手，說：「謝天謝地，你終於醒了！」

秦太后渾身乏力，說：「我怎麼回來了？回來多久了？」

嫪毐說：「那天你暈倒在咸陽宮，秦王陛下命侍衛用馬車將你送回來，你回來還是昏睡，已經三天三夜啦！」

秦太后又想起成蟜，想到他已經慘死，不由得淚水嘩嘩，傷心地啜泣起來。嫪毐倍顯溫存，一面替她擦淚，一面吻她的面頰，說：「事情已經過去了，你還是珍惜身體要緊。」

秦太后雙手摟住嫪毐，嗚咽著說：「我現在只有你這個親人啦！」

嫪毐笑著說：「我會讓你快活開心的。」說著命宮女端來洗面水，讓秦太后洗了臉；又命宮女送來一碗參湯，強迫秦太后喝下。參湯下肚，秦太后又來了精神，問嫪毐道：「這幾天有什麼情況？」

嫪毒是個消息靈通的人，朝廷大事，街巷趣聞，他是無所不知。他告訴秦太后：屯留方面回報，成蟜自殺，梟首示眾；五萬士兵斬首，全城百姓遷徙臨洮；樊於期和霍達生的妻子都受牽連，問了斬刑。

秦太后忙問：「碧雲的兒子呢？快十歲了，怎麼樣？艷雪正懷著身孕，也殺啦？」

嫪毒點頭說：「都殺了，無一幸免。」

秦太后鼻子一酸，又流下淚來，繼而咬牙切齒地說：「呂不韋！嬴政！你倆好狠毒啊！」許久，又憂傷而黯然地說：「是我牽連了碧雲和艷雪，但不知樊於期和霍達生怎樣了？」

嫪毒說：「聽說樊於期逃到燕國去了，霍達生逃亡，下落不明。秦王已懸巨賞，捉拿他倆。」

秦太后說：「但願他倆平安無事！」

嫪毒陪伴秦太后已滿一年，憑著阿諛諂媚、察言觀色的特殊本領，將秦太后的裡裡外外看得透透。秦太后宴請樊於期和霍達生，要二人輔助成蟜，恢復嬴秦江山，並沒有告訴嫪毒，而嫪毒卻知道得清清楚楚，只是不想介入罷了。因爲他明白，成蟜是個花花公子，樊於期和霍達生是兩個武夫，這三個人混在一起，成不了氣候。屯留兵變的失敗，充分印證了他的預見。他對秦太后的感情是有眞有假：說眞，因爲她是太后，是國母，自己能和太后、國母朝夕相伴，尋歡作樂，豈不是福氣？說假，因爲秦太后畢竟年近四十歲了，姿色衰退，皮膚鬆弛，哪裡比得上二十歲上下的大姑娘、小媳婦？他和她摟抱著睡覺做那種事，只不過是逢場作戲。他盼望著有那麼一天，自己也能飛黃騰達，出人頭地，就像秦王嬴政和相國呂不韋那樣，高車大馬，隨從如雲，金屋藏嬌，隨心所欲，那才多美啊！

這天晚上，秦太后已經睡下，嫪毒正坐在殿裡想著心事。忽然，看門的宮監前來通報，說外面有一人求見太后。嫪毒警覺地瞪圓眼睛，問道：「那人姓什麼叫什麼？」宮監答道：「他不肯說。」嫪毒朝秦太后的寢殿瞥了一眼，輕聲說：「走！看看去！」說著，隨宮監一起來到宮門外，抬眼一看，不禁嚇了一跳：原來那人竟是霍達生！

霍達生自從屯留城東門外戰敗以後，躍馬逃出重圍，鑽進山林裡。他裹好左肩的箭傷，脫去鎧甲，丟掉銅錘，晝伏夜出，騎馬西行。他惦記著懷孕的妻子艷雪，決定潛回咸陽看看親人。在蒲津渡，他將心愛的戰馬送給船工，央求船工將他送到黃河西岸。然後步行，躲過秦軍耳目，好不容易到達咸陽。他不敢貿然回家，便先來求見秦太后。

嫪毒和霍達生彼此認識，卻沒有正式打過交道。嫪毒看霍達生，滿臉塵灰，衣履不整，左肩纏著黑布，神情驚疑而惶恐。他將霍達生拉到一側，低聲說：「我的爺！你從哪裡來？到甘泉宮幹什麼？」

霍達生兩眼看著左右，說：「屯留兵敗，我逃得一命，潛回咸陽，只想看看艷雪，故來求見太后。」

嫪毒剛想說：「碧雲和艷雪都已死了。」話到嘴邊又嚥了回去。他腦海裡飛快地閃過一個念頭，霍達生是朝廷通緝的賊犯，賞格高得驚人：「黃金千斤，封萬戶侯」！自己不是盼望飛黃騰達、出人頭地嗎?現在正是絕好的機會,何不先穩住霍達生,隨後這麼這麼做?他打定主意,依然低聲說:「艷雪在家滿好,沒聽說怎麼樣。太后已經睡下,不便打擾,瞧你又饑又渴的樣子,不妨先在這裡住下,弄點吃喝,待天明再見太后。記住!朝廷正懸賞捉拿你和樊將軍,窩藏者同罪,你可不能隨意走動,給太后和我添麻煩!」

霍達生此時是無處可去,只能聽從嫪毒的安排。嫪毒將他帶進宮監居住的門房,門房爲套間,讓他住裡邊的一間,並吩咐宮監說:「他是太后的親戚,剛從趙國來,明日要見太后,你快去弄點吃喝來!」宮監去不多時,端來一大碗糲飯,兩塊蒸餅,一盤牛肉一盤羊肉,外加一壺酒。霍達生實在餓急了,也不客氣,狼吞虎嚥地吃了個精光。吃完洗腳,上床睡覺。嫪毒直到霍達生打起呼嚕,方才離去。

41

霍達生逃回咸陽，嫪毒深夜告密，換得長信侯爵號。甘羅十二歲使趙，奇才短命。

月暗星迷，夜色沉沉。整個咸陽城都進入了夢鄉，除了奔騰不息的渭河水外，其他幾乎聽不到什麼聲響。甘泉宮的偏門打開，一個人牽著一匹馬，躡手躡腳，鬼鬼祟祟，出了偏門，向西走了數十步，然後躍上馬背，兩腿一夾，鞭子一揚，馬隨人意，疾馳而去。

不用問，騎馬人肯定是嫪毒。他從見到霍達生的那一刻起，腦子裡想的全是那誘人的巨賞：黃金千斤，封萬戶侯！他小子眞個是交了桃花運，從一個淫棍變爲秦太后的情夫，可以大搖大擺地出入宮廷；天幸霍達生又落到他的手裡，他只要密報官府，抓住這個賊犯，那黃金那爵位不都是屬於自己的？

嫪毒滿心喜悅，興奮至極。他先想到內史署（咸陽令署）或相國府去密報，但覺得不妥，因爲霍達生是秦王嬴政要抓的賊犯，密報內史署或相國府，別人分享了他的功勞，划不來。不！他要親自去咸陽宮，面見秦王，功勞獨享，那才能顯示出能耐哩！

嫪毒很快到了渭橋，橋上有巡夜的打更的更卒。更卒高聲喝問：「什麼人？膽敢夜闖渭橋？」

嫪毒欠身回答：「甘泉宮宮監嫪毒，奉太后之命，去咸陽宮問事！」

從甘泉宮來，到咸陽宮去，誰敢阻攔？嫪毒過了渭橋，向東，到了咸陽宮門前，對守衛宮門的衛尉令說：「甘泉宮監嫪毒，有事求見秦王陛下，煩請通報！」

衛尉令見嫪毒黑衣黑褲，神情鬼祟，呵斥道：「去！去！夜深之時，咸陽宮是你進得的？秦王陛下是你見得的？」

嫪毒並不氣惱，說：「你去通報，就說我有機密大事相告，秦王陛下肯定見我！你若延誤，吃不了可得兜著走！」

衛尉令見嫪毒口氣很硬，似乎有些來頭，卻也不敢怠慢，入內通報。不一時出來，說：「隨我來，大王願意見你！」

嫪毒輕輕一笑，跟隨衛尉令走進咸陽宮，來到紫微殿。紫微殿裡燈火輝煌，酒肉飄香，嬴政正在一群宮女的包圍中，飲酒作樂。嫪毒跪地，說：「奴才嫪毒拜見大王！」

嬴政並未看他，說：「你深夜來見寡人，說有機密大事，快講！」

嫪毒說：「奴才已經抓到霍達生！」

「什麼？你抓到霍達生？」嬴政眼睛發亮，快步走到嫪毒跟前，急切地說：「他在哪裡？」

「奴才已將他穩住，現在甘泉宮門房裡睡覺！」

「好！來人！傳旨軍正丞，讓他帶領五百人，速去甘泉宮捉拿霍達生歸案！」

宮監趙高奉命，匆匆前去傳旨。嫪毒依然跪地，說：「奴才是背著太后前來密報的，懇請大王替奴才保密。」

嬴政哈哈大笑，說：「你倒狡猾，吃裡扒外，養不熟的狗！好啦！起來吧！抓住霍達生，寡人自會重重賞你！」

嫪毒磕頭，說：「奴才謝大王！」起身退去。

當嫪毒騎馬返回甘泉宮的時候，軍正丞帶領的五百名士兵已將甘泉宮門房包圍得水洩不通。看門的宮監不知何故，嘟嘟囔囔地開了門，士兵一擁而入，將正在熟睡的霍達生按住，取出繩索，捆了個嚴實。宮監慌忙說：「你們幹什麼？他是太后的親戚！」軍正丞猛地推開宮監，說：「沒你的事！滾一邊去！」說著，命人押解著霍達生，逶迤而去。霍達生糊里糊塗地被抓住，不吭一聲，心想定是嫪毒那個混蛋將自己出賣了！

嫪毒走過來。看門的宮監正想跟他解釋，他按手止住宮監，說：「此事到此為止，什麼也別說！特別是太后面前，千萬別提今夜的事！」宮監瞪著眼睛，不明其意。

嫪毒回到寢殿，脫衣上床。秦太后已睡了一覺，伸出白裸的手臂，將他摟在懷裡，撒著嬌說：「死鬼！怎麼才睡？剛才宮外人聲嚷嚷，幹什麼來著？」

嫪毒說：「大概是士兵操練吧？沒事！」他躺在秦太后的懷裡，一直沒有合眼，想著將要得到的封賞，樂滋滋的，忍不住笑。

霍達生被朝廷抓獲，結局自可想像。嬴政下令：立斬於市，懸頭於城門示眾。秦太后從宮女口中得知霍達生伏法，暗自垂淚，嘆道：「唉！又是一條人命啊！」

接著，聖旨頒下：封嫪毒為長信侯，賜以山陽（河南焦作東）作為食邑。此旨一下，朝野皆驚：一個太監怎會突然封侯呢？怎會享有那樣大的食邑呢？別人不說，相國呂不韋就很納悶：嫪毒這惡棍耍了什麼花樣，竟然獲得秦王如此信用？就連秦太后也驚訝不已，心想嬴政大概是良心未泯吧？他殺了弟弟成蟜，殺了曾經照料過他的碧雲和艷雪，擔心母后憂傷孤獨，所以封母后身邊的宮監爲侯，權作一種安慰和補償。嗯！這個兒子還算有點孝心的嘛！

嫪毐一下子抖起來了！金印紫綬，秩祿萬石，五鼓上朝，和呂不韋等公卿大臣平起平坐，神氣活現。所有的女人都愛虛榮，秦太后對於嫪毐的發跡最爲高興。因爲情夫是一個顯赫的王侯還是一個卑賤的宮監，就她的心理感受而言，那是不一樣的。

嬴政殺了成蟜，殺了霍達生，還要殺樊於期。樊於期實是屯留兵變的罪魁禍首，不殺不足以洩恨。他知道樊於期逃到燕國去了，立即致書燕王姬喜，命他必須交出樊於期，否則兵戎相見。燕王回書說，樊於期逃進深山藏匿，一時難以抓獲，懇請秦王鑒諒。爲表示燕、秦友好，他願意將太子姬丹送到秦國當人質，並請秦國派一人擔任燕國的相國。燕王的誠心和態度無可挑剔，嬴政遂將樊於期事擱在一邊，接受姬丹爲人質，並挑選一人到燕國去。挑來挑去，呂不韋推薦老將軍張唐，稱此人精幹老到，出任燕相再合適不過了。誰知張唐眷戀故土，不願遠涉他鄉，托病不從。呂不韋親自登門相請，左說右說，張唐堅決不答應，致使呂不韋敗興而去。

呂不韋回至府中，獨坐納悶，心想自己推薦張唐，秦王同意了，可是張唐不從命，怎麼辦？這時，一個乖巧伶俐的兒童走進來，仰著小臉問道：「相國愁眉不展，不知有何心事？」

呂不韋見那兒童叫甘羅，乃已故名將甘茂的孫子，年僅十二歲，是自家三千多個門客中年齡最小的門客，便生氣地說：「去！孺子知道什麼？少來囉嗦！」

甘羅歪著腦袋說：「相國有心事，不妨說出來，我或許能替相國分憂。」

呂不韋說：「我推薦張唐到燕國去擔任相國，而他執意不去，我正為此作難。」

甘羅說：「嗨！就這麼點小事，有何難哉？我去叫他立即動身！」

呂不韋叱道：「孺子狂妄！我親自登門相請，他都無動於衷，你還能將他說服？」

甘羅說：「相國等著瞧吧！」於是欣然辭去，前往張唐府。

張唐欺甘羅年幼，愛搭理不搭理的，說：「孺子前來貴幹？」

甘羅說：「特來弔唁將軍！」

張唐勃然變色，說：「孺子無禮！怎敢咒我？」

甘羅輕輕一笑，說：「且問將軍，你自覺功勞比武安君白起如何？」

張唐說：「我哪敢和白起比？功勞不及他的十分之一。」

甘羅又說：「再問將軍，應侯范睢和文信侯呂不韋比，誰更專權？」

張唐說：「自然是文信侯啊！」

甘羅說：「這就對了！從前，范睢讓白起攻伐趙國，白起托病不行，范睢一怒，白起死於杜郵。現在，文信侯自請將軍相燕，將軍再三推辭，文信侯一怒，將軍還能活嗎？所以我先來弔唁！」

張唐聽了這番話，悚然惶懼，改口稱甘羅為「足下」，說：「多虧足下教我！」當下請甘羅捎話給相國呂不韋，說自己即日整頓行裝，很快就去燕國。

甘羅回報呂不韋，呂不韋大喜，稱讚甘羅是奇才。甘羅又說：「張唐不願去燕國，實是害怕途經趙國，趙國會加害於他。我再請相國借給我五乘車馬，去趙國走一趟。」

呂不韋將甘羅的意思轉奏嬴政。嬴政召見甘羅，見他眉目秀美，童聲童氣，兀自歡喜，問道：「你見趙王如何措詞？」

甘羅答道：「觀其喜懼，相機行事，措詞很難預定。」

嬴政點頭，說：「很對！」立命甘羅爲秦國使者，給車十乘，隨從百人，出使趙國。

趙國的孝成王早已死了，繼位者爲悼襄王。悼襄王最擔心秦、燕通好，使趙國腹背受敵，所以聽說秦使使趙，非常高興，親自出城二十里相迎。及見秦使是個兒童，不免失望，勉強迎接甘羅住進館邸。

悼襄王設朝接見甘羅，問道：「貴使今年幾歲了？」

甘羅答道：「十二歲。」

悼襄王大爲驚訝，說：「秦國年長者不乏其人，爲何派一個十二歲的兒童爲使者？」

甘羅從容地說：「秦王用人，各因其任。年長者任以大事，年幼者任以小事。我年齡最幼，所以使趙。」

悼襄王見甘羅言辭磊落，暗暗稱奇，說：「貴使前來敝國，有何見教？」

甘羅說：「大王知道燕國太子姬丹入質於秦國嗎？」

「聽說了！」

「知道張唐將出任燕國的相國嗎?」

「也聽說了!」

「燕國太子入質於秦國,是燕不欺秦;秦國張唐將任燕相,是秦不欺燕。秦國和燕國兩不相欺,我看趙國就危險了!」

悼襄王當然明白秦、燕結盟的厲害,不安地說:「寡人想要知道秦國所以親近燕國,到底圖個什麼?」

甘羅說:「這不是明擺著嗎?秦國所以親近燕國,無非是要聯手進攻趙國,奪取河間(河北中部一帶)的土地。我爲趙國著想,大王不如割讓河間五座城邑給秦國,我回去奏請秦王,不讓張唐相燕,以絕秦、燕之盟,而與趙國友好。這樣,大王放手攻燕,秦國袖手旁觀,趙國所得,何止五座城邑?」

悼襄王按著頭考慮許久,權衡利害得失,覺得甘羅所言極是,因而大悅,立即命將五座城邑的圖籍交給甘羅,並賜黃金百鎰、玉璧一對,請他回國轉達自己對秦王的敬意。

甘羅圓滿地完成了使命,返回秦國。嬴政笑逐顏開,果然不讓張唐相燕。趙國乘機猛攻燕國,一鼓作氣,攻取了三十座城邑。悼襄王倒也慷慨,又將其中的十一座城邑轉送於秦國。嬴政沒出一兵一卒,坐收其利,佔有了河間的十六座城邑,歡喜不盡,乃封甘羅爲上卿。可惜奇才短命,甘羅任上卿不久就病死了,令人痛惜不已。

水火之勢

42

嫪居的秦太后懷孕了，徙居雍城大鄭宮。嬴政急於親政，呂不韋加以阻撓，呂氏父子之間矛盾激化。

嫪毒封侯，情、名、利、位俱有，成了一個暴發戶，快活得像個神仙，侍奉秦太后格外賣力。秦太后忘乎所以，盡情作樂，突然發現自己懷孕了。她是個寡婦，嫪毒是個太監，人所共知，到時候在甘泉宮生出個嬰兒來，豈不成了天大的笑話！

秦太后作難了，這可怎麼辦呀？嫪毒說：「嗨！這有何難？我們離開咸陽，躲得遠遠的，將孩子生下來不就得啦！」

秦太后點頭，說：「也只能這樣了！」於是按照嫪毒的吩咐，臥倒在床，裝起病來。

太后生病，嫪毒不能不報告秦王嬴政。嬴政前來探視，發現母后頭不疼，腦不熱，精神滿好，未免疑惑，心想這不像有病的樣子嘛！

古人迷信，非常相信日者的占卜術。「日者」，通稱占候卜筮的人，也就是算命、看卦的江湖騙子。秦國有一本《日書》，記載占候卜筮之辭，是日者占卜吉凶的專用書。嫪毒用重金收買了一個日者，讓他爲秦太后占卜。日者搖動幾片火灼的龜甲，倒放於桌上，口中念念有詞，說：「太后並無大病，只是甘泉宮中有鬼祟作怪，致使太后不寧。爲避鬼祟，太后宜到西方二百里以外的地方居住。」

嬴政巴不得母后住得遠一些，省得常去請安，說：「雍城距咸陽西方二百餘里，舊時候的宮殿俱在，母后是否到那裡居住？」

嬴政所言，正中秦太后下懷，秦太后表示同意。這時，乳娘領了兩個幼兒進來，一個是扶蘇，四歲；一個是子嬰，三歲。扶蘇是嬴政的長子，長相頗像父親。嬴政抱起扶蘇，親熱得了不得，愛不釋手。扶蘇童聲童氣地叫了一聲「爹」，更使嬴政心花怒放，哈哈大笑。子嬰是成蟜和宮女所生的兒子，成蟜被殺，他成了孤兒。嬴政原想殺了這個年幼的侄兒，斬草除根，怎奈秦太后一把鼻涕一把眼淚，拚死保護子嬰，才使子嬰保住了小命。扶蘇和子嬰都放在甘泉宮，由秦太后負責撫養。現在她要西去雍城，兩個幼兒怎麼辦？當然需要商定。秦太后想將扶蘇和子嬰都帶在身邊，這樣對嬴政也是一種牽制。可是嬴政不願意，說：「母后可將子嬰帶走，扶蘇留下，孩兒自會找人撫養。」扶蘇是嬴政的兒子，嬴政說留下，秦太后沒有理由反對，也就不再堅持。於是帶了子嬰，由嫪毒陪伴，乘車前往雍城。

雍城位於今陝西鳳翔縣南，秦德公時曾以這裡爲都城。其後陸續建起規模宏大、設施華麗的雍宮，主要有大鄭宮、棫陽宮、蘄年宮、橐泉宮等，並有鳳台，傳說秦穆公女兒弄玉和蕭史的浪漫艷情故事便發生在該台。秦太后和嫪毒來到雍城，住進大鄭宮，尋歡作樂，毫無顧忌，不啻到了一個隨心所欲的極樂世界。只是嫪毒非常辛苦，因爲咸陽有豪華的侯府，山陽有廣大的食邑，少不了要在雍城、咸陽、山陽三地之間奔波，承受車馬之勞。其實，他是樂意奔波的，乘高車，騎大馬，侍從們前護後擁，說不完的尊貴，道不盡的威風，何樂而不爲呢？

秦太后去了雍城，嬴政相當開心。自從他看了屯留兵變中那道檄文以後，心中總有一種難以名狀的彆扭感覺。他知道了母后曾是呂不韋的愛妾，後來成了先王莊襄王的妻子，當了王后和太后。呂不韋、先王、太后三人之間，到底是怎麼回事呢？呂不韋為何割愛己妾？先王為何接受饋贈？太后為何甘心再嫁？其中肯定有名堂，只是他們不願明說罷了。而且，呂不韋和太后之間還存在著舊情，那天早晨，他是親眼看見呂不韋從太后寢殿裡走出來的。屯留兵變的檄文中說自己是「奸生之兒」，姓呂不姓嬴，尤讓人難堪，難道自己果真是呂不韋的兒子嗎？

唉！眞是一團亂麻一個謎，理不清，解不開。嬴政感到，自己是被人愚弄著，欺騙著，而愚弄和欺騙他的關鍵人物是呂不韋。呂不韋身為相國和仲父，輔佐朝政，實際上是執掌朝政，功不可沒，然而他專斷和專權未免太過分了，有時簡直不把他這個國王放在眼裡。就說關於親政一事吧，呂不韋一手遮天，一槌定音，專橫霸道，實在讓人難以忍受。

那是嬴政即位後的第七年即西元前二四〇年，嬴政年滿二十歲。古代禮制，男子年齡二十歲要舉行加冠儀式，稱冠禮，國王舉行冠禮以後，便可以親政了。原相國蔡澤和老將王翦、桓齕等引用《禮記》中「筮日筮賓，所以敬冠事」的話，主張選擇吉日和貴賓，為嬴政舉行冠禮。而呂不韋卻說：「陛下虛年才二十歲，舉行冠禮不宜！」一句「虛年」，一句「不宜」，嬴政加冠之事便泡湯了，沒有加冠，當然也就不能親政了。又過一年，嬴政二十一歲了，呂不韋絕口不提「加冠」二字。顯然，他是根本不想交出權力，企圖長久地把持朝政，獨斷專行。

忍耐是有限度的。嬴政對於作為相國和仲父的呂不韋漸漸不能容忍了。他封嫪毐為長信侯，在某種意義上說，是敬雞給猴看，是故意給呂不韋安排一個對立面：你不是文信侯嗎？我再封一個長信侯，「文信」和「長信」，二侯並列，讓你難受！呂不韋事先並不知道嬴政要封嫪毐侯爵，事後非常不快，帶著埋怨的口氣責備說：「嫪毐是個太監，怎能封侯？再說，封侯這樣的大事，陛下爲何不徵求臣的意見？」

嬴政略帶怒氣，說：「怎麼？寡人身爲一國之主，事事都要向相國請示嗎？」從這時起，嬴政只稱呂不韋爲「相國」，再不稱他爲「仲父」了，因爲「仲父」和「奸生」容易聯繫在一起，嬴政討厭使自己陷入姓呂還是姓嬴的尷尬境地。

呂不韋自知失言，趕忙改口說：「臣不敢！臣只是想說，嫪毐封侯一事，商量總比不商量好。」

這時的嬴政已不是當初的嬴政了。他已坐了八年的秦王寶座，學習和閱歷使他增長了知識、才幹和經驗，變得成熟和老練了。他深深懂得權力的極端重要性，相國一人專權，終將對自己的地位構成威脅。權力的基礎在於軍隊，牢牢地將軍權控制在自己手裡，就不怕別人興風作浪，翻雲弄雨。爲此，他堅決地採取了兩種措施：一是分解相國的權力，二是重用絕對忠誠的將軍。

秦國和楚國歷史上有通婚的傳統，宣太后和華陽太后都姓芈，爲楚國人。由於華陽太后的緣故，楚國的兩位公子芈華和芈壽都在秦國當了大官，分別封昌平君和昌文君。芈華和芈壽德高望重，嬴政任命二人同爲相國，官太尉，掌武事。這樣，秦國同時有了三個相國：呂不韋、芈華和芈壽。爲示區別，前置「左」、「右」二字，呂不韋爲左相國，芈華和芈壽爲右相國，以左爲上，形成了「一正二副」的格局，均對國王負責。呂不韋主要掌政事，不管武事，實際上被削奪了兵權，雖然憤憤不平，卻也無可奈何。

嬴政酷愛軍事，特別敬重南征北戰、出生入死的傑出將領。王齕、蒙驁兩位老將軍爲國捐軀，戰死在沙場，他爲二人舉行了隆重的葬禮，追授了崇高的榮譽。王翦和王賁父子，蒙驁的兒子蒙武、孫子蒙恬和蒙毅，健在的老將桓齕、張唐，以及嶄露頭角的年輕將領楊端和、李信等，嬴政常和他們一起飲酒、射獵，培養感情，並委以重任，給予最優厚的賞賜。因此，儘管嬴政當時尚未親政，但所有的知名將帥都自覺地聚到了他的麾下，樂於服從和聽命。嬴政依靠這些將帥，實行徵兵制和募兵制，建立起一支裝備精良、英勇善戰的軍事力量，攻無不克，戰無不勝。

秦國的兵種基本完備，包括步兵、車兵、騎兵、水兵（樓船）等。步兵中又有輕裝兵、重裝兵、弓弩兵；兵器有長兵器、短兵器、遠射程兵器。青銅兵器的工藝有了很大改進，刀、劍、矛、戈、戟的表面鍍一層氧化鉻，長不鏽蝕，鋒銳無比。而且出現了鐵制兵器和鐵制鎧甲，以及遠射程的弩機。秦國的弓弩兵，是一支堅強威武的隊伍，作戰中常常組成弓弩方陣，立射、跪射相結合，萬箭齊發，對敵人造成強大的威懾力和殺傷力。

秦國自商鞅變法以後，一直推行軍功爵制。嬴政進一步完善了這種制度，鼓勵士兵奮勇殺敵，在戰場上建立功勛，因此，秦國的士兵英勇善戰，一往無前。《戰國策》一書中對此有過生動的描繪：「聞戰頓足徒裼（脫去罩衣），犯白刃，蹈煨炭……一可以勝十，十可以勝百，百可以勝千，千可以勝萬，萬可以勝天下矣。今秦地形斷長續短，方數千里，名師數百萬，秦之號令賞罰，地形利害，天下莫如也。以此與天下，天下不足兼而有也。是故，秦戰未嘗不克，攻未嘗不取，所當未嘗不破也。」

如果說嬴政當初事事依賴呂不韋，甚至畏懼呂不韋的話，那麼他現在翅膀長硬了，羽翼豐滿了，再也用不著依賴和畏懼了。他要把旁落的大權收回來，做一個堂而皇之、名副其實的秦王，而不是一個木偶式的秦王。他知道侍從官李斯是呂不韋的門客，此人精明幹練，很有頭腦，正參與編纂一本什麼大書，聽呂不韋說，好像叫《呂氏春秋》。嬴政一次射獵，有意喚來李斯，詢問經營天下之道。李斯博學多才，當即說道：「君子見機而作，不俟終日；小人鼠目寸光，每每失時。當初秦穆公稱霸，卻不能東併六國，為什麼？因為周德未衰，諸侯尚多，出了春秋五霸，悉尊周室。自秦孝公以來，周室卑微，諸侯紛爭，秦國的力量已遠遠超出關東六國。現在，以秦國的強盛，以大王的賢明，呑併六國就像掃帚掃灰一樣，非常容易。消滅諸侯，成就帝業，統一天下，這是千載難逢的大好時機。大王若不見機而作，等到諸侯們再興盛起來，相聚合縱，那麼縱然黃帝轉世，恐怕也難以如願了！」

李斯一段話，說到了嬴政的心坎上。嬴政的胃口越來越大，僅當秦國的國王已不能滿足欲望，進而要當整個天下的國王，成就偉大的帝業。他記得秦昭王曾稱「西帝」，然而僅僅兩個月就草草收場了。他也要稱帝，而且要讓兒子、孫子們都稱帝，二世三世至於萬世，傳之無窮。他由衷地讚賞李斯，將他從郎擢為長史，繼又擢為客卿，命他籌畫統一天下的大計。這時的嬴政眞可謂春風得意，躊躇滿志，每日夜裡做夢，總要笑醒好幾回。

43

呂不韋公布《呂氏春秋》，懸書賞金。儒家信徒李斯惑於利祿，變成儒家思想的叛徒。

呂不韋知道秦王嬴政對自己有了成見，一度產生怨憤，心想這個兔崽子忘恩負義，不是東西，若不是我呂不韋，就沒有莊襄王和你的王位，就沒有秦國強盛的今天，你倒好，過河拆橋，卸磨殺驢，在老子跟前神氣起來了，豈有此理！轉而一想，他又釋然了，說一千，道一萬，嬴政畢竟是自己的兒子，秦國的江山已經姓了呂，自己榮華富貴，位極人臣，棄商從政的目的達到了，還圖什麼？嬴政的所作所爲，也是爲了社稷長安，江山永固，自己當左相國就左相國唄，依然是一人之下，萬人之上嘛！

呂不韋任相期間，已經看到天下統一的曙光，百川匯海，大勢所趨，指日可待。這些年來，他一直在考慮統一後的秦國如何進行統治的問題，所以用了很大的精力，主持編纂《呂氏春秋》，旨在總結古往今來的歷史經驗和教訓，爲統治者提供政治統治的理論和依據。他知道，嬴政性格剛愎暴戾，注重刀與劍、血與火、攻與伐、傜役與刑罰，不大講究治國的思想和政策方略。他這個做臣做爹的，要爲未來的秦國繪就一幅藍圖，制訂一套綱領，讓嬴政穩穩坐在王位上發號施令就是了。

就在《呂氏春秋》即將完稿的時候，呂不韋的父親呂穎患病死了。四方諸侯賓客，王公大臣將帥，紛紛前來弔唁，車馬塡塞道路。呂不韋估計，嬴政也會前來弔唁的，可是停殯三日，嬴政根本沒有露面。呂不韋不禁暗想，這個兔崽子確實無情，你固然不明白我爹是你的爺爺，然而相國家喪，你也該有個表示呀！一句問喪的話都沒有，眞是殘苛少恩！

呂不韋相當理智，不信鬼神，反對厚葬死人。他以禮安葬了父親，便又全身心地投入到《呂氏春秋》的編纂中。終於大功告成，一部不朽的巨著問世了。

《呂氏春秋》共二十六卷，內分十二紀、八覽、六論，一百六十篇，二十餘萬字。人們歷來視它爲「雜家」的代表作，這是因爲它的內容很雜，吸取了儒、墨、道、法、陰陽、兵、農家的思想，超出了學派門戶之見，採集了諸家的長處。但它又不是一鍋大雜燴，而是按照呂不韋預定的編輯計劃完成的，有自己的政治主張、學術見解和思想體系。所以，有人評價它「總晚周諸子之精英，薈先秦百家之眇義」，「採精錄異，成一家言」，是爲至論。

《呂氏春秋》的主導傾向是以儒、道思想爲主，吸收了法家思想中的積極成分，內容龐雜，涉及面廣，幾乎無所不論，無所不包，上至天文，下至地理，從自然現象到社會歷史問題，都專門或附帶加以記載和論述。

呂不韋知道，秦王嬴政很快就會親政，他已經二十一歲，反對他親政再沒有理由了。爲了影響嬴政，讓其接受自己的政治主張，他命門客將《呂氏春秋》全文寫在白帛上，懸掛於咸陽市場的門前，宣布說：「不論何人，但能改動書中一字者，賞千金！」成語「一字千金」即由此而來。

頓時，咸陽市場門前，人山人海，喧聲鼎沸，咬文嚼字的書生，指指點點，說這兒可以增一字，那兒可以減一字，還有什麼地方可以更換一字。更多的人不認識字，擠來擠去看熱鬧，心想那樣漂亮的白帛寫了字，五麻六道，怪可惜的，若是扯下來洗一洗，興許能縫一件小褂呢！

《呂氏春秋》中有許多內容是講國家統一的。但見一個書生念道：「亂莫大於無天子，無天子則強者勝弱，眾者暴寡，以兵相殘，不得休息。」「天下大亂，無有安國，一國盡亂，無有安家；一家盡亂，無有安身。此之謂也，故小之定也恃大，大之定也恃小。」他念著念著，喜形於色，拍著手說：「精采！精采！天下是該統一了！再亂下去，國無寧日，民無寧日！」

《呂氏春秋》中提出了「義兵」的理論，認爲只有用「義兵」來統一天下才是唯一的出路。又一個書生念道：「義也者，治亂安危過勝之所在也。」「凡兵之用也，用於利，用於義。攻亂則服，服則攻者利；攻亂則義，義則攻者榮。榮且利，中主猶且爲之，有況於賢主乎？」「故取攻伐者不可，非攻伐不可，取救守不可；非救守不可，取唯義兵不可。兵苟義，攻伐亦可，救守亦可；兵不義，攻伐不可，救守不可。」書生念完，自言自語地說：「看來戰爭有正義和非正義之分了！那麼，秦國所進行的戰爭，是正義的呢？還是非正義的呢？」

旁邊一個穿軍服的人說：「當然是正義的！」另一個平民模樣的人說：「說的比唱的好聽！什麼正義非正義？打起仗來，死的都是窮苦百姓！」

那個書生沒有理會，繼續念道：「民夫常勇，亦無常怯。有氣則實，實則勇；無氣則虛，虛則怯。勇則戰，怯則北（敗），戰而勝之，戰其勇者也；戰而北者，戰其怯者也。」他點頭同意，說：「嗯！這是講士兵鬥志，鬥志高低是決定戰爭勝敗的關鍵！不錯！不錯！」

人群中還有不少看熱鬧的農民，有的背著柳筐，有的扶著鋤頭，還有的牽著牛和羊。其中一個老農問：「呂相國的書上可曾寫我們農家的事情？」

一個穿長袍的書生很是熱心，回答說：「寫啦！寫啦！哪！在這裡，共有四篇！」他一邊看著牆上，一邊概括說：「哪！這《上農》篇提出了重農的理論和政策，以及對土壤的分辨和改造；《任地》篇講了利用土地的原則，要求整地、改良土壤、深耕積觴、除草通風，要掌握土壤的軟硬、虛實、肥瘦、燥濕，以適於種植；《辨土》篇寫了怎樣使用土地，怎樣改變土壤的性質，因地制宜，及時耕作；《審時》篇則是說要正確把握生產環節，指出了主要農作物的耕作時間。」

老農聽了非常高興，說：「這還差不多！國以民為本，民以農為本，呂相國的書不講農事，讓人喝西北風去！」

老農的幾句話，說得好多人都笑了起來。

《呂氏春秋》懸掛數日，任人評頭論足，卻沒有人提出改動一字，以領取賞金。因為人們知道，所謂「一字千金」只是虛作姿態的宣傳罷了，誰有那個膽來修正相國大人主持編纂的大作呢？

嬴政在咸陽宮也聽說了呂不韋懸書賞金的事。他以為呂不韋的舉動是一種炫耀和示威，是要強迫自己接受其主張和意志。他知道客卿李斯是參與了《呂氏春秋》的編纂的，而且出力頗多。他為了弄清楚《呂氏春秋》的內容，特命趙高通知李斯，攜帶該書到咸陽宮來。

李斯應召而至。那時，書籍不是寫在白帛上，就是刻在竹簡上，攜帶是很沉重的。李斯和隨從抱了一大堆竹簡到來，已是滿頭大汗、氣喘吁吁了。

嬴政開門見山，單刀直入地問道：「聽說呂相國將《呂氏春秋》公布於眾，揚言能改一字者，賞千金，可有此事？」

李斯窺視嬴政臉色難看，乃陪著小心，答道：「是的！公布已有數日了！」

「此舉用意何在？」

「相國想是爲了徵詢意見，集思廣益吧？」

「不對！書名中含『春秋』二字，明明是典制的意思；又稱一字不能改動，明明是綱紀的意思。呂相國這時候公布該書，帶有示威性質，是要教訓寡人應該怎麼做，不應該怎麼做！」

李斯聽得出嬴政話裡的怨憤情緒，討好地說：「大王所言，也許有理，這倒使臣想起書中的《序意》篇，那裡面講到呂相國編纂本書的用意。」他邊說邊翻竹簡，找出《序意》篇來，呈遞給嬴政。

嬴政朗聲讀道：「良人請問十二紀。文信侯曰：嘗學得黃帝之所以誨顓頊矣。爰有大圜在上，大矩在下，汝能法之，爲民父母。蓋聞古之清世，是法天地。凡十二紀者，所以紀治亂存亡也，所以知壽夭吉凶也。上揆之天，下驗之地，中審之人。若此，則是非、可不可，無所遁矣。天曰順，順維生；地曰固，固維寧；人曰信，信維聽。三者咸當，無爲而行。行也者，行其理也；行數循其理，平其私。夫私視使目盲，私聽使耳聾，私慮使心狂。三者皆私，設精甚，則智無由公。智不公，則福日衰，災日隆。」他讀到這裡，敲打著竹簡說：「這不是明明白白嗎？呂相國自比黃帝，將寡人比作顓頊，通篇教誨的口吻，視寡人為三歲幼童了！」

李斯參與《呂氏春秋》編纂，知道該書是一部「兼儒、墨，合名、法」的著作，它對儒家、道家思想採取儘量吸收的態度，對於墨家、法家思想則採取批判吸收的態度，大體上折衷了儒家和道家的宇宙觀和人生觀，反對墨家的非樂非攻、法家的嚴刑峻罰、名家的詭辯苟察，摒棄了各家的宗教觀念。李斯在和嬴政的交往中也知道，眼前這位秦王是傾向於法家思想的，主張以法為主體，強調法的作用，不別親疏，不殊貴賤，一斷於法，即以法治國，一切由法裁斷。李斯本是儒學大師荀卿的弟子，這時已感到了嬴政和呂不韋之間不可調和的尖銳矛盾，特別在立國治政的指導思想方面，二者是南轅北轍，勢如水火。為名為利而到秦國的李斯一貫私心嚴重，試探著解釋說：「《呂氏春秋》是私人學術著作，思想內容體現了一個『雜』字，可行的，大王接受；不可行的，大王不接受。不就得啦？」

嬴政氣呼呼的，說：「什麼『私人學術著作』？呂相國是要將它作為秦國的施政綱領，強迫寡人奉行！它雜也好，不雜也好，別去理它，諸子百家，寡人只相信法家！法家思想一直是秦國政治思想的主流，只有法家思想，才能強國富民，獨霸天下！」

李斯完全明白了嬴政的心思，獻媚地說：「大王英明！」這意味著李斯已經忘記了老師荀卿的教導，站到了法家的立場上，成了儒家思想的叛徒。

嬴政說：「好啦！《呂氏春秋》先放這兒，寡人要拜讀拜讀，拜讀後再向呂相國請教！」

李斯退下，意識到「請教」二字含義微妙，秦王和相國之間，一場衝突不可避免。

44

嬴政和呂不韋的思想格格不入，圍繞《呂氏春秋》唇槍舌戰，矛盾公開化和尖銳化。

秦王嬴政和相國呂不韋，一個要集權，一個要專權，一個重法家，一個重雜家，長期在暗中較勁，不能化解矛盾，於是只有公開化和尖銳化，面對面地展開爭論，徹底解決問題。

爭論是圍繞著《呂氏春秋》而進行的。這一天，嬴政召集文武百官，聚會於咸陽宮正殿，微笑著對呂不韋說：「聽說相國最近將《呂氏春秋》公布在街頭，任人評點，並稱能改動一字者，賞千金。顯然該書是至善至美，登峰造極了。寡人不才，也想評點一番，改動幾處，不知相國肯不肯賞千金？」

呂不韋恭敬地說：「陛下見笑，臣不敢！」文武百官聽嬴政調侃、揶揄的口氣，以目示意，那意思是說：「好戲開場了！」

嬴政依然微笑著說：「書中有些內容是不錯的，比如大一統思想和中央集權理論，批判『非攻』和『兼愛』，主張通過『義兵』統一天下，很好！『王者執一，而爲萬物正，軍必有將，所以一之也。國必有君，所以一之也。』相國以御駕爲例比喻說，『今御驪馬者，使四人，一操一策，則不可出於門閭者，不一也。』這是精闢之論！近數百年來，諸侯割據，戰爭不斷，國家遭受損失，人民蒙受苦難，一個重要的原因就在於沒有大一統，沒有中央集權。書中指出，目前正是統一天下，實行中央集權制的絕好機會，『天下之民窮矣苦矣，民之窮苦彌甚，王者之彌易，凡王也者，窮苦之救也。』此論順應潮流，符合民心，寡人以為大有用處！」

呂不韋說：「承蒙陛下誇獎！臣想補充一點，就是要實現中央集權，必須正名審分。正名是百官之名，審分是百官之職。文武百官各有其職，職有其責，官、職、責三位一體，君王的責任在善於用人，君王明察，臣下奮發，戮力同心，天下大治。」

嬴政說：「對！是這樣！還有，相國書中以農爲本的思想，也講得透徹！發展農業的目的，不僅在於使百姓豐衣足食，而且在於使江山社稷永固。『古先聖王之所以導其民者，先務於農。民農，非徒爲地利也，貴其志也。民農則樸，樸則易用，易用則邊境安，主位尊。民農則重，重則少私義，少私義則公法立，力專一。捨本而事末則不令，不令則不可以守，不可以戰。民捨本而事末則好智，好智則多詐，多詐則巧法令，以是爲非，以非爲是。』此論極有見地！」

呂不韋說：「重農的同時也不能放鬆工商業，應該農攻粟，工攻器，賈攻貨，各安其業，各盡其能。」

「但是，」嬴政話鋒一轉，嚴厲地說：「相國書中許多觀點，並非無懈可擊，寡人很不滿意！」

正殿裡的氣氛一下子緊張起來，文臣武將們瞪大眼睛，側著耳朵，且聽嬴政的「很不滿意」究竟何指。

嬴政知道眾人正在靜聽，加重語氣說：「寡人最不滿意的是所謂『天下爲公』！書中說：『昔先聖王治天下也必先公，公則天下平矣。平得於公。天下，非一人之天下也，天下之天下也。』這是胡言亂語，癡人說夢！自夏啓以來，歷朝都是家天下，何曾有過『公天下』？」

呂不韋不服氣，說：「《禮記》云：『大道之行也，天下爲公，選賢與能，講信修睦。』《孟子》云：『民爲貴，社稷次之，君爲輕。』這都講天下爲公，絕非一姓之天下或一人之天下！」

嬴政說：「引經據典不能說明問題！寡人且問相國：夏、商、周乃至春秋戰國，哪個朝代哪個國家實行了天下爲公？哪個朝代哪個國家將江山社稷送給了外人？」

呂不韋說：「這倒是沒有。」

嬴政說：「這不得啦！所謂天下爲公，只是文人書生的幻想而已，在實際中是不可能實現的！」他停了片刻，又說：「從天下爲公，又引出個禪讓制來，書中稱：『堯、舜，賢者也，皆以賢者爲後，不肯與其子孫，猶若立官必使之方。今世之人主，皆欲世勿失矣，而欲其子孫，立官不能使之方，以私欲亂之也。』相國顯然是謳歌禪讓制的，是不？」

呂不韋說：「禪讓是一種美德，遠古時堯禪讓於舜，舜禪讓於禹，千古傳爲佳話。」

嬴政不屑地說：「佳話？胡扯！寡人以爲，歷史上根本就不存在什麼禪讓制！堯在位時，有意傳位於兒子丹朱，可是舜殺了丹朱，強行登位；舜在位時也準備傳位於兒子商均，可是禹殺了商均，強行登位。這就叫做『禪讓』嗎？禪讓的背後隱藏著奸詐的陰謀和血腥的殺戮，誰也不能否認這個事實！」

文武大臣包括呂不韋在內，都暗暗吃驚，他們沒料到嬴政這樣熟悉歷史，這樣獨持己見。他的觀點固然偏頗，從實而論，卻很難駁倒他。眾人一時沉默，不知道說什麼才好。

嬴政明白自己的話產生了強大的威懾力，進而說：「寡人第二不滿意的是所謂的『無爲而治』！呂相國的書中論述這種思想的分量很重。」

呂不韋說：「是的！臣的用意在於說明無爲而無不爲，要以無爲達到有爲，以無智、無能、無爲達到眾智、眾能、眾爲、垂拱而天下治，形成聖人無事而千官盡能的局面。」

嬴政說：「荒唐！無爲而治是道家的思想，老子說『道常無爲而無不爲，侯王若能守之，萬物將自化』，他的目的是什麼？這在《道德經》裡講得清楚：『小國寡民，使有什佰之器而不用，使民重死而不遠徙，雖有舟輿無所乘之，雖有甲兵無所陳之，使人復結繩而用之，甘其食，美其服，安其居，樂其俗。鄰國相望，雞犬之聲相聞，民至老死不相往來。』顯然，這是一種逃避現實的思想，排斥了人的社會行爲。」

呂不韋辯解說：「臣的無爲思想和老子的無爲思想形同實異，本質是不一樣的。」

嬴政說：「依寡人看來，沒有什麼不一樣！你要君王清靜無爲，放權鬆權，還要君王『處虛』，說什麼『用則衰，動則暗，作則倦，衰、暗、倦，非君道也』，『世主之患，恥不知而矜自用，好愎過而惡聽諫』，那麼還要君王幹什麼？君王『處虛』，大權旁落，別有用心的人蓄意專權，是不是？」

這分明是指斥呂不韋有意架空君王，志在專權了。呂不韋惶恐地說：「臣主張無爲而治，是闡述一種思想，一種理論，一種方略，哪能在實際中套用呢？」

「還有，」嬴政並不理會呂不韋，繼續說：「寡人第三不滿意的是什麼『德治』、『仁義』、『民本』、『節欲』，這些都是儒家的貨色，充滿虛僞性。寡人信奉法治和強權，刀與劍、血與火最有發言權！」

呂不韋說：「刀與劍、血與火是很重要，但不能解決國家長治久安問題。作爲君王，還是應將德治放在首位，用德化教育人民，以民爲本，行德愛民，仁義以治之，愛利以安之，忠信以導之，務除其災，思治其福。這樣，百姓必然擁戴君王，樂爲君王而死。凡君王之所立，出乎眾也。君王立而捨其眾，是得其末而失其本。得其末而失其本，百姓不能安居樂業，必然心生邪念，鋌而走險，天下危矣！臣在書中寫道：『亡國必自驕，必自智，必輕物，自驕則簡士，自智則專獨，輕物則無備，無備召禍，專斷位危，簡士壅塞。』這三條，陛下不可不察！」

嬴政不耐煩地說：「得啦得啦！哪來那麼多的『危矣』和『亡國』？你還不相信鬼神，不承認聖人是天生，這是侮辱鬼神和聖人！」

呂不韋搖頭苦笑，面對相信鬼神存在和自認爲是天才的國王，他又如何能解釋得清楚呢？總之，嬴政和呂不韋在思想上和政見上，都處於兩個極端狀態了，嚴重對立，冰炭不容。在世界觀方面，嬴政認爲有神，呂不韋認爲無神；嬴政認爲不變，呂不韋認爲變化；嬴政認爲無命，呂不韋認爲有命；嬴政主張縱欲，呂不韋主張適欲；嬴政重迷信，呂不韋重理智；嬴政注重等級，呂不韋注重平等。在政治見解方面，嬴政主張家天下，呂不韋主張公天下；嬴政主張君本，呂不韋主張民本；嬴政重獄吏政治，呂不韋重哲人政治；嬴政推崇萬世一系，呂不韋推崇禪讓；嬴政看重君王極權，呂不韋看重君王任賢。在其他傾向方面，嬴政輕儒學，呂不韋重儒學；嬴政重法家、墨家，呂不韋輕法家、墨家；嬴政主張恣威淫樂，呂不韋主張隆禮政樂，等等。試想，君臣之間如此對立，他們還能在一起共事嗎？

嬴政和呂不韋唇槍舌戰，爭論不休。在場的其他人看看這個，看看那個，覺得挺有意思。他們中的絕大多數人尚未讀過《呂氏春秋》，因而對秦王和相國的分歧不甚明瞭，只有李斯感覺到了這種分歧的尖銳性和嚴重性。李斯比任何人都更加明白，呂不韋是一個傑出的政治家和思想家，《呂氏春秋》是一部百科全書，書中所言的確是治國安邦的宏偉綱領和有效政策。但是，由於呂不韋的思想和嬴政的思想格格不入，加之呂不韋過於專權，尾大不掉，嬴政自然視他爲心腹之患，所以雞蛋裡挑骨頭，強詞奪理地斥責呂不韋。朝臣們畏懼秦王，雖不明確表態，暗中卻是站在嬴政一邊的。他呢？利祿薰心，當然也是見風使舵隨大流，因爲呂不韋的相國之船已經風雨飄搖，眼看就要顚覆和沉沒了。

呂不韋垂頭喪氣，灰溜溜地離開咸陽宮，鑽在相國府中幾天沒出來。他覺得窩囊，覺得晦氣，一生春風得意，如今卻栽在兒子手裡了！嬴政那小子根本就沒有讀懂《呂氏春秋》，只從個人好惡出發，尋求片言隻語，憑藉國王的身分，氣使頤指，胡亂批判，將一部好書貶得一錢不值。顯然，那小子批判《呂氏春秋》只是藉口，更重要的是對自己產生了疑忌，是要進一步削奪自己的權力。他想到這裡，不禁有些傷感，嘆道：「嬴政啊嬴政！我可是你的爹呀！你小子這樣無情，我扶立你的良苦用心豈不是白費了？唉！事關權力，眞是父子反目，六親不認哪！」

45

嫪毐推波助瀾，巴結嬴政，排斥呂不韋。呂不韋提攜嫪毐，反而受制於人，自食苦果，後悔莫及。

秦王嬴政疑忌呂不韋，批判呂不韋，呂不韋手中沒有兵權，長只有招架之功，沒有還手之力了。他雖然還是百官首領，但對嬴政已不再具有影響力和約束力，只能深居簡出，徒然感嘆而已。

呂不韋手中還有一張王牌，那就是公開宣布他是嬴政的生父，嬴政實際上姓呂而不姓嬴。嬴政得知這一眞實情況，或許會念父子情分，消除疑忌，重新信用自己。然而這張王牌已無法打出了，因爲他和秦太后已恩斷情絕，秦太后矢口否認，他豈不是搬起石頭砸自己的腳？而且從嬴政方面說，也是寧願姓嬴而不願姓呂的：姓嬴，他就是嬴秦江山的合法繼承人；姓呂，他就是嬴秦江山的罪惡篡逆者。嬴政不是傻瓜，這個利害關係是能夠掂量來的。

呂不韋一生聰明絕頂，智慧過人，此時此刻卻是山重水覆，無計可施了。

當呂不韋日暮途窮、陷入窘境的時候，嫪毐卻如日中天，扶搖直上。他陪秦太后住在大鄭宮，秦太后老樹開花，一胎竟生了兩個兒子。此事當然是不能公開的，嬰兒藏於深宮，偷偷餵養，對外嚴格保密。秦太后異想天開，私下竟和嫪毐約定說：「嬴政駕崩，我們的兒子便可繼位秦王，到時候我們想怎麼的就怎麼的！」嫪毐樂得心花怒放，說：「嘿！那我可就成了秦王的爹啦！」

嫪毒爵封長信侯，在咸陽城和雍城裡蓋起了豪華的府第。秦太后恨不得將所有的心愛之物都賞賜給情夫，因此，嫪毒府第猶如王宮，房舍輿馬，金銀珠寶，難以數計，僅男傭女僕就有數千人。呂不韋失勢，嫪毒走紅。勢利之徒競相投奔嫪毒，自願充當門客者，多達一千餘人。嫪毒顯赫恣肆，揮金如土，賄結朝廷權貴，培植朋黨，很快樹立了自己的勢力。衛尉李竭、內史汪肆、佐弋靳竭、中大夫令蔡齊等人，視嫪毒爲太后，甘當嫪毒心腹，成爲嫪毒死黨。這樣一來，嫪毒的聲望、勢力頓時超過了呂不韋。

子係中山狼，得志便倡狂。嫪毒原爲呂不韋的門客，每見呂不韋總是點頭哈腰，畢恭畢敬。而今不一樣了，再見到呂不韋的時候，高興了拱手打個招呼，不高興了假裝沒看見，揚長而去。呂不韋氣得吹鬍子瞪眼睛，望著嫪毒的背影，罵道：「小人！小人！」

小人就小人，只要活得滋潤就行。這時的嫪毒，一得秦太后垂愛，二得嬴政信任，三得黨羽擁戴，左右逢源，八面來風，生活得花團錦簇，有滋有味。他的眼裡已經沒有呂不韋了，討好秦太后，巴結嬴政，才是長久享受榮華富貴的訣竅和根本。秦太后和嬴政相比，嬴政又是第一位的。國王心血來潮，一句話可使天堂的人打入地獄，也可使地獄的人升入天堂。至於秦太后，那是容易欺哄的，幾句甜言蜜語，床上使點功夫，她就滿足了。

嫪毒知道，嬴政是個極端縱欲主義者，尤其喜愛聲色犬馬。這也難怪，年富力強的國王，誰不喜愛這些呢？嫪毒的封邑在山陽，每三五個月，他都去山陽催收租賦，回咸陽時必向嬴政貢獻一些珍奇之物，玉石、明珠、樂器之類。如青玉五枝燈，高七尺五寸，青玉雕作蟠龍狀，龍口銜燈，燈點亮，龍的鱗甲皆動，煥若列星，照得房裡一片通明。璠璵琴，長六尺，安十三弦和二十六徽，皆用七寶作飾，琴上刻字，稱「璠璵之樂」。昭華管，長二尺三寸，二十六孔，吹管時可見車馬山林，隱轔相次，管上亦刻字，稱「昭華之琯」。最讓人驚奇的是一方銅鏡，高五尺九寸，寬四尺，表裡光明，人站著照鏡，鏡裡的影子卻是倒著的；以手捫心照鏡，可見腸胃五臟，歷然無砢；若是內臟有病，照鏡便知病之所在。神奇極了！

嬴政喜愛珍奇之物，更喜愛窈窕艷麗的女人。嫪毒投其所好，花了數不清的黃金，從趙國，從韓國，從魏國，買回成百上千的妙齡美女，貢獻給嬴政。這些美女雪膚花顏，能歌善舞，使嬴政百般陶醉，心曠神怡。嬴政懷疑有的美女品行不端，缺少忠誠，常命美女臨照那方銅鏡，凡心生邪念者，在鏡中必然偈促不安，膽張肝動。嬴政心毒手狠，發現一人誅殺一人，絕不留情。

嬴政覺得，一個文信侯，一個長信侯，長信侯更合自己的口味。文信侯呂不韋喋喋不休地反對「侈樂」，鼓吹「節欲」，說什麼「欲之何益」，主張「聲禁重，色禁重，衣禁重，香禁重，味禁重，室禁重」，眞是活見鬼！禁得了嗎？而長信侯嫪毒從來不說「禁」字，相反，卻是千方百計滿足自己的欲望，最大限度地使自己舒服和快活。因此，嫪毒在嬴政的心目中，其地位和作用越發變得重要了。

嫪毒得意忘形，對呂不韋更加不恭了。他甚至產生一種欲望：何不扳倒呂不韋，由自己取代其相國的位置？嫪毒只有爵位，沒有官職，在一定意義上說是有勢無權，若能取代呂不韋，自己執掌相印，發號施令，那該多美啊！

嫪毒仿效呂不韋，也蓄養了許多門客。他讓自家的門客，廣泛結交呂不韋家的門客，專門打探呂不韋的活動。一日，門客報告說，呂不韋最近正和一個遠道而來的客商接觸，要買一匹什麼纖離馬，那馬產自西域，非常名貴，客商要價黃金一萬二千兩，呂不韋出價黃金一萬兩，雙方正討價還價，有望近日成交。

嫪毒獲此情報，眼睛一亮，心想嬴政平生愛馬，尤愛品種稀少、出類拔萃的名馬，自己若能將纖離馬搞到手，獻給國王，既挫損了呂不韋，又巴結了嬴政，一舉兩得，豈不很好？他立命門客設法打聽客商的住址，並稱自己要搶在呂不韋的前頭見到那匹纖離馬。

門客很快報告說，那個客商住在杜郵驛站，視纖離馬如命根子，秘不示人。嫪毒大笑，說：「好哩！我這就去見那個客商。」

乘華麗的馬車，帶領幾個門客，到達咸陽城西的杜郵驛站，見到了纖離馬的主人，聲稱慕名而來，要一睹纖離馬的風采，以飽眼福。

客商感到奇怪，眼前這個衣飾華貴、沒有鬍鬚的人怎會知道纖離馬的？他猶疑地問：「大人是……」

門客趕忙介紹說：「這位大人姓嫪名毒，封長信侯，眼下是秦王駕前的第一紅人！」

客商說：「噢！原來是侯爺！對不起，小人已和人談妥，纖離馬另有新主，不便讓外人看的。」

嫪毐一驚，說：「什麼？談妥了？付錢了？」

客商說：「錢倒未付，不過，人家上午就來付錢牽馬的。」

嫪毐心又定了下來。命門客遞上二百兩黃金，說：「這黃金權當看馬錢，本侯爺只想看看纖離馬！」

客商見錢眼開，二百兩黃金，看一看纖離馬，還有什麼划不來的？當下滿臉堆笑，收起黃金，說：「好！好！就請侯爺看馬吧！」他引了嫪毐及其門客，來到一間乾淨的馬房，啓鎖推門，門裡撲出一股並不難聞的馬的氣味和草香。嫪毐放眼看去，呀！果然一匹好馬！

那馬身長約九尺，高約五尺，毛色棕紅，純淨光滑，錦緞一般。軀幹勁健，肌肉隆起，耳如劈竹，項如飛龍，高額方唇，膘肥臀圓，雙眼圓睜，銅鈴似的，鼻翼皺張，呼呼噴氣，頭顱高昂，桀傲不馴。這是一匹充滿悍威和靈性的寶馬，人見人愛，難怪客商視它如命根子，秘不示人呢！

客商因爲收了嫪毐的黃金，特意熱情地介紹說：「纖離馬出自西域大宛國，一稱盜驪馬，和驊騮、瑾驥、綠耳，合稱古代四大名馬。周穆王西遊乘坐八駿拉的大車，纖離馬是八駿之一，追風逐電，日行千里，世間罕有！」

嫪毐拍著手連聲說：「好！好！」突然話鋒一轉說：「這纖離馬我買了！」

客商趕緊笑著擺手，說：「不行不行！小人有言在先，這馬已有新主了！」

嫪毐說：「新主出了什麼價錢？」

客商據實相告說：「我要價黃金一萬二千兩，新主出價一萬兩，兩下商定，一萬一千兩成交。」

嫪毐大笑說：「新主還沒付錢不是？好！我不殺價，就給你一萬二千兩黃金，現在就付錢牽馬，怎麼樣？」

客商翻著眼睛想了片刻，覺得同一匹馬，賣給眼前這個侯爺，立時可以多得一千兩黃金，確是划算，也就不顧和原先買主的約定，同意將馬賣給嫪毐。嫪毐命門客付錢，客商允許嫪毐牽馬。前後不滿一個時辰，嫪毐便帶著纖離馬回府了。

途中，嫪毐恰好遇見呂不韋。呂不韋是和客商談妥，攜帶一萬一千兩黃金，前來付錢買馬的。他看到嫪毐車後跟著那匹纖離馬，心中納悶：這是怎麼回事？嫪毐朝呂不韋拱拱手，陰陽怪氣地說：「呂相國好興致，出來消遣散心不是？對了！我剛剛買了一匹馬，名叫纖離馬，你看看，貨色怎麼樣？」

呂不韋料定嫪毐搞鬼，搶先從那個客商處買走了纖離馬，強忍怒火，嘲笑著說：「長信侯手快腳快，買得寶馬，越發要飛黃騰達了。」

嫪毐臉皮厚實，不在乎呂不韋的嘲笑，說：「飛黃騰達，不敢奢望，嫪某只是忠誠於大王罷了。」

呂不韋冷笑，低聲說：「哼！好一個忠誠於大王！莫忘了，你是什麼身分！」

嫪毐嬉笑著，也低聲說：「我是什麼身分，呂相國當然最清楚！不過，你也莫忘了，我入宮當太監，侍奉太后，是你一手經辦的，別人誰敢欺君罔上？」

這明明是說呂不韋欺君罔上了，呂不韋氣得臉色發青，鬍子直翹，說：「你！你！」他詐腐入宮，反而受制於人，自食苦果，此時是後悔莫及了。

「哈哈！哈哈！」嫪毒大笑，又朝呂不韋拱拱手，吩咐車夫鞭馬馳向城裡。呂不韋對著遠去的背影，狠狠地朝地上唾了一口。

46

嫪毒向嬴政獻馬，原想封個官職，沒有如願。秦太后敘說身世，嫪毒思索如何對付呂氏父子。

不惜用一萬二千兩黃金，買了纖離馬，當然不是爲了自己騎用，而是爲了獻給嬴政。嬴政一高興，說不定能封他一個高官，不把呂不韋氣死才怪哩！

什麼時候將纖離馬獻給嬴政呢？嫪毒精心盤算著，非要給嬴政一個驚喜不可。這一天，宮中傳出話來，稱次日九月初九，秦王要去上林苑射獵，王侯、百官隨行。嫪毒大喜，立即到咸陽宮紫微殿謁見嬴政。

紫微殿金碧輝煌，殿裡的宮女都像仙女。這些，無不令嫪毒垂涎欲滴，鍾情嚮往，常想自己哪怕在這裡住上一天，死了也値得。

嬴政剛剛喝了「溫溫酒」，吃了「香香肉」，平躺在繡榻上小憩。趙高通報說：「長信侯嫪毒求見。」

嬴政對於嫪毒，並沒有什麼好印象，只因他侍奉太后非常精心，又告密抓了霍達生，所以才封他爲長信侯。嫪毒平時是難得到紫微殿的，今日來想必有事，故命傳見。

進殿跪拜說：「奴才拜見大王！」嫪毒雖封長信侯，但其身分是太監，所以在嬴政面前自稱「奴才」。

嬴政依然平躺著，沒有動彈，半閉著眼睛說：「你見寡人，有事嗎？」

嫪毐感到氣惱，心想這小子眞不夠意思，我長信侯還是你的假父哩，你竟然躺著和我說話！不過，他的臉上滿是笑容和恭敬，說：「大王明日射獵，奴才特來獻一件禮物。」

嬴政似乎不感興趣，說：「什麼禮物呀？」

嫪毐說：「一匹寶馬，叫纖離馬。」

嬴政愛馬，聽說是纖離馬，一骨碌坐起來，說：「纖離馬？寡人知道，秦國祖先造父曾獻此馬給周穆王，一稱盜驪馬，古代四大名馬之一。」

嫪毐說：「不錯！纖離馬就是盜驪馬，非常非常名貴的。」

嬴政站起來，急切地說：「馬在哪裡？你是怎麼得到的？」嫪毐心想，瞧這小子，關心馬的程度遠勝過關心人。他覺得有必要趁機編造呂不韋幾句壞話，說：「這馬是一個遠道客商從西域大宛國販來咸陽的，呂不韋呂相國最早得知消息，要買下供他騎用。奴才想，相國尊貴，哪能比過大王？所以，花費重金買了來，孝敬大王。」他在這裡用了「孝敬」二字，又全然忘記自己是嬴政的假父了。

嬴政說：「快說！馬在哪裡？」

嫪毐說：「馬在奴才府中。」

嬴政立命趙高挑選一百名侍衛，隨嫪毐一起去牽馬，說：「寡人明日射獵，就騎這匹纖離馬！」

趙高隨嫪毐去不多時，便將纖離馬牽至紫微殿前。嫪毐已爲纖離馬配備了絲質絡頭和韁繩，皮革鞍具，金項圈，銀腳鐙，那馬更顯神韻。嬴政喜形於色，連聲讚道：「好馬！好馬！」情不自禁地躍上馬背，在紫微殿前轉了一圈，感到十分稱心和愜意。

次日，嬴政騎著纖離馬，帶領王侯和百官去上林苑射獵。纖離馬奮蹄馳騁，快如疾風，敏似閃電，贏得一片喝采聲。呂不韋和嫪毐並馬站立，遠望嬴政縱馬射獵的矯健身影，各有所思。呂不韋心想，嫪毐這個無賴、流氓，將本該屬於自己的纖離馬獻給嬴政，他開心了，得意了；嬴政這個青年天子，這個暴戾國王，如今眞正羽翼豐滿，什麼樣的羈絆也套他不住了。嫪毐心想，自己獻馬有功，嬴政肯定會有賞賜，賞賜什麼呢？土地？房舍？金銀？這些自己不缺少，不需要，最好能封個官職，小官小職沒意思，最好封個相國、太尉、廷尉什麼的，有權有勢，當起來才過癮呢！嫪毐偷偷瞧了呂不韋一眼，心裡說：「哼！我嫪毐得勢，你呂不韋就要倒楣啦！」

嬴政這天射獵，痛快淋漓，至晚方歸。獵物豐盛，野雉、兔子、山羊、小鹿等，滿滿裝了一車。他回到紫微殿裡，思量著怎樣賞賜嫪毐，人家獻了纖離馬，賞賜是不能太薄的。他想給封官，可又覺得不妥。因爲嫪毐這個人，心術好像不正，又是太監，一旦掌握了權力，說不準會出什麼亂子，最好還是賜給物質的東西，讓他有勢無權，便於駕馭。再說，嫪毐和母后挨得太緊太近，他們二人串通一氣，哪能幹好事？

第二天早朝，嬴政宣布：「長信侯嫪毐獻纖離馬有功，除原有山陽郡外，再增賜太原郡（山西太原）爲封地。」

嫪毐本想封個官職，不料又得到一郡封地，心裡不快，卻又說不出口，正要跪地謝恩。相國呂不韋站出來，奏道：「長信侯封地本已廣大，陛下再行增賜不宜。況且，太原郡東鄰趙國，北達燕國，爲秦國東北之門戶，豈能賜予一個宦官？」

氣得臉色發青，心想我撈一個官職不成，難道撈塊封地也不成嗎？嬴政更是生氣，疑忌加成見，以爲呂不韋故意掣肘，虎著臉問：「請問呂相國，這天下是姓呂還是姓嬴？」

呂不韋答：「當然姓嬴！」

嬴政說：「這不得啦！天下既然姓嬴，寡人賜嬴家的土地給嫪毐，於你呂相國何礙？」

呂不韋說：「臣只是就事論事，爲秦國的江山社稷著想！」

嬴政滿臉怒色，說：「得了吧！你是爲你著想，死抱住相國的權力不放！」

國王和相國把話說到這個份上，文武百官屏息靜聽，不敢插言。嫪毐暗暗自喜，認定嬴政完全站在自己一邊。呂不韋心灰意冷，眼前的這個嬴政已不是過去的嬴政了，貴公、訥諫、節欲，他哪一樣也沾不上邊。

嬴政怒猶未息，說：「賜太原郡爲嫪毐封地，就這麼定了！退朝！」

嬴政已經離座。嫪毐跪地，故意大聲謝恩。呂不韋瞪了嫪毐一眼，拂袖而去。

這天朝會不歡而散，不歡的背後隱藏著嬴政和呂不韋、呂不韋和嫪毐之間的尖銳矛盾。其實嫪毐並不滿足新增加一塊封地，有勢無權，要那麼多封地幹什麼？他已經一個月沒回雍城了，這時又想起情婦秦太后，想起他和秦太后的兩個私生子，於是便略加收拾，乘坐馬車回雍城去。

嫪毐回到大鄭宮，少不了和秦太后摟摟抱抱，親熱一番。秦太后坐在嫪毒的腿上，見他神情暗淡，鬱鬱少歡，便輕聲問道：「怎麼啦？何事不開心？快跟老娘說說！」

嫪毒沒好氣地說：「我恨你那個兒子！沒肝沒肺沒良心！這次在咸陽，我花了一萬二千兩黃金，買了一匹稀世寶馬纖離馬獻給他，原以爲他會封我一個官職，沒想到他只賜我一個太原郡作爲封地！就這，老不死的呂不韋還出面阻攔，說太原郡如何如何重要，不宜賜予一個宦官！」

秦太后說：「事情吹啦？」

嫪毒說：「吹倒沒吹，你的兒子當場訓斥了呂不韋一頓，還是將太原郡賜給了我。」

秦太后說：「那不就得啦？你還生的哪一門子的氣？」

嫪毒嘆了一口氣，說：「封地再多，終究不如官職値錢！這事，我越想越覺得窩火，越想越覺得憋氣！」

秦太后撇著嘴說：「誰讓你去巴結我的那個寶貝兒子來著？你說他沒肝沒肺沒良心，那倒是眞的。老娘到雍城快一年了，他問也沒有問過。」

嫪毒好像突然想起了什麼，親親秦太后的面頰說：「噯！外間傳說嬴政不是你和莊襄王的兒子，此話可是眞的？」

秦太后說：「外間還傳說什麼？」

嫪毒說：「還傳說嬴政是你和呂不韋的兒子，傳說你和呂不韋合謀，篡奪秦國的江山。」

秦太后沉默許久，然後嘆氣說：「唉！眞是人言可畏呀！好吧，我這就將實情告訴你！」

秦太后和嫪毐私通數年，圖的是感官的滿足，身心的快樂。她並沒有將自己的身世特別是在趙國的那段風流艷情，如實告訴嫪毐。現在，嫪毐是她最親近最貼心的男人，她還有什麼必要隱瞞他呢？於是，她從趙群、李氏父母說起，說到從小受過的教育，說到肥厚慘無人道的獸性，說到艷香院，說到她做了呂不韋的愛妾，說到懷孕再嫁，說到坎兒寨，說到母子歸秦，說到當了王后和太后，說到屯留兵變，說到和嫪毐私通徙居大鄭宮。只有一點沒有提及，那就是莊襄王死後，她又曾和呂不韋舊情復萌，熱火了一段時日。她最後說：「嬴政的確是我和呂不韋的兒子，先王和嬴政均不知情。呂不韋扶立先王和嬴政，就是爲了篡奪秦國江山，我正爲此感到內疚，感到負罪。我安排成蟜發動屯留兵變，正是爲了使秦國江山重新姓嬴，恢復先王的血脈。誰知事情不濟，成蟜死了。唉！這都是我作的孽啊！死後有何臉面去見先王？」

嫪毐聽了這一番話，並不感到驚奇，因爲他早已相信了外間的傳說，今日只是從秦太后口中得到印證罷了。他既同情又憎恨坐在自己腿上的這個女人：同情是由於她軟弱無力，任人玩弄和擺布；憎恨是由於她侍候過幾個男人，全不知羞恥。然而眼下不是同情和憎恨的時候，他要和她聯合起來，對付呂氏父子。他想了想，狠狠地說：「嬴政既然姓呂，我們何不推倒他？」

秦太后說：「我不是答應過你嗎？等嬴政駕崩以後，就讓你我的兒子繼承王位。」

嫪毐失望地說：「那要等到何年何月呀？」

秦太后說：「此外還有什麼法子呢？」

還有什麼法子呢？嫪毐牙齒咬著下唇，手指捻動著，陷入長久的沉思。

嫪毐叛亂

47

嬴政前往雍城行郊祭禮和冠禮。閱兵三日，炫耀武力；鹵簿壯觀，盛況空前。

秦王嬴政九年（西元前二三八年）春天，彗星再次出現，其長竟天。太史占卜，說：「國中當有兵變！」嬴政迷信，對此堅信不疑，不得不暗作準備。

嬴政已經二十二歲了，急於行冠禮以親政。呂不韋依然閉口不提秦王親政的大事，嬴政非常惱火，心裡說：「你害怕寡人親政，寡人自行親政就是了，何必要你批准？」

秦國禮制規定，國王每隔三年需去雍城舉行一次郊祭大典，祭祀天神。嬴政頒旨，四月前往雍城郊祭，並朝見母后。此旨頒下，咸陽城和雍城立刻忙碌了起來。

鬼神崇拜是人類最原始的文化形態，也是哲學、藝術及禮儀制度等各種文化形態的來源。人類進入文明社會以後，鬼神觀念仍然是社會文化的重要內容，由此而產生了各種各樣的思想傾向和宗教信仰。中國商代和周代流行多神崇拜，大致可分爲祖先神、自然神和天神三大系統。秦國在此基礎上進行融合和改造，形成了一個更具特色、更加完備的神統。商、周的「上帝」、「天帝」只有一個，而秦國接受了「帝」這個概念，並將其一分爲四，包括「白帝」、「青帝」、「黃帝」和「炎帝」四神，另將「天」劃爲自然神，並不完全具有超自然的威力。既然樹立了神靈，自然要定期祭祀。祭祀活動成爲古人宗教信仰的基本內容，目的在於祈求神靈賜福和保佑國泰民安，萬事順利。祭祀上帝、天神的固定場所稱「畤」，秦國在雍城建有四畤，自秦德公以後祭祀不斷。祭天曰「郊」，祭地曰「社」，郊祭和社祭合稱「郊社之禮」，儀式隆重，祭品豐富，如秦德公一次郊祭，就用了三百犧牲（牲畜，色純爲「犧」，體全爲「牲」）。

祭祀活動大多具有迷惑人的性質。嬴政這次郊祭也不例外，實是以郊祭爲藉口去行冠禮，以便親政。行冠禮有人反對，乾脆絕口不提，只說郊祭，誰敢阻擋？

嬴政銘記著太史占卜的預言，防止發生兵變，特命在咸陽舉行盛大的閱兵典禮，連續三日，炫耀武力。參加閱兵典禮的共有二十萬將士，按步兵、車兵、騎兵、水兵四個兵種，每五千人組成一個方陣，由大將王翦、王賁、桓齕、楊端和等率領，依次通過咸陽宮門前，接受嬴政的檢閱。咸陽宮門前的冀闕上，旌旗飛揚，花團錦簇。嬴政身著戎裝，腰懸短劍，神態威嚴地站在中央的位置，身後百官侍立，眾星捧月一般，突現出了至尊至貴的青年天子。

走在閱兵隊伍前面的是旌旗方陣，青、赤、黃、白、黑五色旗幟，護擁著紅底黑字的「秦」國旗，彙成五彩波瀾，蔚爲壯觀。接著是鼓樂方陣，以鼓聲爲主音，各種樂器合奏軍旅樂曲，高亢激越，震撼人心。步兵方陣、車兵方陣、騎兵方陣、水兵方陣，漸次而過，兵器閃亮，盔甲鮮明，雄赳赳，氣昂昂，大有排山倒海之勢。嬴政揮手向將士們致意，將士們齊聲吶喊：「忠於秦王！爲國效力！」吶喊聲響遏行雲，驚天動地。嬴政看到這支裝備精良、訓練有素的精銳之師，笑逐顏開，心想：「寡人有此雄厚的資本，何愁不能統一天下！」

四月剛過，嬴政起駕前往雍城。行前，特地召見王翦，命他率兵守衛咸陽，不可掉以輕心。左相國呂不韋也留守咸陽。嬴政特別交代王翦說：「務要注意『兩口子』的動向！」「兩口子」

是「呂」字，當然是指呂不韋了。嬴政以爲，當時有可能發難的只有呂不韋，至於其他人，他是沒有考慮到的。王翦心領神會，堅定地說：「大王放心！有王翦在，咸陽萬無一失！」

嬴政又命桓齮率兵三萬先行，駐守岐山。而後，在右相國芈華、芈壽，以及王賁、楊端和等文武大臣的護擁下離開咸陽。

時值初夏，渭河水湧，秦嶺樹綠，風和日麗，鳥語花香。咸陽至雍城，大道寬廣，沙鋪路面，路旁間植樹木，松青柳翠，霧氣氤氳。嬴政的鑾駕啓動，前不見頭，後不見尾，浩蕩瑄赫，氣勢非凡，威風至極。

嬴政愛講排場，在周代五路乘輿制度的基礎上創建了更威嚴更完備的鹵簿制度。周代君王的禮儀制度以車馬爲上，稱「上輿」。車的擁有在當時是一種特殊標誌，車的享受又是一種高級享受，車馬和裝飾的豐富和特點，以及站在車上居高臨下、招搖過市的風光場面，最能顯示君王的崇高地位和權勢。《周禮》對於周天子的車和車馬禮儀規定得非常具體，其中主要部分是五路制度。什麼叫做路？《釋名·釋車》解釋道：「天子所乘曰路。」就是說，路是王車的專稱，是王權的產物。周天子的五路乘輿是指玉路、金路，革路、象路、木路。《周禮》記載：

「王之五路，一曰玉路，錫、樊纓，十有再就，建大常，十有二斿，以祀；金路，鉤、樊纓，九就，建大旗，以賓，同姓以封；革路，龍勒，條纓，五就，建大白，以即戎，以封四圍；象路，朱樊纓，七就，建大赤，以朝，異姓以封；木路，前樊鵠纓，建大麾，以田，以封藩國。」

這段文字，簡明地表述了五路的等次、旗物裝飾和使用範圍。五路最顯眼的部位車尾裝飾各不相同，金路飾金，玉路飾玉，象路飾象，革路鞔革塗漆，木路不鞔革只塗漆。大常、大旗、大白、大赤、大麾都是旗章的名稱，顏色不同，所繪圖案也不同。大常上繪日月，大旗上繪蛟龍，大白上繪鳥隼，大赤上繪熊虎，大麾上繪龜蛇。

秦王嬴政出行，車馬儀仗排列有前馬，有後衛，有扈從，有伴駕，前呼後擁，次第井然。這種禮儀便叫鹵簿。嬴政的鹵簿通常是「千乘萬騎」，即由千輛車、萬匹馬組成，車水馬龍，旗海人潮，好不威風！其中，最突出的是嬴政乘坐的金根車以及屬車立車和安車等，富麗堂皇，美侖美奐。

金根車也是嬴政首創，即以金爲飾的根車。按照《考經》援神契的說法，「根」是載養萬物的，「德至山陵，則山出根車」，只有至尊至貴的賢德君王，才配乘坐這種車。金根車的規制很大，駕有六馬，其裝飾的繁富和華麗，令人眼花撩亂，難以想像。嬴政乘坐的金根車到底是什麼樣子，沒有實物資料，不便臆測。不過從南朝齊武帝蕭頤依古制而創制的金根車，倒可以窺出嬴政金根車的概貌：「畫輪，金塗，兩箱上望板前優遊通緣，金塗鏤鍱碧紋箱，鑿鏤金薄貼，兩箱外織衣，兩箱裡金塗鏤回釘玳瑁貼望板，箱上貼金博山，優遊上和鑾立花趺銜鈴銀帶玳瑁筩，優遊下隱膝裡施金塗鏤回花釘織成文，優遊橫前施玳瑁貼金塗花釘倒龍，後捎鑿銀玳瑁龜甲金塗花沓望板，金塗受福望龍，諸校飾軛及諸末皆蟠龍首，龍形板在車前，銀帶花獸金塗受福緣裡，邊鏤鍱玳瑁織成衣，裡金鏤回花釘，外金塗博山辟邪障，鳳凰銜花升蓋，金塗鏤鍱二十八爪，支子花黃錦外衣，複碧絹漆布緣油頂，絳絲織成顏芚，赫舌孔雀毛複錦，綠紋隨陰懸諸珠琫佩，金塗鈴雲朱結采綬雜色眞孔雀旄一。轅漆畫，車衡銀花帶，衡上金塗博山。四鸞鳥立花趺銜鈴，龍首銜軛，插雀尾，上下花沓絳緣絲的望繩八枚旚有十二遊，畫升龍竿首，金塗龍銜大緫幅，眞旄棨戟織成衣，金鏤沓駐及受福，金塗雁鏤鍱漆安立床在車中，錦複黃紋爲安立衣，錦複黃紋障泥八幅，長九尺，綠紅錦芚帶織成花五路。」

金塗玉鑲，錦織彩繪，車箱裡置床，可坐可臥，奢麗舒適至於極點。

除金根車以外，還有立車和安車。立車和安車都是單轅雙輪車，前駕四馬，朱斑重牙，二轂兩轄，金薄繆龍，文虎伏軾，龍首銜軛，鸞雀立衡，羽蓋華旗，精美絕倫。

嬴政鑾駕一路逶迤，浩浩蕩蕩地馳向雍城。嬴政時而乘坐華貴的金根車，時而騎上心愛的纖離馬，但見鹵簿壯觀，山川秀美，內心充滿驕矜和喜悅之情。尤其是想到即將親政，撇開相國，號令天下，更加難以抑制激動的情懷，直想放聲高喊：「我是秦王，天之驕子，舉世無雙！」

雍城位於雍水之畔，城垣平面呈不規則方形，東西長約三千三百米，南北寬約三千二百米，面積約十一平方公里。城內有東西、南北縱橫交錯的四條大街，並有封閉式的露天市場。城北三時原上有北園，地勢開闊，林茂草豐，成爲縱馬射獵的理想場所。雍城是秦國進入關中以後的發祥地，從秦德公起，先後有十九位君王建都於此，歷時二百七十年。秦獻公二年（西元前三八三年），秦都東遷櫟陽，雍城作爲宗廟所在地，各位君王都按時到這裡祭祀。舊有的宮殿猶在，嬴政選擇了蘄年宮作爲鑾駕駐所，此宮距秦太后居住的大鄭宮只有三四里。

蘄年宮建於秦惠公時期，宮名爲祈求豐年的意思。嬴政駐駕的次日，便去大鄭宮朝見秦太后。嬴政對於母后，可以說是恨多於愛。他恨母后不明不白地「打發」了宮女瑞兒，致使扶蘇不滿周歲就失去了母親。他恨母后先嫁呂不韋，再嫁先王，使自己落了個「奸生之兒」的名聲，而且先王死後，她又曾和呂不韋偷情，使自己裡外不好做人。他還恨母后偏疼成蟜，樊於期和霍達生爲虎作倀，釀成屯留兵變，她在其中肯定沒起什麼好作用。不過，這些都是舊事，陳芝麻爛穀子，無須再去計較，說千道萬，她畢竟是生母，是太后，出於禮儀，總要朝見的。

秦太后已經知道嬴政到了雍城，住進了蘄年宮。她起初不明白嬴政此行的目的，後來聽嫪毐說，他是來祭祀祖宗並行冠禮的，倒也坦然。秦太后對於嬴政，可以說是只有恨沒有愛，因爲他雖然是自己身上掉下來的一塊肉，卻是呂不韋的兒子，姓呂而不姓嬴。他由呂不韋扶立，篡奪了嬴秦的江山，還凶殘地殺了成蟜，以及霍達生、碧雲母子和懷了孕的艷雪，更不用說追隨成蟜舉事的五萬士兵。現在，她和嫪毐住在大鄭宮，逍遙快活，且有兩個幼兒吱吱呀呀，其樂融融，巴不得嬴政早日命歸西天，由她的幼兒繼承王位。因此，當嬴政前來朝見的時候，她由嫪毐陪伴，勉強出殿敷衍一番，無歡而散。嬴政全不在意，步出大鄭宮。嫪毐恭敬相送，笑容可掬。嬴政突然覺得，眼前這個長信侯身強力壯，怎麼看也不像個太監。繼而暗笑，心想不能以貌相人嘛，侍奉母后的心腹太監難道還能有假嗎？

48

郊祭禮和冠禮儀式，反映了秦國的風土人情。嫪毐利祿薰心，作起了秦王夢。

這是秦王嬴政到達雍城後的第三天，天色陰沉，風吹雲湧，不過據太史占卜，卻是個「宜祭宜禮，大吉大利」的好日子。嬴政決定，郊祭和冠禮兩大儀式都在這天舉行。

雍城南郊，當年秦德公建造的郊祭祭台猶在。那是一座土台，長、寬各六丈，高六尺，周邊鑲磚，表面鋪沙，中央偏前處置放供几，長一丈二尺，寬六尺，高三尺。供几上放有六個青銅器香爐，每個香爐裡點燃六炷香；並放有六隻碩大的青銅盤，供奉三牲三蔬：三牲爲牛、羊、豬，三蔬爲葵、韭、瓠。供桌前方和兩側的地上，還放有九十隻只青銅盤：三十盤牛，三十盤羊，三十盤豬。牛、羊、豬色純體全，大小如一，就是祭祀用的犧牲。

這裡，一個有趣的現象值得注意，即祭台的規制和供品的數字都含「六」字，或是六的自乘數、倍數和半數，這是爲什麼呢？原來，這與當時流行的「五行」迷信思想有關。

「五行」學說起源很早。《尙書·洪範》把宇宙間事物歸納爲金、木、水、火、土五種物質形態，具有一定的唯物主義因素。到了戰國時代，五行思想中相生相剋、不斷循環的說法，被人牽強附會地用來闡釋社會現象，出現了「五德（行）終始說」，成爲一種鼓吹天人感應，天道循環，改朝換代的理論依據。最早提出「五德終始說」的是齊國人鄒衍，認爲人的各種活動都和五行相通，人間天子一定要得到五德中的一德，並由上天顯示符應，才能進行統治。其德衰之時，由在五行循環中勝過其德者取而代之，如此循環，便形成了歷史上的改朝換代。這實是爲取得政權的統治階級製造統治的合理根據，是「受命於天」的唯心主義騙人把戲，然而卻合嬴政的胃口。因此，嬴政完全採用了「五德終始說」，宣揚秦取代周是水德代替火德，並根據「水德」制訂各種制度。他將五百年前六月秦文公出獵曾獲一條黑蛇作爲秦取代周的符應，特別規定：黑色爲上色，六之數爲吉祥數字。從此，黑色和六之數，幾乎完全滲透到秦國的政治典章制度和文字記述之中。

上午，嬴政率領文武官員駕臨祭台。祭台東側，青旗、赤旗各三百面；西側，黃旗、白旗各三百面；南側，黑旗六百面。樂隊奏響樂曲，右相國芈華、芈壽導引著嬴政，從祭台北側的台階拾級而上。嬴政佇立，芈華、芈壽退後數步。香煙繚繞，供物豐盛，嬴政走至供几旁，按一按香爐中的香炷，看一看銅盤中的牲蔬，略略後退，撩衣跪到一個圓形的繡墊上，兩手著地磕頭。磕了三次，起立，雙手合起至額頭，默默禱告。禱告什麼，別人無從知道，無非是上帝賜福保佑，國運興隆長久之類。

嬴政步下祭台，文武官員和旗手們跪地高呼：「大王萬歲！秦國萬歲！」連呼三聲，樂曲戛然而止。至此，郊祭儀式便結束了。接著，去德公廟舉行冠禮儀式。對於嬴政說來，冠禮儀式遠比郊祭儀式重要得多，因爲行了冠禮，他就可以親政，就可以放開手腳幹他想幹的一切了。

德公廟在雍城的西南隅，是秦國的祖廟。秦國自進入關中以後，有三位君王最值得稱道。一是秦德公，奠都雍城；二是秦穆公，稱霸諸侯；三是秦昭王，使秦國的國力極度強盛。因此，秦德公、秦穆王、秦昭王的廟是建在一起的，德公廟居中偏北，前面左側爲昭廟，右側爲穆廟，三廟呈「品」字形。各廟的主體部分稱廟堂，廟堂後面爲寢宮，廟堂前面爲門塾。三廟中間一片空闊處稱中庭，嬴政的冠禮便在中庭舉行。

中庭已經布置一新。三廟的門窗經過油漆和彩繪，牆壁塗刷青灰，三十個大紅燈籠高掛，一百八十面彩旗插立，地上鋪著紅底黑邊的氍毹，另有青銅器仙鶴、蛟龍、熊虎等飾物。正中央擺放一個繡榻，紅木綠錦，尤爲醒目。樂隊奏響莊嚴的樂曲，嬴政由芈華、芈壽陪同，莊重地走進中庭，百官隨後。嬴政先進祖廟，次進穆廟，再進昭廟，逐一行了大禮，然後返回中庭，坐到了繡榻上。芈壽宣布冠禮開始，樂曲變得歡快熱烈起來。芈壽高聲喊道：「進冠！」

宮監趙高用黑漆托盤托出王冠，遞給芈華。芈華雙手捧冠，跪地呈給嬴政。那冠叫做通天冠，外黑內紅，前圓後方，高九寸，頂上一塊長形冕板叫綖，綖的兩端各有若干串以紅綠彩線穿組的垂珠，叫旒。綖長一尺二寸，寬六寸，前旒六條，長九寸；後旒九條，長六寸。共綴珍珠一八百十粒。冠圈兩旁有兩根絲繩，各長一尺二寸，叫纓。嬴政含笑接過通天冠，戴在頭上，並將纓打結，越顯英武威嚴。

芈壽又高聲喊道：「進劍！」

趙高又用托盤托出一柄長劍，遞給芈華。芈華雙手捧劍。跪地呈給嬴政。那劍爲青銅劍，銅、錫合金比例爲三比一。劍柄金質，飾以浮雕並鏤空的螭虺紋，兩面各鑲三粒圓珠形綠松石；劍身長五尺四寸，平面呈蘭葉形，鋒銳堅韌，寒光逼人。古人講究佩劍，秦簡公時「令吏初帶劍」，此後佩劍形成制度，既可以防身，又作為等級、身分的重要標誌。一般說來，二十歲以前的青年可佩短劍，成年以後才可佩長劍；軍中將士包括給國王駕車的御官可佩短劍，將軍以上身分的人才可佩長劍。至於長度超過四尺的長劍，稱做御劍，是國王專佩之劍，其他人是沒有資格佩戴的。嬴政接過長劍，晃了晃，看了看，非常滿意。這時，百官跪地拜賀，高呼萬歲。嬴政目光炯炯，神采飛揚，欣喜萬分，心裡說：「行了冠禮帶了劍，寡人便是天下第一，再也不受制於任何人了！」

冠禮結束，嬴政回到蘄年宮，賜百官、將士大酺五日。美酒佳肴擺了出來，任吃任喝，好不痛快。眾人吃飽喝足，紅光滿面，打著酒嗝，拍著肚皮說：「眞帶勁！太美啦！」

嫪毐參加了嬴政的郊祭和冠禮儀式，宴飲以後回到大鄭宮。郊祭和冠禮儀式的盛大場面和莊重禮儀，使他大開眼界，欽慕不已，別看嬴政身材矮，眼睛小，雞胸豺聲，其貌不揚，然而那小子有福分哪！十三歲登基，二十二歲親政，整個秦國都是他的，天下一尊，舉手投足，山搖地動。所有的官員，所有的將士，所有的百姓，不都是聽他一人的號令嗎？就連自己這個長信侯，也是他小子封的哪！嫪毐只有爵位，沒有官職，雖然算是個頭面人物，但是缺少權力，政治上難有作為。他想到這裡，心甚怏怏，隨便和秦太后打個招呼，蒙頭便睡。

秦太后可不讓情夫睡覺，她要知道嬴政舉行郊祭和冠禮儀式的情況，她還要和他幹那種事。她赤裸著身子，故意撩撥嫪毐。嫪毐欲火燃起，翻轉身來和她親熱了一回。秦太后稍稍滿足，摟著嫪毐問這問那。嫪毐嘆了一口氣，說：「你許諾嬴政駕崩以後，由我們的兒子繼承王位，可是那小子年輕力壯，我們要等到何年何月啊？」

秦太后心中沒底，說：「自古君王短命，我們就耐心等待唄！」

嫪毐說：「等待等待，我都等不及了！」

秦太后說：「等不及又怎麼樣？你能殺了嬴政，奪了王位不成？」

殺嬴政？奪王位？嫪毐驟然感到熱血奔湧，心跳如鼓。是啊！嬴政年方二十二歲，等他駕崩，誰知要到猴年馬月，為何不能殺了他奪了他的王位呢？為了兒子，為了自己，不妨拚出命去一搏，倘若事成，說不定自己還能嘗嘗當秦王的滋味哩！天下紛爭，從來就是成者王侯敗者賊，自己果真當了秦王，秦國就不再姓嬴而姓嫪了，那才多美啊！

當夜，嫪毐作了一個夢：天高雲淡，陽光燦爛，漫山遍野繁花似錦，百鳥喧啼。他頭戴金冠，身穿龍袍。高傲地坐上咸陽宮正殿的王位，百官跪拜，山呼萬歲。相國呂不韋奏事，他一揮手，說：「斬！」侍衛將呂不韋拖了下去，片刻獻上血淋淋的人頭。羋華、羋壽奏事，他又一揮手，說：「斬！」不一會兒，殿下堆了幾十顆人頭。那些人頭頗怪，齜牙咧嘴，兩眼睜圓，挺嚇人的。他回到後宮，秦太后笑盈盈地跪接，要他立她為王后。他一腳將她踢翻，猛地冒出來一大群天仙般的美女，摟著他的脖子，嬌聲嬌氣，儀態萬千。他哈哈大笑，答應將她們全立為王后。倏忽間，一切都不見了，嬴政橫眉怒目站在面前。他吃了一驚，心想自己不是將嬴政殺了嗎？怎麼又活啦？嬴政喝道：「叛賊！還我的江山來！」他嚇得轉身就跑，跑著跑著，鞋都跑掉了。他爬上一座高山，高山下面是千溝萬壑，烏雲翻滾，黑水滔滔。他正猶豫著，嬴政揮舞長劍，向他奔來。他覺得喉嚨挨了一劍，胸口又挨了一劍，腳下一滑，一頭栽向萬丈深淵……

「啊！」嫪毒大叫一聲，夢醒了，心跳氣喘，滿身冷汗。秦太后輕輕推他一把，說：「怎麼啦？」他喃喃地說：「我……我作了一個惡夢！」

嫪毒再無睡意，美夢變成惡夢，使他懊惱而又沮喪。他想，嬴政手下有千軍萬馬，殺王奪位談何容易？可他又不甘心等待，等待多少年，天知道會是什麼樣子！嬴政已經有好幾個兒子，長子扶蘇已經五歲，即使嬴政駕崩，怎會將王位傳給名不正言不順、更無公開社會地位的兩個弟弟呢？秦太后和莊襄王的兒子成蟜都被殺害了，更何況秦太后和自己私生的兩個兒子？嫪毒心煩意亂，直到天快明時才朦朦朧朧睡著。

風越颳越大了，雲氣暗淡，天色更加陰沉。上午，蘄年宮裡還有宴會，嫪毒起床匆忙洗漱，便乘車馳向蘄年宮。場面依舊熱烈，酒肉依舊豐盛。嫪毒山吃海喝一頓，辭別嬴政。他並沒有回大鄭宮，而是約了嬴政身邊的侍中中大夫顏洩，到雍城的一家賭場賭博飲酒去了。也是嫪毒享樂太過，合當生出事端，這次賭博飲酒，竟惹出一個天大的亂子來。

49

嫪毐賭博，酒後失言，狗急跳牆，發動叛亂。秦太后一錯再錯，竟然支持情夫奪權，孤注一擲。

雍城裡有好幾家賭場，最出名的當數宏利院，地處鬧市，單門獨院，兩層小樓，供應酒肉，樂伎陪唱，達官權貴賭博，都愛到這個地方。

嫪毐是宏利院的常客，常在這裡擲金如土，賭注大得嚇人。院主和夥計都認識這位長信侯，滿臉堆笑，將他和顏洩迎至樓上的一個房間，獻茶，進酒，並吩咐兩個樂伎陪唱，唱詞淫靡，軟綿綿酸溜溜的。

雍城盛行的賭博形式叫「六博」，共十二棋，六黑六白，兩人對博，每人六棋，故名。低矮的一張小几，上置一塊長方形平板，叫枰。枰上縱橫畫線，爲行棋的路線。枰中央橫空處爲「水」，「水」中放「魚」兩枚。博時先擲采，「采」是銅製或玉製的多面體，稱「博瓊」，也就是後世的骰子，上面刻有若干個數字。擲采擲出某個數字，就按數字行棋。棋入「水」則「食魚」，每「食」一「魚」得兩隻籌碼，最後以籌碼多少定輸贏。

顏洩官任中大夫，俸祿不算太高，因此主張「小來來」，賭注儘量小一點。嫪毐財大氣粗，說：「太小了不過癮，要賭就朝大裡賭，賭個痛快！」當即做主，每人一百隻籌碼，一隻籌碼十兩黃金。顏洩嚇得直吐舌頭，說：「我的娘呀！你得是想讓我傾家蕩產？」嫪毐說：「別哭窮，誰輸誰贏還說不定哩！」

二人猜棋，嫪毐執黑，搶了個先手。他擲采，擲「六」，棋恰好入「水」，「食」二「魚」，贏得四隻籌碼，不禁哈哈大笑，說：「顏老弟！開采擲六，六六大順，今日你輸定啦！」

顏洩第一手便輸了四十兩黃金，覺得心疼，說：「侯爺是胖閻王，我顏某是瘦小鬼，胖閻王收拾瘦小鬼，虧你下得了手！」

嫪毐說：「誰讓你瘦小鬼運氣不好來著？哈哈！」贏方繼續擲采，行棋。顏洩也擲采。行棋，二人輪番擲采，行棋，大呼小叫，展開了對博。開始嫪毐手氣忒好，叫什麼數字就擲出什麼數字，棋都能入「水」食「魚」，很快贏了顏洩七八十個籌碼。七八十個籌碼就是七八百兩黃金哪！顏洩氣得臉色發紫，大罵手臭。嫪毐得意洋洋，贏了籌碼就飲酒，嘴裡還哼起了小曲。顏洩輸了籌碼也飲酒，眼睛瞪得老圓，擲采特別用勁，搓得博瓊滴溜溜地飛轉，嘴裡喊著想要出現的數字：「三！五！九！」

約莫兩個時辰以後，賭場形勢突變。嫪毐手氣臭了起來，顏洩要什麼數字就有什麼數字，不停地入「水」食「魚」，不僅將輸了的籌碼撈回，而且還贏了嫪毐七八十個籌碼。現在，輪到顏洩哼小曲了，嫪毐氣得拍博枰摔博瓊，大罵：「有鬼！有鬼！」

又是幾個回合，嫪毐的一百隻只籌碼輸得精光，還倒欠了顏洩五隻籌碼。這時，天色已黑，二人都醉意醺醺，醉眼朦朧。顏洩打了個酒嗝，推開博枰，說：「天黑了！不博了！」嫪毐也打了個酒嗝，說：「不行！哪有贏了錢就收手的？」

二人又博了幾個回合，嫪毒還是只輸不贏。就他而言，輸一千多兩黃金根本算不了什麼，他有俸祿，有食邑，還有秦太后作後盾，金銀財寶多得難以數計。他只覺得面子上過不去，堂堂長信侯，怎能輸給中大夫？因此，還要繼續博，非把賭本撈回不可。顏洩可不想再博了，起身說；「侯爺輸局已定，請付黃金吧！」

嫪毒豈肯認輸？說：「不行！還要博！」

顏洩說：「侯爺平時賭博爽快，今日爲何耍賴了？」

嫪毒聽了「耍賴」二字，心火突突，也起身說：「誰耍賴？誰耍賴？老子賭博，從來就沒有耍賴過！」

顏洩伸手說：「不耍賴就好，那就付黃金吧！」

嫪毒兩眼通紅，臉色發青，罵道：「付你娘的屄！贏了錢收手，耍弄老子不是？」罵著，左手扭住顏洩，右手揮起，狠狠抽了顏洩一個耳光。

顏洩大怒，說：「好啊！你敢打人！」撲向嫪毒，抓著嫪毒的冠纓，一使勁，冠纓扯斷。嫪毒亦怒，又是一個耳光，顏洩的嘴角已流出血來。

宏利院院主和夥計聽得樓上爭吵，趕緊上樓勸解。嫪毒瞋目大叱道：「你他娘的烏龜王八蛋！怎敢和老子撒野？你知道老子是何人？告訴你，老子陪秦太后睡覺，他秦王還得稱老子爲假父！你他娘的一個爛侍中，窮小子，怎敢和老子爭鬥？」

這幾句話，使得在場的人，目瞪口呆，驚愕萬分。院主趕忙向前圓場說：「算啦！算啦！都是有頭有臉的大人物，切莫爲小事傷了和氣！」

顏洩畏懼嫪毐，憤憤離去。嫪毐已經爛醉，由兩個夥計扶著下樓，登車馳回大鄭宮。

顏洩回到蘄年宮，當晚求見嬴政，聲稱有要事相告。嬴政召見顏洩，顏洩匍匐在地，說：「大王恕臣死罪，臣方敢奏事。」

嬴政說：「恕你死罪，說吧！」

顏洩頭挨地上，說：「臣與長信侯嫪毐白天在宏利院對博，他說，他說……」顏洩覺得話很難講，盡力尋找適當的措詞。

嬴政有點不耐煩，說：「快講！別吞吞吐吐！」

顏洩說「臣死罪！就實話實說了！嫪毐說，他陪太后睡覺，還說大王陛下得稱他爲假父！」

「什麼？他說什麼？」嬴政一下子從座位上跳起來，兩眼凶光，怒視著顏洩。顏洩將剛才的話又重覆一遍。嬴政頓時七竅冒煙，怒不可遏，大聲說：「這個奴才！怎敢這樣說話？」

顏洩還是不敢抬頭，繼續說：「臣還聽說嫪毐根本不是太監，而是詐爲腐刑，私侍太后，如今已生有二子，秘藏在大鄭宮中，不久還要謀篡秦國！」

嬴政聽了這話，猶如五雷擊頂，暴跳起來，厲聲說：「一派胡言！一派胡言！」

顏洩連連磕頭，說：「臣不敢撒謊！所言俱是實情！」

嬴政一屁股坐到座位上，腦海裡一片空白，許久沒有說話。慢慢地，他想起來了，嫪毐身強力壯，確實不像太監；當初，母后離開咸陽，徙居大鄭宮，其中興許有文章。他定下神來，嚴厲地問道：「嫪毒自稱假父的話，還有誰聽見了？他詐為腐刑，大鄭宮秘藏二子，還有誰知道？」

顏洩說：「他自稱假父，宏利院院主和夥計在場；他詐為腐刑，大鄭宮秘藏二子，咸陽宮和大鄭宮的宮監、宮女們都知曉，只是不敢跟大王明說罷了。」

嬴政點頭，不由得生自己的氣。不是嗎？這樣大的事情，自己竟被蒙在鼓裡，一無所聞，一無所知，豈不荒唐！他思前想後，相信顏洩所說都是眞的，顏洩縱然吃了豹子膽，也不敢撒這樣的謊的。他以為，嫪毒是醉後失言，酒醒後必然畏罪，必然會有動作，對此不能不加防備。他命顏洩退下，不許胡講，接著密派趙高，持兵符前往岐山，召大將桓齕率兵來雍城護駕。

當顏洩向嬴政揭發嫪毒，以及嬴政密派趙高召桓齕的時候，嬴政身邊的佐弋靳竭聽到了和看到了。佐弋是國王駕前的侍衛官之一，嬴政對於此人並未嚴加防範，實是一大疏漏。靳竭得過嫪毒很多賄賂，成為嫪毒的忠實黨羽。入夜，他悄悄離開蘄年宮，奔向大鄭宮去告密。嫪毒酒醉過去，恢復了常態。回想起和顏洩爭鬥的一幕，自知闖下大禍。聽了靳竭的密報，更是嚇得心驚肉跳，惶恐至極。他拍打著拳頭，不停地來回走動，連聲說：「這可怎麼好？這可怎麼好？」

靳竭說：「侯爺可求太后呀！太后總不至於見死不救嘛！」嫪毒知道事情太大，秦太后根本救不了自己。他摸著額頭想了半天，說：「火燒眉毛，只有孤注一擲了！與其坐以待斃，不若先發制人，只有殺了嬴政，或許向有轉機。」

靳竭見嫪毒要發動叛亂，卻也驚慌，疑惑地說：「秦王剛剛親政，侍衛甚多，殺他談何容易？」

嫪毒說：「必須趕在桓齕到雍城以前下手！這事由我來辦，我只求靳老弟助我一臂之力，現在立即動身，快馬馳回咸陽，傳我的話給衛尉李竭、內史汪肆、中大夫令蔡齊，讓他們在咸陽同時起事，打他嬴政一個措手不及，首尾難顧！拜托靳老弟了，即刻起程，事成之後，老弟你便是頭號功臣，我和你同享榮華富貴！」

靳竭已經上了嫪毒的賊船，利祿薰心，答應相助，匆忙而去，馳奔咸陽。嫪毒心急如火，走進內殿喚醒了秦太后。

秦太后懵懵懂懂，撒著嬌說：「死鬼！半夜三更，喚醒老娘作甚？」

嫪毒急切地說：「禍事禍事！快起來商量商量！」他一口氣敘述了白天和顏洩爭鬥的經過，並說顏洩已經奏告嬴政，禍事即將發生。

秦太后著實吃驚，說：「你那張臭嘴，總是不關風！現在該怎麼辦？」

嫪毒說：「沒有辦法！只有趁桓齕的大兵未到，盡發宮騎衛士，以及門客，攻打蘄年宮，殺了嬴政，你我夫妻尚可相保。」

秦太后說：「宮騎衛士怎肯聽令？」

嫪毒說：「唯有借你太后印璽，假作御寶一用，托言『蘄年宮有賊，奉大王之命，召宮騎衛士齊往救駕』，他們不敢不從！」

秦太后還在遲疑。嫪毒「撲通」一聲跪地，說：「千不念，萬不念，念你我夫妻一場，同時也念我們的兩個兒子！你答應過的，要扶立我們的兒子爲秦王，現在正是機會！」

秦太后此時心意早亂。她十分疼愛嫪毒，他給了她無窮的樂趣；她也十分疼愛兩個兒子，成蟜已死，這兩個兒子可不能再出什麼差錯。她恨嬴政，恨呂不韋，恨呂氏父子篡奪了嬴秦的江山，使她和情夫徙居大鄭宮，偷偷摸摸地過著半人半鬼的生活。如今，嫪毒欲殺嬴政，欲奪秦王之位，她還猶豫什麼呢？想到這裡，她取出太后的璽印，交給嫪毒，說：「你自去行事吧！但願成功！」

嫪毒趕緊在燈下僞造秦王御書，蓋上太后璽印，遍召宮騎衛士和門客，直至次日中午，才勉強集合起三千餘人，各執兵器，吵吵嚷嚷包圍了蘄年宮，發動了直接針對秦王嬴政的叛亂。

50

雍城和咸陽，刀光劍影，血肉橫飛。秦太后和嫪毒的私生子死於非命。

嫪毒臨時匆忙聚集起一幫烏合之眾，圍攻蘄年宮。嬴政的侍衛早有防備，嚴密把守，嚴陣以待。嬴政一身戎裝，腰懸長劍，登上宮內一座高台，厲聲喝問道：「你們都是寡人的臣屬，膽敢犯駕，所為何來？」

宮騎衛士答道：「長信侯傳旨，說蘄年宮中有賊，我等特來救駕！」

嬴政將手指向嫪毒，威嚴地說：「他長信侯便是賊！蘄年宮中有何賊呀？」

宮騎衛士們還是忠於國王的，聽了此話，面面相覷，莫名其妙。嫪毒氣急敗壞地說：「快進攻！能殺嬴政者有重賞！」

嬴政怒不可遏，高聲說：「嫪毒假傳聖旨，發動叛亂，罪大惡極！寡人的臣屬們聽著：趕快反戈！有生擒嫪毒者，賜錢百萬；殺之而獻其首者，賜錢五十萬；殺一叛逆者，賜爵一級！不論何人，不分貴賤，賞格皆同！」

宮騎衛士們是受騙而來，此時恍然大悟，馬上掉轉頭來，反戈攻擊嫪毒。嬴政立命昌平君芈華和昌文君芈壽，率領王家禁軍和侍衛消滅叛軍。宮門打開，禁軍和侍衛衝出，如狼似虎，好不驍勇。雍城的百姓聽說嫪毒謀反，也紛紛持了棍棒和木杈之類，前來助戰平叛。蘄年宮外，頓時刀光劍影，人聲如潮。到處都在高喊：「消滅逆賊，生擒嫪毒！消滅逆賊，生擒嫪毒！」

嫪毒叛亂屬於狗急跳牆之舉，既不合潮流，又不得人心，敗之必然。嫪毒叛軍圍攻蘄年宮，前後不到一個時辰，便土崩瓦解，一敗塗地。嫪毒眼見形勢不妙，只顧自逃性命，獨身單騎，衝出雍城東門，直奔咸陽。可憐那些受蒙蔽的門客，只當是來「救駕」，不想成了「叛軍」，被宮騎衛士、禁軍、侍衛一陣攻殺，大多成了無頭之鬼。因爲嬴政有令：「殺一叛逆者，賜爵一級。」叛逆者的頭顱，就是賜爵的憑證，嫪毒的門客還有身首不分離的嗎？

芈華、芈壽打掃戰場，報告說：「共斬首八百九十級，俘降者五百四十人，嫪毒逃脫。」嬴政聲色俱厲地說：「所俘降者全部斬首！火速發兵捉拿嫪毒，務要生擒元凶！」

芈華、芈壽抱拳答道：「遵旨！」當即挑選百名精銳，清一色的快馬，馳出雍城東門。馳出十餘里，恰遇桓齕率領三百騎兵迎面而來，騎兵中一輛囚車，車中囚著一人，手銬腳鐐，披頭散髮，此人正是嫪毒。

原來，嫪毒逃跑，企圖東去咸陽，會合黨羽李竭、汪肆、靳竭、蔡齊諸人。他以爲，靳竭已經去了咸陽，咸陽方面說不定已經起事，李竭諸人若能攻佔咸陽，那麼好戲還在後頭哩！他惶惶如喪家之犬，急急似漏網之魚，策馬趕路。沒料想駐守在岐山的桓齕，接到趙高送來的兵符，立即親率騎兵赴雍城護駕，和嫪毒撞個正著。桓齕故意問道：「長信侯獨身單騎，如此匆忙，所爲何事？」

嫪毒暗恨冤家路窄，勉強答道：「奉大王之命，去咸陽公幹！」

桓齕從趙高口中已知嫪毒心懷歹意，笑著說：「公幹未必，私幹倒是不假吧！」

嫪毒尚要強辯，桓齕一揮手，說：「拿下！」幾個騎兵縱身下馬，衝上去，將嫪毒拉下馬來，反翦著雙臂。嫪毒拚命掙扎著，喊道：「桓齕！你擅抓君侯，該當何罪？」

桓齕冷笑說：「該當何罪？好呀！你向大王說去！」說著，命將嫪毒上銬上鐐，押上囚車，向雍城進發。嫪毒垂頭喪氣，心想完蛋了，一切都完蛋了！

芈華和芈壽見抓到嫪毒，心中大喜，遂和桓齕合兵一處，西向雍城。趙高先走一步，興沖沖去向嬴政報信。

嬴政這時已去了大鄭宮。嫪毒叛亂，使他立時明白了許多事情。他明白了，自己的母后和嫪毒是串通一氣的，一個淫婆，一個淫賊，穢亂宮闈，醜不可聞；他們徙居大鄭宮是一個陰謀，是爲了避人耳目和私生其子。他還明白了，自己的母后是支持嫪毒叛亂的，目的在於奪取王位，奪取最高的統治權力。他感到悲哀，親親的母子關係，怎麼會變成這樣水火不相容呢？他更感到氣憤，母后將奪權的希望寄託在一個情夫身上，妄圖以兩個私生子取代親生的秦王，還算什麼母親和太后？當然，他還感到好笑，一個無權無勢的太后和一個不學無術的假太監，合謀造反，妄想顚覆堅不可摧的秦國江山，眞是蚍蜉撼樹，自不量力！

嬴政憎恨母后，同時也憎恨母后和嫪毒的兩個私生子。他帶領侍衛，直奔大鄭宮，破門而入，遍加搜索。秦太后已知嫪毒兵敗，心亂如麻，恰似開了個油醬鋪，鹹的、酸的、苦的、辣的，什麼味道都有。她聽說嬴政到來，不敢露面，躲在內殿瑟縮一團。嬴政凶神惡煞，命人搜索，終於從密室中找到了兩個不滿周歲的嬰兒。侍衛請示嬴政，如何處置嬰兒？嬴政大聲說：

「裝入布囊，摔死！」侍衛遵命，隨手扯了兩塊帷幔，將嬰兒裹起，高高舉過頭頂，狠狠摔在地上。如此三次，兩個嬰兒沒哭沒叫，被活活摔死。

嬴政和侍衛走後，秦太后從內殿出來，撲到兩個兒子身上，聲淚俱下，喊道：「兒呀！可憐的兒呀！」喊罷，身子一歪，昏厥了過去。大鄭宮的宮女們七手八腳，將她拖進內殿，忙活半天，她才甦醒過來。她恥於見人，拉一條薄被蒙住頭，暗暗流淚。

嬴政回到蘄年宮，趙高報告說嫪毐已被桓齮將軍抓獲。嬴政喜形於色，說：「好！」不一時，桓齮和芊華、芊壽進宮，敘述了抓獲嫪毐的經過。嬴政大笑，說：「冤有頭，債有主，他嫪毐是跑不掉的！」命將嫪毐打入死牢，嚴刑逼問，追查同黨人。同時賜賞功臣，桓齮得錢一百萬，芊華、芊壽、趙高得錢五十萬，宮騎衛兵、禁軍、侍衛乃至蘄年宮的太監、雍城的百姓，凡獻一嫪毐叛軍首級者，各得錢十五萬。就是那位太史，因占卜有驗，也得錢十萬。

嫪毐在獄中尚且逞強，死活不開口，一問三不知。他是等待咸陽方面的消息，期盼李竭、蘄竭等人能有所作爲。他哪裡知道，嬴政在咸陽方面已作了精心部署，李竭、蘄竭等人剛一起事，就被王翦鎮壓了。

嫪毐拜託蘄竭馳回咸陽以後，嬴政意識到敵人叛亂，必然會在雍城和咸陽兩個方向同時鬧事，東、西呼應。從某種意義說，咸陽的事態更爲嚴重，因爲那裡是國都，是國家的根本所在。因此，他果斷地親筆御書，命客卿李斯帶領三名侍衛，星夜馳回咸陽，將御書當面交給大將王翦，囑咐但有叛亂者，堅決鎮壓。王翦經驗老到，閱覽御書，立即調兵遣將，布下天羅地網，等候捕蝦捉鱉。

嶄竭先於李斯到達咸陽，先見衛尉李竭。李竭立刻召內史汪肆、中大夫令蔡齊到衛尉署議事。衛尉掌管門衛屯兵，內史掌管咸陽政事，中大夫令掌管宮廷雜務，他們都與嫪毐結爲死黨，願爲嫪毐效力。於是，李竭拍板，決定集兵進攻咸陽宮，西應雍城。李竭等人貪圖利祿，貿然加入嫪毐叛軍行列，能有好果子吃嗎？

李竭手下有門衛屯兵二千餘人，加上汪肆手下的雜吏五百餘人，鼓噪吶喊，舉戈挺戟，開赴咸陽宮。咸陽的百姓不知道發生了什麼事情，站在路邊看熱鬧。李竭神氣活現地騎在馬上，大聲說：「走！造反去！攻克咸陽宮，金銀珠寶任取任拿！」百姓聽到「造反」二字，懂得二字的分量，嚇得轉身關門，居家不出。

李竭、汪肆、嶄竭、蔡齊等人率領不足三千人的隊伍，到了咸陽宮前，發現形勢不大對頭，那裡突然出現了很多很多持刀執劍的士兵。李竭正在疑惑，咸陽宮前站出一個人來，頭戴銀盔，身穿灰甲，足踏烏靴，手持一柄明晃晃的大刀。李竭認識此人，正是嬴政器重的大將王翦。但聽得王翦高聲斷喝道：「李竭逆賊！我王某在此等候多時，快出招吧！」這聲斷喝，猶如晴天炸雷，震落樹葉，嚇得李竭一夥倒退數步，屏息而立。

箭在弦上，不得不發。李竭硬著頭皮，乾笑著說：「秦王剛愎暴戾，招致天怒人怨。長信侯已在雍城造反，相約我等在咸陽起事。王將軍世代爲秦國棟樑，今日何不和我等站在一起，推翻秦王，重建秦國？」

王翦無名火騰起三千丈，厲聲說：「呸！你等是反國叛王的逆賊，和你等站在一起，豈不玷污了我王氏的祖風？」說罷，將刀一指，喊道：「兄弟們！上！殺賊者，重賞！」士兵們聽到號令，發一聲歡呼，揮刀舞劍，殺向前去。李竭、汪肆、靳竭、蔡齊亦命叛軍向前，掄戈揚戟迎戰。一場好殺！刀、戈相撞，乒乒乓乓；劍、戟互擊，叮叮噹噹。刀、戈相撞，血肉紛飛；劍、戟互擊，屍身倒地。王翦部下，畢竟是訓練有素的官兵，人人英勇，個個善戰，不知不覺地佔了上風。李竭等人漸漸不支，兵敗後退。尤其是內史汪肆手下的雜吏，沒有眞刀眞槍地對陣過，遇見官兵像是老鼠見貓，哆嗦著逃跑，誰也阻擋不住。王翦抖擻精神，掄起大刀，追殺李竭。李竭略一分神，那刀早到，正砍中他的腦袋，腦袋劈作兩半，腦漿四射，倒地斃命。汪肆、靳竭、蔡齊嚇得魂不附體，上天無路，入地無門，跪在地上舉手投降。頭領一死三降，叛軍成了沒頭的蒼蠅，四處亂竄。官兵繼續追殺，砍瓜切菜一般，至晚，共殺死叛軍二千五百人。咸陽城裡，到處是死屍，一片血腥。王翦又傳下令來：「凡叛軍必須即日自首，敢有窩藏者，與逆賊同罪！」當夜，逃跑的叛軍或自首，或被人扭送歸案，共有三百餘人。

咸陽的叛軍基本上被一網打盡。王翦一面命人清掃街道，一面派李斯再往雍城向秦王報捷。李斯行至武功（陝西武功），恰遇嬴政鑾駕東返咸陽。李斯繪聲繪色地報告了王翦平叛的戰況，嬴政興高采烈，誇獎說：「好個王翦！又為秦國立了大功！」當即下令，鑾駕全速前進，他要在咸陽大開殺戒，嚴懲那些膽敢背叛作亂的亡命之徒。

51

嫪毐叛亂失敗，叛亂者及秦太后受到嚴厲處治。偏有齊國人茅焦冒死進諫，說動嬴政。

嬴政鑾駕馳歸咸陽，王翦率領將士，出城二十里迎接。嬴政步下金根車，拉著王翦的雙手，說：「老將軍平叛神勇，忠心可嘉！」

王翦說：「全仗陛下英明，部署得當！」

嬴政環視四周，低聲問：「『兩口子』怎麼樣？」

王翦悄聲回答：「沒有動靜！」

「兩口子」呂不韋這些日子裡無事可做，心裡空落落的，非常失意。按理，嬴政去雍城郊祭，他作為相國，是應該隨行伴駕的，但嬴政故意冷落他，讓他留在咸陽。他身在咸陽，心繫雍城，消息靈通，得知嬴政在郊祭的當天，舉行了冠禮，不覺後悔不迭。嬴政前年就要舉行冠禮，是自己出面阻擋了；嬴政今年二十二歲了，自己為什麼不主動提出為他舉行冠禮呢？唉！自己是權迷心竅、權迷心竅啊！只怕嬴政親政以後，自己失去權力。為了權力，嬴政早已疑忌自己，這樣一來，嬴政就會更加疑忌自己了。呂不韋又接到報告，說長信侯嫪毐發動叛亂了，不禁大吃一驚。因為嫪毐原是他手下的門客，是他讓其詐為腐刑，冒充太監，去侍奉太后的，從而使小人得志，飛黃騰達。儘管後來他和嫪毐、秦太后之間沒有任何聯繫，甚至還存在尖銳的矛盾，但是沒有前因，哪來的後果？嫪毐吐露出實情，自己焉能逃脫干係？接著，嫪毐的死黨在咸陽興風作浪，一場大戰，死了那麼多人！當王翦大刀闊斧鎮壓叛亂的時候，呂不韋待在家中，心煩意亂，坐立不安。他預感到自己苦心經營的一切完了，全完了！他暗暗嘆息，他又搖頭苦笑，心想權力這個東西，眞是不可思議的怪物：沒有它，千方百計想得到它；得到它，又千方百計想保住它。古往今來，多少人爲它所迷，爲它所害啊！

呂不韋是知道嬴政鑾駕返回咸陽的，但沒有人通知他這件事，更沒有人通知他出城迎接。顯然，在嬴政的心目中，他這個一人之下、萬人之上的相國是可有可無、無足輕重了。呂不韋自信棄商從政以來，所作所爲都是爲了秦國，沒有他呂不韋，秦國就不會有強盛和富庶的今日。因此，他沒有必要對嬴政——自己的兒子低三下四，點頭哈腰，既然沒有通知，乾脆裝聾作啞，不去迎接鑾駕，若有人問，只推說不知道，豈不得了！

嬴政回到咸陽宮，第一件事是封王翦爲太尉，金印紫綬，秩萬石，掌管武事。第二件事是將嫪毒、汪肆、靳竭、蔡齊等交付掌管刑獄的廷尉審訊，追查叛亂分子。第三件事是命將咸陽叛亂中自首和被扭送歸案的三百餘人全部斬首。

嫪毒在雍城，尙且嘴硬，拒不招供。他被押解咸陽，方知李竭已死，汪肆、靳竭、蔡齊等人和自己被關在同一座獄中。他的希望徹底破滅了，就像霜降以後的螞蚱，蔫頭蔫腦，失魂落魄。秦國的刑罰極其殘酷，花樣之多，古今無二。單是死刑，就有棄市、戮死、腰斬、車裂、坑、矺、鑿顚、抽肋、釜烹、戮屍、梟首等十二種。刑具更是五花八門，血腥陰森，刀、鋸、斧、鑿、烙鐵、油鍋，都足以使啞巴開口，聾子聽話。廷尉高坐，念了一些刑罰的名稱，又將幾樣刑具朝嫪毐面前一擺，嚇得嫪毐魂飛天外，雞啄小米似的直點頭，說：「我招！我招！」於是一五一十將如何詐腐入宮，如何侍奉太后，如何徙居雍城，如何藏匿二子，如何賭博飲酒，如何酒後失言，如何僞作御書，如何惑眾叛亂的情節，和盤托出，供認心腹黨羽有李竭、汪肆、靳竭、蔡齊等二十餘人。文書記錄供詞，嫪毐乖乖畫押。

廷尉將嫪毐的供詞呈給嬴政。嬴政看了一遍，氣得眼裡冒火，恨得咬牙切齒。特別使他氣恨的有兩條：一是嫪毐詐腐入宮，竟是呂不韋一手策劃和經辦的！二是秦太后許諾，要由她和嫪毐私生的兒子繼承王位！此時的嬴政，眞可謂是怒從心上起，惡向膽邊生，當即下令：車裂嫪毐，夷其三族；汪肆、靳竭、蔡齊等二十餘人梟首示眾，已死的李竭同例；嫪毐府中的男傭女僕及門客，凡參加叛亂的，一律誅死，沒有參加叛亂的，或判三年徒刑，或遠遷蜀地。

車裂是古代的一種極刑，又稱「轘」或「轘裂」，俗稱「五馬分屍」，即將人頭和四肢分別拴在五輛車上，以五馬駕車，同時分馳，撕裂肌體。三族指父族、母族和妻族。嫪毐從一個淫棍、無賴，混上長信侯的高位，私通太后，私生二子，吃喝嫖賭，直至垂涎王位，發動叛亂，到頭來落了個車裂和夷三族的下場，也是惡貫滿盈，罪有應得了。

汪肆、靳竭、蔡齊被梟首示眾，只是李竭的腦袋已被王翦的大刀劈作兩半，再砍下來高懸於城門，卻也滑稽。嫪毐家的奴僕和門客，又有一百多人被誅殺；至於判三年徒刑和遠遷蜀地的，共有四千多家，一萬餘人。

嫪毐叛亂是秦國社會的一次動盪，是秦太后支持情夫奪權的魯莽嘗試。嬴政採取鐵的手腕，很快地將叛亂平定了，表現出了非凡的膽識和才幹。當了九年秦王的嬴政，這時候政治上完全成熟了，他的親政，開闢了秦國歷史的新紀元。

嬴政乾淨利索地摧毀了嫪毐叛亂集團的勢力，進而要拿呂不韋開刀，掃除獨裁專制的障礙。呂不韋的罪名是顯而易見的，單憑他詐腐嫪毐這一條，就是欺君罔上的死罪！更何況嫪毐發動叛亂，誰敢保證呂不韋不是幕後的策劃者和操縱者？這一天，嬴政朝會群臣，呂不韋托病，沒有參加。嬴政大怒，喝令武士前去相國府，拿住呂不韋，就地誅殺！此令一出，群臣大亂，紛紛跪地進諫，說：「呂不韋扶立先王，功績巨大，不宜誅殺。」「呂不韋爲相十餘年，雖有專權之過，但無篡權之心，於秦國還是有功勞的。」「嫪毐居心險惡，招供詐腐入宮是呂不韋主使，但未嘗對質，虛實無憑……」

嬴政見眾多大臣都替呂不韋求情，不免猶疑。看來，誅殺呂不韋的條件尚未成熟，強行誅殺，必會失掉人心。同時，他也想到了呂不韋的諸多長處和功勳，扶立先王，輔佐自己，確實是盡心盡力的，「雖有專權之過，但無篡權之心」，此話不假。他若想篡權，在先王死後弱后孺子時就篡了，無須等到現在。他想到這裡，臉色平緩了許多，徵詢王翦的意見。王翦說：「姑且暫緩，日後再說。」嬴政趁機下台，說：「好！寡人收回成命，暫不誅殺呂不韋。」

嬴政接著宣布了對秦太后的處治，有意避開淫穢之事，只是說：「太后以璽印黨逆，不可爲國母，遷居棫陽宮自省。」群臣沒有異議。旨意傳到雍城，秦太后便從大鄭宮遷居棫陽宮。棫陽宮是雍城所有宮殿中最小的一座宮殿，建築破舊，設施簡陋。秦太后遷居此宮，宮門口有三百名士兵輪流守衛，凡有人出入，必加盤詰。因此，堂堂秦太后，如今實是一個囚婦了，沒有任何自由，只有長吁短嘆，以淚洗面。成蟜的兒子子嬰仍然留在她的身邊，算是她在淒冷寂寞中的唯一安慰。

關中的天氣以溫和、乾熱爲主。可是這年卻出現反常，農曆四月，竟然紛紛揚揚降了一場大雪，氣候寒冷，凍死上千人。咸陽的百姓心腸軟，議論道：「秦王遷謫太后，子不認母，老天不容，故有異徵。」大夫陳忠聽了百姓的議論，叩頭進諫於秦王，說：「天下沒有無母之子，根據天理人倫，大王宜迎太后回歸咸陽，以盡孝道，挽回天變。」

嬴政剛剛處治了太后，偏偏有人出來反對，使他心火燃燒，怒不可遏。他命令，脫光陳忠的衣服，置於蒺藜之上，用木棍打死，並將其屍體擺在殿側，旁邊書寫一行榜文，曰：「有以太后事來諫者，若此！」

嬴政的舉動表明了他對母后的憎恨，他發誓今生今世再不見那個好淫貪權的女人。可是朝臣中偏有不怕死的，繼陳忠以後，又有幾人進諫太后事。嬴政說到做到，斷然將進諫之人全部殺戮，並將屍體擺在殿側。半月以內，先後有二十七個朝臣落得同樣的結局，屍積成堆，發出難聞的臭味。一時間，這件慘事怪事遠近傳播，成爲人們議論的中心話題。

齊國人茅焦時遊咸陽，聽說了這件慘事怪事，憤然說：「兒子囚禁母親，眞是天翻地覆了！」他熟知儒家的孝道，信奉孝道是平天下治國家的根本，所以不聽別人的勸阻，獨自來到咸陽宮前，大喊大叫：「臣齊客茅焦，願上諫大王！」「臣齊客茅焦，願上諫大王！」

嬴政聽到了茅焦的喊叫聲，派趙高告訴茅焦說：「你是進諫太后事嗎？最好趕快離去！殿側已經堆積二十七具屍體了，何必前來送死！」

茅焦淡然一笑，說：「我聽說天上有二十八星宿，降生於地，則爲正人。現在死了二十七人，還缺一人，我來湊滿其數。人生在世都有一死，死，何足道哉！」

趙高還告茅焦原話，嬴政勃然變色，厲聲說：「狂夫故犯寡人禁令！來人，架起油鍋，生火煮沸，讓他茅焦湊滿二十八星宿之數！」

不一時，油鍋架起，下面生火，油被煮沸，冒起青煙。嬴政按劍而坐，龍眉倒豎，呼呼喘氣，喝令說：「召狂夫來就烹！」

趙高去召茅焦，茅焦裝出怕死的樣子，緩步而行，老半天才走到嬴政座前。他跪地磕頭，拜見嬴政說：「古人云：『有生者不畏其死，有國者不諱其亡，諱死者不可以得生，諱亡者不可以得存。』生死存亡之計，賢明的君王都很關心，不知大王關心與否？」

嬴政見茅焦並未諫太后事，而講起生死存亡之計，顏色少解，說：「你的生死存亡之計，不妨說來聽聽。」

茅焦挺挺身子，說：「忠臣不進阿順之言，明主不蹈狂悖之行。主有悖行而臣不言，是臣負君王；臣有忠言而主不聽，是君王負臣。大王有逆天之悖行，而大王並不知道；臣有至誠之忠言，而大王卻不想聽。臣恐怕秦國從此非常危險了！」

嬴政臉色變得平緩起來，說：「先生要說什麼就說吧，寡人聽著！」

茅焦覺察到嬴政神色的變化，說：「大王得是嚮往統一天下？」

嬴政肯定地說：「是的！」

茅焦接著說：「如今天下之所以尊重秦國，並非威力所致，而是認爲大王是天下雄主，忠臣烈士，自願聚集到秦國來！」突然，話鋒一轉，說：「而大王車裂假父，當然這是嫪毒自稱的，有不仁之心；囊殺兩弟，事實上他們是大王的兄弟，有不友之名；遷母后於棫陽宮，有不孝之行；誅戮諫臣，陳屍殿側，有夏桀王和商紂王之政。大王不是要統一天下嗎？而所作所爲如此，天下怎會臣服？古時的舜帝侍奉惡母極盡孝道，天下歸心；夏桀王殺龍逄，商紂王戮比干，天下背叛。這就是鏡子！臣自知說了這些話必死，只怕死後再沒有人進諫了。怨謗日騰，忠謀結舌，中外離心，諸侯反叛，可惜啊！秦國的帝業垂成，而毀於大王之手了！好啦！臣說完了，請將臣丟進油鍋吧！」說著，解衣寬帶，向油鍋走去。

嬴政急忙離座，左手拉住茅焦，右手招呼侍衛，說：「快！快將油鍋抬走！」

茅焦說：「大王已是懸榜拒諫，不烹臣，無以立信。」

嬴政忙命撕去殿側旁邊的榜文，又命宮監替茅焦繫好衣帶，說：「以前的進諫者，但斥寡人之罪，未曾講明存亡之計。今日聽了先生一席話，茅塞大開！」

茅焦重新跪地磕頭，說：「大王既然俯聽臣言，就請速備鑾駕，迎接太后回咸陽。」

嬴政說：「這個自然！這個自然！」當即下令：備好鑾駕，明日一早去雍城。

52

韓國「疲秦計」暴露，嬴政趁機收拾呂不韋。呂不韋被罷相貶遷，飲鴆自殺。

秦王嬴政的鹵簿又一次出現在咸陽通往雍城的大道上。不過，這次鹵簿的規模比上次小得多，也就是幾十輛車馬和數百名士兵而已。

嬴政對於秦太后果眞消釋前嫌了嗎？當然不是。母后品行不端，明裡暗裡有三個男人，全然沒有羞恥心，而且偏愛成嬌，釀成屯留兵變，又支持嫪毒，叛亂奪權，嚴重傷害了嬴政的感情。嬴政發誓，今生今世再不見好淫貪權的母后，足見所受的傷害多麼巨大，多麼強烈！然而，茅焦一席話使他受到啓發，即孝道這個東西大有利用的價値，可以嬴得人心。《孝經》裡說：「夫孝，天之經也，地之義也，民之行也。天地之經而民是則之。則天之明，因地之利，以順天下。」自己志在統一天下，孝道正是一個値得張揚的旗號。再說，母后居棫陽宮，離自己太遠，不若將她接回咸陽，置於自己的眼皮底下，這樣，她就難於勾結外臣搞什麼小動作了。迎回母后，一舉兩得，何樂而不爲呢？

嬴政帶著茅焦，到達棫陽宮，叩見母后，眼皮一擠，竟然擠出幾滴淚來。秦太后大受感動，羞愧難當，啜泣嗚咽。嬴政向母后介紹茅焦說：「他叫茅焦，稱得上是活著的潁考叔！」潁考叔爲春秋時鄭莊公的大臣。鄭莊公在位，其弟弟姬叔段在母親武姜的支持下發動政變，旨在奪權。政變失敗，鄭莊公殺了弟弟，放逐母親於潁地（河南禹縣），發誓說：「不及黃泉，無相見也。」潁考叔認爲國君逐母是爲不孝，有傷風化，巧妙進諫並設計，讓鄭莊公在「黃泉」（挖掘地下室）見到母親，使母子和好如初。

茅焦向秦太后磕頭請安，秦太后感謝茅焦成人之美。嬴政和茅焦在棫陽宮住了一夜。次日，秦太后乘車走在前面，嬴政的金根車後隨，風風光光，返回咸陽。嬴政讓母后繼續住在甘泉宮，吃穿住用的待遇一如以前，只是守衛宮門的士兵從三百人增加到六百人，秦太后越發不得自由。

嬴政九年是一個多事之年。嬴政經過戰鬥洗禮，更加雄心勃勃，志高氣滿。相國專權，母后淫穢，嫪毐叛亂，使他受到強烈的刺激，從此疑忌心更甚，不再相信任何人，大小事情，都自己動手，獨斷專行。第二年，又發生了一件令人吃驚的大事，嬴政借水行船，處治了呂不韋。

還是在嬴政即位的頭一年，即西元前二四六年，韓國桓惠王面對秦國遠交近攻的戰略方針，恐懼萬分，因爲秦國「近攻」，韓國首當其衝。他自知國小兵弱，無力與秦國抗衡，便苦思冥想，猛然想出一條自以爲聰明、實則愚蠢的計策來，即利誘秦國興修大型水利工程，將人力、物力和財力都消耗在水利工程上，勞民傷財，導致國力疲憊，無力東進。他將這個計策稱爲「疲秦計」，反覆物色，便派著名的水利專家鄭國赴秦國完成這一使命。

鄭國到了秦國，經過實地考察，向嬴政提出建議：關中農業嚴重缺水，既無水害，也無水利，只能靠天吃飯。爲了改變這種情況，可在關中北山修築一條溝通涇河與洛河的灌渠，引涇注洛，以灌溉關中東部農田四萬餘頃（合今二百八十萬畝），旱澇保收。

這個建議極具吸引力。怎奈嬴政年輕，根本不懂水利，主持朝政的相國呂不韋考察過都安堰，深知水利是一個國家的命脈，因此並未考究鄭國提出修渠的政治動機，欣然同意了這個建議。並委託鄭國全面負責工程設計，總理整個工程。

鄭國酷愛水利事業，一旦投入修渠工程，幾乎完全忘記了自己的政治使命，盡心盡力地修渠。他風餐露宿，踏遍渭河北岸，精心設計，巧妙施工，採用了一系列先進的水利工程技術。全渠由攔河壩、引水渠、總幹渠、支渠、退水渠等項工程組成，穿越峪河、清峪河、濁峪河、沮水、漆水等自然河流，總長三百多里。鄭國經過考慮和論證，將渠口選擇在瓠口（陝西涇陽船頭村西北），因爲這裡地勢高峻，築壩可以控制最大的自流灌溉面積，而且石料豐富，便於就地取材。利用石囷方法築壩，即用竹子或荊條之類編製大筐，裝上石頭，逐層堆砌於河中，摻和混合土以成壩。在總幹渠和支渠工程中，採用「橫絕」技術，把河水引入灌渠，既增加了總幹渠的灌溉水量，又使自然河流下游變成肥沃良田，擴大了耕地面積；採用「假道」技術，使自然河水和渠水合流，以天然河道爲渠道，既減少工程量，又可分洪保渠。

這是規模宏大的工程，秦國爲此投入大量的人力、物力和財力。就在工程快要竣工的時候，韓國的陰謀敗露了，人們方知鄭國幫助秦國修渠，原來是在實施「疲秦計」！嬴政怒火沖天，立命將鄭國從工地抓回咸陽，意欲殺之以示眾。鄭國並不隱瞞自己的身分，也不爲自己辯解，從容地說：「當初，臣確實是韓國的奸細，修渠是爲了削弱秦國的實力。不過，從實而論，渠修成了，得利的是秦國。臣到秦國修渠，只是使韓國延長幾年壽命而已，卻爲秦國建立萬世的功業呢！」

嬴政思量，鄭國所言倒也合情合理，殺他容易，如同踩死一隻螞蟻，若要再找一個像他這樣的專家完成修渠大業，那是很難的。這一次嬴政格外寬宏，不僅赦免鄭國死罪，而且命他繼續總理修渠工程。

這時，韓國桓惠王已死，繼位的韓王叫韓安，昏庸無能。嬴政料定韓國無力和秦國對抗，不過，韓國的「疲秦計」使他產生了聯想。鄭國是韓國人，而呂不韋也是韓國人。鄭國到秦國修渠，是呂不韋批准的，其後他們之間往來頻繁，關係密切。何不趁此機會，除去呂不韋？眞是欲加之罪，何患無辭！嬴政突然頒下旨來，免去呂不韋相國之職，徙遷河南封邑。

嬴政此舉有著更深一層的考慮。他知道，呂不韋擁立先王莊襄王，封侯拜相，其功無人可比；而後號稱仲父，爲相多年，把持朝政，建樹頗多。此人是精明強幹的，同時又是詭詐狡猾的，私通太后，詐腐嫪毒，瞞天過海，滴水不漏。呂不韋、太后、嫪毒，三人串通一氣，欺騙了多少人！呂不韋爲相期間，培植了相當大的政治勢力，上次意欲誅殺呂不韋，眾多的朝臣出面說情就是證明。還有，關於自己的身世，一直沸沸揚揚，好多人都說呂不韋是自己的生父。那樣更糟，呂不韋若和太后聯手，形成父母干政的局面，自己這個秦王就沒法當了。因此，嬴政下定決心，不和任何人商量，就頒布了免去呂不韋相國職務的旨令，即使有人反對，旨令已下，生米做成熟飯，根本無法改變了。

呂不韋早就料到會有這一天。自嫪毒叛亂以後，他就再沒有去過咸陽宮，再沒有見過嬴政。他對政治的追求有些厭倦了，對權力的渴望有些淡薄了，反正秦王位上坐著的是自己的兒子，秦國的江山已經姓呂，自己還有什麼可爭的？嬴政從棫陽宮接回秦太后，曾使他產生傷感，瞧！人家終歸是母子，還是有深厚感情的！那麼，自己和嬴政呢？不是父子嗎？感情何在？親情何在？轉而一想，他又坦然了，因爲嬴政並不知道他這個仲父就是生父啊！

呂不韋接旨，沒有任何反常的表示，命家人收拾行裝，打點財物，就悄然上路了。有些同僚看望過他，要爲他送行，他婉言謝絕，稱自己是背時之人，別讓自己的晦氣傳染給他們。他乘坐馬車，馳過渭橋，轉而向東，遠遠看到甘泉宮。他命停車，凝視甘泉宮，許久許久。甘泉宮住著秦太后，那個曾是他的嬌妾的趙姣娥。他回想起和趙姣娥相處的一幕幕情景，回想起邯鄲的艷香院、呂氏貨棧和叢台，回想起她的音容笑貌，還有那一方畫著碧水和鴛鴦的白色絲帕。他的心酸酸的，苦苦的，眼角滲出幾滴黏澀的淚珠，深情又帶著愧意地說：「別了，姣娥！願你珍重！」

呂不韋和家人一路奔波，不日到了洛陽。洛陽最早的名稱叫「郟鄏」，西周周公在此營建雒邑，築王城和成周二城，又稱東都。東周平王遷都雒邑，戰國期間始稱洛陽，秦莊襄王時歸於秦國。洛陽北依邙山、黃河，南望洛河、伊河，西據秦嶺、函谷關之險，東靠虎牢關、黑石山之固，歷來爲中原逐鹿之地。呂不韋封文信侯，洛陽封邑十萬戶，待遇之高爲秦國第一。因此，他罷相徙遷封邑，在此足以安度晚年了。

然而，世情不容他退出政治舞台。列國諸侯熟知他的學識和才幹，文能安邦，武能治國，一部《呂氏春秋》，便可安定天下。所以，紛紛派遣使者，到洛陽向呂不韋問安，甚至聘請他到自己的國家擔任相國。附近的魏國、韓國、趙國的使者來了，遠方的齊國、燕國、楚國的使者也來了，絡繹不絕，充塞於道。嬴政派人監視著呂不韋，最怕呂不韋被別國重用，從而成爲秦國的禍患。他思索再三，於是親手御書賜予呂不韋，略云：

君何功於秦，而封户十萬？君何親於秦，而號稱仲父？秦之施於君者厚矣！嫪毒之逆，由君始之。寡人不忍加誅，任君就國，君卻不自悔過，反與諸侯使者交通，實非寡人寬容之意也。現命君與家屬徙居蜀郡，以郫（四川郫縣）之一城，爲君終老！

御書送達洛陽，呂不韋讀後既不惶恐，也不惱怒，因一切都是預料中的事。政治鬥爭從來都是殘酷的，有我沒你，有你沒我，熱衷於獨裁的君王不可能和別人分享權力，更不可能容忍政敵的存在。呂不韋將御書讀了幾遍，淒然一笑說：「『君何功於秦』，我扶立先王，不是功嗎？『君何親於秦』，我是你秦王的生父，不是親嗎？遍觀秦國，論功論親，誰能超過我？嬴政啊嬴政！你小子昧著良心說瞎話，也太無情啦！」

呂不韋作爲政治家，懂得嬴政御書背後的含義。「嫪毒之逆，由君始之」，是說自己爲嫪毒的後台；「不自悔過，反與諸侯使者交通」，是說自己死不改悔，仍思東山再起。徙居蜀郡只是藉口，「終老」二字才是實質。生性凶狠的嬴政是不允許自己活在世上的，活著，還會蒙受更大的羞辱！因此，呂不韋安排了家事，置鴆於酒中，在一個月黑風高的夜裡，飲毒酒自殺而死。

嬴政接到呂不韋自殺身亡的報告，長長地吐了一口氣，說：「好啦！雨過天晴！」甘泉宮裡的秦太后也知道了這個消息，先驚後愣，靜靜地坐著，好幾天沒說一句話。

魂歸陽陵

53

嬴政頒發逐客令，李斯奏進《諫逐客書》。法家集大成者韓非到達咸陽，大受嬴政賞識。

呂不韋飲鴆斃命，標誌著秦王嬴政獨裁專斷體制的開始。從此，嬴政將所有的大權都集中在自己手中，增強了秦國的政治中的暴力成分。這個暴力使得統一天下的戰爭迅速取得勝利，同樣也是由於這個暴力，使統一後的秦國變成一個大監獄，從而加速了它的滅亡。

呂不韋已死，而韓國實施「疲秦計」的風波猶未平息。鄭國繼續主持修渠工程，一些宗室大臣卻縱容嬴政排斥外國人，誣稱外國人在秦國充當奸細，懷有不可告人的目的。嬴政一時愚昧，竟接受了宗室大臣的意見，頒發一道逐客令，命所有的外國人立即離開秦國，尤其不許留居咸陽。

逐客令一下，舉國騷動。客卿李斯爲楚國人，亦在逐客之列。面對荒唐可笑的逐客令，他心中有幾分苦澀，幾分失落：自己千里迢迢來到秦國，不惜背叛儒家思想，追求功名利祿，誰知竟落得個被驅逐的結局，眞是可悲！

李斯收拾行裝，準備離開咸陽，然而心猶不甘，奮筆疾書一封奏章，送到咸陽宮。等候一日，沒有消息，這才極不情願地怏怏起程。

嬴政很快看到了李斯的奏章，但見寫道：

臣聞陛下逐客，顯屬錯誤。從前穆公訪求賢士，從西戎爭取到由余，從東宛得到百里奚，從宋國迎來蹇叔，從晉國請來丕豹、公孫支。這五人，並非秦國人，而穆公任用他們，終於兼併了二十個小國，做了西戎地區的霸主。孝公任用商鞅變法，轉移風氣，改變習俗，人民因而富足興旺，國家因而強盛，百姓樂於爲國家效力，各諸侯國親近服從，戰勝楚軍和魏軍，擴展了千里疆土。惠公採用張儀的計策，攻取三川，西滅巴國和蜀，北面收取上郡，南面得到漢中，囊括九夷，控制鄢、郢，東據成皋之險，割取肥沃土地，從而拆散了東方六國的合縱，迫使他們向西侍奉秦國，這功業一直延續到今日。昭王得到范雎，廢掉穰侯，驅逐華陽君，加強王室，箝制貴族，蠶食了諸侯各國，建立了帝王的基業。這四位君王，都憑藉了客卿的功勞。由此看來，客卿何曾辜負了秦國呢？當初，四位君王如果拒絕客卿而不接納，疏遠賢士而不任用，那麼就不會使國家有這樣雄厚富足的情況，而秦國也就不會有強大的盛名了。

如今，陛下得到了崑崙山的美玉，佔有了隨侯珠、和氏璧，懸掛著明月珠，佩戴著太阿劍，騎著纖離馬，豎起翠鳳旗，設立靈鼉鼓。這些珍貴之物，均非秦國出產，而陛下卻很喜愛它們，爲什麼呢？如果必定要秦國出產的東西然後才用，那麼夜光璧就不會裝飾在朝殿上，犀牛角、象牙製作的器物就不會成爲賞玩，鄭國、衛國的美女就不會充塞後宮，駿馬駃騠就不會養在御廄裡，江南的金錫就不可用來做器物，西蜀的丹青也不可用來作彩色。用來裝飾後宮，充滿殿堂，娛樂心意，愉耳悅目的，必定要秦國出產的才可以用，那麼宛珠裝飾的簪子，綴著珠子的耳環，東阿白絹做的衣服，錦繡的飾物，就不會進獻在陛下面前，而那些隨著時俗風尚打扮得典雅大方，艷麗優美的趙國女子，就不會侍立在陛下的身邊了。敲瓮擊缶，彈箏拍腿，嗚嗚唱歌，娛人耳目，那才是秦國的本土音樂。鄭國、衛國《桑間》的新調、《韶虞》、《武象》等樂舞可都是外國的呀！陛下現在不聽敲瓮擊缶，而聽鄭國、衛國的音樂，不聽彈箏，而聽《韶虞》，是何原因？這是圖眼前心意歡愉、舒適悅暢罷了。然而，選用人才卻不是這樣，不問是否適用，不論是非功過，只要不是秦國人就都離開，凡是客卿一律驅逐。如此，重視的是聲色珠寶，輕視的則是人民。這可不是用來統一天下，制服諸侯的方法呀！

臣以爲土地寬廣的，糧食就充足；國家強大的，人口就眾多；武器精良的，戰士就勇敢。因此，泰山不捨棄土壤，所以才高大；河海不拒絕細流，所以才深廣；君王不嫌棄民眾，所以才賢明。地域不分東南西北，人民不分我國他國，四季充實美好，鬼神也會降臨。這就是古代五帝三王無敵於天下的原因！而陛下竟然拋棄人民去資助敵國，排斥客卿去成就別國諸侯的功業，使天下的賢士退縮不敢西向，止步不敢入秦，這就叫做「供給敵人武器，送給盜賊糧食」啊！

物品不出產在秦國而寶貴的很多，賢士不出生在秦國而願爲秦國效忠的也很多。現在陛下驅逐客卿以資助敵國，損害人民以增加仇人的力量，弄得內部非常虛弱，外部又與各諸侯國結怨，想要國家沒有危險，是根本不可能的！

這封奏章便是歷史上極負盛名的《諫逐客書》。撇開李斯個人的品行不說，單就奏章而言，它寫得有理有據，慷慨陳詞，中心突出，文筆縱橫，很多地方運用排比、對偶、鋪陳等修辭手法，著意渲染，文采華美，很有說服力。嬴政讀了奏章，茅塞頓開，大徹大悟，立命趙高快馬追趕已經啓程東去的李斯，直至驪山下，才將李斯請了回來。嬴政宣布取消逐客令，提拔李斯當了廷尉，掌管司法。

誠如李斯所說，外國的客卿從來沒有辜負過秦國。即使像鄭國那樣具有奸細身分的人，照樣對秦國做出了巨大的貢獻。經過十多年的努力，鄭國主持修建的水利工程竣工了，使渭北旱原大片土地得到灌溉，變鹽鹼地爲沃野，旱澇保收，糧食畝產提高到一鍾，相當於三百二十斤左右。秦國人民爲了紀念這位卓越的水利專家，並不在乎他是外國人，而稱他所修建的灌溉渠爲「鄭國渠」，且創作歌謠予以禮讚：「舉臿爲雲，決渠爲雨，涇水一石，其泥數斗，且溉且糞，長我禾黍。」

嬴政親政不滿兩年，平定了嫪毒叛亂，消除了呂不韋的威脅，躊躇滿志，雄心勃發，著手規劃統一天下的戰爭。這時，他讀到一個名叫韓非的一系列著作，如《五蠹》、《孤憤》、《說林》、《說難》、《內外儲》等，深深被其宣揚的法家思想所吸引所折服，由衷讚嘆道：「寡人若能認識此人，與之交往，死無恨矣！」李斯在一旁插話說：「嗨！韓非和臣是同學，韓國貴族出身，陛下認識此人何難？發兵進攻韓國，命韓王交出他來就是了！」嬴政拍手稱妙，遂以嬴騰爲大將，率兵十萬東攻韓國。

韓王韓安昏弱無能，韓非多次上書建議變法圖強，他都充耳不聞，及至十萬秦軍壓境，立刻慌了手腳，連聲說：「這可怎麼辦呀？這可怎麼辦呀？」韓非替主分憂，自請出使秦國，以求息兵，緩解國難。韓王無奈，點頭同意，韓非於是隨嬴騰到了咸陽。

嬴政大喜，當日接見韓非。韓非得知秦王崇奉法家思想，遂將自己考慮成熟的以法爲中心，法、術、勢三位一體的法家理論體系和盤托出。韓非說：「法家顧名思義，即以法爲主體，強調以法治國，一切由法裁獨。法令，是百姓的生命、治國的根本，應當成爲國家的權衡。賢明的君王治理天下，務德莫如務法，緣法而治，按功而治，使法令成爲判斷功過、行使賞罰的標準及人們的行動規範。法令的制訂，應當編著之圖籍，設之於官府，布之於百姓；法令的施行，應當刑過不避大臣，賞善不遺匹夫，一視同仁。」

嬴政見韓非論法，言簡意賅，說理透徹，喜得連連點頭，說：「是！是！」

韓非接著說：「賢明的君王治理天下，不僅要注重法，還要講究術和勢。術，就是駕馭群臣的方法和策略，要內藏而不露，暗中觀察並監視。人臣用奸道迷惑君王，手段不外乎八個方面：一曰同床，即通過君王的愛妃愛嬪吹枕邊風；二曰在旁，即通過君王的侍臣獻媚進讒；三曰父兄，即通過君王的親近之人犯主；四曰養殃，即通過投君王之所好，縱君王之所欲，以聲色犬馬亂君王之心；五曰民萌，即通過小恩小惠，籠絡人心，沽名釣譽，蔽塞君王耳目；六曰流行，即通過辯士、說客包圍君王，以售其奸；七曰威強，即通過武力威脅臣民而行其私，使君王從其私欲；八曰四方，即通過投靠敵國，甚至舉兵聚於邊境，要挾君王，實現其野心。以上八個方面，君王不可不察。」

嬴政喜形於色，說：「啊！先生概括得太好啦！那麼勢又是什麼呢？」

韓非繼續說：「勢，就是權勢和威勢，是君王統治臣民所依靠的力量。萬乘之君，千乘之主，所以制天下而征諸侯者，以其威勢也。威勢者，是君王的筋力之所在，故而，作爲君王，權威絕不可以借於任何人。」

嬴政眼睛發亮，興奮地說：「對！對！是這麼回事！」

韓非又著重說：「法、術、勢，三者是相互制約、相輔相成的關係，只要三位一體，結合使用，就會形成事在四方，要在中央，聖人執要，四方來效的集權制局面。」

嬴政說：「這正是寡人所嚮往的啊！」

韓非還闡述了法家進步的社會歷史觀，人性好利論，富國強兵思想，以及唯物主義哲學觀點。所有這些，對於急於統一天下、建立中央集權制的嬴政來說，不啻是春日的雨、夏日的風。韓非看到自己的思想被秦王所接受，也感到高興和快慰，說：「臣願輔佐大王兼併六國，統一天下。大王用臣之謀，若趙、韓不亡，楚、魏不臣，齊、燕不附，請斬臣頭，以徇秦國，作爲人臣不忠者之戒！」

嬴政大笑，說：「天賜先生於寡人，寡人怎會斬先生啊！」他決定重用韓非，參與斷事，成就那輝煌瑄赫的帝業。

54

李斯毒殺韓非，尉繚升任國尉。茅焦充當燕國的奸細，實施策反計劃。

嬴政全盤接受了韓非闡述的法家思想，不讓韓非回歸韓國，準備予以重用。誰知廷尉李斯忌才妒能，渾身不自在。李斯和韓非都是儒學大師荀卿的學生，同受儒家教育，學業卻各有所成。韓非成爲法家思想的集大成者，李斯先儒後法，對法家思想的理解和運用遠不如韓非。正因爲如此，李斯意識到韓非的到來實是一個潛在的威脅，一旦受到秦王重用，其地位和權勢肯定會超過自己。呂不韋已死，相國的位置空缺著，可不能叫韓非坐了白沾便宜。

李斯一貫私心嚴重，悄悄向嬴政進讒說：「韓非，好說歹說是韓國的公子，必親韓國，豈能偏向他國？大王攻韓，此人來秦，誰知是何居心？大王得提防著！」

嬴政對韓國人素無好感，呂不韋是韓國人，鄭國是韓國人，韓非又是韓國人！不過，他確實喜愛韓非的才幹，說：「韓非來秦，難道將人家趕走不成？」

李斯搖手，說：「不行不行！此人一不可重用，二不可趕走，萬一被別國弄了去，必爲秦國之患。」

嬴政生性疑忌，自覺不自覺地偏信了李斯的讒言，莫名其妙地命將韓非關進雲陽（陝西淳化北）監獄。韓非不知何故，大叫道：「我有何罪？爲何投我下獄？」獄吏似乎知道內情，不冷不熱地說：「一栖不兩雄啊！當今之世，有才者不用即殺，何必問有罪或無罪？」

李斯大喜，馬上派人送去毒藥，逼迫韓非自殺。韓非欲見嬴政申辯，呼天不應，喚地不靈，慷慨賦詩道：

《說》（《說難》）果難，
《憤》（《孤憤》）何已？
《五蠹》未除，
《說林》何取！
膏以香消，
麝以臍死。

「膏以香消，麝以臍死」，韓非服毒自殺，年僅四十七歲。

李斯報告嬴政，謊稱韓非得暴病而死。嬴政信以爲眞，痛惜不已。

李斯進而向嬴政薦舉一人，說：「這個人姓尉名繚，魏國大梁人，精通兵法，其才勝過韓非十倍。」

嬴政說：「尉繚何在？」

李斯說：「尉繚正在咸陽。不過，此人清高自負，大王見他，禮儀不可簡慢。」

嬴政遂以國賓之禮接見尉繚。尉繚長揖不拜。嬴政恭敬地稱他爲先生，賜先生上座，陪著笑臉問話。尉繚斜靠繡榻，左腿支著右腿，侃侃而言，旁若無人。他說：「目前諸侯各國，猶如秦國的郡縣，散則易盡，合則難攻。大王以為此論如何？」

嬴政點頭，說：「先生高見！寡人想叫諸侯各國就這麼分散著，聚合不到一起，先生有何妙策？」

尉繚說：「諸侯各國，朝政皆決於豪臣。豪臣之所以盡忠盡智，無非是為了兩個字：金錢！金錢越多越高興。大王無須愛惜府庫錢財，可用重金賄賂各國豪臣，以亂其謀。我敢斷言，大王只需花費三十萬兩黃金，諸侯各國就會土崩瓦解！」

嬴政拍著手說：「妙！妙！金錢輔助刀劍，雙管齊下，事半功倍！」嬴政繼續詢問用兵之道，尉繚回答簡明扼要，大意是戰爭分為義、私兩類，「挾義而戰」是「伐暴亂而定仁義」；克敵制勝要用「奇正」戰術，「正兵貴先，奇兵貴後」，靈活多變，避實擊虛；要重視將帥的選拔和民心的向背，嚴明軍紀，以法治軍；兵貴精，「百萬之眾而不戰，不如萬人之屍，萬人而不死，不如百人之鬼」，等等。嬴政親政以後，尚未直接接觸過大規模的戰爭，聽了尉繚講述的用兵之道，條條在理，句句精闢。他欣喜萬分，認定尉繚是難得的軍事統帥，必能為他掃滅六國獻策獻力。因此，他尊敬尉繚，待以上客之禮，其衣服飲食，盡與己同。

尉繚住在豪華的館邸裡，卻另有考慮。他細心地觀察過嬴政，發現嬴政高鼻樑，長眼睛，雞胸豺聲，殘苛少恩，懷有虎狼之心。這種人，儉約時比較謙卑，得意時便驕縱恣肆，很難相處。他暗暗說：「天下沒有統一，嬴政不惜屈身於我，異日得志，天下所有人恐怕都要成為他嘴裡的魚肉了！」尉繚打定主意，還是早早離開咸陽爲好，因此打點行李，不辭而去。

館吏報告嬴政，說尉繚沒打招呼走了。嬴政大驚，急忙派出侍衛四向追趕。在灞河以東，侍衛追上尉繚。尉繚欲去不能，只好返回館邸。嬴政親自到館邸撫問，發誓說：「寡人終生不疑愛卿！」他立拜尉繚爲國尉，掌管軍事，直接對國王負責。

尉繚的確是一位傑出的軍事家，輔助嬴政指揮全國軍隊，打了一系列的勝仗。同時，尉繚設計、策劃離間六國君臣關係的計策，由李斯執行，也卓有成效。尉繚和李斯密切配合，大力推行間諜戰，在廣闊的舞台上演出「先結以財，繼之以劍，乃更以良將隨其後」的進攻三部曲，從而加速了秦國統一天下的步伐。

這期間，秦太后在甘泉宮無所事事，百無聊賴。自從嬴政將她接回咸陽以後，她的心裡空落落的，深感孤獨和寂寞，常常獨自流淚。嬴政每個月來看望她一次，母子感情上的裂痕難以彌合，見了面總是沒有話說。她更多的是在回憶中生活，品嘗往事，不堪回首。

嬴政親政以來的作爲，她是耳聞目睹了。憑心而論，嬴政治國治軍，駕馭朝臣，有氣魄，有能力，業績不錯，比孝文王和莊襄王強多了。就說呂不韋吧，地位多高，權勢多大！然而，嬴政敢於摸老虎屁股，沒動一刀一槍，沒費一兵一卒，就將他的相國罷免了，貶到洛陽，又去一書信，就將他置於死地。嬴政若沒有能耐，能行嗎？雖說手段凶狠了些，可是古往今來，哪個君王不凶狠？不凶狠，他的王位就坐不穩哪！

一天，嬴政到甘泉宮看望秦太后，說起了嫪毒。秦太后臉上紅一陣白一陣，羞於啓齒。嬴政單刀直入地問道：「母后可曾知道，嫪毒的長信侯是怎麼得到的？」

秦太后說：「你封的嘛！」

「孩兒爲何封他？」

「大概你以爲他奉養我有功吧！」

「不對！是他告密，使孩兒抓到了霍達生！孩兒按賞格行事，這才封他爲侯！」

秦太后頓時懵了。她隱約記得，那天夜裡，甘泉宮門前人聲嘈雜，嫪毒回殿睡覺很晚，她問發生了什麼事來著，嫪毒回答說是士兵操練，第二天便傳霍達生被抓到了，而且是在甘泉宮的門房裡抓到的。啊！原來是嫪毒告的密呀！

秦太后身上起了一層雞皮疙瘩：陪她睡覺、逗她開心的嫪毒，竟是一個無恥的告密者！霍達生顯然是尋她而來的，卻被嫪毒出賣了，嫪毒還編造謊話欺騙她，虧不虧？就是這樣一個人，她長時間和他同床共枕，摟抱親嘴，還替他生了兩個兒子，甚至將太后的璽印交給他，支持他叛亂奪權，他被車裂，自己還大哭一場……眞是，眞是，有眼無珠，善惡不辨啊！

秦太后感到噁心，噁心自己所做的醜事和蠢事。她從霍達生想到了樊於期，她所交往的男人中，親近的只有樊於期了。聽說屯留兵變以後，樊於期逃亡到燕國，如今還活著嗎？活著又做什麼呢？忽一日，上卿茅焦來訪，給秦太后帶來了樊於期的消息。

茅焦說服嬴政，從棫陽宮迎回秦太后，便留在秦國，官封上卿。要說奸細，茅焦才是眞正的奸細，嬴政偏偏沒有識破。茅焦祖籍齊國，後遊燕國，被燕王姬喜收買，充當了燕國的奸細。燕王太子姬丹在秦國作人質，茅焦到秦國來的任務，就是接觸姬丹，想方設法使姬丹回歸燕國。他向嬴政進諫仁、友、孝、治，完全是臨時動議，一爲騙得嬴政的信任，二爲離間嬴政和呂不韋的關係。因爲他知道，秦太后、嫪毒和呂不韋是對立的，幫助秦太后和嫪毒說話，就是中傷呂不韋，更能促使嬴政和呂不韋之間的矛盾惡化和激化。

嬴政嚴厲處治了呂不韋，茅焦暗暗高興。因爲呂不韋是嬴政的左膀右臂，呂不韋一死，諸侯各國少了一個勁敵，或許能緩一口氣。可是，姬丹在秦國的處境非常惡劣，嬴政曾致書姬喜，稱燕國必須交出樊於期，否則姬丹這輩子不用想回歸燕國；並當面對姬丹說：「燕國不交出樊於期，你就死了歸國的念頭，除非烏頭白，馬生角！」姬丹心繫故國和親人，憂愁萬分，仰天長嘆，怨氣一道，直沖霄漢，一夜之間，烏髮皆白。然而，馬生不出角來，姬丹只能繼續質於秦國，受屈受辱。

茅焦利用上卿身分，秘密會見過姬丹。他提出一個大膽設想：鼓動秦太后逃奔燕國，從政治上和倫理上敗壞秦王的聲譽。如果策反成功，那麼各國諸侯必然會說：「看！嬴政的母后都叛離而去，他還有什麼資格、什麼臉面統一天下？」姬丹知道秦太后和嬴政之間關係不諧，勢如水火，因此同意茅焦實施策反計劃。

茅焦來訪，秦太后盛情款待，一再致謝說：「老身重回甘泉宮，母子和好，全虧茅君！」

茅焦微笑，說：「應該的！應該的！」接著故意反問說：「太后母子果眞和好了？我見甘泉宮門前怎麼這樣多的士兵呀？」

秦太后一時語塞。她知道那些士兵是嬴政所派，名義上是護宮，實際上是監視，因此，所謂「母子和好」，不過是自欺欺人而已。

茅焦看穿了秦太后的內心，見左右無人，便悄聲說：「太后還記得一個人嗎？」

「誰？」

「樊於期！」

秦太后大吃一驚。樊於期，是她安排輔助成蟜，並和成蟜一起發動屯留兵變的，怎會不記得呢？她不明白茅焦爲何在這個時候提起這個人，惶惑地看著客人，沒有說話。

茅焦輕輕一笑，說：「樊將軍現在燕國，他託我向太后請安！」

秦太后驚訝地說：「怎麼？你認識樊於期？」

茅焦說：「何止認識？我和他還是摯友哩！」接著，伸長脖子，輕聲細語，說出一番更讓秦太后吃驚的話來。

55

茅焦策反，秦太后不爲所動。李斯設想驪山陵，其規模、氣勢堪稱天下之冠。

茅焦料定秦太后一個女人家，又和秦王嬴政冰炭不容，所以說話直來直去，毫無顧忌。他說：「實話告訴太后，我是齊國人，深受燕王姬喜信用。我到秦國來負有特殊的使命，就是要使太子姬丹回歸燕國。樊於期在燕國生活得很好，燕王專門爲他在易水之畔修建一座館舍，號稱樊館。他一直惦記著太后，常爲屯留兵敗而內疚。成蟜慘死，他願終生侍奉太后。茅某知道太后是趙國人，現在秦國沒有一個親人。秦王生性疑忌，殘苛寡恩，滅絕天倫，不盡孝道，置太后於甘泉宮，實爲監禁。爲太后著想，茅某奉勸太后離開秦國，去到燕國，享受自由自在的生活。太后若是願意，只要點一下頭，其餘的事情，茅某自會辦理！」

秦太后聽了這一番話，又驚又懼，心底翻起波瀾。是啊！她到秦國二十年了，到底落了個什麼呢？從太子妃到王后到太后，曲曲折折，坎坎坷坷。莊襄王死了，成蟜死了，呂不韋和嫪毒死了，自己和嫪毒生的兩個兒子，還有碧雲、艷雪、霍達生，一個一個都死了，只有她活著，舉目無親，孤苦伶仃。嬴政雖說是她的兒子，可是他姓呂，和她這個娘從來就不是一條心。她如今住在甘泉宮，宮門前有六百名士兵輪番把守著，不能挪動一步，形如囚犯，好不淒清！要是果眞去了燕國，沒有羈絆，不受約束，自由自在，確實不錯！她幾乎快要點頭了，可又一想，不行啊！不管怎麼說，自己還是秦國的太后，是國母，秦國就是祖國，怎能叛離它而去？從實而論，秦國待自己不薄，所有的榮華富貴，不都是秦國給的！至於落到眼下這種地步，歸根到底不都是自己造成的嗎？支持屯留兵變，支持嫪毐叛亂，奢想仿效宣太后，掌握朝政大權，嬴政作爲國王，豈能容得這些？憑良心說，是自己這個做娘的對不起兒子嬴政，而絕非嬴政對不起自己！還有那些見不得人的宮闈穢事，提不上串，說來更讓人噁心，醜不可聞！嬴政冷淡和疑忌自己，難道不應該嗎？

秦太后經過政治鬥爭風浪的沖洗，總算有些自知之明了，思考問題也比以前客觀了。她深知自己在秦國已經聲名狼藉，但對於嬴政的敵人說來，還有某些利用的價值，那就是利用她來詆毀秦國，打擊嬴政。她已經有愧於秦國了，可不能再做有愧於秦國的傻事！茅焦所言，無疑是一種誘餌，誘她叛離秦國。叛離秦國容易，那樣可就落下千古罵名啦！茅焦自我表白爲燕國的奸細，堂堂秦國太后，聽任外國奸細擺布，那還算人嗎？嬴政也眞是的，怎麼封一個外國奸細爲上卿呢？

秦太后覺得事關重大，得和茅焦好好周旋。她做出非常爲難的樣子，說：「茅君鼓動老身去燕國，心誠意眞，令人感動。不過，事情來得突然，難以決斷，容老身三思，行嗎？」

茅焦說：「自然！自然！不過，我們並沒有太多的時間，太后三思，還請早作決斷。」

秦太后想了想，說：「三天！三天後老身答覆茅君！」

茅焦說：「行！三天後我再來拜訪，燕國切盼太后大駕光臨！」

茅焦辭別而去，秦太后心急如焚，她得趕快將情況告訴嬴政，告訴他茅焦是燕國的奸細，茅焦在咸陽負有燕王交予的特殊使命。她派宮監前往咸陽宮打聽，宮監回報說秦王到驪山射獵去了，兩三日以內恐怕回不來。她急得一跺腳，說：「該死該死！不遲不早，偏偏這個時候去射獵！」

嬴政確實到驪山射獵去了。

時值初秋，天高雲淡，風輕氣爽。驪山上青松蔥鬱，楓樹紅艷，山坡下黃花一片，搖曳多姿。柿子熟了，火紅色的水晶燈籠一般，掛滿枝頭。大雁南飛，排著整齊的隊形，不時發出力透蒼穹的鳴聲。

嬴政率領芈華、芈壽、李斯、尉繚、王翦、桓齕等一批文臣武將，在白鹿原射獵後，乘輿登上驪山，指指點點，欣賞如詩如畫的美景。嬴政看到，閃光發亮的渭河像一條玉帶鑲嵌在秦川大地，原野廣袤，村落稠密，農人開始收割水稻和玉米。三三兩兩年邁的婦女，手拄竹杖，頭頂布帕，說著笑著去朝拜老母殿。老母殿是驪山頂上一處建築，為紀念驪山老母而建。傳說驪山老母就是女媧氏，曾在驪山捏黃土泥巴造人，煉五彩石頭補天，慈愛勤勞，造福世人。驪山老母為了普濟眾生，還曾化裝成討飯婆討飯，勸人行善積德。且聽幾個年邁的婦女用方言問答形式吟唱的《老母討飯歌》，很是有趣：

問：老母老母幹啥呢？

答：我在這兒修行哩。

問：你吩（那）模樣能修行？
答：修行不論啥模樣，修了總比不修強。
問：老母老母咋吃喝？
答：手拉棗杆懷抱瓢，東村西寨把飯討。
問：半夜三更睡阿達（哪裡）？
答：大街小巷房檐下。
問：鋪啥呢？蓋啥呢？枕啥呢？
答：鋪的地來蓋的天，頭下枕個半截磚。
問：死了以後誰哭你？
答：大風烏雲老天爺，一場暴雨是淚水。
問：死了以後誰戴孝？
答：寒風白雲老天爺，一場大雪是孝衣。
問：死了以後誰埋你？
答：路邊死了路邊埋，路邊不埋上天台。
問：上天誰人搭梯子？
答：上天不用搭梯子，駕雲騰霧最自在。
……

嬴政側耳傾聽老婦們的吟唱，開懷大笑，說：「山河秀美，民風純樸，這就是寡人的秦國啊！」他收攏視線，指著山下一個碩大的黃土堆，問李斯說：「那裡幹什麼？」

李斯恭敬地回答說：「那是陛下千秋以後的驪山陵，黃土堆乃挖掘地宮所致。」

嬴政記得，在他即位的第一年起，就開始建造驪山陵了，當時確定由相國呂不韋主持整個工程，少府虞詡組織施工。呂不韋死後，改由李斯兼管驪山陵工程，虞詡因和呂不韋關係密切，被免了少府之職。呂不韋任相期間，繪製了驪山陵的規劃圖，工程基本上沒有進行。李斯接手以後，迎合嬴政的心理，將規劃圖修改，擴大規模，並開挖地宮，進入實際建造階段。嬴政對自己死後的陵寢頗感興趣，說：「李斯！你講講，寡人的陵寢，你準備建造成什麼樣子？」

李斯胸有成竹，說：「事死如事生，這是古代禮制，也是建造驪山陵的原則。它要建造得高大壯麗，和陛下的氣度、功業相稱。臣設想，驪山陵座西朝東，地宮廣大，封土堆高聳，象徵咸陽宮。地面建造兩重夯土城垣，內城垣周長約八里，外城垣周長約十二里，大城套小城，象徵京師的內外城。外城垣東側，設置幾個兵馬俑坑，仿照眞人眞馬，陶製彩繪，象徵守衛京師的宿衛軍。設置若干輛銅車馬，包括金根車、立車、安車等，象徵宮廷的乘輿，實爲陛下的鹵簿。還有馬廄坑、珍禽異獸坑和跽坐俑坑等，象徵宮廷廄苑、囿苑，供陛下射獵和遊樂。整座驪山陵，實是一幅宮城都邑圖，規模、氣勢、寓意要勝過夏、商、周所有君王的陵寢，以顯示陛下超越古人的尊嚴和威勢！」

嬴政眼睛發亮，臉面放光，興奮地說；「嗯！你的設想不錯！設置兵馬俑和銅車馬，寡人最爲滿意。還有，關鍵在地宮，無論如何要將地宮建造好，那可是寡人百年以後休息的地方！」

李斯說：「謹遵聖命！臣一定將地宮建造得富麗堂皇，精美絕倫！」

芈華、芈壽、尉繚、王翦、桓齕等靜聽嬴政和李斯談論驪山陵，誰也沒有插話。他們心想，按照李斯的說法，建造驪山陵得花費多少人力和財力啊！尉繚尤其看不慣李斯那副阿諛逢迎、眉飛色舞的模樣，心裡說：「瞧他那德性！像一條哈叭狗，至於嗎？」

這時，宮監趙高走近嬴政，悄聲報告說：「太后派人來，稱有要事，請大王火速回宮。」

母后能有什麼要事呢？嬴政心中嘀咕，率領文臣武將下山。他本來還想去拜謁先王莊襄王的陽陵的，顯然是不行了。於是，他乘坐金根車，眾人前護後擁，一路逶迤，回歸咸陽。嬴政路過甘泉宮門前，順便進宮詢問秦太后有何要事。秦太后急急忙忙，將前日茅焦來訪的經過敘述了一遍。她特別加重語氣說：「茅焦是燕國的奸細，前來咸陽是要使姬丹回歸燕國。他還誘說母后我叛秦去燕，這是往你臉上抹黑的事，我豈能答應？不過，我想穩住他，叫他三天後來聽我回話。現在兩天都過去了，你快派人將茅焦抓起來！」

茅焦是燕國的奸細，這使嬴政大感意外。他無暇考慮太多，說：「謝謝母后告訴孩兒這個重要情況！」立即回咸陽宮，命士兵去抓茅焦。誰知士兵回來報告說：「茅焦家中零亂，人好像逃跑了！」嬴政再命士兵去抓姬丹，回報一樣，姬丹也好像逃跑了！嬴政兩眼冒火，說：「這兩個混蛋，竟敢欺哄寡人！」馬上召來尉繚，命他傳令各地關卡，嚴防嚴查，莫讓姬丹和茅焦逃掉。

姬丹和茅焦的確是逃跑了。那是前天，茅焦拜訪秦太后以後，秘密去見姬丹。姬丹問明情況，得知茅焦暴露了奸細的身分，叫苦不迭，說：「先生失算了！秦太后再沒有見識，哪能和敵國的奸細交往？」

茅焦辯白說：「秦太后和秦王水火不容，我表明身分，爲的是堅定她叛秦去燕的決心。」

姬丹說：「人家關係再僵，但畢竟是母子啊！看來，你我在咸陽待不住了，得趕快離開，今晚就走！」

姬丹是燕國的太子，茅焦只能服從。當晚，他兩人喬裝打扮，混出咸陽城。在城外買了兩匹快馬，急馳東去。當嬴政命尉繚防查二人的時候，他倆已出了函谷關，直向燕國去了。

56

秦滅韓國和趙國。嬴政和秦太后的關係略有好轉。嬴政駕幸趙國，坎兒寨無辜生靈斃命。

姬丹和茅焦逃歸燕國，進而增強了嬴政兼併各國的決心。國尉尉繚審時度勢，早爲嬴政規劃了兼併的次序：「韓弱宜攻，宜先，其次莫如趙、魏。三晉既盡，即舉兵而加於楚。楚亡、燕、齊焉能不亡？」嬴政賞識尉繚的軍事謀略，基本上按照尉繚的規劃對外用兵，摧枯拉朽，勢如破竹，取得了一個又一個勝利。

韓、趙、魏三國中，唯一可以和秦國抗爭的是趙國。嬴政十二年（西元前二三五年），趙悼襄王死，其子趙遷繼位，朝政操縱在相國郭開手中。次年，秦將桓齕率兵攻趙，殺趙大將扈輒，斬首十萬，邯鄲震恐。關鍵時刻，名將李牧統精銳之師抗秦，兩敗秦軍，因功封武安君。趙國還有一代名將廉頗，因受奸臣排擠，寓居魏國。趙遷意欲召回廉頗，重新起用。郭開卻使人謊報趙遷說：「廉頗年近七旬，一頓飯能吃一斗米，十斤肉，然而腸胃有病，坐一會兒便大便三次。」廉頗終不見用，去了楚國，鬱鬱不得志而客死於異鄉。

嬴政十七年（西元前二三〇年），秦將嬴騰攻滅韓國，俘擄了韓王韓安，韓國土地劃入秦國版圖，置潁川郡。嬴政再派大將王翦、楊端和率兵進攻趙國。趙將李牧、司馬尚拚死抵抗，兩軍對壘，相持一年，經歷大小數百戰，屍橫曠野，血流成河。這時，尉繚再次施行離間計，派大夫王敖用重金賄賂趙王寵臣郭開。郭開吃裡扒外，遂進讒言，誣告李牧、司馬尚圖謀反叛，作戰不力。昏庸的趙遷不辨忠奸，聽信讒言，改任趙蔥、顏聚為大將，取代李牧、司馬尚。李牧忿然說：「郭開詆毀廉頗，又詆毀我李某，我當提兵入朝，先除君側奸臣，然後再禦強秦！」

司馬尚急得直搖手，說：「將軍領兵犯闕，知者以為忠，不知者以為叛，恰好給了讒人之口實。我看以將軍的才幹，隨處可以建功立業，何必在趙國這棵枯樹上吊死？」

李牧扼腕長嘆，說：「我曾恨廉頗為趙將沒有好結果，想不到我也是一樣！」又說：「趙蔥、顏聚都是郭開的心腹，我豈能把兵權交給他們？」他沒有辦法，只好把將印懸於帳中，和司馬尚深夜化裝逃去，欲往魏國。

趙蔥、顏聚入居帥帳，急派士兵搜捕李牧、司馬尚。李牧、司馬尚尚未逃遠，被士兵抓到，縛而殺之。可惜二將壯志未酬，沒有死在戰場上，卻死在奸臣之手，含恨斃命，死不瞑目。

趙國軍士懷念李牧，見其無辜被殺，不勝憤恨，一夜之間逾山越谷，逃散大半。王翦、楊端和驅兵大進，如入無人之境，不到三個月，便兵臨邯鄲城下。郭開只想保住自己性命和富貴，力勸趙遷開城投降。趙遷心存疑慮，猶豫不決。郭開遂秘密致書王翦，書中說：「郭某久有獻城之意，怎奈不得其便。然趙王已十分畏懼，倘得秦王大駕親臨，逼以威勢，郭某當奉趙王行銜璧輿櫬之禮。」「銜璧輿櫬」就是口銜國璽，車載棺材，降尊投降，表示死罪的意思。

王翦接到郭開密書，立刻派人馳送咸陽。嬴政大喜，吩咐準備鑾駕，次日即赴邯鄲受降。趙國是母后的故國，邯鄲是他的出生地，趙王降秦，自己去邯鄲一行，值得！

嬴政覺得有必要將這個喜訊告訴母后，於是便去了甘泉宮一趟。自從秦太后揭露茅焦為燕國奸細後，嬴政和母后的關係略有好轉。他以為，母后往日縱有諸多不是處，但她畢竟是生母，且有悔過的表現，尤其是她拒絕茅焦所誘，不叛離秦國，誠為難得。不妨設想一下，母后若是去了燕國，和姬丹、茅焦、樊於期等合謀反秦，那會是一種什麼局面？各國諸侯會借機鼓噪說：「看！秦王不盡孝道，連其生母都叛他而去，他有什麼資格治理秦國？更有何臉面妄談統一天下？」所以，母后留在秦國，實是顧全了自己的面子，維護了自己的聲譽，此情不可忘記。

嬴政到甘泉宮見了秦太后，告訴她次日將赴邯鄲，接受趙王降秦。秦太后一驚，心想趙國終究滅亡了，也算是報應！她生在邯鄲，長在邯鄲，可是，邯鄲沒有給她多少歡樂，卻給了她痛苦和屈辱。她的爹趙群、娘李氏被喪盡天良的肥厚殺害了，死後連個墳墓也沒有；還有那個艷香院，自己險些在那裡淪為妓女，事實上，她已經淪為妓女了，自己不正是在艷香院委身於呂不韋的嗎？眨眼間二十多年過去了，天翻地覆，世事大變，她的祖國滅亡了，而滅亡趙國的卻是她和呂不韋的兒子嬴政，一切的一切，眞是不可思議！

秦太后想了想說：「趙國和邯鄲，娘已沒有什麼值得懷念的，只是兒的外祖父母被賊人殺害，沒留個墳墓，娘於心不忍。兒此去邯鄲，可在城外找一塊風水之地，建個祠堂，代娘祭奠就是了。還有艷香院的鴇母，逼良為娼，不是個好人，兒可酌情處治。至於艷香院的姐妹，記得有紅芙蕖、白玉蘭、金菊花、紫芍藥等人，兒不要為難她們。」

嬴政知道外祖父母是被肥厚殺死的，此仇已報；還曾聽說母后在艷香院當過妓女，那是他不便提說的。他辭別母后，次日便統精兵三萬，由年輕大將李信扈駕，取道蒲津渡和太原郡，直抵邯鄲城外。王翦、楊端和接駕，備言趙王降秦之事。嬴政命將「秦」王大旗高高豎起，擂鼓吶喊，示威城下。

趙遷嚇得魂不附體。郭開趁機說：「秦王親提大軍到此，邯鄲破在旦夕，願大王速降！」

趙遷膽戰心驚，說：「寡人降秦，徒然被殺，如何是好？」

郭開說：「秦王不殺韓王，怎麼偏殺大王？」

趙遷掩面而泣，說：「那麼你就去安排吧！」

郭開早就寫好降書，派人送至秦軍帳中，約定翌日投降。翌日，趙遷素車白馬，手捧國璽，帶領文武百官，跪於邯鄲城西門，迎接嬴政入城。嬴政騎著纖離馬，由王翦、楊端和、李信等將帥護從，威風凜凜地進入邯鄲城，入住趙王宮。趙遷再以臣禮拜見，群臣多有流涕者。嬴政高坐，神色威嚴，命將趙遷徙居房陵（湖北房縣），封郭開爲上卿。趙遷此時方悟郭開賣國求榮，喟然大嘆道：「若是李牧不死，趙國何止於此啊！」

嬴政隨即命郭開挑選工匠，在邯鄲城南修建祠堂，以祭奠外祖父母。並派人去艷香院，捉拿鴇母。去人回報說，鴇母三年前已病死。嬴政說：「倒便宜了這賣淫老媪！」紅芙蕖、白玉蘭、金菊花、紫芍藥還活著，另有一幫妙齡妓女。嬴政命賜每人十兩黃金，另謀生路。紅芙蕖等得知賜予黃金的秦王竟是當年花牡丹的兒子，一個個驚駭不已，遙向趙王宮跪拜，謝恩而去。

數日後，祠堂建成，青磚青瓦，自成小院，玉鑲門楣，上書「趙氏祠堂」四字。嬴政命人購置香燭，親臨代母祭奠，也算了卻了母后一件心願。而後，以趙國地置爲鉅鹿郡，任命了郡守，這才班師回咸陽。

班師途中，嬴政忽地想到坎兒寨，那個曾使他蒙受過羞辱的地方。於是命鑾駕取道石鼓山，在坎兒寨作短暫的停留。

石鼓山依舊，坎兒寨依舊，只是多年的戰亂，其地更加破敗和荒蕪。嬴政清楚地記得，坎兒寨有他童年的夥伴，叫胖娃、瘦猴、鐵疙瘩來著，他們曾罵他「混蛋」和「野種」，他那天和他們打架，他們拉著父母來和自己的娘糾纏，樊於期破費三百個甘丹，才使風波平息。他說過的：「你們等著！我總有一天要回來跟你們算賬的！」現在，算賬的一天到了，可不能放過他們！

鑾駕暫停。嬴政命楊端和帶領士兵，將坎兒寨的男女老少，一個不拉地捉了來。不一時，那些衣衫襤褸、面黃肌瘦的村民全被抓到，共計一百三十人，渾身哆嗦著跪在路邊。他們不明白發生了什麼事情，嚇得不敢抬頭。嬴政輕蔑地掃視著這群渾渾噩噩的坎兒寨人，厲聲問道：「你們當中，誰的小名叫胖娃、瘦猴、鐵疙瘩？還有胖娃的爹，當過里正的那個人？」

一個滿臉皺紋、鬢髮花白的老人朝前挪了挪說：「小人就是胖娃的爹。」另有三個中年人一胖、一瘦、一壯，挪動身子，分別說：「小人是胖娃。」「小人是瘦猴。」「小人是鐵疙瘩。」

嬴政冷笑，說：「你們抬起頭來，看看我是誰？」

那幾人戰戰兢兢，抬頭看著嬴政，二十多年了，誰認識眼前這個金冠龍袍、氣宇軒昂的大人物就是當年的趙政？他們搖頭，說：「不認識大人。」

嬴政哈哈大笑，說：「想來你們也不會認識寡人！告訴你們，寡人就是趙政！就是你們罵為『混蛋』和『野種』的那個趙政！」

此語一出，石破天驚。坎兒寨的村民不約而同地發出驚呼：「啊！」他們聽趙政自稱「寡人」，寡人是國王的稱呼，那麼他是哪一國的國王呢？他又怎會當了國王的呢？傳說趙國滅亡了，難道此人就是滅亡趙國的那個國王？

胖娃的爹第一個反應過來，趕忙磕頭說：「小人等愚昧無知，以前多有得罪大王處，懇請大王饒命！」胖娃、瘦猴、鐵疙瘩也跟著磕頭，說：「懇請大王饒命！」

嬴政橫眉怒目，說：「哼！饒命？說得輕巧！」他一揮手，命令士兵道：「坎兒寨的村民都是寡人的仇人！全部坑殺，一個不留！」

坎兒寨人如夢初醒，爬起來，呼號著逃命。秦國士兵如狼似虎，撲向手無寸鐵的村民，刀砍、劍刺、戟擊，片刻便將一百三十人殺死，隨便挖了個大坑，一埋了事。可憐坎兒寨人，許多是幼童、青年，只因他們出生以前的往事，和爹娘一起遇害，遭逢厄運。他們臨死的時候，也不明白到底是怎麼一回事。

嬴政報了二十多年前的往仇，經太原郡，繞道上郡（陝西榆林東南），巡視了秦國的北部邊境。及回到咸陽時，已是十九年（西元前二二八年）的秋天。甘泉宮的宮監報告說，秦太后患病已近一月，急切地要見秦王。嬴政不顧旅途勞頓，當日便去甘泉宮看望母后。不料這次看望，竟是他們母子間的訣別，秦太后拉著嬴政的手永遠地閉上了眼睛。

57

秦太后患病，惡夢纏身，無休無止。死前吐露眞情，求得嬴政的寬恕，入土爲安，魂歸陽陵。

秋風吹渭水，落葉滿咸陽，寒蟬微聲，夕陽餘暉，甘泉宮內外倍顯蕭瑟，一片肅殺的氛圍。

自入秋以後，秦太后就病倒了。開始以爲是傷風感冒，沒當回事，可是十幾天過去，病不見好，反而加重，發冷發熱，頭暈目眩，神情恍惚，渾身無力，模模糊糊地常作惡夢，夢中多與死人對話，醒來必心跳氣喘，大汗淋漓。

熟知秦太后境況的人都知道，她這幾年生活得很不輕鬆，心情沉悶，鬱鬱寡歡。她是一個非常矛盾的人物，沒有什麼才幹卻想掌握權力，渴望男女情事卻得不到滿足，政治上和情欲上屢屢受挫，以致說不起話，抬不起頭，身心極度疲憊。她追憶往事，不堪回首，環顧四周，形影相弔，內心裡充滿負罪感和冷落感，直想一死了之，圖個清淨。

她夢見過她所嚮往的宣太后。宣太后雍容華貴，珠光寶氣，左臂摟著義渠王，右臂摟著魏醜夫，淫笑著發號施令，呵斥朝臣，所有人都唯唯諾諾，畢恭畢敬。她很羨慕宣太后駕馭男人的手段，上前問道：「請問太后，你用什麼法子使得男人們都圍著你轉圈圈呢？」宣太后哈哈大笑，說：「憑家族勢力，憑個人本事，恩威並重，軟硬兼施！瞧你柔弱得像嫩柳雛雞，哪能幹成大事？來！看我的！」宣太后說著，抽出一把利劍，猛地將義渠王的腦袋砍落下來，鮮血冒得老高，滿殿飛濺紅色的雨滴。她嚇得捂著臉就跑，被門檻絆著摔倒在地，夢醒了。

她夢見過她的第一個丈夫呂不韋。呂不韋年輕英俊，風流倜儻，撫摸著她滾圓的肚子，說：「快生個兒子！快生個兒子！」驚天動地一聲響，她便將兒子生了下來。呂不韋又撫摸著兒子的頭說：「快當國王！快當國王！」可不？她的兒子果眞當了國王。呂不韋忽地變得蒼老了，朝她吼道：「你爲何不跟我一條心？嗯？爲何不跟我一條心？」她嗚咽著說：「你是竊國大盜，竊國大盜！專門編著法子騙人，騙人！」呂不韋說：「我騙人不假，這不都是爲你爲我爲兒子嗎？不然，你怎麼會當太后？我怎麼會當相國？你我的兒子怎麼會統治天下？」她說：「你可使我成了秦國的罪人呢！」呂不韋說：「胡扯！誰規定秦國江山必須姓嬴？姓呂姓李，姓張姓王，不都是一樣？你許諾你和嫪毒的私生子繼秦王位，那樣秦國江山就姓嫪了，這怎麼解釋？嗯？」她沒法解釋，只是哭泣。呂不韋賭氣，說：「你跟我不一條心，害得我好苦！我死了也要索你的命！」呂不韋忽然變成一具齜牙咧嘴、面目猙獰的僵屍，伸手抓她。她大叫一聲，夢醒了，滿身冷汗。

她夢見過她的情夫嫪毒。嫪毒長得五大三粗，身著肥大的短褲，當庭廣眾露出黑糊糊、硬梆梆的傢伙，轉動桐木車輪，贏得一片喝采聲。她和他在床上弄歡，樂不可支。猛然間，嫪毒變換了嘴臉，陰險地笑著說：「你可知道霍達生是怎樣抓獲的？哈哈！是我！是我嫪毒告的密，你還蒙在鼓裡哪！」她指著嫪毒罵道：「卑劣小人！」嫪毒全不氣惱，嬉皮笑臉地說：「卑劣小人也當長信侯，你說稀奇不？對了！你我的兩個寶貝兒子呢？你說過，嬴政死後，要讓他倆當秦王的，到時候，我就是秦王的爹啦！那才多開心哪！哈哈！」笑聲變成馬蹄聲和刀劍聲，嫪毒裸著上身，聲嘶力竭地大喊：「我是秦太后的情夫，秦王的假父，叛亂！叛亂！」她去捂嫪毒的嘴，不讓胡言亂語。嫪毒一把推開她，依舊大喊：「叛亂！叛亂！」忽聽得一聲炸雷，嫪毒腦袋掉了，四肢斷了，只剩下血肉模糊的身子，還在喊：「叛亂！叛亂！」她又氣又急，用腳去踢嫪毒的腦袋，一使勁，夢醒了，心蹦蹦亂跳。

她夢見過她的第二個丈夫莊襄王。莊襄王身材修長，面皮白淨，總是那麼文氣。莊襄王冊立她爲王后，她頭戴鳳冠，手持璽印，接受百官朝賀，眼前彩旗、鮮花，耳畔樂聲、頌詞，那是一生中最爲光彩奪目的時刻，天空蔚藍，大地明媚。突然有一天，莊襄王滿臉怒氣，聲色俱厲地問道：「你妊娠再嫁，欺騙了寡人不是？你說嬴政到底是誰的兒子？姓呂還是姓嬴？還有，寡人剛死，屍骨未寒，你就又和呂不韋重溫舊情不是？接著又和假太監嫪毒睡到一起，宣淫弄污，穢亂宮闈，該當何罪？你算什麼王后和太后？充其量是一個淫婦，一個娼妓，如同民間所說的破鞋，還有何臉面住在聖潔的甘泉宮？」她想辯白，可是莊襄王所言俱是事實，怎能辯白得清？她跪在地上，叩頭請死。莊襄王怒猶未消，厲聲說：「死？沒那麼容易！你是罪人，罪孽深重，還該受折磨受懲罰，閻王爺不會收你！對了！順便告訴你，你是一個骯髒的女人，死後不得和寡人合葬陽陵！」她舉起雙手，喊道：「不！不！」喊聲淒厲，感情酸楚。這時夢醒了，她的眼角掛滿晶瑩閃亮的淚珠。

一次一次又一次，秦太后一直在這樣的夢境中生活，無日無夜，無休無止。她變得相當憔悴了，身體消瘦，臉色蠟黃，皺紋增加，皮膚乾燥，頭髮出現花白，昔日的風華容顏蕩然無存。她一直在念叨著嬴政快點歸來，因爲嬴政是她在這個世界上的唯一的親人，儘管母子關係不太融洽，但人之將死，其言也善，她還有話要向兒子交代。

嬴政終於回來了。嬴政乍見母后面黃肌瘦，有氣無力的樣子，嚇了一跳，心想不長時間，怎麼就變成這個模樣了呢？秦太后看到嬴政，難得地露出一笑，眼裡略有光輝，點頭示意，讓他坐到自己的身邊。

嬴政坐到病榻邊上，雙手抓住母后的右手。他感覺到母后的右手冰涼，並似乎在輕輕抖動。秦太后早已記不清何時何地曾和嬴政這樣手拉著手，表達母子親情了，多少年來，她和他之間只有疑忌、冷漠和仇恨。嬴政的手壯實而有力，她覺得有一股暖意從手心升起，直貫心田。

宮監、宮女們悄悄退到遠處。嬴政告訴母后，這次邯鄲之行除受趙王之降外，還給外祖父母修建了祠堂，派有專人常年祭祀；艷香院的鴇母死了，他給紅芙蕖等每人賜黃金十兩，讓她們另謀生計；坎兒寨的刁民全被坑殺，一百三十人無一倖免。

秦太后微微點頭，表示讚許。許久，她鼓足勇氣說：「政兒！娘這輩子實在對不起你！」

嬴政抓緊她的手，說：「母后別這樣說，莫提往事，放眼日後！」

秦太后說：「不！娘要說，不說於心不安！實話告訴你，你是娘和呂不韋的兒子，娘是妊娠以後才嫁先王的，正因爲如此，娘常有一種負罪之疚，認爲是呂氏篡奪了秦國的江山。娘支持屯留兵變和嫪毐叛亂，給你添了極大的麻煩，想來心如刀絞，無地自容。」

嬴政聽了這些話並不吃驚，平靜地說：「過去的事已經過去，母后就別提了。孩兒姓呂姓嬴並不重要，重要的是孩兒既當秦王，就要把秦國治理好，還要把整個天下治理好！孩兒對母后也有不孝處，母后在茅焦以利相誘時，拒不叛離秦國和捨棄孩兒，顧全大局，且勇且智，孩兒應當感激母后！」

秦太后眼角流出淚水，說：「你寬恕了娘，娘死能瞑目了！還有一事，就是成蟜的兒子子嬰，你的侄兒，孤苦伶仃，你要好生照顧他才是。」

嬴政點頭，說：「孩兒謹遵母命！」

這時，秦太后猛地咳嗽起來，手腳痙攣，喉嚨痰湧。嬴政吩咐速傳御醫，宮監、宮女一陣忙亂。再看秦太后，眼睛發直，臂伸腿蹬頭一歪，斷氣了。嬴政搖著她的手，高聲呼喊：「母后！母后！」她再也沒有醒來，留下一片沉寂和悲哀。

秦太后死了，死在甘泉宮，死在她的兒子秦王嬴政的身邊。秦太后，一個經歷離奇的女人，一個性格複雜的女人，在風雲變幻的世界上顛簸沉浮，活了五十一歲，終於撒手人寰，命歸西天。

禮制規定，太后之死僅次於國王駕崩的國喪，喪禮隆重。咸陽宮、甘泉宮和咸陽城門等高大建築物上，懸掛黑布喪幃和白布製作的團花。秦太后屍身經過擦洗，小斂停於靈床，白色內衣褲，頭戴鳳冠，身著錦被，口中銜白玉，手裡握青玉，四周點燃十二盞油燈，並置放她生前使用過的幃帳、枕衾、帶履、面盆、熏爐等物。嬴政沒有正式冊后立妃，但紫微殿的艷麗宮女都是他的姬妾，她們共替他生育了十八個王子，還有好些公主。宮女和王子、公主們，加上成蟜之子嬰，穿著喪服，捧著喪杖，輪流為他們的婆母和奶奶守靈，不時哭泣幾聲，多數沒有眼淚。其中，嬴政的長子扶蘇和侄兒子嬰哭得比較傷心，因為他倆和秦太后之間有著比別人更深一層的感情。文武百官齊來弔唁，不外乎是例行公事而已。

停殯三日，便是大斂。秦太后屍身被裝入一口漆成黑色的松木棺材，哀樂奏響，哭聲四起，人們和秦太后作最後的訣別。大斂之後是出殯，和莊襄王合葬陽陵。二三百乘車馬和三四百人參加送葬。先導是化了妝的士兵，持刀執棍，叫做「打路鬼」。接著是儀仗，舉著形狀各異的招魂幡，樂隊隨後，敲皮鼓吹嗩吶，哀樂低回。下來是白布、黑布裹著的靈車，車不塗彩，馬不修鬃，兩旁兩條繩索，送葬的官員牽引著，叫做「執紼」。靈車後面，是嬴政乘坐的金根車，車上的金屬飾物全塗成黑色，以示對死者的悼念。金根車後面，便是秦太后的媳婦、孫子、孫女們，披麻戴孝，乘車緩行。最後是明器車隊，載著陶、木、石、布製作的各種器具、人物和鳥獸，如樓闕、被褥、梳妝檯、金童、玉女、蛟龍、朱雀、奔馬、犀牛等，造型別致，花花綠綠，煞是好看。

送葬隊伍抵達陽陵。陽陵已被掘開一個洞穴，外面搭起席棚。哀樂奏響，香燭點燃。護喪（主持喪事者）高聲喊道：「葬靈！」十幾個身體粗壯的團頭（抬靈柩者），登上靈車，一聲「起！」便將靈柩抬下車，繼而抬著進入洞穴。嬴政帶領姬妾、兒女們跪地磕頭。扶蘇和子嬰淚流滿面，嗚咽著說：「奶奶！好生安息吧！」

團頭們手腳麻利，將陪葬的明器，逐一放入洞穴，然後封土，不到一個時辰，便將洞穴封填嚴實。嬴政及其姬妾、兒女，還有文武百官，分別用衣襟兜些黃土，象徵性地倒在洞穴表面，算是一種悼念和寄託。

俗話說：「入土爲安。」秦太后風風光光又窩窩囊囊地活了一生，從此魂歸陽陵，和她愛過騙過的莊襄王相依相伴，長相廝守了。

58

秦太后魂歸陽陵，其後發生的無數驚心動魄、錯綜複雜的大事，她是不得而知了。

秦太后魂歸陽陵，其後發生的無數驚心動魄、錯綜複雜的大事，她就不得而知了。

就在秦太后死後的第二年，逃回燕國的太子姬丹出於報仇的心理，用金錢和美女收買了著名刺客荊軻，派他到秦國刺殺嬴政。荊軻爲了能夠接近嬴政，請求帶上燕國督亢（河北涿縣一帶）地圖和樊於期人頭，作爲覲見之禮。樊於期倒也慷慨，甘願自刎，獻出了頭顱。嬴政在咸陽宮正殿召見荊軻，在「圖窮匕首見」的危急時刻，荊軻左手抓住嬴政衣袖，右手握著毒藥淬過的鋒利匕首行刺。嬴政掙脫，荊軻行刺未遂，反被嬴政殺死。繼荊軻以後，又有高漸離和張良謀殺過嬴政，但都沒有成功。表明天下一統是大勢所趨，靠陰謀和暗殺不可能改變歷史進程，抗拒排山倒海般的時代潮流。

接著，嬴政依靠尉繚和李斯的謀畫，以王翦、王賁、李信、蒙武等爲大將，統領百萬雄師，以捲席之勢，南征北戰，縱橫捭闔，所向披靡。嬴政二十二年（西元前二二五年）攻滅魏國；二十四年（西元前二二三年）攻滅楚國；二十五年（西元前二二二年）攻滅燕國；二十六年（西元前二二一年）攻滅齊國。至此，韓、趙、魏、楚、燕、齊六國全部滅亡，秦國統一了天下。唐代詩人李白寫過一篇《古風》，讚頌秦王嬴政在兼併戰爭中的赫赫武功：

秦王掃六合，
虎視何雄哉！
揮劍決浮雲，
諸侯盡西來……

這是極不平常的一年。嬴政以一個經營六世，中經商鞅變法、昭王開拓，使天下財力「什居其六」的強國爲依託，萌發席捲天下、囊括四海之意和包舉宇內、併呑八荒之心，並以運籌帷幄、決勝千里的雄才大略，終於結束了春秋以來的分裂混戰局面，從而使數百年間的滔滔蒼生淚、無盡英雄血有了一個了斷。從此，中國歷史翻開了新的一面，嬴政把他的名字、功績和新誕生的統一的多民族的專制主義中央集權的封建帝國，一起寫進了光輝的史冊。

三十九歲的嬴政登上宏偉的殿堂，面對俯拜的朝臣，在頌禱的樂音繚繞中品咂君臨天下的滋味，躊躇滿志，顧影自雄。他以爲他德高三皇，功過五帝，遂取「皇」、「帝」二字合稱「皇帝」，作爲名號，高傲地宣布說：「朕爲始皇帝，後世以計數，二世三世至於萬世，傳之無窮。」這樣一來，人們便更多地稱他爲秦始皇帝或秦始皇了。

李斯春風得意，升任丞相。尉繚激流勇退，隱遁山林。這以後，秦始皇帝雷厲風行地推行一系列維護統一、加強集權的措施：設郡縣，訂法令，同文字，築直道，修長城，巡遊天下，焚書坑儒，尋訪神仙，建造驪山陵和阿房宮。一切都是大刀闊斧，一切都是轟轟烈烈。大秦帝國猶如一輪太陽升起在東亞大陸，不但以它高度文明的不世輝煌照亮了四周原始荒蠻的不毛之地，而且在當時的地球上，就文明程度、人口疆域而言，只有距它萬里之遙的馬其頓帝國及其衰亡後取而代之的羅馬帝國差堪與之比肩。

可嘆的是，這輪太陽升得快墜落得也快，時隔十五年，秦就二世而亡。

秦始皇帝五十歲的那一年，他第五次巡遊天下。這時，他極其寵信的宦官趙高已升任中車府令，最小的兒子胡亥已滿二十歲，二人和丞相李斯隨駕從行。鑾駕從咸陽出發，向南向東向北，轉了一個半圓，七月到達平原津（山東平原東南），秦始皇患了重病。堅持行至沙丘（河北巨鹿東南），秦始皇已氣息奄奄。他平時諱言「死」字，一直未立太子，直到死神向他招手時，才想到被貶在蒙恬軍中當監軍的長子扶蘇。他命趙高發詔書給扶蘇，並賜國璽，讓扶蘇速回咸陽參加葬禮。不言而喻，這是要由扶蘇繼承皇位的意思了。可是，奸詐陰險的趙高和利祿薰心的李斯串通一氣，焚毀詔書，另作僞詔，賜扶蘇和蒙恬死，立胡亥爲太子，導演了一幕駭人聽聞的宮廷政變。秦始皇病死在沙丘，屍體被運回咸陽。胡亥登基便是二世皇帝。九月秦始皇被葬於驪山陵。

驪山陵經過三十七年的營建，地面、地下儼然是咸陽城和咸陽宮的縮影。《史記》記述其事：「始皇初即位，穿治驪山，及併天下，天下徒送詣七十萬人，穿三泉，下銅而致槨，宮觀百官奇器珍怪徙藏滿之，令匠作機弩矢，有所穿近者輒射之。以水銀爲百川江河大海，機相灌輸，上具天文，下具地理。以人魚膏爲燭，度不滅者久之。」這裡記述的主要是地宮的情況，至於高聳的封土堆，威武的兵馬俑，華美的銅車馬，以及規模宏大的地面城垣、寢殿、便殿等，並未涉及。

胡亥即位後，極度寵信趙高，殺了所有的兄弟姐妹。李斯也難逃劫難，死於趙高之手，夷滅三族。眾多的先朝舊臣慘遭刑戮。趙高慫恿胡亥恣意享樂，繼續修建阿房宮，開鑿馳道。沉重的勞役、兵役、賦稅和苛刻的刑罰，逼使人們走上絕路。於是，農民陳勝、吳廣高舉起革命的大旗，中國歷史上第一次農民大起義爆發了。

農民起義軍猶如燎原烈火，燃遍黃河南北。周章率領的一支義軍，戰車千乘，將士數十萬人，攻進函谷關，進抵戲水（西安臨潼東），距離咸陽不過百里。可惜農民起義軍沒有先進的思想作指導，也缺少嚴密的組織機構，不久便被朝廷血腥地鎮壓了。

革命的火種並沒有熄滅。亭長出身的劉邦和貴族子弟項羽也揭起了反秦的旗幟。秦二世三年（西元前二〇七年），劉邦大軍從武關向關中進發，已居丞相高位的趙高妄圖篡權，在咸陽宮演出了一幕指鹿爲馬的鬧劇，進而派人殺死胡亥，要和劉邦「分王關中」。

劉邦拒不答應。趙高不敢貿然稱帝稱王，權且搬出秦始皇的侄兒、成蟜的兒子子嬰來，入主咸陽宮，去皇帝名號，改稱秦王。子嬰的血管裡流著莊襄王的血液，他名副其實地姓嬴。秦太后若死後有知，看到嬴秦江山重歸嬴氏，肯定是會大感快慰的。

子嬰憎恨胡亥，鄙視趙高，繼位後遂和兩個兒子密謀，計殺宦官丞相。這時，劉邦大軍已屯駐灞上（今西安東南），派人命子嬰投降。僅僅當了四十六天秦王的子嬰焦頭爛額，沒奈何，只好脖上掛著繩索，雙手捧著國璽，乖乖地跪在灞河邊，迎接劉邦。劉邦大軍進入咸陽，宣告了大秦帝國的滅亡。

項羽提領數十萬大軍尾隨著進入關中，威殺子嬰，西屠咸陽，放一把火，焚燒了秦國的所有宮室，包括咸陽宮、阿房宮和驪山陵的地面建築，據說大火三月不滅。莊襄王和秦太后的陽陵，自然也是蒙受了火焚的。爾後，項羽自稱西楚霸王，封劉邦爲漢王。再爾後，項羽和劉邦爭奪天下，拉開了楚漢戰爭的帷幕。楚漢戰爭進行了四年多，以劉邦勝利而告結束，建立漢朝，中國再次以一個統一的大國形象，巍然屹立在世界的東方。

秦國統一的崢嶸氣象，秦國滅亡的悲慘末日，秦太后沒有看到，也無法知道。她若能看到知道，又會作何樣的感想呢？

國家圖書館出版品預行編目資料

秦宮花后：趙姣娥 /張雲風著. -- 一版. --
臺北市：大地, 2001〔民 90〕
面； 公分. --(歷史小說；5)（中國后妃公主傳奇；5）

ISBN 957-8290-52-7（平裝）.

857.7 90018701

秦宮花后－趙嬌娥

歷史小說 05

著　　者：張雲風
創 辦 人：姚宜瑛
發 行 人：吳錫清
主　　編：陳玟玟
校　　對：陳淑侖

出 版 者：大地出版社
社　　址：台北市內湖區內湖路二段 103 巷 104 號
劃撥帳號：0019252－9(戶名：大地出版社)
電　　話：（02）2627－7749
傳　　真：（02）2627－0895
e -mail ：vastplai@ms45.hinet.net

印 刷 者：久裕印刷股份有限公司
一版一刷：2001 年 12 月
定　　價：199 元

大地大地大地大地大地大地大

地 大地 大地 大地 大地 大地 大地